嗜血法医

DARKLY DREAMING DEXTER & DEARLY DEVOTED DEXTER

[美]杰夫·林赛（Jeff Lindsay）著　胡泽刚 路旦俊 邹进 译

湖南文艺出版社
HUNAN LITERATURE AND ART PUBLISHING HOUSE

博集天卷
CS-BOOKY

图书在版编目（CIP）数据

嗜血法医/（美）林赛（Lindsay,J.）著；胡泽刚，路旦俊，邹进译.
— 长沙：湖南文艺出版社，2014.6
书名原文：Darkly dreaming dexter & dearly devoted dexter
ISBN 978-7-5404-6712-8

Ⅰ. ①嗜…　Ⅱ. ①林…②胡…③路…④邹…　Ⅲ. ①长篇小说 – 美国 – 现代
Ⅳ. ①I712.45

中国版本图书馆CIP数据核字（2014）第092897号

著作权合同登记号：图字18-2014-086

DARKLY DREAMING DEXTER
Copyright © Jeff Lindsay 2004
DEARLY DEVOTED DEXTER
Copyright © Jeff Lindsay 2005
This edition arranged with The Nicholas Ellison Agency through
Andrew Nurnberg Associates International Limited
上架建议：外国文学·悬疑小说

嗜血法医

作　　者：［美］杰夫·林赛
译　　者：胡泽刚　路旦俊　邹　进
出 版 人：刘清华
责任编辑：薛　健　刘诗哲
监　　制：刘　丹　张应娜
特约编辑：谢晓梅
营销编辑：李　颖
版权支持：文赛峰
版式设计：李　洁
封面设计：吕彦秋
出版发行：湖南文艺出版社
　　　　　（长沙市雨花区东二环一段508号　邮编：410014）
网　　址：www.hnwy.net
印　　刷：北京鹏润伟业印刷有限公司
经　　销：新华书店
开　　本：700mm×1000mm　1/16
字　　数：370千字
印　　张：22
版　　次：2014年6月第1版
印　　次：2017年5月第2次印刷
书　　号：ISBN 978-7-5404-6712-8
定　　价：34.80元

质量监督电话：010-59096394
团购电话：010-59320018

嗜 血 法 医
DEXTER

目录
CONTENTS

Part 1
抚慰黑夜行者

• *DEXTER*

Part 2
死神的猜字游戏

嗜血法医
DEXTER

Part 1
抚慰黑夜行者

DARKLY DREAMING
DEXTER

Chapter
神父之死 *1*

　　明月当空，黑夜也仿若白昼，残阳般的红光笼罩着大地，貌似温柔的晚风狂野地从手臂的汗毛上呼啸而过，星星在寂寥地哀鸣，月光落在水面上，发出磨牙般的凄厉声响。

　　成百上千个隐匿的声音汇成交响乐般嘶鸣，呼唤着我爬上心头的欲望，这欲望如此强烈，却又十分谨慎、淡定。它蜷曲着、蠕动着、翘起脑袋，做好了一切准备，伺机而动……

　　整整五个星期，我一直紧盯着那位神父。那欲望始终在撩拨我，催促我去寻找下一个目标，而这个目标就是神父。我用了三个星期的时间来确定我要找的人就是他。他和我都必须听从那家伙——黑夜行者的安排。

　　在这段时间里，我非常谨慎地做了充足的准备，以确保万无一失。我说的"确保万无一失"不是指神父，因为我盯他的时间不短了，对他早就了如指掌。我要确保的是，事情干净利落，不留瑕疵，把可能出现的枝枝蔓蔓都处理妥当，把一切都安排得井井有条，不能露出破绽被人发现。长期以来，我小心谨慎地对待每一个细节，无非是想要保住自己这快活而私密的小日子。

　　我陶醉于其中，不能自拔。

　　我的养父哈里曾经是一位具有远见卓识的优秀警官。他对我说，每次都要做到万无一失，谨慎小心，准确无误。这个星期，我一直遵循哈里的教导，细心准备每一个细节。

今晚，轮到神父了。

他叫多诺万，在佛罗里达州霍姆斯特德市的圣安东尼孤儿院给孩子们上音乐课。孩子们都很喜欢他，神父当然也很爱他们。啊，他的确很爱这些孩子。多诺万神父把自己的一生都奉献给了孩子们。为了这些孩子，他专门学了克里奥尔语、西班牙语，还学了这两个民族的音乐。实际上，他所做的一切都是为了孩子。

一切，不是吗？

今晚，我像以前无数个夜晚那样监视他，只见他在孤儿院门前停了下来，跟身后一个黑人小姑娘说话。这孩子个头很小，最多八岁，比同龄的孩子显得瘦小一些。神父坐在台阶上，跟小姑娘聊了五分钟。小姑娘也坐着，只是不时会起来蹦跳几次。两人都笑着。小姑娘靠在神父的身上，神父抚摩着她的头发。一位修女走了出来，站在门口，低头看了他们一会儿后才开口说话。后来，修女微笑着伸出一只手，小姑娘的脑袋却仍贴在神父身上。神父先抱了她一下，之后起身跟她吻别。修女笑了，又同多诺万神父说了几句话，他回答了她。

然后，多诺万朝自己的汽车走来。

终于等到了。我蜷曲着的身体准备点火——

还不是时候。一辆给工友运载物品的小面包车突然停在门前五米远的地方。当多诺万神父打那儿经过时，车门随之打开。一个男人侧身探出头，哑巴着香烟跟神父打起招呼，神父则靠在面包车上跟这个人聊了起来。

运气。又是运气。刚才我没看到这个男人，也没料到这里会有人。如果不是我运气好，恐怕这个人早就发现我了。

我深吸一口气，再把冰凉的空气均匀而缓慢地呼出去。好在就这么一个小小的疏忽，其他的事情没有出任何差错，完全按计划有条不紊地进行着。应该会很顺利。

就在这时，多诺万神父朝他自己的汽车走来。中途，他转身喊了句什么，站在门口的看门人便朝他挥挥手，然后掐灭烟头，钻进门房，不见了踪影。

运气。又是运气。

神父从口袋里摸出钥匙，打开车门，钻进车里。我听见了钥匙插进锁孔的声音，听见了发动机启动的轰鸣。接着——

时机到了。

我从神父汽车的后座上坐起身来，用套索一把勒住他的脖子，利落甚至可以说是漂亮地在他脖子上绕了一圈，就这样，一根承受力可达二十二公斤的渔线紧紧地勒住了神父的脖子。他惊讶且慌乱地挣扎了一下，然后慢慢平静下来。

"你已经被我攥在手心里了。"我告诉他。他一动也不动，简直就像受过专业训练，仿佛他听见了另外一个声音——在我内心中，那位无时无刻不在窥视的家伙的大笑声。

"按我说的做！"我说。

他出了半口粗气，瞥了一眼汽车的后视镜，我的脸正在后视镜中等着他呢。那是一张罩着白色丝绸面罩的脸，只露出一双眼睛。

"听明白了吗？"我问道。随着说话时喷出的气流，面具边缘那几缕散丝飘到了我的嘴唇上。

神父一言不发，盯着我的眼睛。我拉了拉套索。

"明白了吗？"我又问了一次，只是声音变得温和了些。

这次神父点了点头，并用一只手按着套索。他不确定如果试图挣脱会产生什么后果。他的脸涨得发紫。我将套索松了松。"老实点儿，"我说，"否则立刻送你上西天。"

他深深地吸了一口气。我能听见他喉咙里咕嘟咕嘟的响声。他咳了几声，然后又猛吸了几口粗气，但仍然端坐着，没有逃跑的打算。

好极了。

神父手握方向盘，听从我的命令，不敢耍心眼儿，不敢迟疑。汽车朝南穿过佛罗里达市区，然后驶进卡德桑德路。我发现这条路让他很紧张，但他又不敢说半个"不"字。他干脆不跟我搭腔，只是用他那双苍白的手死死地攥着方向盘，连手指上的骨节都凸了起来。看来，这样也不错。

汽车向南又行驶了五分钟，四周没有任何声音。藏在我心里的那位谨慎的窥视者随着脉搏在夜晚飞快地跳动，静静地笑着。

"在这儿拐弯。"我终于开口说道。

神父瞟了一眼后视镜，在镜子里跟我四目相对。惊恐的神情正拼命地从他的眼睛里向外爬，顺着脸颊钻进他的嘴巴里化为声音，不过——

"拐弯！"我再次强调。他顺从地拐了弯。只见他垂着头，仿佛早就料到并且一直都在等待这个命令似的，转动了方向盘。

这条路又窄又脏，视线模糊不清，不熟悉路况的人根本不会知道有这么一条路，除了我，因为我曾经来过。我知道这条路全长两英里半，中间要拐三个弯，穿过一大片锯齿草地，然后经过一片林子，再沿着小运河进入沼泽地，终点是一块空地。

五十年前，有人在这块空地上建了一幢房子。这栋建筑的主体部分还在。房屋显得略大了点儿，有三个房间，上面的屋顶只有一半尚存，已经有好多年没住过人了。旁边的院子里有一个老式花园，看起来有点儿与众不同。不久前有人在这里挖掘过，还留下一些痕迹。

"停车。"我说，车前灯的灯光打在破旧的屋子上。

多诺万神父猛地刹住车。恐惧笼罩着他的全身，他的四肢和思想都僵硬了。

"把引擎关掉。"我命令道。他把车子熄了火。

四周突然变得一片寂静。树上有个小东西发出沙沙的响声，晚风把小草吹得簌簌直响。随后是更深沉的寂静。"下车。"我说。神父没动，眼睛一直盯着旁边的花园。

花园里有七个清晰可辨的小土堆，隆起的泥土在月光下显得很阴暗，而在神父的眼里恐怕更是阴冷漆黑。于是他仍然端坐不动。

我把套索猛地一拽，力气之大出乎他的意料，也打消了他抱有的侥幸心理。他弓着背，抵住座位的靠背，前额上青筋突起，他知道自己的死期快到了。

不过现在还不是时候。事实上，距离死亡，他还得等很长一段时间。

我一脚踢开车门，把他拖了出来，有意让他知道我的孔武有力。他扑通一声跌倒在满是沙砾的路面上，像一条受伤的蛇一样蜷曲着身子。黑夜行者很开心，朗声大笑起来。我也扮演着自己的角色，用一只靴子踩在多诺万神父的胸口，紧紧地拽住套索。

"你得听我的，我叫你做什么你就得做什么，"我命令道，"你别无选择。"我弯下腰，轻轻地松开套索，"放明白点儿！"

他听见了我的话。只见他充血的眼睛痛得剧烈地跳动着，眼角上渗出的泪水一颗颗划过脸颊。我们四目相对，他忽然明白了我的意思，即将发生的事情都清清楚楚地摆在了他的面前。他意识到了。他知道唯命是从对他来说有多么重要。

"站起来。"我说。

多诺万神父紧紧地盯着我，动作迟缓地站起身。我们俩就这样相互对视着站立了许久，仿佛成了一个人，共享着一个欲望，接着他的全身开始颤抖。他想把一只手放到脸上去，但举到半空中又停住了。

"进屋吧。"我的声音异常温和。屋子里一切都准备好了。

神父垂下眼帘，然后对着我把头抬了起来，但不敢直视我。他转身朝屋子走去，在看见花园里漆黑的土堆时又停下了脚步。他想看看我，但面对月光下阴暗的土堆，他不敢正视我的目光。

他朝屋子那边走去，我牵着绳子。他耷拉着脑袋，顺从地朝前走，那模样既可爱又可怜。我们登上五级破损的台阶，穿过狭窄的门廊，来到大门口。大门虚掩着。神父停下脚步，没有抬头，也没有看我。

"进去。"我用温和的声音命令道。

多诺万神父直打哆嗦。

"进去啊。"我又说。但他就是迈不开腿。

我侧身从他身边过去，推开大门，一脚把他踹了进去。他打了一个趔趄，然后在屋里站稳脚跟，挺直身子，眼睛紧紧地闭着。

我反身把门关好，打开我事先放在门边的蓄电池电灯。

"睁开眼！"我低声说。

多诺万神父缓慢而慎重地睁开一只眼睛。他惊呆了。对于多诺万神父来说，时间似乎停滞了。"不！"他说。

"睁开眼好好看看！"我说。

"哦，不！"他说。

"好好睁大你的双眼！"我说。

"不！"他尖声叫了起来。

我用力拽了一下套索，尖叫声戛然而止。他双腿跪倒在地，嘴里发出一声哀怜沙哑的抽泣，然后用双手捂住脸。"瞧瞧，"我说，"这儿很不好看，对吧？"

他脸上的肌肉绷得紧紧的，双眼死死地闭着。他不敢再看一眼，至少暂时不肯再去面对眼前的场面。我没有责怪他，心里也不想很认真地去责怪他。

这里很乱。自从我替他布置好这里的一切，每每想到这里的情景，我的心情就平静不下来。我得让他自己去看，非要让他亲眼瞧瞧不可，只有我一个人欣赏可不行，只有黑夜行者看见了也不行，得让他自个儿看。我强迫他睁开眼，可他就是不肯。

"多诺万神父，睁开眼睛。"我说。

"求求你！"神父泣不成声地说。

我烦透了。这不应该啊，我应该冷静地掌控一切，但他面对地上那堆东西时呜咽的样子着实让我讨厌。于是我一脚将他踢倒在地，拉紧套索，用右手掐住他的后脖颈，把他的脸朝凹凸不平的肮脏地板上撞。地上出现了血迹，血腥味儿让我更加愤怒。"睁开眼！"我说，"把眼睛睁开！快点儿睁开！看哪！"我一把揪住他的头发，使劲儿往后拽，"照我说的做！给我睁开眼，否则我会把你的眼皮割下来！"我的语气很强硬，不由得他不听。于是，他顺从地睁开了眼睛。

我先前费了好大劲儿想把这里收拾干净，可是我当时就带了那么几样工具。死尸在这里已经存放了很长时间，已经干了，要不然就更费劲儿了。即便如此，这些东西也还是太脏了。我费了九牛二虎之力把死尸上的大部分污秽清除掉，但是在花园里埋了太久，有些腐肉和垃圾已经分辨不清了。

一共有七具尸首，都是小孩子的。七具肮脏不堪的孤儿的尸首摊放在橡胶浴垫上。这几块浴垫比尸首要干净一些，而且不渗水。七具尸首笔直地横躺在房间里，正对着多诺万神父。他预感到自己很快也会加入死者的行列。

"救苦救难的圣母马利亚啊，发发慈悲吧……"他挣扎着。我猛地把套索一拽："别来这一套，神父。现在还不是时候。现在我要的是真相。"

"求求你。"他哽咽着说。

"好啊，你开始求我了。太好了。"我又使劲儿拉了一把套索，"神父，就这些吗？只有这七具死尸吗？他们临死前求过你没有？"神父哑口无言。

"神父，被你害死的孩子都在这儿了吗？就这七个？我把尸首都收齐了吗？"

"哦，天哪。"他出了一口粗气。听到他痛苦的声音，我很开心。

"其他的城镇还有吗，神父？费耶特维尔有吗？你想说说费耶特维尔的情况吗？"他哽咽了半天才发出一声抽泣，没有说出话来。

"东奥兰治呢？就三个吗？我是不是说漏了一个？很难弄清准确的数字。东奥兰治是不是有四个，神父？"

多诺万神父很想歇斯底里地大声叫嚷，可他喉咙里的空间太小，叫出的声音不是很大，但充满了真情，正是这种真情弥补了他叫喊技术上的缺陷。接着他扑通一声脸朝前栽了下去。我让他哭了一阵儿，然后拉他起来。他无法控制身体的平衡，一连打了好几个趔趄，嘴里的口水一个劲儿往外流，一直挂到下巴上。

"求求你，"他说，"我身不由己呀。求求你，希望你能理解——"

"这我能理解，神父。"我说着，声音有些异样，这是黑夜行者的声音，这声音让神父全身凝固。他缓缓地抬起头来面对着我，看到我的神情后，他不再动弹了。"我完全理解。"我边说边凑近他的脸。他脸颊上的汗水都凝结了。"你知道吗，"我说，"我也是身不由己。"

此时我们靠得很近，身体几乎要挨在一起。我突然觉得他太肮脏，于是我把套索往上一拽，再次踢向他的双脚。多诺万神父扑通一声栽倒在地上。

"可你干吗要杀孩子？"我说，"我从来不对孩子下手。"我把穿着坚硬但很干净的靴子的脚往他的后脑勺上使劲儿一蹬，他的脸狠狠地撞在地板上，"不像你，神父。我从来不杀小孩。我得把你这样的人找出来。"

"你是什么人？"神父低声问道。

"是开始，"我说，"也是结束。"

"神父，这回你可碰上了一个克星。"我掏出针头，扎进他的脖子。神父僵硬的肌肉微微一颤，但他的身体没有动弹。我使劲儿一推注射器的柱塞，药物全注入了他的体内，他瞬间平静了下来。一小会儿过后，他的脑袋开始往上抬，他扭过头来看着我。

现在他真的看清我了吗？他能看见我这副双层的橡胶手套、这身精心剪裁的工作服、这个光滑亮丽的丝绸面罩吗？他真的看清我了吗？或者，只有在另外一个房间，在黑夜行者整洁的房间里，他才能看清我的模样？前天晚上我粉刷了那个房间的墙壁，将地板擦拭干净后又喷上胶漆，整个房间干净得不能再干净了。所有窗户都被白色的厚橡胶布遮挡得严严实实，他能借着天花板上的灯光看到屋子中央我亲手制作的手术台吗？能看到站在手术台旁的我吗？还有一盒盒白色的垃圾袋、一瓶瓶药物以及摆成一小排的锯子和刀？他终于看清我了吗？

或者他看到了那七个凌乱的土堆？天晓得其他地方还有多少。他是否终于看清了自己，看到自己无论怎样努力都喊不出声音，看到自己也将变成这花园里的那种垃圾？

他当然看不清这些。他想象不出自己将会变成和那些死去的孩子一样的东西。在某种意义上他是对的，他的尸体绝对不会像那些孩子的尸体一样凌乱肮脏。因为我不会像他那样，也决不允许自己那么干。我不是多诺万神父那样的人，我不是如他那样的恶魔。

我是一个酷爱整洁的恶魔。

当然爱整洁是要花时间的，但这样的时间花得值得。为了让黑夜行者开心，让他再次保持长时间的安静，花费一点儿时间也在所不惜。从世界上搬走一堆垃圾，再搬走几个包装整齐的垃圾袋，我这个世界的小角落就会变得更干净，更令人愉快。居住在这个地方就会更宜人。

再过大概八个小时，我就得离开这里了。我需要在这段时间内把一切都处理得称心如意。我用塑胶带把神父绑在桌子上，然后割下他的衣服。我给他刮了胡子，擦了身子，把一些突出的东西都削平。和往常一样，我感到自己身体的奇妙力量在经过长时间的聚积后，此刻正在全身上下嘭嘭乱窜，缓缓地释放出来。在我忙活的时候，这股力量始终在我的体内翻腾，甚至逐步控制了我的一举一动，我心头的那股欲望则会和神父一道慢慢退潮远去。

正当我准备开始做那项严肃的工作时，多诺万神父睁开眼睛看着我。此刻的他已经没有了恐惧，这种情况很少见。他直勾勾地仰视着我，嘴巴嚅动着。

"什么？"我一边问一边把脑袋凑到他跟前，"我听不清你说什么。"我只听到他的呼吸声，缓慢而平静，接着他又说了一遍，闭上了眼睛。

"别客气。"我说完，开始干活。

Chapter

胡同里的碎尸案 *2*

　　早上四点半之前，我把神父的尸体处理得干干净净，心情也好多了。其实每次做完这事，我总有一种很愉悦的感觉——杀人能让我心情愉快。

　　干这样的活儿很消耗体力，因此我感到很累。不过上个星期的紧张情绪已经消失，黑夜行者冷漠的声音平静了下来，我又可以做回自己了。我又可以变成古怪、幽默、无忧无虑、心如止水的德克斯特了，不再是那个手持尖刀复仇的德克斯特。要想看到那个德克斯特，得等下一次。

　　我把原先那几具死尸以及这具新的尸体搬回到花园里，接着把这幢破败不堪的房子尽量收拾干净，把东西打包塞进神父的汽车，然后驱车朝南来到一条小河边。我的小船就停泊在这里。这是一条十七英尺长的尖尾长艇，吃水很浅，发动机的马力却不小。我把神父的汽车推到小船后面的河水里，然后爬上船，看着汽车咕咚咕咚地沉到水底。接着，我打开船的发动机，缓缓地驶离小河，朝北穿过海湾。太阳刚刚升起，阳光照射在船的金属部件上。我笑逐颜开，就像一个清晨满载而归的渔民——喂，伙计，大红鱼呀。

　　六点半，我回到位于椰树林区的公寓里。我从口袋里掏出载玻片，那是一小片很干净的普通玻璃——正中间小心翼翼地保存着神父的一滴血。这滴血很漂亮、很洁净，现在已经干了，只要我想回忆这段经历，随时可以将它放到显微镜下。我把这块载玻片跟另外三十六块保存着干涸血滴的载玻片放在一起。

我洗了一个超长的澡。温热的水洗去了我最后一丝紧张的情绪，松弛了紧张的肌肉，冲走了身上最后几缕异味和痕迹，那是神父的气味，以及沼泽地上那幢房子和花园的气味。

他杀孩子。我本应该宰他两次才能解恨。

我也说不清是什么原因让我变成了这样，总之我的内心空空荡荡，无法体验任何情感。这似乎并不是什么了不得的大事。我知道很多人在人际交往中经常装模作样，而我的一切行为都是装模作样。我装得很高明，丝毫不动真情。不过，我喜欢孩子。我这个人对性爱毫无感觉，所以我永远不会有孩子。一想到那些事——你怎么做得来呢？自尊心往哪儿搁呀？可是孩子，孩子就不一样了。多诺万神父罪有应得。我遵守了哈里的行为准则，也满足了黑夜行者的心愿。

七点十五分，我觉得我已经把自己弄干净了，于是喝了杯咖啡，吃了点儿东西，走去上班。

我上班的这栋楼房在飞机场附近，很大，属于现代化的建筑，到处都装着玻璃，显得很明亮。我的实验室在二楼后部，紧挨着一间小办公室。其实也说不上是什么办公室，只是血液实验室旁边一个方方正正的小间，但是我个人专用的，闲人免进，谁也别想和我共用，别想把属于我的地方弄得一团糟。办公室里放着一张桌子、一把椅子，还有一把小椅子是给来客准备的。此外，还有电脑、书架、文件柜、电话、电话留言机。

我进来的时候，电话留言机的信号灯正在闪烁。并不是每天都有人给我留言。你想想看，世界上有几个人能在一位血迹图案分析专家工作的时候想出什么话题要跟他聊聊？但有一个人的确有事要找我，那就是我养父的女儿德博拉·摩根，她是一名警察，跟她父亲一样。留言正是她的。

我按下按钮，听到一阵细声细气的得克萨斯音乐，然后才是德博拉的声音。"德克斯特，你来了马上给我回话。我这会儿在犯罪现场，就在塔迈阿密路的酋长汽车旅馆。"停顿了片刻，我听到她用手捂住话筒跟别人说话的声音，接着又传出一阵得克萨斯音乐，她又开始说话了，"你能立马出来吗，德克斯特？"说到这儿，她把电话挂了。

我没有家庭，不过我可以肯定，世上一定有人携带着跟我相同的遗传基因。我很同情这些人，但没碰到过，或者说我没有去寻找过，而他们也没有来找过我。我是被德博拉的父母哈里和多丽丝夫妇收养抚育大的。你瞧我这个样子，把我抚养到这么大，难道不觉得他们俩很不容易吗？

老两口都去世了。因此在这个世界上除了德博拉之外，我是死是活，谁他妈的还会放一个屁不成？我也不知道是怎么回事，反正德博拉要我活着。这可是一件好事呀，如果说我还有什么感情的话，那么这点儿感情一定属于德博拉。

我动身去她那儿。我把车从戴德县警察局的停车场开出来，驶进附近一条收费公路，由此朝南就是酋长汽车旅馆所在的塔迈阿密路。这条街上大大小小的建筑物有好几百座，算得上是一个人间乐园。一排排的建筑一天天地闪烁着光芒，也一天天地陈旧起来。古老的建筑像发酵的面团一样肮脏难看，上面却闪烁着耀眼的霓虹灯。如果不是晚上，你最好不要到这儿来，大白天在阳光下看着这些地方，就像看着我们脆弱生命的悲惨结局。

每一座大城市都有这样的地方。如果一个患有晚期麻风病的满身斑点的侏儒想找一个十七八岁、教堂唱诗班的大块头姑娘做爱，可以到这里来开一个房间。完事之后，也许会把隔壁房间里的哥们儿都请去喝古巴咖啡，吃"午夜三明治"。只要他肯付小费，谁也不会在意。

德博拉最近在这里耗费的时间太多。如果你是一个警察，想提高捕捉犯罪分子的概率，这里很可能是一个理想的好地方。德博拉可不这么认为，也许是因为她的任务是打击卖淫犯罪。一个漂亮的年轻姑娘在塔迈阿密路打击卖淫犯罪只能是充当犯罪分子的诱饵，穿着暴露，站在外面，把那些大手大脚前来寻花问柳的嫖客抓起来。德博拉很讨厌这个工作。她觉得，抓捕嫖客不是真正的打击犯罪。只有我一个人知道，凡是过分强调女性特征和美貌的工作她都讨厌。她的理想是当一名警察，可她那长相又偏偏像个性感女郎。当然这也不能怪她。

我把车开到酋长汽车旅馆旁边的停车场。停车场的另一边是蒂托古巴咖啡馆。我发现德博拉近来特别注意自己的身材：她上身穿着艳粉色的抹胸紧身背心，下身是一条氨纶短裤，脚上穿着黑色的网眼长筒袜和一双细高跟鞋，整个儿像是从服装店搬回来的，而且还是专门为成人电影供货的服装店。

几年前，扫黄组的一个伙计说，那些拉皮条的男人最爱嘲笑这些冒充妓女的女警。扫黄组的警察大多是男的，他们给当卧底的警花挑选衣服，专拣那些奇装异服，但是警花们穿上后压根儿就不像妓女。于是大街上人人都知道新来的姑娘中哪一个的手提包里有警徽和枪。

明白了这一点后，扫黄组的男警察一定要那些卧底的女警自个儿去选衣服。毕竟姑娘们对穿着打扮要内行得多，你说是不是？

也许大多数女警是这样，可德博拉是个例外。除了蓝色制服之外，她穿任何服装都觉得不舒服。你真应该看看她当学生那会儿都喜欢穿什么样的衣服去参加舞会。可现在嘛，我从来没见过哪个姑娘穿得这样暴露却如此没有吸引力。

犯罪现场半英里长的黄色隔离带都已经拉直，至少三辆巡逻车斜着驶了进来，车灯不停地闪烁着。但这一切都比不上德博拉那么引人注目，她艳粉色的抹胸背心比那些东西要醒目得多。

她来到停车场的一边，拦住越来越拥挤的人群，给实验室的技术人员让路，好让他们从咖啡馆的垃圾箱旁边过去。我庆幸这份差事没摊到自己头上。垃圾箱的臭气越过停车场，飘进我的车窗——一股南美咖啡渣儿混合着腐烂的水果和猪肉发出的浓烈臭气。

站在停车场门口的警察认识我，他挥手让我进去，我找到了一个停车的空当儿。"德博拉。"我悠闲地走上前去，"好漂亮的衣服，曲线毕露呀。"

"去你的。"她说，脸一红。这模样在老练的警察身上还真不多见。

"又发现了一具妓女的尸体，"德博拉说，"至少他们认为是妓女。就剩下的这点尸体来看，是不是妓女还很难说。"

"这已经是过去五个月里的第三具了。"我说。

"是第五具。"她说，"布劳沃德县那边还有两具。"她摇了摇头，"那边的饭桶硬说这几起案子之间没有联系。"

"这就有许多书面工作要做了。"我附和她。

德博拉冲我咬牙切齿。"你能不能少说点儿风凉话？"她叫嚷着，"就是傻帽儿也知道这几起杀人案之间有联系。"说到这儿，她的身体微微一颤。

我惊讶地瞪着她。她是警察，她老爸也当过警察，干这一行她不应该害怕。刚刚穿上警服那会儿，一些老警察捉弄她，把迈阿密每天发现的死尸碎片给她看，想让她中午吃不下饭，可她连眼睛都没眨一下。这个案子却让她直打寒战。有意思。

"这个案子很特殊，对吗？"我问她。

"这个案子发生在我主管的区域内，而且受害者是妓女。"她朝我伸出一个指头，"我要去试一试，出出风头，然后调到凶案组去。"

我乐呵呵地朝她笑了笑："我说德博拉，你野心不小啊。"

"让你他妈的说对了。"她说，"我想调出扫黄组，脱掉这身性感服装。这可能就是我的敲门砖。只差那么一丁点儿了——"说到这儿她停了一下，接着又说出了让我目瞪口呆的想法，"求你啦，德克斯特，帮帮我，"她说，"我真的讨厌这个工作。"

"求我？德博拉，你说求我？你知道这话让我感到多么紧张吗？"

"别扯淡了，德克斯特。"

"可是，德博拉，说真格的——"

"打住，我说，你究竟肯不肯帮忙？"

她把话都说到这个份儿上了，那个奇怪的"求"字晃晃悠悠地悬在空中，我还能说什么呢？于是我告诉她："我当然要帮喽，德博拉。这你是知道的。"

她斜着眼狠狠地瞪着我，不再用那个可怜巴巴的"求"字了："可我并不知道啊，德克斯特。你的心思我一概不知。"

"我当然要帮你的忙啦，德博拉。"我重复了一遍，而且话语里带了点儿受伤的语气。我假装自尊心受到了伤害，然后朝垃圾箱那边走去，加入实验室那帮浑蛋的行列。

卡米拉·菲格趴在垃圾堆里捣鼓着，寻找指纹。她今年三十五岁，身体粗壮，留着一头短发，我经常施展自己的魅力轻松愉快地逗她玩儿，可她从来不理睬我。这会儿看见我她却站起身来，满脸通红，默默地看着我打她身边经过。她总是这样，先瞪我一眼，然后就脸红。

文斯·增冈坐在垃圾箱旁一个倒立着的塑料牛奶盒上，拨弄着满手的垃圾。这个伙计有一半日本血统，老开玩笑说他身材矮小就是那一半日本血统遗传下来的。文斯脸上亚裔人特有的灿烂微笑中有一种异样的表情，仿佛他的微笑是从图画书里学来的。即使他跟其他警察开一些肮脏、奚落人的玩笑，说个黄段子，也没有谁冲他发火，也没有人被他逗乐，而他并不因此而闭嘴。他一边说话一边做着那老一套的手势，不过他总是显得有点儿做作。大概就因为这个我很喜欢他。毕竟还有一个家伙像我一样假装自己是个人。

"嗯，德克斯特，"文斯头也不抬地说，"什么风把你吹到这儿来了？"

"我来瞧瞧真正的内行在完全专业化的环境里是怎么操作的，"我说，"有什么发现吗？"

"哈哈。"他好像是在放声大笑，但这种笑比他的微笑还要虚伪，"你以为是在波士顿吧。"这时他找到了一样东西，拿到光亮处，眯着眼看着，"说真格的，你干吗来了？"

"我怎么就不能到这儿来呢，文斯？"我假装生气，"这是犯罪现场，对不？"

"你是搞血迹图案分析的。"他说着把刚才凝视了好久的东西扔掉，又去寻找别的什么东西。

"这我知道。"

他注视着我，咧开嘴冲我假笑："可这儿没有血迹呀，德克斯特。"

我茫然不解："什么意思？"

"德克斯特，里面、外面、附近都没有血迹。压根儿就没有血。你一辈子也没见过这样的怪事。"他说。

没有血迹。这几个字眼儿在我的脑海里反复地回响着，声音一次比一次大。没有黏糊糊、热腾腾、乱糟糟、令人害怕的血迹。没有血迹。没有印痕。根本就没有血。我怎么就没想到这一茬儿呢？

与德克斯特和血迹有关系的是什么东西呢？我不知道，也没有假装知道。只要想到这一点我就烦得要命——可是毕竟我把分析血迹当成了自己的事业、研究和工作的一部分。很显然，这个案子十分诡秘，难以捉摸，我对此却有些提不起兴趣。我仍然还是我，在一个美好的夜晚把一个杀害儿童的凶手肢解掉不是一件很惬意的事情吗？可是这——

"你没事吧，德克斯特？"文斯问道。

"我很好啊，"我说，"凶手是怎样做的呢？"

"那得看情况。"

我瞅着文斯，只见他双眼盯着满手的咖啡渣儿，用一根戴着橡胶手套的指头拨弄着。"看什么情况啊，文斯？"

"那得看他是什么人，还有杀人的动机是什么。"文斯说。

我摇了摇头。"有时候你绞尽脑汁就是想把事情做得让人捉摸不透，"我说，"杀人犯是怎么消除血迹的呢？"

"眼下还很难说，"他说，"我们还没有发现任何血迹，而且尸体支离破碎，所以要找到很多血迹是不可能的。"

这听起来太没劲儿了。我喜欢把死尸收拾得干干净净。没有响动，没有痕迹，没有血滴。如果杀手是另一条啃骨头的狗，那和我比起来算不了什么。

我觉得自己的呼吸顺畅多了。"死尸在哪儿？"我问文斯。

他把脑袋朝六米开外的那个地方一歪。"在那儿呢，"他说，"就在拉戈塔那儿。"

"哦，我的天，"我说，"这个案子是拉戈塔主管吗？"

他又朝我假笑："杀手的运气不赖呀。"

我瞧了瞧，一小群人围在一堆摆放整齐的垃圾袋旁。"我什么也没看见哪。"我说。

"就在那儿。在那堆垃圾袋里头。每个袋子装着尸体的一部分。杀手把死尸切成碎片，包装起来，活像圣诞礼物。你以前见过这样的事吗？"

我当然见过喽。我自己就是这么干的。

迈阿密上空阳光普照，这时的谋杀现场令人感觉怪异，不那么紧张。即使是最诡异的谋杀也显得不真实，不能让人动情，仿佛你置身于迪士尼乐园中一个新鲜而冒险的区域，置身于宝宝熊的世界。

冷藏货车过来了。

午餐用完后请将餐盒扔到相应的垃圾箱里。

我并不是因为看到了肢解的尸体而心烦意乱，绝不是。我的确很讨厌那些邋遢的杀人犯，他们把尸体的体液弄得满世界都是。不然的话，我看到被肢解的死尸就像看到肉店里的排骨。新来的警察和旁观者到谋杀现场总会呕吐。阳光带走了一些刺激，将一切都变得洁净而整齐。也许就因为这个我才喜欢迈阿密。这是一座十分整洁的城市。

今天迈阿密阳光灿烂，天气炎热。穿着西装的人此时都想找个地方把衣服挂起来。哎哟，在这个肮脏不堪的停车场可找不到挂衣服的地方。只有五六辆小汽车和那个垃圾箱。垃圾箱被推到咖啡馆旁边的一个角落里，紧靠着一堵灰泥墙壁，墙上架着带刺的铁丝。咖啡馆的后门就在那儿。一个面色阴郁的年轻姑娘进进出出，忙着给现场的警察和技术人员端送古巴咖啡和糕点。穿着各色制服的警察三三两两地在谋杀现场逛游着。不是故意惹人注意，给旁观的人群施加压力，就是为了确保自己知道事情进展到了哪一步，而现在他们又多了一样东西要处理——除了咖啡和糕点外，他们还得处理手中的外套。

犯罪实验室的那几个伙计没穿西装，他们觉得穿两个口袋的人造纤维保龄球衫就够了。我自个儿穿的就是一件这样的球衫。球衫的底色是酸橙绿，上面画有几个伏都教①的鼓手和几棵棕榈树。很时髦，也很实用。

我走近死尸周围的那群人，去找穿人造纤维保龄球衫、自称是未婚天使的安杰尔·巴蒂斯塔。此人在验尸室工作，这会儿他蹲在一只垃圾袋旁边，眼睛一个劲儿地瞄着垃圾袋里头。

我走到他的身边，也急于瞧一瞧垃圾袋里面的东西。凡是能引起德博拉注意的东西都值得一瞧。

"安杰尔，"我说着挨近他，"咱们找到什么了？"

"小白脸，你说'咱们'是什么意思呀？"他说，"这具死尸上没有血迹，没你的事啊。"

"我已经听说了。"我在他的身旁蹲下来，"是在这儿下的手，还是从别处运来的？"

他摇了摇头："很难说。垃圾箱每周清理两次，这具尸体在这儿大概放了两天。"

我环顾停车场的四周，然后望着酋长汽车旅馆陈旧得发霉的正门："旅馆里有什么发现？"

安杰尔耸了耸肩膀："他们还在搜查，不过我估计什么也找不到。在前几起谋杀案中，这个家伙用的是就近的垃圾箱，哈。"

"什么？"

他用一支铅笔拨开塑料袋："瞧这儿的切口。"

一条被肢解的大腿露了出来，在强烈的阳光下显得分外苍白、僵硬。这条腿是从踝骨处被干净利落地切断的。腿上有一个小小的蝴蝶花纹，蝴蝶的一只翅膀被切到脚的那一块上去了。

我吹了一声口哨。这个家伙简直就像在做外科手术，手脚真麻利，干得比我还漂亮。"手法真干净。"我说。尸体切割得很整齐，很干净。我从来没见过这

---

① 又译"巫毒教"，源于非洲西部，是糅合祖先崇拜、万物有灵论、通灵术的原始宗教，有些像萨满教。

么干净、整洁、没有血迹的死人肉。太妙了。

"真他妈的绝呀，又漂亮又干净，"他说，"尸体肢解没有完成。"

我的目光越过他的身体，注视着袋了的深处，里头没有动静："安杰尔啊，依我看，该做的都做了嘛。"

"瞧这儿，"他说着忽地拨开另一只垃圾袋，"这条腿被切成了四段。简直就像是用尺子量着切的，对不？而这条腿，"他指着刚才让我羡慕不已的那块踝骨说，"这条腿怎么只切成了两段？这是怎么回事呀？"

"我当然也不知道，"我说，"没准儿拉戈塔探长能弄出个所以然来。"

安杰尔盯着我看了一会儿，我们俩都极力装出不动声色的样子。"也许她能，"他说着，转身干自己的活儿去了，"干吗不去问问她？"

"安杰尔，回头见。"我说。

"好的。"他回答道，然后低头看着塑料袋。

几年前有谣传说，米格迪娅·拉戈塔探长是跟人睡觉走后门调进凶案组的。瞧瞧她的模样，你还真会信以为真。她五官端正，美丽诱人中又有一种深沉而高贵的气质。她的衣着打扮完全是布鲁明戴尔①连锁店的最新时尚，整个儿一货真价实的艺术家。但谣传不可能是真的。首先，虽然她外表看起来很有女人味，但我从没见过哪个女人的内心像她那样充满了大丈夫的气质。其次，她为了自身的升迁，工作十分勤奋，雄心勃勃，唯一的缺点就是特别青睐那些比她小几岁的帅哥。所以我敢肯定，她进凶案组靠的绝不是自己的肉体，而是因为她是古巴后裔，善于玩弄权术，会拍马屁。在迈阿密，这几样本事加起来远远比拿肉体去交易更吃得开。

拉戈塔的确是个马屁精，简直是世界级的马屁高手。她靠拍马屁青云直上，坐上了凶案组探长这把交椅。可惜干她这一行，她那点儿拍马屁的技巧全无用武之地；而作为警探，她更是糟糕透顶。

没本事的人得到奖赏也是常有的事。不管怎么说，我得跟她合作，所以我使出浑身解数去赢得她的好感。这多少比想象的容易一些。大多数人内心淳朴，说不出那些愚蠢、露骨、令人作呕的话，值得庆幸的是，我根本就没有淳朴的内心，所以我在她面前什么恶心的话都说得出来。

----

① Bloomingdale，美国著名百货商店品牌。

　　我走近咖啡馆附近的那群人，拉戈塔正在用连珠炮似的西班牙语询问一个人。我会讲西班牙语，甚至也会一点儿古巴的西班牙语。可是拉戈塔说十句话，我顶多听得懂一句。其他西班牙语国家的人压根儿听不懂古巴方言。古巴的西班牙语的全部目的似乎就是用一只隐形的秒表来记录说话的速度，像最后三秒冲刺那样，把要说的话在最短的时间内一股脑儿全端出来，因此所有的辅音都给吞掉了。

　　接受拉戈塔审问的那个家伙个头很矮，黑不溜秋的，有南美印第安人的特征，瞧他那德行就知道他被拉戈塔的古巴方言、语气和警徽镇住了。他说话的时候不敢看拉戈塔，这样一来，拉戈塔说话的速度就更快了。

　　"不，没有，外面没人，"他眼睛看着别的地方，声音温和而缓慢地说，"当时没有人在外面，都在咖啡馆里。"

　　"当时你在哪儿？"她问道。

　　那个伙计看了一眼装在袋子里的尸体残肢，马上又把目光移开："厨房，然后我把垃圾袋提出去了。"

　　拉戈塔继续盘问，用言语胁迫他，用那种很损的、欺负人的腔调故意问一些错误的问题。那家伙渐渐地忘却了看见垃圾箱里尸体残肢时的恐惧，脸色变得阴沉起来，采取一种不肯合作的态度。

　　真是行家里手的高招儿啊。抓住主要的证人，让他对你反感。审问刚开始的那几个小时最关键，如果你在这段时间内把案子理出个头绪来，就可以节省后面许多的时间和书面工作。

　　她说了几句威胁的话后就结束了审问，让那个伙计走了。"印第安人。"拉戈塔吐了一口唾沫说。

　　"探长女士，有牵连的人一个也不能漏掉，"我说，"就连农场工人也不能放过。"她慢悠悠地抬起头来端详我，我站在那里不知她这是什么意思。她忘记我的长相了吗？最后她咧开嘴笑了。这货真的很喜欢我。

　　"嘿，德克斯特，什么风把你吹到这儿来了？"

　　"我听说你在这儿就不能不来呀。探长，什么时候嫁给我呀？"

　　她咯咯地笑了。附近几个警察听见后相互瞥了一眼，然后把目光移开。"我买鞋子的时候总得先穿上试一试吧。"拉戈塔说，"鞋子再漂亮不合脚也不成。"我确信她的话是真的，但仍然无法解释她说这话时为什么眼睛瞪着我，牙齿还要咬着舌头。"现在你走吧，别打扰我了，我还有正经事要干。"

"这我知道，"我说，"逮住凶手了吗？"

她哼了一声："你简直跟记者似的。再过一小时，那些浑蛋就要来烦我了。"

"你打算告诉他们什么？"

她瞧了瞧那几个装着尸体残肢的袋子，皱了皱眉头。让她感到心烦的不是尸体。她是在为自己的前程着想，琢磨着用怎样的言辞应付媒体。

"凶手迟早会露馅儿，我们逮住他也是迟早的事——"

"你的意思是说，"我说，"到目前为止凶手没有露出任何马脚，因此你没有任何线索，非得等他再次作案才能采取行动？"

她狠狠地瞪着我："我忘了。我干吗要喜欢你呀？"

我只是耸了耸肩。我没有找到线索——可她呢，显然也没有线索。

"我们掌握的线索等于零。就那个危地马拉人，"她朝那个走远的南美印第安人做了一个鬼脸，"他提着垃圾从厨房里出来，发现了死尸。他没见过这几个垃圾袋，于是打开其中的一个，想看看里头有没有什么宝贝，结果发现是个人头。"

"就像是玩躲猫猫的游戏。"我轻声说。

"啥？"

"没啥。"

她皱起眉头环顾四周，大概是希望突然蹦出一条线索来，好让她及时抓住。

"就这些。没人看见什么、听见什么，什么也没有。我要等你们这帮蠢材把自己的工作都做完了才能理出一点儿头绪来。"

"探长。"我们的身后传来一个声音。马修斯局长身上散发着一股雅男士[1]须后水的香气。他悠闲地走了过来，表明记者马上就要到了。

"喂，局长。"拉戈塔说。

"我已经申请让摩根警官在本案的侦查工作中做一些外围工作，"他说，拉戈塔后退了一步，"作为一名卧底警员，她在卖淫界左右逢源，可以帮助我们迅速地找到问题的答案。"这个伙计说起话来满口的书卷气。他曾经干过很多年的文书工作。

"局长，我不知道是不是有这个必要。"拉戈塔说。

---

[1] Aramis，男士护理品牌。

马修斯局长眨了眨眼，把一只手搭在她的肩膀上。人事管理是一门技巧。"别小心眼儿，探长。她不会干预你的指挥权，只会跟你商量是否有什么情况需要汇报，帮你找证人。她父亲曾经是一名出色的警察，对吗？"他的眼睛发亮，目光聚焦在停车场另一边的某个物体上。我朝那边瞧了瞧。第七电视频道新闻组的面包车已经开了进来。"失陪一下。"马修斯说着，整了整领带，脸上露出严肃的表情，朝面包车那边走去。

"婊子。"拉戈塔压低嗓门儿说。

我不知道她这是一般性的发泄还是在骂德博拉，不过我觉得此刻正是开溜的好时机，不然拉戈塔会记起婊子警官是我妹妹。

我走到德博拉的身边，马修斯正在跟第七频道的杰里·冈萨雷斯握手。在"哪里流血哪里上头条"的新闻界，杰里是迈阿密地区的领军人物，是我喜欢的那号人。这次他可要大失所望了。

我觉得全身都在起鸡皮疙瘩。没有任何血迹。

"德克斯特，"德博拉仍然用警察的职业腔调说，但我能感觉到她很激动，"我跟马修斯局长谈过了，他打算让我参与进来。"

"我已经听说了，"我说，"小心点儿。"

她朝我眨了眨眼睛："你在说什么？"

"拉戈塔。"我说。

德博拉从鼻子里哼了一声。"她？！"她说。

"是呀，是她。她不喜欢你，不想让你到她的地盘上去。"

"倒霉。她得服从局长的命令。"

"啊哈。她已经花了五分钟琢磨怎么去执行这个命令。所以，你得留神哪，德博拉。"

她只是耸了耸肩。"你们找到什么了？"她问。

我摇摇头："还没有发现什么。拉戈塔已经不知所措了。不过，文斯说……"我停住了。这种秘密的事情本来是连提都不能提的。

"文斯说什么来着？"

"一件小事，德博拉。一个细节。谁知道那是什么意思？"

"德克斯特，如果你不说，谁也不知道。"

"好像……死尸没有任何血迹。一滴血都没有。"

　　德博拉沉默了片刻，专心思考着。她不像我闭嘴是为了肃静，她是在考虑问题。"好吧，"过了好一阵子她才说，"我放弃自己琢磨这个问题了。凶手这么做是什么意思？"

　　"现在还很难说。"我说。

　　"那你认为凶手的这种做法是有用意的？"

　　那意味着某种奇怪的愚蠢和轻浮。那意味着我心里痒痒的，希望能找到有关凶手的更多线索。那意味着黑夜行者赞赏的笑声，而他在神父死后本应该保持沉默。可这很难向德博拉解释清楚，不是吗？于是我只是简单地说："很可能啊，德博拉。谁知道呢？"

　　她狠狠地盯了我半秒钟，然后耸了耸肩。"好吧，"她说，"还有别的吗？"

　　"哦，多了去了。"我说，"刀法纯熟。切口的技术接近于外科手术。谁也不会认为在旅馆里会找到什么线索，凶手作案的地点是别的地方，然后才把尸体扔到这里来的。"

　　"别的什么地方？"

　　"问得好。侦破工作的一半就是问出这样正确的问题。"

　　"另一半是回答。"她告诉我。

　　"嗯。现在还没有人知道在什么地方。而我也还没有掌握全部的法医数据……"

　　"可你对这个案子已经开始有感觉了。"她说。

　　我看了她一眼，她回望了我一眼。以前我具有某种凭直觉判断的能力，而且在局里还小有名气。因为我的直觉往往是对的。怎么能不对呢？我常常知道凶手是怎么想的。我自己就是那样想的。当然我的直觉也有走偏的时候，有时候还相当离谱。如果我的直觉总是对的，那就不妙了，何况我也不愿意警方把每一个连环杀手都逮住，要不然我拿什么当业余爱好啊？可这个凶手嘛，对付这个有趣的恶作剧，我该走哪一步棋呢？

　　"告诉我，德克斯特，"德博拉催促我说，"你对这个案子已经有一些想法了，对吗？"

　　"可能吧，"我说，"但还早了点儿。"

　　"哎，摩根，"拉戈塔的声音从我们身后传来，我们俩同时转过身去，"看得出，你的穿着完全是出于警察工作的考虑。"

拉戈塔话里有话，就好像是给人一记耳光似的。德博拉声音僵硬。"探长，"她说，"你找到什么了吗？"她那腔调纯粹是明知故问。

这是随意的一击，但是没有击中目标。拉戈塔轻轻地挥了挥手。"都是一些妓女。"她说着，狠狠地看了一眼德博拉胸前衣服里的乳沟，德博拉冒充妓女所穿的便衣让乳沟特别显眼。

"都是一些妓女。眼下的关键是不要让媒体把这件事炒得沸沸扬扬的。"她微微摇了摇头，仿佛不相信似的抬起头来，"考虑到你小事一向严肃认真，那样的事是不会很费劲儿的。"她朝我眨了一下眼睛，悠闲地朝隔离区的边缘走去。马修斯局长正在那里严肃地跟第七频道的杰里·冈萨雷斯谈话。

"婊子。"德博拉说。

"对不起，德博拉。你是想让我说'咱们让她瞧瞧'呢，还是想让我说'我提醒过你'？"

她睁大眼睛注视着我。"德克斯特，真见鬼，"她说，"我真想亲手逮住这个凶手。"

而这时我脑子里想的是尸体没有血迹——

跟我的手法相似。我也真想会会他。

这天晚上下班后，我驾着小船出海了。一来是躲避德博拉的询问，二来是顺便清理清理我自己的感觉。感觉，我，有感觉。多么古怪的念头。

我划着小船慢慢地驶出运河，脑子里一片空白。小船缓缓地经过一幢幢大房子。每两幢房子之间都用篱笆和铁丝网栅栏隔开。运河的防波堤上整齐地排列着一个个院子。孩子们在修剪得整整齐齐的草地上玩耍。爸爸妈妈们有的在忙着烧烤，有的在闲逛，有的在擦拭铁丝网，但他们的眼睛都不住地关注着孩子。我逢人就挥手。有的人也挥手向我致意。他们认识我，以前也看见我乐呵呵地打这儿经过，见了人就来一声"你好"。

小船驶出运河后，我加大油门，冲出河道，然后朝南边的佛罗里达角航行。海风吹在脸上，咸咸的水花飘进嘴里，我的脑子清醒多了，考虑问题也容易多了。原因之一就是海上水平如镜，十分宁静。还有一个原因是，绝大多数驾船者似乎都在故意炫耀迈阿密传统的驾船技术，争先恐后地要将我撞得粉身碎骨。这让我感到无比轻松愉快，觉得自己如鱼得水。这里是我的家乡，这些人都是我的乡亲。

工作了整整一天，我没有找到最新的法医数据。午饭时分，全国的媒体都播报了这条新闻。在酋长汽车旅馆发现"恐怖的死尸"之后，妓女被杀案件公布了出来。第七频道把垃圾箱里发现的尸体残肢描述得令人毛骨悚然，但没有做任何评论。根据女探长拉戈塔精明的判断，被杀的只不过是几个妓女。但是一旦有了来自媒体的压力，妓女的重要性也可能不亚于参议员的女儿。因此，警察局开始准备采取自我保护措施，因为他们清楚地知道被称为"第五阶层"步兵连的新闻记者都是一些天不怕地不怕的角色，他们是什么令人揪心的言论都说得出来的。

德博拉一直待在案发现场，后来局长觉得加班时间过长审批起来会比较麻烦，就让她下班回家了。下午两点，她给我打电话，问我有没有新发现。我说几乎没有什么新发现。汽车旅馆里没有发现任何蛛丝马迹。停车场的车辙痕迹太多，所以都模糊不清。垃圾箱、垃圾袋和尸体上都没有发现指纹和痕迹。美国农业部所检验的一切也都没有问题。

这一天最大的发现就是那条左腿。安杰尔注意到右腿被整整齐齐地切割成好几截，一截从髋部切开，一截从膝盖处切开，还有一截从踝骨处切开。可是左腿只是被切成两段，整齐地包在一个垃圾袋里。

"啊哈，"拉戈塔探长这位女天才说，"是有人干扰了凶手的作案过程，把他吓唬住了，于是他没有能够完成切割工作。他知道自己被人发现了，因而惊慌失措。"于是拉戈塔把全部精力集中到寻找目击者上面。

拉戈塔的"作案过程被干扰"理论有一个小小的问题——整个尸体仍然是经过精心清洗和包裹的，而这很可能是在切割之后进行的。然后尸体被小心翼翼地扔到垃圾箱里，显然凶手有足够的时间和注意力来保证自己不出任何差错，不留下任何痕迹。如果没有人向拉戈塔指出这一点，那么，难道其他人都没有注意到这个细节？很有可能。大量的警力都在例行公事，都是将具体的细节与特定的模式进行搭配。如果是崭新的模式，那么大家所从事的调查就好比三个盲人拿着一架显微镜来观察一头大象。

但是，既然我不是盲人，也不受规章的约束，那么我认为凶手很可能只是不满足。他有足够的时间来完成切割工作，而这已经是第五起同一模式的谋杀案了。难道凶手觉得老是这样肢解尸体太乏味了？难道他在寻找别的什么东西，与众不同的东西？他是在走新路子，耍起了别人没耍过的新把戏？

　　我几乎可以理解他的困惑。他一路走来，坚持到了最后，把剩下的死尸切成碎片，当作礼品包裹起来，结果忽然想起这样一个问题："这不对劲儿啊。有什么东西不对头。"

　　他觉得这样干下去不过瘾。他需要采取一种新的方法，根据我个人的意见——我是说，如果我是凶手的话——他会非常沮丧，很可能会继续寻找这个答案。

　　快了。

　　不过，就让拉戈塔去寻找目击者吧，压根儿就没有人目击这事。凶手是一个冷酷无情而又小心谨慎的魔鬼，他简直勾住了我的魂。那么，我该做点儿什么呢？我也不知道，于是我驾着船出来思考这个问题。

　　一艘快艇以每小时七十英里的速度从我的前面横切过去，离我的船头只有几英寸的距离。我高兴地朝船上的人挥手，思绪又回到了现实中。我正在朝斯蒂尔茨维尔进发，这地方位于佛罗里达角海域附近，有一大片建在水面上的房屋，大多已经没人居住了。我的船漫无目的地在水面上绕了一个大圈，我的思绪也在缓慢地画着一条弧线。

　　我做点儿什么才好呢？这会儿就决定下来，以便帮德博拉一把。我绝对可以帮她解决这个问题，除我之外没人能帮她。其他人连正确的方向都找不到。可是我愿意帮她吗？我想让这个凶手落网吗？我是不是愿意亲自出马找到他，制止他？话说回来，我是否希望他就此洗手不干呢？

　　右边我能看见暮色中的埃利奥特海角。每每看到这个地方，我总会想起当年跟哈里·摩根一起去野营的情形。就是我的养父。一名出色的警察。

　　"你跟我不一样啊，德克斯特。"

　　"是呀，哈里，确实是的。"

　　"你要学会把握咱们之间的这种差别，并且将它用在好的地方。"

　　"好吧，哈里。就照你说的去办吧。怎么把握啊？"

　　于是，他把他那一套全都教给了我。

　　十四岁的时候跟着老爸到南佛罗里达去野营，你会觉得这里的星空比任何地方的星空都要美丽。尽管他只是你的养父，尽管满天的繁星给了你一种满足感，情感仍然是另一回事。你压根儿就感觉不到那玩意儿。你就是为了这个才到这儿来的。

　　篝火渐渐熄灭了，天上繁星璀璨。可爱的养父已经有好长时间没出声了，他从背包最外层的小袋里拿出一只老式的小酒瓶，一小口一小口地呷着。他跟别的警察不一样，喝酒并不在行。不过，那瓶酒已经被他喝干了。

　　"你与众不同，德克斯特。"他说。

　　我的目光从满天的繁星上移下来，火堆上最后一缕光亮在这块满是沙砾的小空地上洒下一块块的阴影。几块阴影从哈里的脸上掠过。我觉得他那副样子很古怪，好像我从来就不认识他似的。坚毅、忧郁之中又带一点儿迷茫。"你这话是什么意思呀，爸？"

　　他也不看我。"听比卢普斯夫妇说，他们家的那条狗不见了。"他说。

　　"那个小家伙忒讨厌，整夜叫个没完，吵得我妈都睡不成觉。"

　　当然，妈妈得睡觉。她患晚期癌症，需要充足的睡眠，可是街对面那条讨厌的小狗看到一片树叶落在人行道上都要叫个没完，妈妈根本睡不成觉。

　　"我找到了埋狗的坟，"哈里说，"那里有很多骨头，德克斯特。不只是那条狗的。"我不知说什么才好，小心翼翼地抓了一把松针，等待着哈里说下去。

　　"你干这种事有多久了？"

　　我的目光在哈里的脸上搜寻了片刻，然后掠过空地，注视着海滩。我们的船在那里，随着海潮轻柔地一起一伏。右边能看到迈阿密那边的灯火形成了一片柔和的白光。我不知道哈里究竟在想什么，究竟想听我说什么。不过，我这位养父直来直去，最好的办法就是跟他实话实说。你说的是不是真话他是知道的，即使当时不知道，事后他也会发现的。

　　"一年半了。"我说。

　　哈里点了点头："你为什么要这样做？"

　　问得好，十四岁的我没法儿回答这个问题。"只是……我只是……有点儿不由自主。"我告诉他。当时尽管我年纪很小，但是说话很圆滑。

　　"你听到某种声音了吗？"他很想听到我的回答，"一种东西或者一个人告诉你去干什么，而你又不得不服从？"

　　"呵，"十四岁的我嘴皮子很利索，"不完全是这样。"

　　"告诉我。"哈里说。

　　哦，瞧那又大又圆的月亮，更大了。我又抓了一把松针。只觉得脸上滚烫，好像老爸要我给他讲梦遗的经过似的。"我呀……这个……是感觉到了某种东西，"我说，"在我心里……瞅着我，大概是……笑了？但并不是声音，只是……"说到这儿，我做了一个小伙子惯有的耸肩动作，哈里懂得这是什么意思。

"这种东西让你起了杀心。"

头顶的高空上，一架巨型喷气式飞机缓缓地滑过。"不，不是直接使我起了那种念头，"我说，"只是……让我觉得那是个好主意。"

"你想过要杀别的东西吗？比狗还大的东西？"

我想回答他，但喉咙给什么东西堵住了。我清了清嗓门儿。"想过。"我说。

"杀人吗？"

"没想过具体哪一个人，爸。只是……"我又耸了耸肩。

"你怎么就没想过呢？"

"是这样……我想你知道了一定会不高兴的。你，还有妈。"

"就因为这个，你才没动手吗？"

"我……不想让你……生我的气，为我感到失望。"

我偷偷地瞥了哈里一眼，只见他的眼睛正一眨不眨地看着我。"就因为这个，你才带我出来旅行的吗，爸？就是为了说这件事？"

"是呀，"哈里说，"我们得让你为今后的人生做好准备。"

为今后的人生做好准备，哦，是呀，这就是彻头彻尾的哈里式的人生观：在家里床要收拾得像医院里的病床一样整齐，出门之前皮鞋要擦得锃亮。即使是在当时我也知道，如果自己的心里不时地隐藏着杀机，那么这迟早会妨碍我为今后的人生做好准备。

"怎么做？"我问他，而他长时间狠狠地瞪着我，看到我在聚精会神地听他说，便点了点头。

"好孩子，"他说，"是时候了。"可他并没有马上就说出来，而是过了很久才开口。我看着一条船从面前经过，船上亮着灯，大约离我们脚下的海滩有一百八十米。轰隆的马达声中夹杂着收音机里播放的古巴音乐。"是时候了。"哈里又说了一遍，看了我一眼，但随即把目光移开了，掠过那堆熄灭的篝火，凝视着远方。"是这么回事。"他说，我毕恭毕敬地听着。哈里给你讲高深的内容时就是这副样子。比如他给我示范怎样掷曲线球，怎样打出一记左勾拳。"就这样。"他总是说，我便学着他的样子，按他说的去做。

　　"我老了，德克斯特。"他指望我会说他还没老，可是我偏不肯说。于是他点点头。"我想，人老了对事物的认识也就不同了，"他说，"这不仅仅是人老了性情变得越来越温和，也不只是人年轻时看待事物黑白分明，而老了就是非不分了。我的确相信自己现在对事物的认识与以前大不一样了，比以前更准确了。"他看了看我，那是典型的哈里式的眼神，蓝色的眼睛里充满了坚毅和慈爱。

　　"那好啊。"我说。

　　"十年前我本来是打算把你送到哪个收容所去的。"他说，我眨巴了一下眼睛。这话几乎伤了我的自尊心，只是我自己以前也有过这样的念头。"现在嘛，"他说，"我改变了主意。我了解了你的个性，我知道你是好孩子。"

　　"不。"我说，几乎是嗫嚅，但哈里还是听见了。

　　"是的，"他坚定地说，"你是好孩子，德克斯特，这我知道。我当然知道。"最后这几个字似乎是自言自语，大概是为了强调效果吧。然后他凝视着我的眼睛。"不然的话，你是不会在乎我的想法，还有你妈的想法的。你会一意孤行，不能自拔。这一点我很清楚。因为……"说到这儿，他打住了，呆呆地瞪了我片刻。我感到很不舒服。"从前的事情你还记得哪些？"他问道，"你知道我说什么。我们收养你之前的事。"

　　我又一次感到自尊心受到了伤害，可我也不知道为什么。那时我才三岁呀。"什么也不记得了，爸。"

　　"好的，"他说，"谁也不应该记住那些事。"在他的有生之年，关于这件事他再也不会这么深究了，"可是，德克斯特呀，即使你不记得了，那段经历对你的影响还在，使你形成了现在的性格。关于这件事，我曾经跟别人说起过。"他说到这儿羞涩地朝我微微一笑，"这我早就料到了，小时候的经历形成了你的个性。我花了很大的力气想帮你纠正过来，但是……"他耸了耸肩，"那种力量太顽固、太强大了。它过早地钻进了你的骨髓，并且会终生伴随你。它会使你产生杀人的念头，而你只会不由自主。你无法改变它。不过，你可以引导它，控制它。你可以选择……"他所说的每一个字都是精心挑选的，我从没见他说话如此谨慎过，"选择你要杀的东西……或者人……"他又朝我微微一笑，这种微笑是我从未见过的，犹如正在熄灭的火堆里的死灰一样又干又冷，"德克斯特呀，这个世界上有好多人是死有余辜的……"

　　就是这最后几个字塑造了我的整个人生，塑造了我的一切，塑造了我的个性和特征。哈里，这个能看清一切、知道一切的好人，我的老爸，如果我具备爱的能力，我会多么爱他呀。

那是很久很久以前的事了。哈里已经死了好多年，但他的教诲还活着。这并不是因为我对他有多么热烈、充沛的情感，而是因为哈里的话很正确。这一点已经得到了我一而再、再而三的证明。哈里知道得很多，他把一切都教给了我。

"小心谨慎。"哈里说。他教会了我小心谨慎，这简直就是警察教凶手。

小心谨慎地选择那些罪有应得的人下手，一定要确保万无一失。事后收拾干净，不要留下任何痕迹。要绝对避免个人情感的介入，那会导致你犯错误。

当然，小心谨慎远远不只是表现在具体的杀戮行动之中。小心谨慎还意味着构建一个小心谨慎的人生。要知道怎样区分不同的人，怎样与各种人交往，怎样假装正常生活。

所有这一切我都做得十分谨慎。我的行动别人不会怀疑，无法谴责。一个干净而彬彬有礼的魔鬼，一个天真烂漫的小男生。就连德博拉有一半的时间也被我的半真半假蒙住了。

眼下她相信我能帮她的忙，侦破这几起谋杀案，在她的事业上拉她一把。她是对的。我的确能帮她。不过，我并不是真的想这么做，因为我很喜欢观看别的凶手杀人，从而可以欣赏他与我之间某种美学上的联系，或者是——

情感介入。

喏，我就是这样。明显违反了哈里的准则。

我把船掉过头往回驶进运河。这时天已经全黑了，但河道左边有一座无线电塔，离我家附近的水域只相差几度，我便借助这无线电塔来控制方向。

就这样吧。哈里永远都是正确的。不要介入个人情感，当年哈里就是这么说的。于是我决定不介入自己的情感。

我要帮德博拉一把。

Chapter

幽灵再现 *3*

第二天早上，天下起了雨。每逢雨天，迈阿密的交通就会变得拥挤不堪。在通往勒琼高速公路的匝道上，一辆运送牛奶的大货车呼啸着驶向路肩，一下子撞上了前面的面包车，面包车里坐着一所天主教学校的孩子。大货车翻倒在地。五个身穿格呢裙子的小女孩坐在一大摊牛奶中，满脸的惊惶不安。交通阻塞了大约一个小时。一个孩子被空运到杰克逊医院。其他几个身穿校服的孩子坐在一汪汪的牛奶里，看着大人们你喊我，我喊你。

我一边不声不响地开着车缓缓前行，一边听着收音机。显然迈阿密警察当局对塔迈阿密胡同的凶杀案仍在穷追不舍。目前还没有掌握具体的线索，但是马修斯局长对此案抓得很紧。他那个样子好像喝完了咖啡就要亲自出马去抓人似的。

我终于下了高速公路，车速稍微提高了一点儿。我在离机场不远的一家面包圈店前停下车，买了一个苹果馅儿面包圈和一个油煎饼，还没等回到车里，我就把那个面包圈吃完了。我体内的新陈代谢非常活跃，这跟优越的生活条件有关。

我赶到办公大楼前时，雨已经停了。这时太阳出来了，水蒸气从人行道上升腾起来。我迈步走进大厅，亮了一下证件就上了楼。德博拉已经在里面等我了。

今天早晨她不太开心。当然，她已经不像从前那样老是乐呵呵的了，毕竟她现在是警察了。好多当警察的都不能开开心心地生活。他们把太多的时间投入工作中，而且还要极力做出不同于常人的样子，所以当警察的老是把脸绷得紧紧的。"德博拉。"我说着把干净的白色食品袋放到办公桌上。

"你昨晚上哪儿去了？"她问，声音里充满愠怒。这我早就料到了。很快她脸上皱眉留下的纹路就会永远地驻扎下来，把本来很好看的一张脸折腾得乱七八糟：深蓝色的眼睛充满了智慧，一只上翘的小鼻子上带有几点雀斑，一头乌黑的头发。她那漂亮的脸蛋上现在却涂着足有七磅重的廉价化妆品，真是可惜呀。

我用溺爱的眼神看着她。瞧她那样子是刚下班。今天她穿着花边胸衣，粉红色氨纶短裤，脚上是一双金色高跟鞋。"不要管我，"我说，"你昨天晚上去哪儿了？"

她的脸忽地红了。她老喜欢穿干净的、熨得平平展展的蓝色制服。"我给你打了好几次电话都没人接。"她说。

"对不起。"我说。

"好了，没事。"

我在椅子上坐了下来，一言不发。德博拉总是把我当作出气筒。亲情嘛，就是这个样儿。"你那么急想跟我说什么呀？"

"他们让我吃了闭门羹。"她说着打开我那个装面包圈的袋子，朝里面瞅着。

"你以为会怎么样？"我问她，"你知道拉戈塔对你是什么看法。"

她从袋子里拿出那个油煎饼，狼吞虎咽起来。"本来嘛，"她说，嘴里鼓鼓囊囊的，"我是想参与到这个案子里头去的。局长也是这么说的。"

"你的资历太浅，"我说，"要不就是还不够老练。"

她把袋子揉成一团，朝我的脑袋砸过来，但是没砸着。"德克斯特，真他妈的见鬼，"她说，"你知道，我到凶案组是完全够格儿的。"她扯了一下胸衣的束带，指着身上那用料节省的衣服，"我可不想老穿着这身狗屁衣服！"

我点了点头。"你这套衣服很漂亮嘛。"我说。

她做了个鬼脸，表情又是恼怒又是恶心。"我讨厌这身衣服，"她说，"这一行再干下去，我非得精神病不可。"

"德博拉，你这会儿就希望我把这个案子的来龙去脉弄清楚，那还早了点儿。”

“狗屁。”她说。她用警察那特有的眼光冷冰冰、恶狠狠地瞪了我一眼。我从来没见过她这样的眼光。那是哈里式的眼光，跟哈里一样的眼睛，一样的感觉，刺向你心头隐藏着的真实。“你就别跟我扯淡了，德克斯特，”她说，“你常常只需看一眼死尸就知道是谁干的。我从来没问过你这家伙是怎么知道的，不过这个案子如果你有什么预感，就毫不保留地都告诉我得了。”她朝我的金属办公桌狠狠地踢了一脚，桌腿上留下一个小坑，“他妈的，我真想脱掉这身鬼衣服。”

“我们大伙儿都很乐意看到你脱掉这身衣服，摩根。”她身后的走廊里传来了故作深沉、装腔作势的声音。我抬头望去。文斯·增冈探进头来朝我们微笑。

“你也不知道该怎么个脱法呀，文斯。”德博拉告诉他。

他咧开嘴笑着，是那种灿烂的、虚伪的、教科书式的微笑：“咱们干吗不试一试，想个办法出来？”

“你在做梦吧，文斯。”德博拉说着，噘起了嘴巴，这副模样是她十二岁以后我再也没见过的。

文斯看着我办公桌上揉皱的白色食品袋：“好伙计，轮到你了。你给我带什么好吃的来了？在哪儿呢？”

“对不起，文斯，”我说，“德博拉把我给你买的油煎饼吃了。”

“真希望这是真话，”他咧开嘴巴假笑着，“那我就可以吃她的果酱卷了。德克斯特，你还欠我一个大大的面包圈。”

“给你买一个最大最大的。”德博拉说。

“问题不在面包圈的大小，关键是看厨师的手艺如何。”文斯告诉她。

“行行好，”我说，“你们俩争得都快打起来了。现在还没到耍小聪明的时候。”

“啊哈，”文斯咧开大嘴假笑，“再见喽。”他眨了眨眼睛，“别忘了给我买面包圈。”他慢悠悠地顺着走廊回到他的显微镜旁去。

“那么，你琢磨出什么门道儿来了没有？”德博拉问我。

德博拉以为我不时地会有预感。她也是有理由的。一般来说，每隔几个星期就会有残忍疯狂的杀手为了过瘾将几个可怜虫砍成碎片。对于这些凶手，我能猜个八九不离十。有好几次，德博拉看见我迅速地用手指去触摸别人根本没有留意到的东西。我这个妹妹看在眼里，藏在心头，不声不响。她的确是块当警察的好料子，有一阵她怀疑我有什么不可告人的秘密。为此她不时地感到苦恼，因为她毕竟是爱我这个哥哥的。在这个世界上活着的人当中，她也是唯一爱我的。我是一个不招人爱的人。我遵循着哈里的原则跟其他人交往，也建立了一些人际关系，并且还傻乎乎地恋爱过，但都无果而终。

我甚至连宠物都养不了。动物都忒恨我。有一次我买了一条狗，这家伙像是没脑袋似的发疯，一连两天没完没了地朝我叫着吼着，我只好把它处理掉。我还买过一只乌龟。碰了它一次之后，它的脑袋缩进壳里再也不肯钻出来，几天后就死了。它宁愿死也不肯见到我，不肯让我碰它。

没有别的东西爱我，也不会有什么东西爱我。连我自个儿都不爱自个儿。我明白自己是个什么人，是不值得别人爱的。在这个世界上除了德博拉之外，我是孤零零的一个人。当然，还有我体内那个家伙，但他并不是经常出来玩儿。

所以，我对亲爱的妹妹德博拉的关怀是无微不至的。这也许不是什么爱，但我很希望她幸福。

亲爱的德博拉此时坐在那里，满脸的不高兴。她是我的亲人哪。她只是瞪着我，也不知道该说什么，不过这会儿她的话好像到了嘴边。

"嗯，"我说，"实际上……"

"我知道！你已经有了发现！"

"德博拉，别捣乱，让我静一静。我在跟自己的灵魂沟通。"

"老实告诉我。"她说。

"就是那条左腿，凶手没来得及切割的。"

"那怎么啦？"

"拉戈塔认为凶手被人发现了，慌乱中才没有完成尸体的切割。"

德博拉点了点头："昨晚她让我问问那些妓女，看她们瞧见什么了没有。肯定有目击者。"

"啊，反正目击者不是你。"我说，"德博拉，你想想看，如果凶手被人发现而中断尸体切割……因为害怕而中途停止……"

"那么包裹又怎么解释？"她脱口而出，"凶手花了好长时间来包裹死尸，打扫现场。"她露出惊讶的神色，"他妈的。而这些都是在中途停止切割尸体之后干的？"

我拍了拍手，得意地朝她微笑："这就对喽，马普尔小姐①。"

"那也说不通啊。"

"恰恰相反。如果凶手有足够的时间，他的操作规程却没有完成——记住，德博拉，凶手的操作规程是高于一切的——那意味着什么呢？"

"啊，天哪，你干吗不爽爽快快地抖出来？"她抢白道。

"我都说出来了，那还有什么劲儿？"

她长吁了一口粗气："真他妈的。好吧，德克斯特，如果凶手不是被人发现而中断的，可他又没有完成自己的操作规程——难道包裹死尸比肢解还重要？"

我很怜悯她："不，德博拉，想想看。这是第五起杀人碎尸案，跟前几起完全一样。在这几起同类案件中一共有四条左腿被切割，可这第五条……"我耸了耸肩，朝她扬起眉毛。

"呵，德克斯特，真他妈的，我怎么知道哇？也许他只需要四条左腿呢？也许……我对老天发誓，我不知道。你说呢？"

我笑了笑，然后摇摇头。对我来说，这已经再清楚不过了。"德博拉，事情的关键环节没找着。反正有点儿不对劲儿。咱们的解释都说不通。案件的关键环节一旦找到，全部问题就迎刃而解了，这个关键环节却不见了。"

"你是让我把这个关键环节找出来？"

"反正得有人把它找出来，你说呢？凶手是慢慢地打住的，想寻找灵感又没找着。"

她皱了皱眉："你是说凶手洗手不干了，不会再干这种事了？"

我大笑一声："哦，我的天，我不是这个意思呀。恰恰相反。譬如你是神父，虔诚地信仰上帝，可你又找不到正确的方法来供奉上帝，那你会怎么办？"

"继续找呗，"她说，"直到找出正确的方法为止。"她用严厉的目光盯着我，"天哪，你也是这么想的？他不久又会重操旧业？"

"这仅仅是我的预感，"我谦虚地说，"也许我的预感是错的。"但我内心十分肯定，我不会错。

"只要他伸手，我们就得有一套方法去逮住他，"她说，"而不只是去寻找

————————

① "侦探小说女王"阿加莎·克里斯蒂小说中的一位乡村侦探。

根本不存在的所谓目击者。"她站起身来，朝门口走去，"我待会儿再给你打电话，再见！"说完她就走了。

今天上午我还有工作要做，是正儿八经的警察实验工作。我有一份很长的报告要打出来，还要找出与之相配的照片，对证据进行归档。都是一些日常事务。虽然这个双重杀手可能永远也无法到法庭上去接受审判，但我得保证凡是我插手的事情都要做得井井有条。

这个案子很有趣，血迹图案难以辨认。血迹既不是多个受害者在明显地移动时从血管中喷射出来的，也不是凶手用链锯锯断身体时滴落下来的，而是介于两者之间，因此几乎无法找到撞击地点。为了覆盖整个房间，我用了两瓶发光氨，这种东西能标出最细微的血迹，但十分昂贵，每瓶要十二美元。

我只好靠拉线来找出血迹的主要溅落角度，这是一项非常古老的技术，在我看来简直跟炼金术一样古老。发现的血迹图案十分醒目，令人触目惊心。墙壁、家具、电视机、浴巾、床罩、窗帘等上面都有受害者的血迹，十分醒目，十分凌乱——可以想见当时血迹飞溅的恐怖情形。即使是在迈阿密，你也会以为一定有人听到了什么。两个人在一个高级豪华的旅馆房间里被人用链锯活活地锯成了碎片，隔壁的旅客却不闻不问，只顾看自己的电视。

你会说可爱而勤奋的德克斯特完全陶醉在自己的工作中了，不过，我做任何事情都不喜欢半途而废，我很想知道所有的血迹都藏在哪儿了。对此，职业上的原因是很明显的，但在我看来还不像个人的业余爱好那么重要。也许将来有一天，国家司法机构会聘请一位心理医生来帮我找出其中的具体原因。

无论如何，我们到达案发现场时尸体的躯干部分已经冰冷了，也许我们永远也逮不着那个凶手。此人穿着一双七码意大利手工制作的懒汉鞋，惯用右手，体格壮硕，反手一击的力量也很大。

但我的工作还在继续，而且做得相当漂亮。我的工作并不是为了逮住凶手。我干吗要管那个闲事呀？不，我做分内的工作是为了把乱糟糟的事情整理得井井有条。让恶心的血迹老老实实地听命，完了拍屁股走路。别的警察也许会利用我的工作成果去抓凶犯，那我也乐意呀，但我并不是很在乎。

如果我万一不小心给人逮住了，他们会说我是个精神变态、反社会的怪物，一个没有人性、心理扭曲的恶魔。他们会自鸣得意、自以为是地把我送去坐电椅。但是，如果他们抓到那个穿七码懒汉鞋的家伙，他们会说这家伙坏透了，他之所以变坏是因为他命不好，顶不住社会的压力。得把他关进牢里，蹲上十年，然后放出来，给他几个钱，他会拿这些钱去买一套西服和一把新链锯。

我每天工作的时候都会对哈里有一些新的认识。

星期五晚上。这是迈阿密人约会的时间。信不信由你，也是德克斯特约会的时间。说来也怪，我居然找到了一个人。什么？心如止水的德克斯特跟那些初入社交场合的小婊子约会？要和大活人做爱？难道我竭力假装正常生活的欲望已经到了要假装性高潮的地步了吗？

且慢。还没有到性接触的阶段。多年来我极力装出正常人的样子，摔了不少跟头，出了不少洋相，现在我终于找到了一个约会的对象。

丽塔跟我一样身心交瘁。她结婚结得早，婚姻勉强维持了十年，有两个孩子。她那个颇有魅力的老公有几个小毛病。先是酗酒，后来又吸毒，最后居然吸上了强效纯可卡因。一回到家里就像野兽似的揍她，砸家具，大声叫骂，乱扔东西，还威胁说要她的命。最后强奸她，把一些可怕的性病传染给了她。差不多天天如此。丽塔都忍了，她默默地上自己的班，把老公两次送到康复治疗中心。一天晚上，她老公追着要打孩子，丽塔终于下定决心跟他离婚。

当然，她脸上的伤痕现在已经好了，断了的胳膊和肋骨对迈阿密的医生来说也不是什么难事。丽塔打扮得很漂亮，这也是奉了那个恶魔之命。

两人终于离了婚，那个野兽给关起来了，今后怎么办？啊，人的大脑太神秘了。不知怎么搞的，可爱的丽塔决定再谈一次恋爱。不过，由于她经常遭受自己所爱的人毒打，对性生活已经毫无兴趣。也许只是想暂时找个男人做伴罢了。

她一直在寻找合适的对象：她要那种会体贴人、性情温和、有耐心等待她的男人。当然这得花很长时间。她想象中理想的男人应该乐于跟她聊天，陪她看电影，而不是要跟她做爱，因为她对那种事毫无心理准备。

刚才我不是说了吗，这只不过是她的想象。有人情味儿的男人不会是那个样子。这一点凡是有了两个孩子、离过一次婚的女人都明白。可怜的丽塔结婚结得太早，找的男人也太差劲儿，没有机会吸取宝贵的经验。从不幸的婚姻噩梦里清醒过来之后，她却走到了另一个极端，非但没有认识到男人都是野兽，反而天真地给自己描绘出一幅可爱而浪漫的画像：一位十全十美的绅士，无限期地等待着她像一朵小花似的慢慢开放。

　　说真格的，这样的男人也许在维多利亚时代的英国有过。当时街道的每一个角落都有窑子，他可以到那里去发泄过剩的性欲，然后在情人面前用华丽的辞藻宣誓纯洁无瑕的爱情。据我所知，在21世纪的迈阿密，这样的男人是没有的。

　　然而，我可以十分完美地学做这一切，而我也很想这么做。我对性关系没有兴趣，只是想要一个伪装，而丽塔正是我要找的那种女人。

　　我说过，丽塔打扮得很漂亮。她长得小巧玲珑，活泼而健康；身材苗条，像个运动员；留着一头金色的短发，长着一双蓝色的眼睛。她是一个体育爱好者，业余时间不是长跑就是骑自行车。事实上，流汗是我们俩最喜欢的活动之一。我们曾经骑自行车横跨大沼泽地，进行五公里的长跑，甚至还一起举杠铃。

　　最妙的是她那两个孩子。大的叫阿斯特，今年八岁；小的叫科迪，今年五岁。两个小家伙都很安静。当然，这也是情理之中的事。在父母亲经常打架、砸家具的家庭里，孩子们大都沉默寡言。在恐怖环境中长大的孩子都是这个样子。不过，他们可以慢慢地改变这种性情——瞧，我就是一个例子。我小时候遭受过许多难以名状、不为外人所知的恐吓，可现在我成了一个对国家有用的公民、社会的栋梁。

　　也许这就是为什么我莫名其妙地喜欢阿斯特和科迪的原因。我知道自己是个什么样的人，对自己的方方面面都很了解。但是，我性格中有一种奇异的东西让我困惑不解，那就是我对孩子的喜爱。

　　我喜欢孩子。如果宇宙间所有的人突然全部死光了，只要我自己——也许还有德博拉——还活着，我都不在乎。其他所有的人对我来说无异于躺椅之类的家具。正像一些精神病学家像煞有介事地指出的那样，我对其他人的存在没有任何感觉。然而，孩子就不一样了。

　　我跟丽塔"谈恋爱"已经有一年半了，在这期间，我有意识地逐渐赢得了阿斯特和科迪的好感。我对他们很不错，从不伤害他们的感情，总是记着他们的生日、发成绩单的日期和节日。我经常到他们家去，在他们面前从不发脾气，不说谎。我也赢得了他们的信任。

　　这事乍听起来有点儿滑稽，但千真万确。我，是他们唯一能够信任的人。丽塔把这看作我对她漫长而有耐心的追求，是要让她瞧瞧孩子们喜欢我，可谁知道呢，其实在我的心目中，孩子们比她更重要。也许现在已经晚了，但我不想看到他们长大后像我这样。

这个星期五的夜晚是阿斯特给我开的门。她上身穿着一件印有"小家伙"三个大字的T恤衫，T恤衫很长，一直罩到膝盖下面。红色的头发编成两条大辫子，搭在背后。平静的小脸蛋上毫无表情。"你好。"她用那种过于平静的声音说。对她来说，这两个字已经是很长的话了。

"晚上好，漂亮的小女士。"我用很像蒙巴顿爵士的嗓门儿说道，"我能恭维你一句吗？你今天晚上真可爱。"

"好吧，"她说着打开门，"他来了。"阿斯特扭过头去冲着沙发边的黑暗处说。

我从她身边绕过去。门里面科迪站在她身后，那架势像是遇到紧急情况好给姐姐撑腰似的。"科迪。"我说着递给他一卷尼可①威化饼干。他接了过去，眼睛一眨不眨地盯着我，然后一只手自然地垂到身体的一侧，没有看我给他的礼物。他要等我走开后才会把礼物打开，然后分一半给姐姐。

"是德克斯特吗？"丽塔在隔壁房间里喊道。

"进来了，"我说，"你就不能让孩子们变得礼貌一些吗？"

"不。"科迪轻声说。

开个玩笑。我瞪着他。长大后干吗呀？他将来会去唱歌吗？到大街上去跳踢踏舞？到民主党全国代表大会上去演讲？

随着一阵窸窣声，丽塔走了出来，边走边戴耳环。她打扮得十分妖冶撩人，脸上一副若有所思的样子。上身穿着一件几乎没有重量的淡蓝色绸套衫，套衫很长，盖住了大腿的一半。脚上穿着一双多功能运动鞋。我以前从来没碰到过也没听说过哪个女人约会的时候穿着舒适的鞋子。真是一个迷人的尤物。

"喂，帅哥，"丽塔说，"我跟保姆交代几句，然后咱们就出去。"她走进厨房，我听到她在跟保姆说话。保姆是邻居家一个十多岁的女孩。她告诉保姆什么时候让孩子上床睡觉，什么时候做作业，看电视有哪些规矩，手机号码、急救号码，遇到意外中毒和杀人凶手该怎么办。

科迪和阿斯特还在瞪着我。

"你们俩去看电影吗？"阿斯特问。

---

① Necco，新英格兰糖果糕点公司。

我点点头："如果能找到一部让人看了不呕吐的电影，就要去看一看。"

"呸。"她说着做了一个愠怒的鬼脸，我的脸上露出得意的神情。

"你看电影会呕吐吗？"科迪问。

"科迪。"阿斯特说。

"回答我呀。"他一定要我回答。

"不，"我说，"但我经常想呕吐。"

"咱们走吧，"丽塔说着迈着轻盈的步子走出来，匆匆地吻别了两个孩子，"听艾丽斯的话，九点去睡觉。"

"你回来吗？"科迪问道。

"科迪！我当然要回来啦。"丽塔说。

"我是问德克斯特。"科迪说。

"等我们回来你已经睡着了，"我说，"可是我会跟你挥手的，好吗？"

"我不会睡着的。"他神情阴郁地说。

"那我就来跟你打牌。"我说。

"真的吗？"

"说话算数。玩赌注很高的那种扑克牌。赢了输家给你一大把钱。"

"德克斯特！"丽塔说着露出随意的微笑，"你会睡着的，科迪。孩子们，晚安。要乖点儿。"她挽着我的手臂，带着我走了出来。"说真格的，"她低声说道，"这两个小家伙给你哄得服服帖帖的。"

电影没有任何特殊之处。我虽然没有想呕吐，但是等我们俩来到南海滩一家小店里喝饮料的时候，我早已把里头的大部分情节忘得一干二净。这是丽塔的主意。虽然在迈阿密生活了半辈子，她仍然觉得南海滩这个地方美丽迷人。也许是因为这里有好多穿着轮滑鞋横冲直撞的小伙子。要不就是她觉得没规矩的人越多，这个地方就越好。

不管怎么说，我们等了二十分钟才等到一张小桌子，坐下来又等了二十分钟服务员才送来饮料。我并不在意。我很喜欢瞅着那些模样长得很好的傻瓜你看我我看你，这是一种能吸引大量观众的娱乐活动。

随后，我们沿着海洋大道漫步，边走边海阔天空地聊——这可是我的拿手好戏。这是一个美丽的夜晚。几天以前在那个月圆之夜我款待了多诺万神父，而今天晚上那轮圆月缺了一个角。

我们痛痛快快地玩了一个晚上，开车回南迈阿密丽塔的家。经过椰树林区一个很乱的地方时，我看见一盏红色的灯在闪烁。我瞥了一眼那条小街，是一个犯罪现场：只见设置路障的黄色塑胶带已经拉开，好几辆警察巡逻车驶了进来，匆匆地呈八字形停下来。

"又是他。"我心想。我不等自己明白这话是什么意思，就把车拐弯开进了犯罪现场。

"咱们这是去哪儿啊？"丽塔问道，她觉得有点儿莫名其妙。

"呵，"我说，"我想去看看他们是不是需要我帮忙。"

"你没带传呼机吗？"

我朝她露出星期五夜晚最灿烂的微笑。"他们有时候并不知道是否需要我。"我说。

即使不需要我，我可能也会停下来，在大家面前夸耀一下丽塔。我跟她约会就好比穿着伪装，而我这样做的全部目的就是让人看见我带着她。但是，事实上，那个无法抗拒的小声音在我的耳旁号叫着，所以不管是什么情况我都会停车。又是他。我得看看他究竟干了什么。我让丽塔待在车里，自己匆忙赶了过去。

这个无赖，又不干好事。又是一堆切割得整整齐齐的人体残肢。未婚天使安杰尔正弯腰看着，那姿势跟在上次那个犯罪现场我离开他时一模一样。

"婊子养的。"看见我走了过来，他对我说。

"我相信不是说我。"我说。

"我们大家都抱怨星期五晚上还得上班，"安杰尔说，"你却带着女朋友来了。这儿暂时没你的事。"

"是同一个凶手、同样的作案手法吗？"

"完全一样。"他说着用铅笔把一片塑料轻轻拨开，"骨头又是干的，"他说，"没有任何血迹。"

这几个字眼儿让我感到有点儿茫然。我走上前去瞧了一眼。人体残肢又是非常干净、非常干燥，微微带有一点儿蓝色，好像是人死之后立刻就冷藏起来了。

"这次切口处有点儿不同，"安杰尔说，"有四个切口，"他用手指着切口，"这儿切得很粗糙，持刀人似乎很激动。还有这儿，没有那么粗糙。这儿、这儿，两处之间。哈？"

"太妙了。"我说。

"再瞧这儿。"他说着用铅笔把顶部一块没血的肉拨开，露出下面一块肉来。肉是小心翼翼地呈纵向切开的，这样就可以露出干净的骨头。

"他干吗要这么切呀？"安杰尔轻声问道。

我吸了一口气。"他是在做试验，"我说，"试着看哪一种方法最好。"我瞪着那块切割得十分整齐、干燥的肉块，忽然发现安杰尔注视我很长时间了。

"就像小孩玩弄自己的食品似的。"我回到车里对丽塔描述说。

"天哪，"丽塔说，"太可怕了。"

"正确的说法应该是'令人发指'。"我说。

"德克斯特，你怎么还有心思开玩笑啊？"

我朝她露出安慰的微笑。"干我们这一行的对这种事情已经习以为常了，"我说，"我们都用开玩笑来掩盖自己内心的痛苦。"

"嗯，我的天，但愿他们早点儿逮住这个杀人狂。"

我想着那堆整齐的人体残肢、各式各样的切口，以及没有血迹这一奇妙的现象。"不会太快。"我说。

"你说什么？"她问道。

"我说，不可能很快就逮住凶手。这个罪犯非常精明，而负责这个案件的探长最感兴趣的是玩弄政治手腕，而不是侦破谋杀案。"

她瞅着我，看我是不是在开玩笑，然后又安静地坐着。这时我们的车正朝南行驶在美国一号国道上。一直到了南迈阿密，她才开口说话："看到这样的事情，我永远无法习以为常……案件的背后呢？内幕是什么？还有你个人的看法。"

她这话可把我惊呆了。我一直保持沉默，脑子里想着那一堆干净、整洁的人体残肢。我的大脑饥饿地围着那堆被整齐地切割下来的肢体转圈，就像一只老鹰看到一块肉要把它撕下来似的。"你这是什么意思？"我最后终于说出一句话来。

她皱了皱眉头："我也说不清楚，只是我们大家都认为任何事情都有一定的内幕。就是大家想当然的那种情形吗？可结果根本就不是那么回事，而是那个得多……我也不知道。要黑暗得多？要人性化得多？我在想，侦探当然是想逮住凶手喽，侦探干的不就是这个吗？我以前从来没想过谋杀能跟政治扯上关系。"

"其实任何事情都与政治有关。"我说，拐弯把车开进她家所在的那条街上，然后在她那幢整洁而不显眼的房子跟前放慢了速度。

"可你……"她说，似乎没注意到我们到了哪儿，也没留心我刚才说的话，"你总是从那儿着手。大多数人从来就没把问题想得那么远。"

"丽塔，其实我看问题也不是看得很深远。"我说着把车慢慢停到了车位上。

"好像任何事情都有两面，有一面是我们大家假装出来的，还有一面是真相。这你已经知道了，可你像玩游戏似的。"

我不知道她究竟想说什么。事实上，她说话的时候，我没有去考虑她是什么意思，而是让自己的大脑在刚刚发生的谋杀案上漫游：洁净的肌肉，凶手即兴显露出来的精湛刀法，尸体干燥得没有一滴血迹，洁净得一尘不染……

"德克斯特。"丽塔说着把一只手放在我的手臂上。我吻了她一下。

这下我们俩谁更惊讶一些呢？我也不知道。我这一吻是事先毫无心理准备的，而我也不是因为闻到她身上的香水味儿才吻她的。但是，我的嘴唇压着她的嘴唇，两张嘴紧紧地在一起贴了很长时间。

她一把将我推开。

"别，"她说，"我……别，德克斯特。"

"好吧。"我说，仍然对自己的举动感到惊讶。

"我不想这样……我没那个心理准备……真他妈的那个，德克斯特。"她说着解开安全带，打开车门，跑进了自己的家里。

"哦，天哪。"我心想，"我这是做了什么呀？"

我知道自己会对此感到纳闷儿，甚至还会失望，因为我把精心保护了一年半的伪装一下子全撕毁了。

但我的大脑能够想到的，还是那堆切割得整整齐齐的洁净的尸体残肢。

没有血迹。一滴也没有。

Chapter
杀手的较量 4

　　这具死尸是按照我喜欢的方式摆放的。双臂和双腿都已捆绑好，嘴巴上封着塑胶带，这样在我的工作区域里就不会有任何噪声，也不会有任何血迹。我感到自己拿刀的那只手非常稳，可以确定这具尸体会处理得很成功，很令人满意——

　　只是那不是我的手。尽管我的手跟这只手在同步移动，但拿刀的不是我的手。房间的确小了点儿，但这是有一定道理的，因为——因为什么？

　　此刻我飘浮在这间摆得满满当当的房间里，飘浮在这具诱人的尸体上。我第一次感到冷风不断地在我的四周吹着，甚至吹进了我的体内。我的手跟另外那只看不见的手一道举起，然后弯下身子，进行一次完美的切割……

　　我是在自己的公寓里醒来的，赤裸裸地站在大门口。夜游症我是知道的，但我这是不是在梦中跳脱衣舞呢？我跌跌撞撞地回到那张有脚轮的矮床上。床罩堆在地板上。空调已经把温度降到了接近十六摄氏度。昨天晚上我跟丽塔之间发生的那场小闹剧，当时还觉得挺不错，事后就感到无所谓了。如果真的有那种事，就太反常了。德克斯特，这个爱情的强盗，居然偷吻了人家。于是我回家后，花很长时间洗了一个热水澡，上床后把空调的温度调得很低。在情绪阴郁的时候，我发现低温有一种净化作用。与其说是为了保持头脑清醒，不如说是身体的需要。

我从来不记得梦里的情形，即使记得也不把那当回事。所以这次我觉得很荒唐，因为我老记得这个梦。

我读过这类书。我知道其中的象征意义：飘浮是飞翔的一种形式，其意义是性交。还有刀子——

是呀，大夫先生。刀子是母亲，对吗？从梦里挣脱出来，德克斯特。只不过是一个愚蠢而又毫无意义的梦。

电话铃响了，吓了我一跳。

"一起到沃尔菲快餐店吃早点怎么样？"德博拉说，"我请客。"

"今儿是星期六，"我说，"咱们挤不进去的。"

"我先去占张桌子，"她说，"咱们在那儿见。"

位于迈阿密海滩的沃尔菲快餐店是迈阿密一家老字号快餐店。因为摩根一家世世代代都住在迈阿密，所以我们每逢该店有什么酬宾活动就到那儿去吃。我不知道德博拉怎么知道今天有酬宾活动，不过她到时候会告诉我的。于是我冲了个澡，穿上节假日才穿的礼服，开车来到海滩。新改建的麦卡锡海堤上车辆很少，很快我就彬彬有礼地从沃尔菲快餐店门前的人群中挤了进去。

德博拉真的占了一张桌子，在墙角那儿。这会儿她正跟一个年老的女服务员聊天。我认识这个老太太。"罗斯，亲爱的，"我说着俯身吻了一下她的面颊，她那永远紧绷着的脸转向我，"我亲爱的爱尔兰野玫瑰。"

"德克斯特，"她的嗓门儿粗哑，带有浓重的中欧口音，"带着你的吻滚蛋，像同性恋似的。"

"Faigelah①在爱尔兰语里是未婚妻的意思吗？"我问道，与此同时，我慢慢地坐到了椅子上。

"得了吧。"她说，拖着沉重的步伐朝厨房走去，然后朝我摇了摇头。

"我想她很喜欢我。"我告诉德博拉。

"谁都有人喜欢。"德博拉说，"昨晚的约会怎么样？"

"玩儿得很痛快，"我说，"你也应该抽时间去试试。"

"得了吧。"德博拉说。

"德博拉，你总不能每天晚上都穿着内衣站在塔迈阿密的胡同里啊。你需要

---

① 即同性恋。

有自己的生活。"

"我需要的是调动工作，"她咆哮着说，"调到凶案组去。然后才能考虑自己的生活。"

"这我能理解，"我说，"要是孩子们说自己的妈咪是凶案组的刑警，那可就神气多了。"

"德克斯特，看在上帝的分儿上，你就饶了我吧。"她说。

"德博拉，这是一种很自然的想法。生几个外甥、外甥女，给咱摩根家族增添几个新成员，有什么不好的？"

她长长地呼出一口气。"我还以为老妈复活了呢。"她说。

"她通过那樱桃丹麦面包附在我身上了。"我说。

"那就换个问题吧。细胞结晶是怎么回事，你知不知道？"

我眨了眨眼睛。"哇，"我说，"要是有一种转换话题的比赛，你可是天下无敌呀。"

"我是说真格的。"她说。

"这下你可把我给难住了，德博拉。你说的细胞结晶是什么意思呀？"

"就是……"她说，"在冷冻中结晶的细胞。"

我顿时豁然开朗。"当然喽，"我说，"美极了。"

我觉得自己身体内部某个黑暗的地方正慢慢地响起铃声。

冷却……洁净而纯粹的冷却，冰冷的刀子刺进暖融融的肌肉里面，发出咝咝的响声。冷却可以抗菌，有净化作用，可以减缓血液流动，使血液停滞不前，因此冷却是准确无误、完全必要的。冷却。

"我怎么没有——"我刚开口，但一看到德博拉的脸色就打住了。

"什么？"德博拉问道，"当然什么呢？"

我摇了摇头："你得先告诉我，你干吗想知道这个。"

她狠狠地瞪了我很长时间，又呼出一口长气。"我想你已经知道了，"过了好久她才说，"又发生了一起谋杀案。"

"我知道，"我说，"昨天晚上我打那儿经过了。"

"我听说你并没有真正从那儿经过。"

我耸了耸肩。戴德县警察局这个天地真是小得很哪。

"那你刚才说'当然'是什么意思？"

"没什么意思，"我说，觉得有点儿不耐烦了，"尸体的肌肉看上去有点儿异样。如果是经过冷藏的话……"我伸出双手，"就这样，是吗？冷到什么程度？"

"就像包装好的冷冻肉一样，"她说，"凶手干吗要这么干？"

因为那很美，我心想。"那样可以减缓血液流动。"我说。

她端详着我："那很重要吗？"

我深深地吸了一口气，微微有点儿颤抖。我不但永远无法解释清楚，而且即使我想解释，她也会中途打断我。"至关重要。"我说，感到有点儿尴尬。

"为什么至关重要？"

"这个我也不知道。我想凶手对付血液很有一套。这只是我的感觉。"

她又用那种眼光看了我一眼。我脑子里盘算着说点儿什么，但又想不出一句话来。"他妈的，"她过了好大一会儿才说，"就这些？冷却可以减缓血液流动，这一点至关重要？说吧。这到底有什么好处，德克斯特？"

"德博拉，我得先喝上咖啡才能有好的表现，"我极力恢复刚才的镇静，"才能做到精确。"

"他妈的。"她又说。这时罗斯送来了咖啡，德博拉呷了一小口。"昨天晚上他们邀请我去参加了七十二小时案情通报会。"她说。

我拍了拍手："太好了。你已经如愿以偿了，还需要我帮你做什么？"戴德县警察局有一条规定，就是在案发后七十二小时内召集凶案侦破小组的成员开会。负责侦查的探长和她的团队跟法医鉴定专家一起讨论，参加讨论的有时还包括检察院的人。如果邀请了德博拉，那么她就是侦破小组的成员了。

她皱了一下眉头："德克斯特，我不擅长政治。我感觉到拉戈塔在拼命地排挤我，但我无能为力。"

"她还在寻找那个神秘的目击者吗？"

德博拉点了点头。

"真的？昨天晚上新的谋杀案发生之后，她也没改变想法？"

"她说，这个新的案子恰好证明了前一个案子是有目击者的，因为在新案件中凶手完成了全部的切割程序。"

"可这根本不是一回事呀。"我对此表示反对。

她耸了耸肩。

"你向她暗示过？"

　　德博拉转过脸去："我把我的想法告诉她了。我说，寻找目击者完全是浪费时间，因为很显然凶手不是被人发现后才慌忙停止尸体肢解的，他只是觉得不过瘾。"

　　"哎哟，"我说，"你真的是对政治一窍不通啊。"

　　"真他妈的见鬼，"她说，邻桌两位老太太瞪了她一眼，但她没有察觉到，"你说得有道理。这是显而易见的，可她就是不理会我的意见。还有更糟的呢。"

　　"还有什么比不理会你的意见更糟？"我说。

　　她的脸唰地一下红了。"后来我发现两个穿制服的警察在偷偷地嘲笑我。大家都在说笑话，笑的就是我。"她咬了一下嘴唇，别过脸去，"爱因斯坦。"

　　"我没听懂你的话。"

　　"我的乳房跟爱因斯坦的大脑一样大，要是我的乳房是大脑的话，我就成了爱因斯坦，"她伤心地说，我本想笑，但还是清了清嗓子，"她就是这样散布我的谣言的，就是把这种卑劣的小标签贴在我身上，这样一来他们就不提拔我了，因为有了这样的绰号谁也不会尊重我。真他妈的见鬼，她毁了我的前程。"

　　我感到心头涌起一股想要保护妹妹的温暖的冲动："她是个白痴。"

　　"德克斯特，我可以把你的话告诉她吗？这么做明智吗？"

　　我们的饭菜送来了。罗斯啪地一下把碟子扔到我们面前，仿佛一个贪赃枉法的法官判决她来给杀害婴儿的凶手送早餐似的。我朝她灿烂地一笑，她拖着沉重的步子走开，一边走一边还自言自语地嘟囔着什么。

　　我吃了一口饭，思绪又转到德博拉的问题上去了。是德博拉的问题，我就得用其他方式考虑。既不是"那些魅力无穷的谋杀案"，也不是"那种迷人的作案手法"，或者"那件事跟我将来要做的很相似"。我得置身事外，不介入进去，可是又感到一股巨大的力量把我往里头拽。比如昨天晚上在冷风吹拂下做的那个梦。当然，梦中的事情纯粹是巧合，却让我心神不宁。

　　这位杀手触及了我内心深处的杀机。当然，我指的是他的手法，而不是他所选择的谋杀对象。一定得制止他，这是毫无疑问的。那些可怜的妓女……

　　但是，冷冻的必要性……将来有时间好好探究一下是很有趣的。找一个漆黑、狭窄的地方……

　　狭窄？这个念头是从哪儿来的？

　　自然，这来自我的梦中。无论如何，狭窄的感觉是对的。冰冷而狭窄——

"冷藏货车。"我说。

我睁开眼睛。德博拉使劲儿嚼着满嘴的鸡蛋，过了好大一会儿才腾出空儿来说话："什么？"

"哦，只是一个猜测。哎，也谈不上真正的推理。可那说得通吗？"

"什么说得通啊？"她问道。

我低头看着盘子，皱了皱眉头，极力思考着这个猜测有多大的可能性："凶手想要一个冰冷的环境。减缓血液的流动，因为这样更干净一些。"

"如果你非要这么说……"

"我真的这么说，而且那得是一个很狭窄的空间。"

"为什么？'狭窄'这个概念是从什么鬼地方冒出来的？"

我假装没听见她的问题："因此冷藏货车符合这些条件，而且是移动的。这样事后把垃圾袋扔掉也更方便一些。"

德博拉咬了一口面包圈，边嚼边沉思了片刻。"因此，"过了好大一会儿，她边说边吞下嘴里的食物，"凶手可以钻到货车里头去？要不，他自个儿有一辆？"

"嗯，有可能。只是昨夜凶手是第一次暴露出冷藏的痕迹。"

德博拉皱了皱眉："那就是说他买了一辆货车？"

"可能不是这样，这还只是他的试验。很可能是他一时心血来潮，想试试用冷藏的方法。"

她点了点头："所以如果他的职业就是开冷藏货车的，那咱们的运气也太好了，对不？"

我做出一副内行的样子，朝她笑了笑："呵，德博拉，今儿早上你脑子转得真够快的。是呀，恐怕咱们这位朋友精明得很，不可能是干那一行的。"

德博拉喝了一小口咖啡，然后把杯子放下，靠在椅背上。"那么咱们就去找被盗的冷藏货车。"过了好久她才说。

"恐怕只能如此了。"我说，"可是在过去的二十四小时内会有多少辆冷藏货车被盗呢？"

"在迈阿密吗？"她从鼻子里哼了一声，"只要有一辆车子被盗，就会有人放出话风来说值得一偷。于是过不了多久，那些他妈的小匪徒、流亡者、吸毒犯和少年黑手党的党徒都会去偷，就是为了攀比。"

"但愿这样的话风还没有放出去。"我说。

德博拉把最后一块面包圈吞了下去。"我去查一查。"她说。然后，她把手伸到桌子这边来，握住我的手。"我真得谢谢你，"她说着朝我笑了那么一两秒钟，是那种羞涩、迟疑的微笑，"可是，德克斯特，我真担心你是怎么想出这个主意来的。我只是……"她俯视着桌子，又握了一下我的手。

我回握了她一下。"不用担心我，"我说，"你只管去找那辆货车。"

从理论上说，戴德县警察局的七十二小时案情通报会让大家有足够的时间交流案子的调查进展，同时七十二小时又不是太长，案件的种种线索都是第一手的。于是，星期一上午，百折不挠的拉戈塔探长再次将大家召集到二楼会议室，开七十二小时案情通报会。参加这次会议的是犯罪侦破小组的全体成员，一个个都是顶呱呱的。我也去参加了。认识我的警察一般都要给我递一个眼色，有的还善意地说上几句恭维话，都是那种简短风趣的俏皮话，譬如："嘿，老兄，你的女朋友呢？"这些人都是警察局的骨干，过不了多久，德博拉也会成为他们中的一员。我跟这些人在一起既感到自豪，又有点儿自卑。

不幸的是，并不是与会的所有人都对我这么友好。"你他妈来这儿干吗呀？"多克斯警官嘟囔着。他是一个大块头的黑人，永远都对你怀有敌意，好像谁得罪了他似的。他身上有一种冷酷的凶残，出于某种原因，他讨厌我们实验室所有的技术人员，又出于别的原因，他特别恨德克斯特。此人保持着戴德县警察局杠铃推举的纪录，因此我朝他礼节性地笑了一笑。

"我只是顺便进来听听，警官。"我告诉他。

"没有谁通知你到这儿来吧？"他说，"你给我滚出去。"

"警官，他可以留下来。"拉戈塔说。

多克斯朝她皱了皱眉头："为什么？"

"我并不想让谁不高兴。"我说着侧着身子朝门口走去，但并不是真的想走。

"你完全可以参加这次会议。"拉戈塔说着朝我嫣然一笑，然后转身面对着多克斯。"他可以留下来。"她又重复了一遍。

"老子他妈的浑身都起鸡皮疙瘩。"多克斯嘟囔着。我尽量去想这个家伙某些好的品质。当然我他妈的让他浑身起鸡皮疙瘩。问题在于，为什么在满屋子的警察当中，只有他一个人有眼力，一看到我就浑身起鸡皮疙瘩。

"咱们开始吧。"拉戈塔说着啪地轻轻一挥警鞭，毋庸置疑地声明她是这儿的头儿。多克斯没精打采地回到自己的椅子上，最后朝我瞪了一眼。

　　会议的前半部分完全是例行公事——做报告、宣讲政治策略和一些日常琐事。毕竟我们都是人嘛。拉戈塔简短地告诉主管公共关系的官员，哪些情况可以公布给媒体，哪些不能公布。能够公布给媒体的资料包括拉戈塔特地为此案拍摄的一张崭新的照片。照片面容严肃，但美丽动人；神情紧张但又不乏高雅的气质。看到这张照片，你一定以为她要晋升处长了。要是德博拉有她那种公关才能就好了。

　　拉戈塔花了差不多一个小时才把话题转移到这起谋杀案上来。她终于开始要求大家汇报寻找神秘目击者的进展情况。大家都没有什么可汇报的。我极力露出惊讶的神色。

　　拉戈塔向大家威严地皱了皱眉头。"大家说说看，"她说，"咱们这儿总有人发现了什么吧。"但是谁也没有任何发现。大家都沉默不语，细心地观察着自己的指纹、地板、天花板上的吸音瓷砖。

　　德博拉清了清嗓子。"我……"她说着又清了清嗓子，"我有一个……主意。跟大伙儿的有点儿不一样。我是想从不同的角度试一试。"原先我那么细心地教她，可现在她说出话来还是这么不自然。不过，她的措辞还是相当谨慎的，从政治的角度来看基本上是正确的。

　　拉戈塔挑了下眉毛。"主意？真的？"她做了一个鬼脸，表示很惊讶，很兴奋，"完全可以，给大伙儿说说吧。爱因斯……警员……我是说，摩根警员。"

　　多克斯窃笑着。这个可爱的家伙。

　　德博拉满脸通红，但还是艰难地说了出来："这个嘛，细胞结晶。在最新发现的那个受害者身上。我很想查一查，看最近一个星期是否有冷藏货车被盗的报告。"

　　一片寂静。这些死脑筋的笨蛋都没听明白，而德博拉也不理会大家是否听懂了，让大家就这么沉默下去。拉戈塔皱了皱她那美丽的眉头，困惑地瞥了一眼整个会议室，想看看是否有人听明白了，然后她很礼貌地看了看德博拉。

　　"冷藏……货车？"拉戈塔说。

　　德博拉满脸惊慌的样子，这个可怜的小丫头。她是一个不善于在公共场合讲话的人。"正是。"她说。

　　拉戈塔在一旁幸灾乐祸地看着德博拉出洋相。"嗯，嗯。"她说。

　　德博拉脸色铁青，这不是什么好兆头。我清了清嗓子，声音之大足够让她明白我是在提醒她保持镇静。她瞧了瞧我，拉戈塔也看了我一眼。"对不起，"我说，"我想我是感冒了。"

谁还能找到比我更好的哥哥？

"这个……嗯，冷冻。"德博拉脱口而出，终于把至关重要的内容和盘托出，"冷藏货车很可能引起那样的肌肉组织损伤。货车是移动的，所以很难逮住凶手，而且凶手把死尸抛掉也要容易得多。所以，如果有冷藏货车被盗，那么我们就有了线索。"会议室里有那么一两个人皱起眉头沉思着。我几乎能听见他们脑筋转动的声音。

可拉戈塔只是点了点头。"警员，这个想法嘛……还真有趣。"她说。她把"警员"这两个字说得特别轻，目的是提醒大家这儿很讲究民主，任何人都可以发言，可是实际上……"不过，我还是相信最好的选择是把目击者找到。我们都知道那个案子是有目击者的。"她微微一笑，那是一种策略性的、羞涩的微笑，"没准儿还是个女的。"她补充了一句，以显示自己的机智，"肯定有人发现了凶手，这一点我们从证据中看得出来，所以我们应该把精力集中到这一点上来。把那种死马当作活马医的事情留给布劳沃德县警察局去做，怎么样？"说到这儿，她打住了，等着会议室里发出赞许的笑声，"不过，摩根警员，你还是继续跟那些妓女保持联系。她们跟你比较熟。对此，我要感谢你。"

天哪，拉戈塔还真有一套。她转移了大家的注意力，不让任何人去考虑德博拉的建议，讲了一个她要与布劳沃德县警察局展开竞争的笑话，就把全组的人都拉过来支持她的观点。而她只用了简单的几句话。我真想为她鼓掌叫好。

不过，我是站在德博拉一边的。德博拉这下可丢了大面子。她张开嘴巴，然后又合上，我看着她下颌的肌肉拧成了一个结，然后她又小心翼翼地让面部表情恢复到普通警察特有的那种神态上来。这对她来说已经是一个了不起的举动，但说真格的，要把她跟拉戈塔相比，就不是一个档次了。

会议的最后几项议程都是一些无关紧要的琐事。刚才那些事情讲完之后，大家都觉得无话可说了。拉戈塔家长式地讲完话之后就宣布散会。我们又来到了大厅里。

"她真该死。"德博拉压低嗓门儿说，"她真是该死，该死，该死！"

"是该死。"我附和着。

她瞪了我一眼："谢谢了，哥。你帮了我大忙啊。"

　　我朝她扬起眉毛："可是咱俩商量好了，我不介入。所以功劳全是你的。"

　　她咆哮起来："功劳不小。可她让我出了洋相。"

　　"好妹妹，这是你尊重她，对她做出的让步嘛。"

　　德博拉看了看我，目光又游移开去，然后很厌恶地举起双手："那我应该说什么呢？我连侦破小组的成员都不是。我去参加会议是因为局长非让我去不可。"

　　"可是局长并没说他们一定得听你的呀。"我说。

　　"他们是不听我的，也不会听我的，"德博拉伤心地说，"这样一来我非但进不了凶案组，恐怕连前程也毁了。德克斯特，我恐怕要当一辈子处理违章停车的交警了。"

　　"还有一个办法，德博拉。"我说。这时她面对着我，脸上的神色显示出她仅抱有三分之一的希望。

　　"什么？"她问。

　　我朝她笑了笑，是那种我并不擅长的安慰式的微笑："把那辆货车找到。"

　　过了整整三天，德博拉才来找我。隔这么长时间不跟我联系，这对她来说是少有的。那是星期四的午饭之后，她走进我的办公室，满脸的不高兴。"我找到了。"她说，我一下子没听懂她是什么意思。

　　"找到什么了，德博拉？"我问道，"是找到你发脾气的原因了吗？"

　　"那辆货车。"她说，"冷藏货车。"

　　"这可是好消息呀，"我说，"那你干吗做出这副凶样子，好像要给什么人一记耳光似的？"

　　"因为我正在搜查犯罪分子，"她说着把一沓纸扔到我的桌子上，一共有四五页，都是订在一起的，"瞧瞧这个。"

　　我拿起纸，在第一页上瞥了一眼。"哦，"我说，"一共有多少辆？"

　　"二十三辆，"她说，"在过去一个月里共有二十三辆冷藏货车被盗。据交警说大多数都是在运河里发现的，都给放火烧了，这样车主就可以去领保险金。没有人肯花大力气去找，将来也不会有人把这当回事。"

　　"欢迎到迈阿密来。"我说。

　　德博拉叹了一口气，从我的手上拿过那份清单，无精打采地坐到另一张椅子上，她的骨头好像突然全没了似的。"我没办法进行全面调查，我一个人无能为力。那得花上好几个月。真他妈的见鬼，"她说，"现在咱们该怎么办？"

我摇了摇头。"德博拉，对不起，"我说，"现在咱们得等。"

"就这样干等着？"

"就这样干等着。"我说。

我们就这样等了两个星期。然后……

我醒来时全身是汗，压根儿不知道自己这是在哪儿，但确信又有一起谋杀案即将发生。在离这儿不远的某个地方，凶手在寻找自己的下一个猎物，就像一条围着礁石转圈的鲨鱼一样在这座城市里游荡。我几乎可以听到他撕扯开塑胶带发出的咝咝作响的声音。

我从小床上坐起来，被汗水浸湿的床单皱成了一团。床边的时钟指着三点十四分。我身体僵直，大脑一片混沌，根本无法思考问题，只是断定又一起谋杀案即将发生。

可以肯定，今天晚上我是再也睡不着了。我打开灯，只觉得双手黏糊糊的。我在床单上擦了擦，但不管用。床单也是潮湿的。我跌跌撞撞地走进浴室去洗手，水龙头里放出的是温水，有一阵子我觉得自己是在用血洗手，一会儿的工夫，浴室的昏暗灯光下，水盆里的水变得一片血红。我闭上眼睛。

世界在旋转。

为了消除灯光造成的幻觉，让处于半睡眠状态的大脑清醒过来，我想要闭上眼睛，希望睁开以后，幻觉就会没了，洗脸盆里的仍然是清水。可是，我一闭上眼睛就像睁开了另外一双眼睛，看到的是另外一个世界。

我再次回到梦幻之中，像一片刀刃一样飘浮在比斯坎大道上，冷酷而快速地飞翔，一门心思地朝着自己的目标冲去，而且——

我又睁开眼睛。水仍然只是水。可我是什么呢？

我狂暴地摇着脑袋。沉住气，老伙计，德克斯特可不能草率行事哟。我深深地吸了一口气，在镜子里瞄了自己一眼，发现自己并没有什么异样，神态安然自若。一双平静而带着嘲弄的蓝眼睛，整个儿就是对生活绝妙的伪装。只是我的头发直挺挺的，活像斯坦·劳莱[①]的头发。

---

① 曾多次担任查理·卓别林替身的好莱坞著名笑星。

　　我又小心翼翼地闭上眼睛。一片漆黑。很平常、很简单的黑暗。没有飞翔，没有血迹，没有城市的灯火，只有这位德克斯特老兄闭着眼睛站在镜子跟前。

　　我再次睁开眼睛。喂，老伙计，你回来了，太好啦。刚才究竟上哪儿去了呀？

　　这些图像看上去、感觉起来是那样真实可信，但又不可能是真实的。刚才我明明在床上，但是我几乎可以嗅到飘浮在比斯坎大道上咸涩海水、废气和廉价香水的气味。绝对真实——难道这不是精神失常的一种迹象吗？难道这不是说明幻觉与现实无法区分吗？对这个问题我没有现成的答案，也无法找到任何答案。我没有任何方法可以清楚地知道自己的精神状态是不是健全。

　　不过，如果我认真地想一想，还是有一个办法。

　　十分钟后，我开车出去。我并不确定自己要做什么，所以车开得很慢。城市的这个角落跟往常一样还在沉睡之中。在迈阿密这个街角，零零落落地点缀着几个人匆匆的脚步。一些游客喝了太多的古巴咖啡因而睡不着觉。几个来自艾奥瓦的外地人在找加油站。还有一群外国游客在打听南海滩的方向。当然，在这黑夜中潜行着的还有些像我一样的怪物——暴徒、抢劫犯、吸毒犯、吸血鬼、食尸鬼，以及形形色色的妖魔。在这一带，在这样的时候，类似这样的食肉野兽的数量并不多。迈阿密的这个街区，仿佛都市中的沙漠，行人本来就稀少，经过相对喧闹的白天后，晚上就显得分外冷清。这是个被白天遗落的地方，是个甘于堕落的人围逐的猎场，没有华而不实的阳光和鲜艳T恤的伪装。

　　我就这样开始了自己的猎捕。夜的眼睛注视着我，但是我的车飞快地行驶，很快就把它甩在了后面。我朝北穿过那座古老的吊桥，穿过迈阿密闹市区，仍然不知道自己要寻找的是什么，自然也就没有看见自己要找的东西——但是，由于某种令我很不舒服的原因，我确定自己可以找到这个东西，也确定自己走的方向是对的，那个东西就在前方等着我。

　　丰富多彩的夜生活开始了。太多的热闹、太多的事情可看。人行道上的咳嗽声、尖细的歌声穿过街道传到车窗里。夜女郎出来了，聚集在街道的角落里，叽叽喳喳地说笑着，肆无忌惮地盯着路过的车辆。那些车也开得很慢，傻看着她们故意敞开的衣服。前面两个街区处一辆崭新的劳斯莱斯停了下来，一群女孩飞快地从角落里跑出来，跑出人行道，围上那辆车，交通一下子就陷入半瘫痪状态，喇叭声响成一片。多数司机坐在车里等，很有兴趣地看着。但一辆货车不耐烦地从拥挤的车流中倒出来，开进一条邻近的小巷。

是一辆冷藏货车。

我自言自语，这没什么。是晚上运送酸奶的，要不就是给早餐店运送猪肉香肠的，这样可以确保新鲜。这该是一辆往北边的机场方向开去的无数冷藏货车中的一辆。在迈阿密，一天到晚都有这样的冷藏货车来来往往，即使是现在，即使是在夜深人静的半夜时分也是这么回事，没别的。

但我的脚还是踩下了油门。我从车群中穿过去，离那辆被包围的劳斯莱斯只隔三辆车了。这时交通已经堵塞。我朝前面的货车望去。只见它穿过一连串的红绿灯，径直朝比斯坎大道驶去，如果我掉得太后就跟不上了。突然我很想跟踪它。

等到车群中间出现一个空当儿，我迅速钻到前面的车道上，绕过那辆劳斯莱斯之后加快速度，追赶前面的冷藏货车。我尽量不把车子开得过快，以免惹人注意，只是慢慢地缩小与那辆货车的距离。它就在我前面，离我有三个红绿灯的距离；接着再提些速度，离它只有两个红绿灯的距离了。

这时那辆货车前面亮起了红灯，我正暗自庆幸就要赶上时，忽然，前面的红灯亮了。我把车停了下来，惊讶地发现自己在下意识地咬着嘴唇。我感觉到了平常人才有的焦虑、绝望，还有情感上的忧郁。我太想追上这辆冷藏货车，亲眼瞧一瞧。

但接下来怎么办？赤手空拳抓住他？然后拉着他的手交给亲爱的拉戈塔探长？看看我捉到了什么？我可以自己处理他吗？看起来他捉住我的可能性似乎更大？他极度亢奋，已经做好了捕猎的准备，而我只是尾随着他的一个憋屈的小兄弟。为什么我要追踪他？只是为了向自己证明那就是他吗，就是那个人？我没发疯吧？如果我没发疯的话——我是怎么知道的？我的脑子里发生了什么？也许真的疯了，我才能更开心一些。一个老头儿正慢吞吞地横穿马路，他过街的步伐十分缓慢，显出痛苦不堪的样子。我注视了他片刻，真不知道等我老到走路如此缓慢的地步，生活会是什么样子。然后，我瞥了一眼前面那辆冷藏货车。

它前面已经是绿灯了，可我这里的绿灯还没有亮起。

那辆车在加速，以规定的最高速度朝北行驶，它的尾灯在我眼前变得越来越小，我咬牙切齿，开始闯红灯，差点儿撞着那个老头儿。他没有抬头看，我甚至没有影响到他慢吞吞的节奏。

比斯坎大道这一段的限速为每小时三十五英里。在迈阿密这就意味着如果你的车速在每小时五十英里以下，别人就要把你撵出去。我把车速提高到六十五英里，一溜烟超过稀稀拉拉的车辆，玩儿命地缩小与前面那辆冷藏货车的距离。冷藏货车在绕一个弯道时，尾灯闪烁几下之后全熄了——要不它拐弯了？我把速度提到每小时七十五英里，呼啸着驶过75号大街与人行道交叉的十字路口，绕过人众市场的弯道，进入直道后，我焦急地寻找那辆货车。

看到了。在那儿，我的前头——

冷藏货车迎面朝我驶了过来。

这个王八蛋掉了头。难道他感觉到了我在盯梢？不管怎样，反正就是他，就是那辆冷藏货车，这是毫无疑问的。我从他身边驶过，他却把车拐进了堤道。

我把车开进一个超市的停车场里，减慢速度，掉过头来，然后加速行驶在比斯坎大道上，现在我是掉头朝南开了。开了不到一个街区，我也把车拐进堤道。在前面很远很远的地方，差不多在第一座吊桥那儿，我看见微笑的红灯在朝我眨眼，嘲笑着我。我猛地一踩油门，玩儿命地朝前冲去。

它正在爬上桥的那个坡，加快了速度以保持与我的距离。这就意味着他一定意识到了有人在跟踪他。我再次加速，一点儿一点儿地，离他越来越近。

随后冷藏货车越过桥顶上的减速路障之后从桥的那一边下坡，飞快地钻进北湾村，不见了踪影。这是一个巡警密集的区域。在这里如果他超速行驶就会被巡警发现，巡警就会强制他把车驶到路边去。然后——

我到了桥顶，越过那个减速路障，而我的下面——

什么也没有。

我减慢速度，在桥顶这个制高点上四处张望。一辆小汽车朝我驶过来——不是冷藏货车，而是一辆水星大侯爵牌小轿车，这辆车的挡泥板都已经破了。我把车开下桥去。

在桥底下的北湾村，道路分叉通往两个住宅区。左边那个加油站的后面是一排排的独栋别墅和普通公寓，呈圆弧状排列。右边也是住宅区。住宅区里的房子很小，但档次很高。两边都没有任何动静。没有灯光，没有声响，没有车辆，没有行人。

我慢慢地穿过这个街区。里面空荡荡的。这个家伙不见了。在一个只有一条直路的街道，他把我甩了。这是怎么搞的？

我又绕回来，在路肩上停下车，闭上眼睛。也许我还存有一线希望，想看到什么蛛丝马迹。结果只有一片漆黑。一团团小小的光点在我的眼睑里面跳舞。

我太累了。傻乎乎的。是的，是我，傻小子似的德克斯特玩儿命地要当一个男神童，只凭借强大的精神能量就要去慑服一个恶魔中的天才。我超速驾驶自己的战车追踪他。但此人很可能只不过是一个运送货物的小伙子，铆足了劲儿要充一充好汉，跟路上唯一的另一个司机玩赛车游戏。

我的脑袋耷拉在方向盘上。这是一种真正的人的体验，经历这种体验真是太奇妙了。现在我明白了一个彻头彻尾的白痴是什么感觉。我能听到不远处吊桥上的铃声在告诉大家：桥马上就要拉起来了。丁零。吊桥拉起来时提醒大家的铃声对我已经停止运转的大脑发出了警告。我打了个哈欠。是回家的时候了。

我的后面有发动机启动的响声。我朝后瞥了一眼。

桥墩下面的加油站背后，那辆冷藏货车绕了一个小圈后冲了出来。它摆动车尾超到我的前面，继续加速，驾驶室的车窗里隐约一动，一个模糊的东西旋转着朝我飞来，又快又狠。我急忙躲闪。不知是什么东西砸在了我的车身上，只听见哐的一声响，我出于自身安全的考虑等待了片刻，然后抬起头来看。那辆车飞驰而去，撞断了吊桥上一道木头栏杆，就在吊桥开始上升的时候，它猛地加速跃了过去，一下子蹿到了桥的另一边。看守吊桥的人探出身子，尖声叫嚷。但那辆货车已经到了桥的那一边，回到迈阿密市区去了，这时桥已经升得很高。我永远也不知道这究竟是我追寻的那个杀手，还是迈阿密一个普通的浑蛋。

我下车来查看汽车被砸的地方，只见车身被砸了一个很大的凹坑。我环顾四周，想看看那个家伙扔的是什么东西。

那玩意儿已经滚到了三五米之外，停在了街道的中央。即使隔着这么远，我也看得很清楚。这时迎面驶来一辆车，车灯把那个东西照得一清二楚，我再也没有任何疑惑了。那辆车突然转向，一下子撞上了护栏，喇叭还在响个不停。司机发出阵阵尖叫。我走近那个东西，想看得更清楚一点儿。

是的，没错。就是这个东西。一个女人的脑袋。

我弯下腰去看个仔细。只见这个人头是被齐刷刷地切割下来的，刀法十分娴熟。切口的边缘几乎没有血迹。

"谢天谢地。"我说，忽然意识到自己笑了——干吗不笑哇？

这不是太妙了吗？毕竟我没有精神失常。

Chapter
"凶手"抓到了 *5*

　　早上八点刚过，拉戈塔来到我的汽车旁，我正坐在车身上。她把自己被西装裤绷得紧紧的臀部靠在车上，朝我挪过来，最后我们俩的大腿挨在了一起。我等待着她说点儿什么，可她此时好像无话可说。我也没什么可说的。于是我就这样坐了好几分钟，看着吊桥，感受着她腿上的温度，心里纳闷儿我那位腼腆的朋友究竟开着冷藏货车逃到哪儿去了。就在我安静地遐想的时候，我忽然感觉到大腿上有一股压力。

　　我朝下看了看，只见拉戈塔正像揉面一样捏着我的大腿。我抬头看着她的脸。她也回望了我一眼。

　　"尸体找到了。"她说，"头之外的其他躯体。"

　　我站起身来："在哪儿找到的？"

　　她看我的眼神就像有人在大街上发现了没有躯干的人头，到她这里来报案似的。不过，她还是回答了我的问题。"在冰球场。"她说。

　　"就是飞豹队打球的地方？"我问道，仿佛一个冰冷的小指头戳中了我的身体，冻得我全身颤抖，"在冰上？"

　　拉戈塔点了点头，观察着我："你说的飞豹队，就是那支冰球队？"

　　"我想，那支冰球队就叫这个名字。"我说。

她噘起嘴：“尸体是在球门网里发现的。”

“是客队的球门还是主队的球门？”我问。

她眨巴了一下眼睛：“这有什么区别吗？”

我摇了摇头：“只是开个玩笑，探长。”

“因为我不知道哪边是客队的球门，哪边是主队的球门，所以我想找个懂冰球的内行。”她说着，目光从我的身上游移开去，扫了一眼乱糟糟的人群，寻找带冰球的人，“这种事你居然还能开玩笑，真有意思。什么叫作……”她皱了皱眉，极力回忆着，“什么叫萨摩博列呀？”

“什么？”

她耸了耸肩：“是一种机器。在冰上用的。”

“是赞博尼[①]磨冰机吗？”

“不管叫什么吧。开这种机器的伙计今天早上为训练做准备的时候把这机器拖了出来。”她迟疑了片刻，“他在训练日都来得比较早，然后把机器开到了冰上。他看到球门网里几个袋子堆放在一起，于是从机器上下来想瞧个究竟。”她又做了一个耸肩的动作，“这会儿多克斯在那儿。他说那个伙计情绪太激动了，别的什么也说不出来。”

“冰球嘛，我稍稍懂一点儿。”我说。

她神情凝重，再次看了我一眼：“德克斯特，我对你太不了解了。你还会打冰球？”

“不，我从来不打，”我谦虚地说，“我只是看过几场比赛。”她沉默不语，我只好咬住嘴唇不再说下去。其实，丽塔买了佛罗里达飞豹队的季票，我惊讶地发现自己居然喜欢看冰球比赛。我喜欢的不仅仅是比赛中运动员疯狂而快乐地进行身体冲撞。我觉得坐在凉爽的大厅里是一种放松。在那种地方即使是看高尔夫球比赛我也会开心。这会儿，我绞尽脑汁想找一些借口让拉戈塔带我到冰球场去。我很想去那个表演场，最想看的是这具尸体怎样堆放在冰面上的球网里，我想把包裹着人体残肢的袋子打开，看看里面洁净干燥的肌肉。这种欲望十分强烈，我觉得自己简直像一条看见了猎物准备发起攻击的卡通狗。我觉得那具死尸理所当然是属于我的，我应该拥有它。

---

① 英文名为Zamboni，前文“萨摩博列”（Sam-bolie）是拉戈塔对Zamboni的误读。

"好吧。"拉戈塔过了好久终于答应了，而这时我急得心都快要跳出来了。她露出一丝古怪的浅笑，"这样咱们可以好好聊聊。"

"那我是求之不得啊。"我说，使出浑身解数在她面前展示自己的魅力。拉戈塔没有反应。也许她没听见我刚才说的话，因为那句话无关紧要。在事关自我形象的场合，她是从来不会讽刺人的。即使你想用世界上最高明的奉承话来挖苦她，她也会心安理得地接受，觉得那是自己的本分。我并不喜欢奉承。没有挑战的事情一点儿意思也没有。但我又不知道其他该说什么。在她的想象中，我们会聊些什么呢？今天早上，她刚到这里的时候就毫不留情地盘问过我。

我们俩站在被砸破的汽车旁，看着太阳冉冉升起。她眺望着远处的堤道，一连问我七次是不是看到了那个货车司机，每次问的时候语调都不相同，问一次就皱一次眉头。她还连问我五次是否可以肯定是一辆冷藏货车。我告诉她我很肯定，她抬头看了我一眼，碰了碰我的手臂，就不再问了。

她三次抬头注视着吊桥的斜面，摇着头，压低嗓门儿恶狠狠地骂了声："婊子！"很显然她骂的是冒充婊子的警官，我亲爱的妹妹德博拉。由于德博拉事先就预料到了冷藏货车，而现在情况的确如此，所以拉戈塔需要控制局面。看到拉戈塔咬着下嘴唇的神态，我知道她此刻正在考虑这个问题。我敢肯定她想出的主意会让德博拉很不舒服，她干这种事再拿手不过了——不过，眼下我只希望稍稍抬高一下妹妹的声望。拉戈塔当然不会买这个账，但是其他警察会注意到，现在事实证明当初德博拉尝试着做的侦查工作是正确的。

奇怪的是，拉戈塔没有询问我这么晚开车出来干什么。如果说她出于疏忽把这茬儿给忘了，那可就冤枉她了。可事实就是如此，她就是没有问这个问题。

不过，很显然我们还有许多别的话要谈。于是我跟在她身后，来到她的车子跟前。她当差的时候开的是一辆浅蓝色的大型雪佛兰，已经有两年的车龄了。工作之余她自己开一辆小宝马，而那辆车局里的人谁也不知道。

"上车吧。"她说。我钻进汽车，坐到干净的蓝色前座上。

拉戈塔的车开得很快，在车流中钻进钻出，几分钟后我们就来到了通往迈阿密市区的堤道上。汽车穿过比斯坎大道，离595号州际公路只有不到一公里的路程。她把车开到高速公路上，然后迂回向北，不停地超车，速度之快，即使在迈阿密这种地方也有点儿太过了。到了595号州际公路口，汽车朝西行驶。她用眼角余光斜瞟了我三次，然后才说话。"你这件衬衫很酷呀。"她说。

我瞥了一眼自己身上的衬衫。我是出门时急匆匆地抓起来穿到身上的，直到这时才看清是那件涤纶的保龄球衫，上面的图案是几条色彩鲜艳的红龙。我上班的时候老穿这件衣服，有点儿老气，不过还算干净。很漂亮，不过——

拉戈塔是不是想通过闲聊来让我放松情绪，说出一点儿秘密？她怀疑我隐瞒了什么，想让我放松警惕泄露一点儿出来？

"德克斯特，你的衣着总是那么时髦。"她说着看了我一眼，咧开嘴傻笑，全然没有注意到飞驰的汽车快要撞上前面的一辆油罐车了。她及时回过头去，用一个指头转动方向盘，我们的汽车从油罐车旁边掠过去，继续向西行驶在595号州际公路上。

我回想着自己穿过的漂亮衣服。嗯，是呀，我的衣服都很时髦。我为自己是戴德县警察局衣着最考究的妖怪而感到自豪。没错，就是他把那位好心的杜瓦蒂先生砍成了碎片，可他居然穿着这么漂亮的衣服！在任何场合，他都是那样衣冠楚楚——我插一句，凌晨出去砍人头的时候应该穿什么样的衣服？当然是昨天刚买的保龄球衫配一条宽松的长裤喽。我很时髦。今天早晨是个例外，我是在匆忙中才穿上这件衣服的。哈里教导我：保持整洁，穿着讲究，但不要太显眼。

可是一个具有政治头脑的凶案组侦探怎么会注意到这些，怎么会对这个问题那么关心呢？这好像有点儿……

我内心闪出一个肮脏的小念头。她的脸上掠过一丝古怪的微笑，从她的微笑中，我找到了答案。这有点儿荒唐，但除此之外还能是什么呢？拉戈塔并不是要想办法让我放松警惕，她是出于交际的考虑。她喜欢我。

我想到自己古里古怪、偷偷摸摸、情不自禁地吻过丽塔，心里不禁十分慌乱，这时我极力想在这种慌乱之中镇静下来。可是眼下我该怎样对付这个女人？拉戈塔喜欢我？这他妈的究竟是怎么回事呀？

也有可能是我想错了。像拉戈塔这样有教养、老于世故的事业型女人竟然会对我产生兴趣，我也太自作多情了吧。可能性更大的会不会是……

我们俩是同行，根据普通的警察常识，同行之间更容易相互理解，相互原谅。我们俩之间的关系很可能延伸到了上班时间和紧张的生活方式之外。虽然我并不因此而感到沾沾自喜，但是我的长相不俗，就像我们局里的人所说的那样，我爱整洁，爱打扮。几年来我总是不遗余力地在她面前展现自己的魅力。我真的很善于播撒魅力的种子，而种子会发芽，这也是情理之中的事情。

难道眼前的情形就是我那魅力的种子发出的芽？她会主动邀请我哪天晚上跟她一起不声不响地去吃一顿饭吗？要不就是到酋长汽车旅馆去度过几个小时大汗淋漓的快乐时光？

幸运的是，还没等到我完全乱了方寸，汽车就到达了室内运动场。拉戈塔绕着大楼转了一圈，寻找一个便捷的入口。她没费太大的力气就找到了一个。在一排双扇门的外面，稀稀拉拉地停着几辆警车。她开着这辆大汽车从警车中间穿了过去。不等她把手放到我的膝盖上，我就迅速地从车上跳了下去。她也下了车，注视了我片刻，嘴巴抽搐着。

"我去瞧瞧。"我说，几乎是跑进了室内运动场。是的，我在逃避拉戈塔，但是我也急于到那里面去，看看我那位爱开玩笑的朋友又搞了什么样的恶作剧，近距离地欣赏一下他的杰作，嗅一嗅他的奇迹，学一学他的手法。

运动场里面是典型的谋杀现场，秩序井然而又喧闹嘈杂——但在我看来，空气中回荡着一种特殊的感染力，一种受到抑制的激动和紧张。你就觉得这是非同一般的谋杀，觉得可能还会发生什么新鲜而神奇的事情，因为你就站在这一事件锋利的刀口上。不远处，球门网四周聚集着一大群人。其中好几个身穿布劳沃德警察局制服的人抱着胳膊旁观，而马修斯局长正跟一个穿着考究西装的人争论管辖权的问题。我走上前去，看见未婚天使站在那里，姿势有点儿特别。在他那边，一个秃顶的家伙单腿跪在地上，拨弄着一堆精心包装好的袋子。

我在栏杆前面停了下来，透过玻璃朝里观望。十米开外，刚刚用赞博尼磨冰机磨过的冰球场看上去是那样冰冷而纯净。我只觉得有点儿头晕，也不知道栏杆是否能承受住我身体的重量，仿佛自己就要像一阵烟雾弥漫过这坚硬的栏杆似的。

即使被栏杆隔着，我也能清楚地告诉你，这个家伙是下了大功夫的，做得精准无误，但他似乎预知到了我并不会给他带来什么伤害。

可我现在已经来到现场，难道我就真的对他没有任何伤害？难道我把他追剿到了老巢里，浑身颤抖地摆开架势就是为了让德博拉得到提拔？此刻我就站在冰球场上，在这里我曾经度过了很多愉快的、沉思默想的时刻，这究竟能不能进一步证明这位艺术家在一条跟我平行的轨道上前进呢？瞧瞧他在这里创造的杰作吧。

那颗人头是问题的关键。显然，它是他全盘计划中一个重要的组成部分，他不可能抛到身后不管。他把人头朝我扔过来，是为了吓唬我，还是为了让我经受一下恐怖、惊惶、可怕的体验？要不，他早就知道我跟他有着相同的感受？难道他也感觉到了我们俩之间的联系，只是想逗一逗我？他是在拿我寻开心吗？他把这么重要的战利品留给我一定有某种重要的原因。连我都经受了威力强大、头昏脑涨的震撼——他自己怎么能无动于衷呢？

拉戈塔凑到我的身边。"你看起来很急，"她说，声音里带着一丝埋怨，"你是担心他逃跑了吗？"她朝那堆尸体残肢点了点头。

我知道自己心里的某个角落藏有一个很聪明的答案，这个答案说出来会逗得她发笑，会迷住她，会把我刚才仓皇逃离她的那种尴尬掩盖起来。但是，我站在栏杆旁边，俯视着冰面上球门网里的尸体哑口无言。我很想用严厉的声调叫她别说了，但最后还是抑制住了。

"我得亲眼瞧见了才知道是主队的球门。"我实话实说地告诉她，随后恢复了平静。

她戏弄地拍打着我的手臂。"你真行啊。"她说。还好，这时多克斯警官恰巧走了过来。跟往常一样，多克斯警官又想攥住我的肋骨，把我撕个肚破膛开。他朝我递过来一个热情的、表示问好的眼神，我赶紧抽身离开，让他跟拉戈塔单独在一起。他瞪着我的后背，那神情好像是说我一定犯下了什么滔天大罪，而他要仔细搜查我的五脏六腑，把我的罪证找出来。我绕了一个大圈子，沿着冰球场的边缘慢慢地走着，来到一个可以进到球场里面去的入口。我的眼睛正看着这个入口，突然另一侧的肋骨被人重重地戳了一下。

我挺直腰杆，转身面对着攻击我的人，脸上带着莫大的委屈，同时露出强装出来的微笑。"喂，好妹妹，"我说，"很高兴能在这儿看到一张熟悉的脸。"

"王八蛋！"她咬着牙说。

"有可能啊，"我说，"可你现在干吗提这茬儿啊？"

"你这婊子养的，有了线索却没有叫我！"

"线索？"我几乎是语无伦次地说，"你抽什么风啊，怎么会……"

"别废话了，德克斯特，"德博拉朝我咆哮着，"你是不会在凌晨四点钟开着车去找妓女的。你明明知道凶手在哪儿，真他妈的见鬼。"

这下子我心里豁然开朗了。我一直陷在自己的困惑之中，从那个梦开始，一直持续到我跟拉戈塔噩梦般的遭遇，我从没去想自己这么做很对不起德博拉。我没有把知道的情况告诉她，也难怪她发这么大的火。"没有什么线索，德博拉，"我说，极力想缓和一下她的情绪，"没有任何看得见摸得着的东西。只是一种感觉而已。这根本就算不了什么。"

她又用胳膊肘撞了我一下。"可那就是线索啊，"她咆哮着说，"你已经找到凶手了。"

"实际上，我也说不准，"我说，"我想是他找到我了。"

"别跟我卖关子了。"她说。我双手一摊，表示那是根本不可能的事情。"你答应过的，你这该死的。"

我不记得答应过她什么，难道我答应过她要在深更半夜给她打电话，把我做的梦告诉她？可是直截了当地这么说就不明智了，于是我话到嘴边又打住了。"对不起，德博拉，"我换了个说法，"那只是一种预感，也不知道能不能成真，真的。"即使是在德博拉面前我也不会去解释这其中诡异的心理学现象。也许正是在她面前我才不能这么做。这时我又有了一个想法。我压低嗓门儿说："没准儿你能帮我一点儿小忙。如果他们询问我为什么凌晨四点钟开着车到外面去转悠，我该怎么回答呢？"

"拉戈塔见过你了吗？"

"当然。"我说，拼命抑制住战栗的感觉。

德博拉做了个厌恶的鬼脸："她没有问吗？"

"我确信探长的脑子里有很多问题。"我说，心想其中的一些疑问就是关于我的，"但是迟早会有人问起来的。"我远远地看到她正在那里指挥。"也许是多克斯警官。"我带着真正的绝望神情说。

她点了点头："他是个出色的警察，只是有时候态度不够好。"

"他那态度坏透了，"我说，"不过也不知道是什么原因他不喜欢我，只要是能惹我心烦的问题他都问得出来。"

"那你就实话实说呗，"德博拉面无表情地说，"不过先告诉我得了。"她又戳了一下我那个痛处。

"行行好，德博拉，"我说，"你知道我是个弱不禁风的人。"

"我不知道，"她说，"可我就是想弄个一清二楚。"

"这种事不会再有了。"我答应她说，"德博拉，那只是我凌晨三点钟的一点儿灵感而已。如果当时我就凭这点儿灵感给你打电话，结果什么事也没有，那你会怎么说？"

"可现在的情况并不是这样，实际上是有事。"她说着又推了我一把。

"说真格的，我认为不会有什么事。我觉得如果硬是把你扯到这种不相干的事情上去，那就太傻了。"

"你想想，如果那家伙把你给宰了，我会是什么心情。"她说。

我听了不由得大吃一惊。我甚至无法想象她会是什么心情。后悔？失望？愤怒？我实在想象不出来。于是我又重复了一遍："德博拉，对不起了。"因为我是那种盲目乐观的人，总是看到光明的一面，于是我又说："不过至少那辆冷藏货车找到了。"

她朝我眨了眨眼睛。"货车在哪儿呀？"她说。

"哦，德博拉，"我说，"他们没告诉你？"

她又朝我那个痛的地方戳了一下，这次用的力气更大。"真他妈的见鬼，德克斯特，"她咬着牙说，"货车呢？"

"找到了，德博拉。"我说。看到她毫不掩饰的激动样子，我感到有点儿难为情——我感到难为情的另一个原因是，一个漂亮姑娘居然把我一个大老爷们儿折腾得狼狈不堪，"那个家伙开着一辆冷藏货车，把人头扔了出来。"

她抓住我的手臂，瞪着我。"你他妈的说什么？"她过了好大一会儿才说。

"我要说的就是这个。"

"天——哪！"她说着，两眼瞪着天空，一定是看见了她升官的希望在我头顶的上方飘荡。她本想继续说下去，就在这时未婚天使抬高嗓门儿喊叫起来，他的声音压住了室内运动场上嘈杂的喧闹。"探长？"他喊着，远远地望着拉戈塔。这是一种奇异的、下意识的叫声，是一个从不敢在大庭广众之下大声说话的男人被别人勒住了脖子时发出的喊叫。屋子里顿时静了下来。他的声调一半是惊慌，一半是得意——我发现了一个很重要的东西，哦，天哪。全场所有人的目光都转向安杰尔，只见他朝那个秃顶的家伙点头打招呼，而那个秃顶的家伙正蹲伏在地上，小心翼翼地从最上面那个袋子里往外掏东西。

过了好大一会儿，那个秃顶的家伙才笨手笨脚地把那个东西掏出来，竟失手掉在了地上。那玩意儿在冰面上滑动着。他伸手去抓，没抓住，他要去追，却滑倒了，跟在那亮亮的闪着光的东西后面滑行着，直到一起在护板处停下来。安杰尔的手哆嗦着抓住那个东西，举起来让大家看。整个大楼内顿时一片寂静，这种寂静令人恐慌，令人毛骨悚然，但又非常美丽，仿佛一件天才作品的问世引起雷鸣般的掌声一般。

那是一辆货车上的后视镜。

惊诧引起的寂静只持续了片刻。接着，运动场内响起叽叽喳喳的嘀咕声，人家紧张地看着、解释着、猜测着。

镜子。那究竟意味着什么？

问得好。看到这个东西我虽然感到不安，但一下子也说不清楚那是什么意思。有时候伟大的艺术品就是这样。它打动你的心灵，可你就是说不清楚为什么。是某种意义深远的象征吗？是某种怪异的信息吗？是痛苦地乞求别人救命、乞求别人理解吗？说不清楚，而我起初还觉得这并不是最重要的东西。我只是想全神贯注地听一听，让别人去绞尽脑汁猜测那个东西是怎样到这儿来的。也许，那玩意儿正好掉了，凶手决定把它扔到最方便的垃圾袋里。

不可能，这当然是不可能的事情。此刻我也情不自禁地想着这个问题。镜子出现在垃圾袋里是有着极其重要的原因的。对那个家伙来说，这些袋子根本就不是垃圾袋。他把冰球场当作一个高雅的舞台，而表演是他全部行动中一个至关重要的部分。他绝不会忽视任何细节。正因为这样，我开始考虑这镜子究竟意味着什么。一种异样的感觉从我的内心深处源源不断地涌了上来——凶手这样做是在小心翼翼地传递一个非常隐秘的信息。

这个信息是传递给我的吗？

可那又是什么意思呢？

"那是他妈的什么意思呀？"站在我身旁的德博拉说，"镜子。他这是要干吗呀？"

"我不知道。"我说，"不过，我可以跟你打个赌，如果镜子不是来自那辆冷藏货车，我请你去乔的石蟹①餐厅吃饭。"

"别打什么赌啦，"她说，"不过，它毕竟解开了一个重要的谜团。"

我不解地看着她，难道她有了某种我不曾有过的预感？"老妹，什么谜团哪？"

她朝冰球场边缘点了点头，警察局的几个官员正蹲在那里："管辖权问题。得啦，这个案子归我们。"

---

① 餐厅名，英文为Joe's Stone Crabs。

从表面上看，拉戈塔探长对这个刚刚找到的证据并不是很在意。也许她表面上的冷漠是精心假装出来的，而她内心深处时刻在思索这面镜子的象征意义及其用意。要不，她就真的像一箱子石头那样呆滞。这时她仍跟多克斯站在一起。而多克斯一副忧心忡忡的样子，也许他老是用那种恶狠狠的眼光瞪别人，有点儿累了，要换换表情，脸上才露出了那种神色。

"摩根，"拉戈塔对德博拉说，"你穿着这身衣服，我都认不出你来了。"

"探长，我想，有眼不识泰山也是可能的。"还没等我阻拦，她的话就脱口而出了。

"是呀，"拉戈塔说，"这就是为什么我们中间有的人永远也当不了警探的原因。"拉戈塔这一下毫不费力地获得了全胜，不等看见自己这一梭子子弹是否击中了要害，拉戈塔就转过身去跟多克斯说话："把保管运动场钥匙的人找到。还有那些想什么时候进来就可以什么时候进来的人。"

"呵呵，"多克斯说，"把每一把锁都检查一遍，看看是不是有人闯进来过？"

"不，"拉戈塔微微一皱眉头说，"现在我们已经知道了本案与冰球场有关。"她瞥了一眼德博拉，"那辆冷藏货车只是一个迷魂阵。"然后又转向多克斯，"肌肉组织损伤一定是在冰球场上发生的，就在这儿。所以杀手与这个地方的冰有联系。"她最后看了德博拉一眼，"而不是冷藏货车。"

"呵。"多克斯说着，声音里有种似信非信的意味，不过这儿不是他说了算。

拉戈塔从远处看着我。"我想你可以回家了，德克斯特，"她说，"我知道你住哪儿，需要你的时候我会来找你的。"她说这话的时候没有向我使眼色。

德博拉陪着我走到运动场的大门边。"如果事情这样下去，我用不了一年就会到十字路口去当交警了。"她朝我嘟囔着。

"别胡说了，德博拉，"我说，"最多不过两个月。"

"多谢你的吉言。"

"嗯，说真格的，你绝不能那样当面顶撞她。你没看到多克斯警官在她面前是什么样儿吗？老天保佑，我们得讲究点儿策略。"

"策略。"她猛地停住了脚步，双手攥住我，"听我说嘛，德克斯特，"她说，"这可不是在玩游戏呀。"

"可这本来就是游戏嘛，德博拉。这是一场政治游戏，但你没有玩好。"

"我不是在玩游戏，"她叫嚷着，"这是人命关天的事呀。一个杀人不眨眼的刽子手逃出了法网，只要那个呆头呆脑的拉戈塔继续负责这个案子，刽子手就会永远逍遥法外。"

我本来想说一句乐观的话，但话到嘴边又变了："可能吧……"

"一定是这样。"德博拉毫不让步。

"不过，德博拉，就算罚你到椰树林区当交警，也无法改变眼前这种局面哪。"

"不，"她说，"只要我逮住凶手，就可以改变这种局面。"

事情就是这样。有的人就是不知道天高地厚。除了这个缺点之外，德博拉还算得上是个聪明人，百分之百的聪明人。她继承了哈里那种朴实的直率，但是缺少她父亲直率背后的智慧。对于哈里来说，直率是对付肮脏世事的一种方法；而对于德博拉来说，直率就是假装世界上压根儿就没有什么肮脏事。

我在运动场外搭巡逻小分队的车来到我停车的地方，然后开着自己的车回家。我一路上都在想象自己带上了那个人头，小心翼翼地用纤维纸包裹着，放在汽车后座上带回家去。我知道这种想象是很可怕、很愚蠢的。我第一次能理解那些可怜的男人，我指的是那些恋物狂，他们不是把女人的鞋子当作宝贝来欣赏，就是把女人肮脏的内衣带在身边。一种恶心的感觉让我迫不及待地想要去冲个澡，就像我迫切地想去触摸那个人头一样。

可惜，我没有得到那颗人头，没办法也只好回家。我慢慢地开着车，这样的速度在迈阿密就像是后背上贴了一张"踢我"的标签。当然并没有人真的踢我。他们到了我的后面也只得减速。我被人按喇叭嘲笑了七次，被人竖中指鄙视了八次，还有五辆车一直在我周围轰鸣。他们一会儿冲上人行道，一会儿又围绕在我的车边，紧紧地逼压着我。虽然今天路上其他的司机兴致高昂，我还是打不起精神来。我疲惫至极，加上脑子里一团糟，我需要远离嘈杂的运动场，远离拉戈塔的愚蠢和胡说八道，好好地想一想。慢慢地开着车，我就有时间来考虑问题，有时间思索刚才发生的那一切究竟是什么意思。我发现，在我疲惫的大脑内有一个荒唐的词语在不断地嘶鸣，不断地与脑颅的边边角角发生碰撞。这个词语有了自己的生命。我每次听见它，就能领悟它的新意义。除了意义之外，它变成了诱惑人的符咒，变成了我的钥匙，我可以用这把钥匙去揣摩那个凶手，思索那颗滚落在街道上的人头，思考那面夹杂在干燥的尸体残肢中的镜子。

如果换了我的话——

如果换了我的话，我会把那辆货车开进运动场附近的沟里，然后飞速地逃离那个地方，重新开一辆事先藏好的车？一辆偷来的车？那就得看情况了。如果换了我的话，我会事先计划好把尸体丢到运动场里？要不，那只是凶手对我在堤道上追逐他的一个回应？

这样也解释不通。他不可能料到会有人把他追到北湾村那儿，这可能吗？可是他怎么会事先把人头准备好，然后朝我扔过来呢？他干吗要把尸体的其余部分扔到运动场去呢？这种做法显得很古怪。是的，运动场内有冰，低温是一个有利的条件。不过，要是换了我的话，冰球场内磕磕碰碰的，并不适宜于干任何隐秘的事情。那个地方可怕、空旷而杳无人迹，绝不是产生真正创作灵感的好场所。那是一个抛撒垃圾的场地，而不是理想的工作环境。在那种地方根本找不到合适的感觉。

如果换了我的话，就会是这样。

所以那个室内运动场是凶手对未知领域的大胆探索。它会让警方大吃一惊，也一定会把警察引导到错误的方向。他们本来有可能琢磨出破案的正确入口，可这样一来，找到破案入口的可能性就小多了。

更令人纳闷儿的是那面镜子——假如我猜对了凶手选择室内运动场的原因，那么再加上这面镜子，理由就更充分了。那面镜子可能是凶手对已经发生的事情所做的陈述，是与抛下的人头相联系的。如果换了我的话，我的陈述会是什么呢？

我看见你了。

嗯。就是这个陈述。我看见你了。我知道你在跟踪我，而我也在监视你。可我远远地领先于你，控制着你的路线，支配着你的速度，监视着后面的你。我看见你了。我知道你是谁，你在哪里，而你只知道我在监视你。我看见你了。

我觉得这个推理是对的。但是，为什么我的心情还是好不起来呢？

再说了，我应该把这其中的哪些告诉亲爱的德博拉呢？这些感觉都是隐私，一想到它们公开的一面我还真的犯上嘀咕了，而这公开的一面对我妹妹以及她的事业是非常有用的。我不能告诉她——不能告诉任何人——我觉得凶手之所以这么做是要向我传达一个信息，是要看我有没有本事懂得他的信息并且做出回应。可是，除此之外，有什么情况我需要告诉她，而且也很想告诉她呢？

我已经受不了了，很想先睡上一觉，然后再来清理这些乱糟糟的思绪。

我爬上床的时候简直要哭了，是的，差点儿就哭出来了。我尽力使自己迅速入睡，让大脑进入黑暗中。睡了足足两个半小时，电话铃声把我吵醒了。

"是我呀。"电话那头的声音说。

"我知道是你，"我说，"是德博拉，对吗？"当然是她。

"我找到那辆冷藏货车了。"

"嗯，恭喜你呀，德博拉。那可是好消息呀。"

她长时间沉默不语。

"德博拉？"我过了好久说，"是好消息，对吗？"

"不是。"她说。

"哦。"我仍然睡意很浓，脑袋就像掸子在敲打教堂里祈祷用的地毯一样，不住地往下栽。不过我极力保持清醒。"嗯，德博拉，你怎么……究竟发生了什么事？"

"我已经搞了个水落石出，"她说，"我把图片与残肢编号等进行了匹配。所以，我像一名优秀的侦查员一样把这些情况向拉戈塔做了汇报。"

"她不相信你的汇报？"我问道，心里并不相信事情会是这样。

"她可能相信了。"

我使劲儿地眨着眼睛，但是上下眼皮老粘在一起，于是我干脆闭着眼睛跟她说话："对不起，德博拉，咱们俩不知是谁像是在说梦话，是我吗？"

"我费了好大力气向她解释，"德博拉声音很低，听起来十分疲倦，我仿佛觉得自己乘坐的船沉到水底下却没有了舀水的桶，"我把自己发现的情况毫无保留地告诉了她，说话的态度也很礼貌。"

"那太好了，"我说，"她说什么来着？"

"什么也没说。"德博拉说。

"一句话也没说？"

"一句话也没说，"德博拉把我的话重复了一遍，"她只说了声'谢谢'，那口气就像对停车场的服务员道谢似的。她还朝我微微一笑，那样子很逗，然后转身走了。"

"嗯，可是德博拉，"我说，"你不能指望她会——"

"后来我明白了她干吗对我露出那样的微笑，"德博拉说，"好像我是个弱智，而她最终想出了该把我关到哪里。"

"哦，不，"我说，"你是说你已经脱离了这个案子？"

"我们大家都脱离了这个案子，德克斯特，"德博拉带着疲倦的语气说，听起来好像跟我一样累，"拉戈塔抓人了。"

突然我们俩都沉默不语，我的脑子也无法思考，不过我至少保持着清醒。

"什么？"我说。

"拉戈塔抓了一个人，是运动场的一个工人。她已经把那个伙计拘留了，她肯定那个伙计就是凶手。"

"这不可能。"我说。尽管我心里明白这是很有可能的，这个死脑筋的婊子！我骂的是拉戈塔，不是德博拉。

"这我知道，德克斯特。可是你就别再把这话告诉拉戈塔了。她确定自己抓的人是对的。"

"确定到什么程度？"我问道。我的脑筋呼呼地旋转着，像是要呕吐似的。我也不知道是怎么回事。

德博拉哼了一声。"一个小时后，她要举行新闻发布会。"她说，"对她来说，这是一件很有意义的事情。"

我的脑子里嗡嗡地响个不停，根本无法听见德博拉接下来说的是什么。拉戈塔抓人了？抓的是谁呀？她能给谁加上这个罪名呢？难道她不顾所有那些线索，不顾这几起谋杀案的气味、感觉和味道，就把一个人给抓起来了？这位凶手已经做过——并且正在做——的事情非同寻常，这样的高手是不可能让拉戈塔这种三脚猫抓住的。绝不可能。我可以拿自己的性命打赌。

"不，德博拉，"我说，"不可能啊。她肯定抓错人了。"

德博拉朗声大笑起来，笑声里带着疲惫。"是呀，"她说，"这我知道，你也知道，但是她不知道。还有更逗的呢，你想听听吗？那个人也不知道。"

我实在听不懂这句话："你在说什么呀，德博拉？谁也不知道啊？"

她再次发出那种恐怖的笑声："被抓的那个人。德克斯特，我估计那人跟拉戈塔一样昏了头，因为他承认了。"

"什么？"

"他承认了，德克斯特。那个王八蛋自个儿承认了。"

此人名叫达里尔·厄尔·麦克黑尔，属于我们常说的那种社会渣滓。在过去的二十年里，他有十二年住在佛罗里达州。亲爱的多克斯警官从运动场工作人员的档案中翻出了他的名字。多克斯警官在电脑上对运动场受聘人员的暴力或重罪判刑记录进行反复核对时，麦克黑尔的名字两次闪现了出来。

达里尔·厄尔是个酒鬼，喜欢打老婆，找乐时偶尔还会干些抢劫加油站的勾当。为了维持最基本的生活，他有时要找些最廉价的工作，干上那么一两个月。在某些心情舒畅的周末晚上，尽情狂饮了几箱六瓶装的啤酒后，他会把自己想象成上帝派来的惩罚者。他醉醺醺地开着车转悠，看着不顺眼的加油站就冲进去，挥舞手枪，抢了钱后开车就跑。然后，他拿抢来的八九十美元去买更多的酒狂饮，一直喝到心里高兴得想打人。达里尔·厄尔的块头不大：身高一米七，骨瘦如柴。为安全起见，挨打倒霉的通常是他老婆。

事情大概就是这样，他就这样浑浑噩噩地生活着。不过有一天晚上他打老婆有些过火，使这个倒霉女人做了一个月的骨折牵引。于是这个女人到法院起诉。达里尔·厄尔成了一个有前科的人，他有不光彩的过去。

他还是酗酒，不过在雷福德监狱他确实给吓到了，把打老婆的习惯给改了。出狱后他找到了一份工作，在室内运动场看门。这份工作一直做了下来。从我们掌握的情况来看，他已经有很长时间没有打老婆了。

此外，我们的达里尔甚至还在飞豹队参加"斯坦利杯"冰球赛的时候出过一点儿风头。那时候，他的工作之一是在比赛的间隙跑上场，清理球迷们往冰球场上扔的东西。在"斯坦利杯"冰球比赛的那年，只要飞豹队一得分，粉丝们就会激动地往冰球场上扔三四千只塑料老鼠，所以捡塑料老鼠并将其搬离场地就成了达里尔的主要工作。这是个枯燥活儿，毫无疑问。某天晚上喝了几瓶劣质伏特加壮胆，达里尔在捡塑料老鼠的时候还即兴来了一段老鼠舞。观众们觉得不错，要求他再来一段。后来每当达里尔·厄尔进入冰球场，人们都会叫他跳一段老鼠舞。这个余兴节目一直保持到赛季结束。

如今不准生产塑料老鼠了。即使联邦法律条文允许厂家生产，也不会再有人往冰球场里扔这些玩意儿了。20世纪的某一年，迈阿密选出了一位很有诚信的市长，打那以后飞豹队就再也没得过分。但是麦克黑尔在比赛的间隙仍然出现在赛场上，希望自己跳老鼠舞的形象能最后一次进入摄像机的镜头。

在新闻发布会上，拉戈塔表现得十分出色。听她那口气，达里尔·厄尔是因为自己小小的名气才走上谋杀犯罪之路的。当然，因为他酗酒，又有对妇女实施暴力的前科，拉戈塔就认定这一系列愚昧而残忍的杀人案是他干的。这样一来，迈阿密的妓女可以高枕无忧了，因为谋杀事件已经过去。紧张而无情的调查给达里尔·厄尔带来了巨大的心理压力，于是他承认了。案子结了。姑娘们，接着干活儿去吧。

媒体迫不及待地接受了这种说法。对此，你也不能责怪他们。拉戈塔精彩的陈述里充满了想当然的假象，但几乎所有的人都对此深信不疑。当然记者并不都是经过智商测试后挑选出来的。即便如此，我总是希望会出现一个小小的亮点，但盼来的全是失望，也许这是因为我小时候看了太多的黑白电影。但我仍然抱有一线希望，希望来自大都市报社的某个愤世嫉俗的酒鬼记者会向拉戈塔提一个尴尬的问题，迫使侦查人员对证据进行重新整理。

不幸的是，生活并不总是模仿艺术。在拉戈塔主持的新闻发布会上，担任主角的是一群留着漂亮发式、身穿薄布西装的男女记者，他们像电影演员斯宾塞·屈塞①一样其貌不扬，但衣着考究。他们提的问题中最有见地的也只是："发现人头有什么感觉？""我们可以拍几张照片吗？"

一位来自美国全国广播公司附属电视台的记者，名字叫尼克，不知道姓什么，是单枪匹马出来采访的。此人询问拉戈塔，她是否能肯定麦克黑尔就是凶手。拉戈塔回答说证据确凿，而且嫌疑犯自己的供认也是毋庸置疑的。于是这位记者就再也不吭气儿了。要么他的确是心服口服，要么是拉戈塔的话太有权威性了。

于是事情就这样定下来了，案子结了，正义得到了伸张。迈阿密地区强大无比的法律机器，以及令犯罪分子魂飞魄散的反犯罪机构又一次战胜了包围我们这座美丽城市的黑暗势力。法律的威严得到了最充分的展示。拉戈塔把几张达里尔·厄尔脸色阴沉的面部照片连同她自己最近在南海滩调查一个摄影师时拍的几张艳光四射的照片一起交给了媒体。这位摄影师是专门拍摄时尚照片的，每小时的收入高达二百五十美元。

这一切具有神奇的讽刺效果，危险的出现与严酷的现实之间存在着巨大的差异。因为不管达里尔·厄尔看上去是多么粗鄙、凶残，对社会构成真正威胁的却是拉戈塔。是她把侦查真凶的猎狗喝退了，是她止住了人们捉拿罪犯的呼喊，是她命令大家回到一座燃烧着的楼房里继续睡觉。

难道只有我一个人明白达里尔·厄尔·麦克黑尔不可能是凶手？这一系列谋杀案显示出来的那种格调和智慧是麦克黑尔这种呆头呆脑的家伙根本无法理解的。

一方面我由衷地钦佩凶手的杰作，另一方面我又有一种前所未有的孤独感。那些尸体的残肢仿佛在对我歌唱，在赞美没有血迹的谋杀艺术。这支歌燃起了我

---

① 美国电影演员，奥斯卡历史上连续两年获得最佳男演员奖的第一人。

内心深处的灯火，使我的动脉里充满了如醉如痴的恐惧感。但是它无法阻挡我要逮住真凶的激情。我一定要把这个屠杀无辜、冷酷无情、恶贯满盈的刽子手绳之以法。对吗，德克斯特？对吗？喂？

我坐在自己的公寓里，揉着惺忪的睡眼，回忆着刚才看到的表演。虽然没有免费的午餐，没有裸体照片，但是那场新闻发布会几乎完美无缺。很显然，拉戈塔使出浑身解数找了各种社会关系，大张旗鼓地要把这个新闻发布会开得空前隆重，举世瞩目。而现在她如愿以偿了。她在给上级舔屁股的职业生涯中，第一次发自内心地相信自己逮住的是真凶。作为局外人的我的确感到沮丧。她这样做不只是出于政治目的，在她的脑海里，她干的是廉洁而冠冕堂皇的工作，她用自己特有的方法侦破了谋杀案，擒获了凶手，制止了谋杀犯罪。这么一件出色的工作理所当然地赢来了一片掌声。可是，如果接下来再出现一具死尸，她将会怎样地惊诧莫名呢？

我确信真凶仍然逍遥法外。很可能此人通过第七频道也看了新闻发布会。对谋杀案感兴趣的观众大多选择这个频道。此刻他一定笑得前仰后合，连刀子也拿不稳。但那只是暂时的。一旦笑声停止，幽默感就会汹涌而至，促使他对这起事件发表自己的看法。

由于某种原因，这样的想法并没有让我被恐惧和厌恶吓倒，也没有使我默默地下定决心及时去制止这个杀人狂继续行凶。相反，一个小小的预感油然而生。我知道这个预感是错误的，正因为如此，我心里感到舒服多了。哦，我要制止这个凶手，将他绳之以法，是的，这是毫无疑问的——不过，是不是得马上行动呢？

还有一个小小的交易。如果我尽自己的绵薄之力制止了真凶，那么我至少得同时从中得到一点儿好处。想到这儿，电话铃响了。

"是的，我看了。"我拿起话筒说。

"天哪，"德博拉在电话里说，"我都快吐了。"

"嗯，老妹，要是你发烧，我可不会来给你擦脑门子啊。我有自个儿的事要做。"

"天哪。"她又说。过了一会儿，她问："什么事？"

"告诉我，"我问她，"这下子你是不是名声扫地了，妹妹？"

"德克斯特，我累了。我一辈子也没像这会儿这么撮火。这话文雅一点儿怎么说？"

"我问你，你是不是像老爸生前所说的那样丢了脸？你在警察局里是不是名声扫地了？你职业上的名誉是不是受到了玷污？大伙儿是不是对你产生了怀疑？"

"你是说拉戈塔在背后中伤我？是不是有人说我的乳房跟爱因斯坦的脑袋一样大？我的职业名誉已经像狗屁一样糟糕了。"

"那好吧。只要你觉得再也没有什么可输的就行。"

她从鼻子里哼了一声："还好，这样的人我还丢得起，因为我毕竟是我呀，如果再降我一级，我就去给警察局的客人煮咖啡得了。我该怎么办呢？"

我闭上眼睛，身体后仰，靠在椅子背上："你公开表明自己的观点，告诉局长和全局的人，就说达里尔·厄尔抓错了，另外一起谋杀案即将发生。你可以从自己的调查结果中挑出几个有说服力的理由。你暂时会成为迈阿密地区警察部门的笑柄。"

"我已经是大伙儿的笑柄了，"她说，"这没什么大惊小怪的。可是，找什么样的理由呢？"

我摇了摇头。有时候我真的难以相信她居然会这么幼稚无知。"好妹妹，"我说，"你并不是真的相信达里尔·厄尔有罪，对吗？"

她没有回答。我可以听见她的呼吸声。我想她一定跟我一样疲倦，只不过她没有我那种毅力能忍住。"德博拉？"

"那个家伙自己承认了呀，德克斯特，"她过了好大一会儿才说，我听到她的声音里流露出极度疲惫的感觉，"我不相信我以前的想法是错的，可他自个儿承认了。他妈的！也许咱们得放手了，德克斯特。"

"哦，你就这么没自信，"我说，"她抓错人了，德博拉。现在你得去改写那本错误的政治学教科书。"

"我当然会的。"

"达里尔·厄尔·麦克黑尔不是真凶，"我说，"这一点是毫无疑问的。"

"即使你是对的，可那又能怎么样呢？"

现在轮到我眨眼睛不知所措了："你说什么？"

"嗯，你听我说，如果我是凶手，我难道意识不到自己现在已经万事大吉了？把另外一个伙计逮住了，警方也放了手。我为什么不就此金盆洗手呢？要不，就逃到别的地方去，重操旧业？"

"这是不可能的，"我说，"你根本不了解这个家伙的心思。"

"是呀，这我知道，"她说，"你怎么就那么了解他？"

我故意回避这个问题："他一定会继续待在这里，继续杀人。他一定会让警方瞧瞧他对警察是怎么看的。"

"那你说说，他是怎么看的。"

"是不好的看法，"我对她说了实话，"我们把达里尔·厄尔这样一个糊涂虫抓了起来，这是十分愚蠢的。他觉得太逗了。"

"哈哈。"德博拉说着，并不是在发笑。

"不过，我们也侮辱了他。我们把他的杰作归功于达里尔·厄尔这样一个缺乏修养、智力低下、土里土气的低能儿，那就好比是对杰克逊·波洛克①说连六岁的孩子都能画出他的作品。"

"杰克逊·波洛克？那个画家？德克斯特，可这个家伙是个杀人狂啊。"

"德博拉，从他自己的角度来看，是这样的，他自以为是艺术家。"

"天哪，这简直是愚昧透顶——"

"相信我，德博拉。"

"是呀，我相信你。我干吗不相信你呀？这么说，咱们这位愤怒而滑稽的艺术家不会到别的地方去了，对吗？"

"对，"我说，"他一定会继续干下去，一定会在咱们的眼皮子底下干。没准儿会干出更大的事来。"

"你是说，他这次要干掉一个大块头的妓女？"

"德博拉，我是说下一个谋杀案的规格会更高，构思会更大，效果会更轰动。"

"哦，效果更轰动。是呀，比如说把受害者活埋了。"

"赌注加高了，德博拉。我们激怒了他，侮辱了他，这一点肯定会在下一次谋杀案中反映出来。"

"啊哈，"她说，"怎么个反映法呀？"

"这我就说不准了。"我承认道。

"可你肯定会反映出来。"

"这就对了。"我说。

"好极了，"她说，"这下子我知道该怎么去看门道儿了。"

---

① 美国画家，抽象表现主义绘画大师。

Chapter
杀手愤怒了 *6*

星期一下班后，我一进门就知道有点儿不对劲儿。有人进过我家。

门锁好好的，窗户没有被撬开，也没有发现任何毁坏物品的迹象，可我就是知道有人进来过。你可以把这叫作第六感，或者别的什么。也许我嗅到了来人在我房间的空气中留下的信息素①，要不就是我那把拉兹男孩②躺椅周围的气氛被人搅乱了。

这似乎并不值得大惊小怪。毕竟这里是迈阿密。每天都有人回到家里，发现电视机不见了，珠宝和电子产品被盗了，家里被人砸了个稀巴烂，财产被人洗劫一空，家里养的母狗怀孕了。可我这件事与众不同。就在我迅速地查看公寓的同时，我知道家里的东西一样也不会少。

结果被我猜对了。什么也没少，但是多了一样什么东西。

我花了好几分钟才发现多的那样东西是什么。估计是某种人工引发的反射促使我先检查那些显而易见的物品。在正常情况下，强盗光临你的家，就一定会拿

① Pheromone，指的是由一个个体分泌到体外，被同物种的其他个体通过嗅觉器官察觉，使后者表现出某种行为、情绪、心理或生理机制改变的物质。几乎所有的动物都证明有信息素的存在。

② La-Z-Boy，美国顶级沙发品牌。

走你家里的东西：玩具、珠宝、私人遗物、剩下的几块巧克力饼干。于是，我先检查这些东西。

但是我所有的物品都原封未动。电脑、音响、电视机、录像机都在原地，就连那些珍贵的显微镜载玻片也好端端地搁在书架上，每一块上面干涸的血迹依然如故。每一件东西都是我离开前的那个样子。

接着我检查较为隐秘的地方，卧室、卫生间、药品柜。一切都保持原样，但是每一件物品周围的空气中都充斥着一种感觉：这些东西被人检查过、触摸过、移动过——只是此人的动作极其轻微，连物品上面的灰尘颗粒都不曾拂动。

我回到客厅，一屁股坐到椅子上，环顾四周，突然感到有点儿不妙。我敢肯定有人进来过，但这究竟是为什么呢？究竟是什么人对我这个不起眼的小人物如此感兴趣，闯进寒舍却不动一丝一毫呢？垃圾桶里那堆旧报纸好像偏左了点儿——可那是不是我的想象呢？会不会是空调的微风吹的呢？没有任何异样，什么痕迹也没有。

那人到底为什么闯进我的公寓？我的公寓没有任何特别的地方，这一点我敢打包票。这是我营造哈里形象的一个组成部分。与人交往，举止适度，宁可让人觉得自己有点儿呆板。会引起别人议论的事情千万别去做，不要收藏任何引人注目的物品。我就是这么干的。除了一套音响和一台电脑之外，我没有任何值钱的东西。而隔壁邻居家里有好多更令人垂涎的目标。

不管怎么说吧，为什么这人闯进来却不拿走任何东西，不干任何事情，不留下任何痕迹呢？我靠在椅背上，闭上眼睛，开始对这件事进行各种想象。这肯定是由烦躁不安引起的幻觉。是缺乏睡眠、过分担心德博拉事业上的挫折而引起的一种症状，是可怜的德克斯特堕落到水深火热之中的一种迹象，是从反社会者变成精神变态者的一种毫无痛苦的过渡。在迈阿密，如果你假设自己被无名的仇敌所包围，那也不一定表明你精神失常——但如果你的行为与社会格格不入，那才是精神失常呢。总有一天，他们非得把我送进精神病医院不可。

可是这种感觉十分强烈。我极力摆脱。我站起来，伸了伸懒腰，做了一次深呼吸，极力让自己想一些愉快的事情。但是愉快的想法不肯光临。我摇摇头，走进厨房喝水。

这下子可找着了。

我站在冰箱前面看着，也不知道看了多久，反正就这么傻乎乎地瞪着。

　　一个芭比娃娃的脑袋挂在冰箱上，一块热带水果形状的磁贴将芭比娃娃的头发夹在冰箱门上。我不记得这是不是自己干的，也不记得自己是不是买过芭比娃娃。要是买了这样的东西，按理我是记得的。

　　我伸手摸了一下那个小小的塑料脑袋。这玩意儿轻轻地转动着，碰在冰箱门上发出细微的嗒嗒声。转了四十五度之后，芭比娃娃警觉地昂起头来看着我，那种兴致盎然的神气劲儿活像一条柯利牧羊犬。我也看了它一眼。

　　我打开冰箱门，只见里面芭比娃娃的躯干小心翼翼地躺在上层的一个格子里。双腿和双手被扯了下来，躯干从腰部折成两半。这些身体碎片被小心翼翼地包裹起来，整齐地堆放在一块儿，用一条彩带捆绑着。芭比娃娃的一只小手上攥着一样东西，是一面小巧玲珑的芭比镜。

　　过了很长时间，我才把冰箱门关上。我很想躺在地板上，让脸颊紧贴着冰冷的地面。不过，最后我还是伸出小指弹了一下芭比娃娃的脑袋。那玩意儿撞在冰箱门上发出嗒嗒的声音。哇，我又有了一个业余爱好。

　　我让那个芭比娃娃就那样挂在那儿，自己转身走进客厅，坐到椅子上，屁股深深地陷到垫子里，然后合上眼睛。我知道自己应该感到烦躁、愤怒、害怕，应该觉得自尊心受到了伤害，内心应该充满偏执狂的敌意和正义的愤怒。但是，这些感觉全然没有。相反，我觉得——除了有点儿神志不清之外，也许很焦虑，要不，就是高度的兴奋？

　　至于谁闯进了我的公寓，这一点几乎是无法知晓的。除非我能轻信这样一个假设：一个从未谋面的陌生人，出于某种不为人知的目的，无意中把我的公寓当作一个理想的场所，来炫耀他这个被砍了脑袋的芭比娃娃。

　　不。来造访我的是那位我最喜欢的艺术家。他是怎么找到我的，这并不重要。那天晚上在堤道上，他可以毫不费力地记下我的车牌号。他藏在加油站后面有足够的时间监视我。然后只要是稍有电脑常识的人，就可以通过车牌号找到我的住址。找到住址后，就可以轻易地溜进来，细心地四处瞧一瞧，然后留下一个信息。

　　他留下的信息是，被砍下的脑袋吊在那里，尸体残肢却堆放在冰箱的格子里，还有那面鬼镜子。联想到此人对我公寓里的其他物品毫无兴趣，这只能说明一件事。

　　他想告诉我什么？

　　他可以留下一样东西，也可以什么都不留下。他可以将一柄血淋淋的屠刀刺穿牛的心脏，然后扎进我的地毯里。可是为什么他偏偏要留下芭比娃娃呢？芭比娃娃代表他上一次肢解的尸体，这一点是明摆着的，可他干吗要告诉我这个呢？难道与更花哨的东西相比，芭比娃娃更阴森可怖？要不就是更温和一些？他是想说"我在监视你，我要逮住你"吗？

要不，他是说："咳！想玩一玩吗？"

我是想玩一玩。我的确想玩一玩。

但是那面镜子又怎么解释呢？这次他加上一面镜子，其意义就远远不只是那辆货车和我们俩在堤道上的追逐了，而要比那深远得多。我能想到的意义只是："瞧瞧你自己。"可那又有什么意义呢？我明明是想看看凶手，我干吗要看自己呀？所以这面镜子的意义我目前还没有弄懂。我甚至都无法肯定这面镜子是否有任何意义。它很可能并没有什么真正的意义。我不愿意相信这个高雅的艺术家会创造出毫无意义的作品来，但这也是有可能的。而他要传达的是某种非常隐秘、非常混乱、非常阴森的信息。这就没法儿知晓了。

我做出了正常人的选择，决定不采取任何行动。我不会把发生的事情向上级汇报。再说了，汇报什么呢？没有丢失任何东西。除了说"呵，马修斯局长，我想告诉您，很显然有人闯进了我的公寓，在我的冰箱里留下了一个芭比娃娃"之外，我没有任何情况可以向上级汇报。

如果我真的这样向上级汇报，听上去还很有道理，那么肯定会引起警察局的重视。没准儿多克斯警官会亲自调查，最后得意地露几手绝招，进行无拘无束的审问。没准儿他们会简单地把我跟可怜的德博拉一道列入"因智力缺陷而无法操作"的名单，因为这个案子已经正式结案了。即使没有结案，也跟芭比娃娃扯不上关系。

是的，没有任何可汇报的情况，没有任何可以解释的东西。我打算也不告诉德博拉，如果她知道了会责怪我，那就让她责怪去吧。由于某些我无法解释的原因，我决定把这当作个人的秘密，谁也不告诉。这样一来，我接近来访者的机会就更大了。而接近他的目的当然是将他绳之以法。

做出这样的决定之后，我觉得心情轻松多了，甚至有点儿飘飘然的感觉。我不知道这么做的结果会是什么，但我在心理上已经做好了应付一切的准备。这种感觉伴随了我整整一夜，一直持续到第二天我上班的时候。在上班时间里，我写好了一份实验室报告，安慰了德博拉几句，偷吃了文斯·增冈的一个炸面包圈。

这种感觉又伴随我驱车穿行在夜晚的车流中，这时司机都把轧死人当作一件开心事，而我则处于一种禅定状态，能够应付任何惊吓。

起码，我自己是这样认为的。

我回到家，靠在椅子上放松自己的情绪和身体，这时电话铃响了。我只管做深呼吸，不去理睬它。我想反正也没有什么要紧的事情。再说了，我安了一个五十美元的电话留言机，总得让它派上用场啊。

电话铃的第二声响起。我闭着眼睛。吸气，放松，老兄。第三声响起。呼气。留言机咔嗒一响，开始播放我那段温文尔雅的录音：

"您好，我这会儿不在家，请您在听到响声后留言，我会及时给您回话。谢谢。"

这段话的声调真是太妙了。听上去很有人情味儿，我为此感到自豪。我又吸了一口气，听着留言机发出有节奏的信号声。

"喂，是我呀。"

一个女人的声音。不是德博拉。我感到一只眼的眼皮烦躁地跳个没完。为什么这么多人留言的时候都以"是我呀"开头呢？当然是你喽，这个我们都知道。可是你他妈的是谁呀？对我来说，给我打电话的人屈指可数。我知道不是德博拉。听上去也不像拉戈塔，尽管她很可能有事找我。那么剩下的只有——

丽塔吗？

"嗯，对不起，我……"一声长长的叹息，"听好了，德克斯特，对不起。我以为你会给我打电话的，结果你没打，所以我就……"又是一声长叹，"不管怎么说吧，反正我想跟你聊聊。因为我意识到……我……天哪！你能……嗯……给我回话吗？如果……你知道……"

我什么也不知道，一点儿都不知道。我连你是谁都不知道，你真的是丽塔吗？

又是长长的一声叹息。"对不起，如果……"很长的一次停顿。两次呼吸。深深地吸一口气，然后呼出来。又深深地吸一口气，然后猛地呼出来。"德克斯特，请你给我打个电话。只是……"又是一阵长时间的停顿。一声叹息。接着电话挂了。

我一生中有好多次觉得自己丢失了某种东西。每个人都把一种困惑时刻带在身边但又从不去想它，而我丢失的就是这种困惑的核心部分。对此我通常并不在乎，因为绝大多数时候那只不过是人性中一种愚不可及的东西，就像橄榄球比赛中内场腾空球的规则，或者初次约会时不做爱一样。

但是也,有些时候我觉得自己缺乏平常人的智慧和普通的常识，而这些常识是人类深切地感到自己并不需要谈论也无法用言语来表达的。

而我此刻就有这样的感觉。

我知道，自己应该懂得丽塔实际上是在说一些很具体的事情。她的吞吞吐吐、欲言又止暗示着某种很美好、很奇妙的东西，作为男人是应该凭直觉就懂得的。可我偏偏不知道那是什么东西，也不知道怎样才能猜出它的含义。她想告诉我什么呢？再说了，她为什么要告诉我呢？

根据我的理解，那天我出于一种奇怪而愚蠢的冲动亲吻了丽塔，这实际上就是越过了一道界线，我们俩之间的关系再也无法回到原来那种纯洁的境界了。那个亲吻就其本身而言，无异于一种谋杀行为。那天以后，我再也没去想过丽塔。她已经不复存在，被一种不可思议的古怪念头推到了我的生活之外。

可现在她给我打电话，把她的呼吸和叹息留在我的电话留言机上，让我听后不禁发笑。为什么？她想责怪我吗？痛骂我一顿，揭我那个旧伤疤，强迫我明白我的鲁莽行为造成了多么严重的后果吗？

我为这事大伤脑筋，在公寓里踱起步来。我为什么非得去想丽塔呢？这会儿我有比这更重要的事情要去考虑。丽塔只不过是我的一个掩护，是一件傻孩子的外衣，我在过周末的时候穿上她就可以掩盖这样一个事实：那个有趣的凶手所做的事情我也做过，只不过这会儿我没去做。

这是忌妒吗？当然我这会儿没有做那种事。不久前，我已经暂时地洗手不干了。在最近一段时间里，我肯定不会重操旧业。那太危险了。我还没有做好准备。

可是——

我走进厨房，拍了一下那个芭比娃娃的脑袋。嗒、嗒、嗒。我似乎有了某种感觉。是搞笑吗？是深切而永久的关心吗？是职业上的忌妒吗？我说不准，而芭比娃娃也没有吭气儿。

我简直受不了了。这明显虚假的忏悔，对我隐私的侵犯，现在又加上丽塔，一个男人只能承受这么多了。即使是像我这样披着伪装的人也不例外。我觉得惴惴不安，头昏脑涨，心乱如麻，在心理上既处于一种异常活跃的状态，又无精打采。我走到窗前，望着外面。这时天已经黑了，远处大海的上空升起一团光亮，看到这种光亮，我内心深处一个微弱、奸诈的声音响了起来。

月亮。

我的耳边有点儿响动。根本不是什么声音，隐隐约约的，那种感觉就像是有人在呼唤你的名字，你好像听见了，离你很近，也许越来越近。虽然明明知道没有人来，但我还是转过身，不是我的耳朵在捣乱，是我内心深处那个可爱的哥们儿不知被什么东西踢了一脚，大概是月亮吧，于是就清醒过来了。

这个肥胖、快乐、喋喋不休的月亮。哦，它有太多的话要说。我很想告诉它，现在还不是时候，太早了，这会儿我还别的事要做，非常重要的事情——对这些事情，月亮有很多话要说。

我感到很绝望，就运用各种手法消除这种感觉，但根本不奏效，于是我做了一件让自己震惊不已的事。我给丽塔打电话。

"哦，德克斯特，"她说，"我有点儿害怕。谢谢你打来电话。我只是……"

"我知道。"我说，其实我什么都不知道。

"咱们能……我不知道你想……我一会儿能见你吗，我真的很想跟你聊聊。"

"当然可以喽。"我告诉她。我们俩约好了，待会儿我到她那儿去，可我不知道她心里打的是什么主意。对我施加暴力？流着眼泪斥责我？大声叫骂？

挂上电话后，我有那么半个小时心神不宁。最后我体内那个柔和的声音又慢慢地回到了脑海里，它平静地告诉我，今天晚上真的很不寻常。

我又不由自主地走到窗前，看到的还是月亮那张快乐的大面孔在暗笑。我拉上窗帘，转身走开，在公寓内来来回回踱步。我每走一个来回就离客厅里那张放着电脑的小书桌近一点儿，心里明明知道自己想干什么，但是又不想去干。三刻钟后，我实在忍不住了。头昏得厉害，站立不稳，心想椅子就在身边，干脆一屁股坐下去得了。于是我坐到椅子上，打开了电脑……

"还没完呢，"我心想，"我还没准备好。"

当然，那没关系。我是否准备好了并不重要，反正电脑已经准备好了。

我几乎确定他就是我的下一个目标，但还不是完全确定，我以前从没有在完全确定之前动手。我感到软弱，极度兴奋，夹杂着激动、不确定，以及根本性的判断错误带来的病态感觉。好在此刻黑夜行者坐在后座上驱动着我，我的感受就不是十分重要了，因为它是那么强壮、冷静，它渴望并且完成了准备。我能感觉到它在我的内心膨胀着，上升着，好像充满了能量，告诉我这毫无疑问就是我要找的人。

几个月以前我就发现了这个家伙，但是经过一番观察后，我认定干掉神父的把握更大，而这个家伙可以先等一等，等我有了绝对的把握再说。

我真是大错特错了。现在我发现，他根本就不能再等了。

他的家在椰树林区的一条小街上，是一套肮脏而破旧的房子。从房子的一端再往前走几个街区就是低收入的黑人住宅区，那里的街道拐角处有卖烤肉的，有坍塌的教堂；房子的另一端往前半英里的地方是一排排富豪居住的现代化住宅。这些楼房的墙壁都是用珊瑚石砌成的，就是为了防止像他那样的人闯进去。杰米·贾沃斯基就住在这里，除了他之外，他家里还有无数只蟑螂和一条丑狗。我从来没见过这么丑的狗。

即便是这样的房子他本来也是住不起的。贾沃斯基在庞斯·德·利昂学校看门，工资是按小时计算的。从我了解的情况来看，这份工作是他唯一的经济来源。他一个星期上三天班，按理糊口是不成问题的，但也没有太多的结余。当然，我对他的经济收入并不感兴趣。我感兴趣的是，自从贾沃斯基到庞斯中学工作之后，这所学校失踪的学生就增多了，增加的实际人数似乎不是很多，但已经很引人注目。失踪的孩子都是些十二三岁浅色头发的姑娘。

浅色头发。这一点很重要。由于某种原因，警方似乎忽视了这一细节，但是它深深地印在了我这种人的脑海里。当然从客观的角度来看，这是不正确的。深色头发、深色皮肤的姑娘遭受绑架、性虐待之后在摄像机前面被杀再被碎尸的概率和浅色头发的姑娘应该是相等的，你不这么认为吗？

贾沃斯基似乎经常是失踪孩子的最后一位目击者。警方找他谈过话，还把他拘留了一夜，审问他，但是没有找到确凿的证据。当然，他们得遵守某些法律上的小规定。比如，最近严刑逼供是会遭到非议的。由于没有强大的压力，贾沃斯基永远也不会把他的业余爱好和盘托出。就拿我自己来说吧，我也会是这样。

但我知道他做的事情。那些女孩流星一般地消失在短暂的电影生涯中，这是他一手导演的。这点我完全可以肯定。当然，我并没有发现什么尸体碎块，也没有亲眼看见他做那些事，但一切都合乎逻辑。我在互联网上设法找到了三个失踪姑娘的照片，看上去是精心拍摄的，那几个姑娘看起来并不是很开心，有的甚至是故意搞笑。

当然，仅凭照片，我是无法把这些事和贾沃斯基联系起来的，但是上面的邮件地址是南迈阿密，离那所学校只有几分钟的路程。这上面暴露了贾沃斯基的居住痕迹。后座上隐伏着的黑夜行者用他越发强大的能量提醒我：我已经错过了最好的时间，对于这样的事情不一定要有百分之百的把握。

但是，最让我伤脑筋的是贾沃斯基的那条丑狗。狗是一件很麻烦的事情。它们不喜欢我，通常也不赞成我对它们的主人采取行动，特别是因为我从来不给它们好吃的东西。我得想个办法绕开那条狗，然后对贾沃斯基下手。也许他会出门。如果他不出门的话，我就只好想个办法到他家里去了。

我曾经三次开车经过贾沃斯基的房子，但是没有遇上一次好机会。得有点儿运气才行，我需要一点儿好运，黑夜行者才能让我采取紧急行动。就在我这位可爱的哥们儿低声向我嘀咕一些鲁莽的建议时，我终于遇上了一点儿小运气。那一次我经过他的门前，正好遇上贾沃斯基从房子里出来，钻进他那辆破旧的红色丰田小皮卡车里。我尽量放慢速度。他倒车后，猛地加大油门，朝道格拉斯路驶去。我把车掉过头来，尾随其后。

我压根儿没想好该怎样对他下手。我毫无准备，事先没有安排好安全的地点，没有带上干净的工作服，除了一卷塑胶带和座位下面那把片鱼刀之外，什么工具也没有。我得不声不响，不能让他有所察觉。

我又碰到了一个好运气。在贾沃斯基朝南向老刀匠路行驶的时候，路上的车辆很少。行驶了一英里，他来了个左转弯，朝大海方向驶去。为了改善全体市民的生活，这一带正在搞大规模的建设，树木被砍掉了，动物被撵走了，一排排水泥楼房拔地而起，用来安置那些来自新泽西的老年人。贾沃斯基缓慢地穿过这群建筑，前面的高尔夫球场上插着一些小旗子，但是没有草。走了半个高尔夫球场，汽车快要靠近海边了。前面一个街区的庞大公寓楼还没有完工，高高的楼房遮住了天边的月亮。我远远地跟在后面，关掉前灯，然后磨磨蹭蹭地凑上前去，看这位老兄究竟想干什么。

贾沃斯基把车开到一排尚未完工的公寓楼边停了下来。下车后他站在自己那辆小型卡车和一个大沙堆之间，不住地环顾四周。我把车开到路肩上，关掉了发动机。贾沃斯基注视着楼房，然后又望着那条通往海边的路。他看上去很满意，走进了那栋尚未完工的楼房。我肯定他是在看有没有保安，而我自己也在注意这个问题。我希望他的准备工作没出差错。通常在这种大型的建筑群里总会有一个保安人员，驾驶着高尔夫机动车来回巡逻。这样可以节省开支。再说了，这儿毕竟是迈阿密，任何一项工程的经费中总有一部分是不翼而飞的。

我下了车，把片鱼刀和塑胶带塞进随车带来的购物袋里。我已经把一副橡胶手套和几张照片放在了里头。东西不是很多。只是一些从互联网上下载下来的小玩意儿。我把袋子背在肩上，轻手轻脚地来到他那辆老爷车跟前。车子的底座和驾驶室一样空荡荡的。车厢地板上堆着几个汉堡王的杯子和几张包装纸，还有几个骆驼牌香烟的空盒子，都是一些像贾沃斯基本人那样脏兮兮的小玩意儿。

我抬头仰望天空，只见那轮明月悬挂在楼顶的边缘。一阵晚风携带着这个热带乐园迷人的芬芳吹过我的脸颊：有柴油的气味、腐烂蔬菜的气味，还有水泥的气味。我深深地吸了一口气，然后将思绪重新转回到贾沃斯基身上。

此时他已经钻进了楼房。我不知道这样过了多久，忽然一个细小的声音开始敦促我抓紧时间。我离开他的卡车，钻进了楼房。就在我穿过大门的时候，我听到了他的声音。更准确地说，我听到了一阵阵古怪的嗡嗡嗡、噼啪噼啪的噪声，那只能是他了，要不——

我停下脚步。噪声来自一个侧面，我踮着脚，轻轻地朝发出声音的地方走去。一根管子沿着墙壁伸展开来，还有一根电线。我把手放在管子上，感觉到它在震动，好像里面有什么东西在流动似的。

我的脑子里灵光一闪。贾沃斯基是在拉扯电线。铜是一种很昂贵的金属，现在买卖铜的各种黑市十分活跃。除了当门卫的那点儿微薄收入外，他又找到了一个小小的收入来源，他会用这些钱来完成他的犯罪勾当。一车子铜可以卖好几百美元。

现在我知道他要做什么了，一个方案的轮廓在我头脑里逐渐成形了。从声音来看，他在我上面的某处。我可以轻易地找到他，尾随他直到出现合适的机会，然后袭击他。但我此时实际上没有任何防护，完全地暴露着，没有任何准备。我习惯于用特定的方式做这种事。此时跨出我谨慎的界线之外，我感到极度不安。

一阵轻微的战栗爬上了我的脊背，我该怎么做呢？

以前我干这种事情总是事先进行精心的策划和准备，可现在我轻率地来到这个危险、肮脏、陌生的地方，凭着一时的心血来潮干起了这种事。虽然我对这一切都很清楚，但还是很想干下去。不得不干。

那好吧。可我不能就这样不经伪装地去干哪。我环顾四周。房子那边有一大堆石膏灰胶纸夹板，外面缠着热缩塑料包装膜。我花了几分钟把包装膜割成一块围腰和一个古里古怪的透明面具，在蒙住鼻子、嘴巴和眼睛的地方割了几个小孔，这样我就可以呼吸、可以说话、可以看东西了。我拉紧面具，只觉得那玩意儿跟我的脸贴合到一起，无法分开了。我把面具的边边角角扯到脑袋后面，打了个死结。这样谁也认不出我来了。虽然显得有点儿傻乎乎的，但我已经习惯了戴着面具去打猎。我从购物袋里掏出手套，戴在手上。一切准备停当。

我发现贾沃斯基正在三楼，一大堆电线堆放在他的脚下。我站在楼梯井的阴影里，看着他把电线拉出来。我猫着腰退回到楼梯井，打开购物袋，用塑胶带把随身带来的照片挂起来。一张张美丽的小照片上，失踪的那些姑娘摆着各种迷人而露骨的姿势。我把照片贴在水泥墙上，好让贾沃斯基待会儿出门进楼梯井时看见。

我扭过头来看着贾沃斯基。他把电线又拉出了二十米左右。这时电线被什么东西卡住了，怎么拉也拉不动。贾沃斯基狠命地扯了两下，然后从裤子后面的口袋里掏出一把钳子，把电线剪断。他把脚下的电线拾起来，在前臂上缠成一个小圈，然后朝楼梯井走过来。

我缩回到角落里，等待着。

贾沃斯基并没有刻意保持安静。他没有料到有人会来打扰他——当然也没有料到我的到来。我听着他的脚步声和身后电线圈的嚓嚓声，越来越近——

他出了门，往前走了一步，但是仍没看见我，却看见了那些照片。

"噢！"他惊呆了，仿佛肚子被人猛击了一下。眼睛直勾勾的，呆呆地张着嘴巴，身子不能动弹。我一下子跳到他的身后，用刀尖抵住了他的脖子。

"别动，别出声。"我说。

"嘿，听着……"他说。

我动了一下手腕，把刀尖往他下巴下面的皮肤里一戳。他发出一阵哐哐的声音，一小股鲜血喷射而出。这本来是不必要的痛苦。为什么有人就是不肯听话呢？

"我说了，别出声。"我再次警告他，这下子他果然安静了。

接着能听到的只有我撕塑胶带的声音、贾沃斯基的呼吸声和黑夜行者那无声的暗笑。我用塑胶带封住他的嘴，用一段铜线缠住他的手腕，把他拖到另一堆热缩塑料包装膜旁。我只用了几分钟就把他捆绑在了那张临时工作台上。

"咱们谈谈。"我们（我和黑夜行者）用黑夜行者那温和而冷酷的声音说。

他不知道我是否允许他说话，再说塑胶带贴在嘴上他也很难说出话来，于是干脆不吭声。

"咱们来谈谈那些失踪的小姑娘。"我们说着，撕下他嘴上的塑胶带。

"你这是什么意思呀？"他说。但他这话说得一点儿底气都没有。

"我想你知道我这话是什么意思。"我们告诉他。

"不……不知道。"他说。

"你知道。"我们说。

也许只要他聪明一点儿，说出一个字来，我的计时就结束了，今夜的全部工作也就结束了。可是他变得强硬起来，昂起头看着我闪光的脸。"你是什么人，是警察还是什么？"他问。

"不是。"我们说着，一下子割下他左边的耳朵，这个耳朵离我们最近。刀子很锋利，有一阵子他简直不相信我们会割他的耳朵，他永远地没有了左耳。我们把割下的耳朵扔在他的胸口上，让他相信我们是来真格的。他的眼睛睁得老大老大，猛吸了一口气想大声叫喊。但是还没等他喊出声来，我就用一把塑料薄膜堵住了他的嘴巴。

"别这样，"我们说，"要不，就让你死得更惨。"哦，当然我们是说话算话的，不过现在还没有必要让他知道这个。

"那些失踪的小姑娘怎么样了？"我们温和而冷酷地问他。等待了片刻，我注视着他的眼睛，确信他不会叫喊，这才把塞在他嘴里的东西扯出来。

"天哪，"他粗声粗气地说，"我的耳朵——"

"你还有一只耳朵，照样能听见，"我们说，"给我们说说照片上那几个姑娘。"

"我们？你说'我们'是什么意思？天哪，痛死我了。"他抽泣起来。

有的人就是不听话。我又用塑料薄膜堵住他的嘴巴，然后开始工作。

我几乎陶醉在自己的工作中。在这种情况下，干起活儿来很顺手。我的心脏像疯了似的剧烈跳动，我得花很大的力气才能使自己的双手停止颤抖。我摸索着，寻找着指尖之外的东西。我内心的压力在上升，蹿到耳朵里头，喊叫着要我们释放它。压力越来越大，只觉得某种奇妙的、无法感知的东西正等着我去发现它、探究它。但是我没有找到它，而过去的行为准则也没有给我带来任何快感。怎么办？我在慌乱中割开了那家伙的一根血管，塑料薄膜上出现了一大摊鲜血。我停了片刻，寻找着答案，但没有找到。我的目光游移到窗户的框架外面，直愣愣地盯着那里，忘记了呼吸。

　　我看到了海面上的那轮明月。有好大一会儿，我就这样看着外面的海水，看着海面上的月光，简直是太美了。我斜倚在那张临时工作台上，过了一会儿才清醒过来。是那月亮……要不就是海水？

　　有个东西离我很近，我几乎可以闻到它的气味——那是什么呢？我一连打了好几个寒战，最后牙齿都咯咯地磕碰起来。可这是为什么呢？这是什么意思？有一个东西，一个特别重要的东西，一种令人折服的纯净和清晰飘浮在月亮和海水的上面，就在我的刀尖的那一边，可我就是逮不着它。

　　我回身端详着那个看门人。瞧他那模样我就来气：他躺在地上，满身都是我即兴创作出来的伤痕，满身都是不必要的血迹。但是有那轮美丽的佛罗里达月亮拂照着我，有热带微风的吹拂，有黑暗中塑胶带被拉扯时发出的美妙声响，有看门人惊慌的呼吸声，我的怒气没过多久就烟消云散了。我简直想朗声大笑。有些人为了某些崇高的事业宁愿去死，但是这个卑鄙的小人是为了几斤铜线而死。你再瞧瞧他那模样：很委屈，很困惑，很绝望。要是我的心情好一点儿，我会觉得很逗的。

　　而他的确需要我再下一点儿功夫。再说，我的心情不好也不能怪他。他的罪恶还不足以在我的"行动名单"上居前几位。他只不过是一个可憎可恶的小懒汉，为了几个钱，为了找乐而谋害孩子，就我目前掌握的情况，他害死的孩子只有那么四五个。我几乎怜悯起他来，他的确还没到罪大恶极的地步。

　　嗯，还是干活儿去吧。我走到贾沃斯基的身旁。他这会儿不再乱打乱闹了，但是他的力气还在，用通常的方法还制伏不了他。当然，今天晚上有些高级的专业工具我没有带来，所以对付贾沃斯基得动点儿粗。不过，他像个老手似的没有抱怨。我觉得一股激情涌了上来，于是暂时放弃了那种轻率的做法，在他的双手上花了很多工夫。他的反应很激烈，于是我抽身慢慢走开，忙着去找东西。

　　过了好大一会儿，他堵住的嘴巴发出的尖叫以及身体剧烈的抽动惊醒了我。我记起了自己还没有证实他的罪行呢。我等着他安静下来，然后拿掉他嘴上的塑料薄膜。

　　"那些失踪的姑娘怎么样了？"我们问。

　　"哦，天哪。哦，神灵哪。哦，天哪。"他低声说。

　　"我想不只这几个吧，"我们说，"我想我们还漏掉了几个。"

　　"求求你，"他说，"哦，求求……"

　　"给我说说那几个失踪的姑娘。"我们说。

"好吧。"他出了一口气。

"你把那些姑娘都干掉了。"

"是的……"

"多少个？"

有好大一阵子他只顾呼吸，闭着眼睛，我真想立马宰了他。最后他睁开眼睛，瞅着我。"五个。"他过了好大一会儿才说，"五个小美人。我并不后悔。"

"你当然不后悔喽。"我们说。我把一只手放在他的手臂上。这是一个美好的时刻。"现在我也没有什么可后悔的了。"

我把塑料薄膜塞进他的嘴里，然后转身去干自己的活儿。我刚刚开始恢复节奏，忽然听到楼下传来的声音。

听到保安手上的对讲机发出的杂音，我才发现他。当时我正在干一件以前从来没有干过的事情。我用刀尖在贾沃斯基的身体躯干上刻记号，只觉得丁零丁零的声音从我自己的脊梁骨一直响到大腿上，我仍然不肯放手。但是，有对讲机的声音——这比单纯一个保安的到来要糟糕得多。如果他请求增援，请求封锁道路，那么我有几件事就很难跟他们解释清楚了。

我低头看看贾沃斯基。这时他已经气息奄奄，即便如此我还是觉得不满意。乱糟糟的，再说我还没有找到要找的东西。有那么一会儿，我觉得自己已经接近了某种奇妙的东西，某种令人惊诧的启示。是什么呢？窗外流动的水吗？不管是什么吧，反正那个奇妙的玩意儿并没有来临。现在我跟这个没有断气、没有洗干净、没有收拾整齐、没有让我过足杀人瘾的强奸幼女犯在一起，而一个保安正朝我们走来。

我干这种事不喜欢草草收场。而这是一个关键时刻，是黑夜行者和我可以真正松一口气的时候。可是我又有什么选择呢？有很长很长一段时间，我想把保安宰了，然后继续自己的工作。

不。当然不行。这个保安跟很多人一样是无辜的，而且仍然住在迈阿密。他做过的坏事充其量不过是有几次在棕榈高速公路上超了几辆车。我得赶紧开溜，这是唯一的选择。虽然我没有来得及肢解这位看门人的尸体，没有过足杀人瘾就拍屁股开溜了——嗯，还有下次嘛，但愿下次运气好一点儿。

我俯视着这个肮脏的可怜虫，觉得内心充满了厌恶之情。这家伙鼻涕、鲜血齐流，脸上淌着肮脏的污水，嘴角沁出一滴可怕的红色血液。我一怒之下割了他的脖子，但马上又懊悔不该这样莽撞。一股骇人的鲜血像喷泉一样涌出来。看到这幅画面我更加懊悔，觉得自己犯了一个糟糕的错误。我觉得这样很不干净，很不过瘾，但还是急忙朝楼梯井奔去。我的那位黑夜行者跟着我，冷酷而任性地发着牢骚。

我拐下二楼，一转身来到旁边没安玻璃的窗户旁。从这里可以看见那个保安的高尔夫机动车就停在下面，车头正对着老刀匠路那个方向——但愿他是从另一个方向来的，没有看见我的车。一个黄褐色皮肤、黑色头发，留着一绺黑胡子的胖小伙子仰头望着楼房——幸运的是，他此刻看的是楼房的另一端。

他听到了什么？他只是例行公事在自己管辖的路线上巡逻吗？我只能这么期盼了。如果他真的听见了什么，如果他站在外面请求援助，我很可能被当场逮住。那时候不管我有多少心眼儿，不管我多么口齿伶俐，恐怕也很难脱身。

年轻的保安用大拇指抚摩着胡须，不停地捋着，仿佛想让胡子长得快些。他皱了皱眉头，扫了一眼楼房的正面。我赶忙后退。过了一会当我再次窥视外面的时候，只能看到他的头顶了。他正朝里面走来。

我等待着，直到他的脚步声已经到了楼梯井我才跳到窗外，身体悬在一楼和二楼之间的墙壁上，手指尖紧紧抠住粗糙的水泥窗台，然后噔地一下跳了下去。我疼死了，一只脚的踝骨在石头上扭了一下，还有一个手指关节破了皮。我一瘸一拐地奔向阴影处，然后飞快地冲到自己的汽车跟前。

钻进驾驶室，坐好之后，我的心还在怦怦乱跳。我回过头去，已经看不到保安的踪影了。我发动了汽车，没有开灯，飞快地、静悄悄地驾驶着汽车，上了老刀匠路，朝南迈阿密方向行驶，然后绕一个弯来到迪克西高速公路上。我能听见脉搏急剧跳动的声音。我冒了一个多么愚蠢的险哪。我以前从来没干过这样莽撞的事情，从来没有在事先不仔细谋划的情况下就仓促行动。以前我总是遵循哈里的行动准则：小心谨慎，确保安全，充分准备。就像那些黑夜中的窥视者那样。

可是，今天我干出了这样的蠢事。差点儿被逮住，差点儿给人瞧见。当然现在还不能说我已经很安全了——如果那个保安当时开着小巧的高尔夫机动车经过了我的车，他很可能已经记下了我的车牌号。

我深吸了一口气，看了一眼握着方向盘的手。刚才杀人真的很过瘾，是不是？那是一种狂野的激动，充满了活力，充满了新鲜的刺激，还有深深的沮丧。

那是一种全新的、极其有趣的事情。我有一种奇异的感觉，仿佛这一切都到了一个地方，一个很重要的地方，而那个地方在我的心目中既新鲜又熟悉——下一次我要好好地到那个地方去探索探索。

当然，有没有下一次还是个问题。我绝对不会再干这种愚蠢、莽撞的事了。绝对不会。可是一辈子有这么一次经历也是很有意思的嘛。

没关系。我回家去，洗一个超长的淋浴，等我冲完了澡——

时间。这个念头没经过大脑的要求和准许就不期而至。我答应过丽塔要到她那里去的——我看了一眼仪表板上的时钟，现在正是我们俩约定的时间。那是出于一种什么不可告人的目的呢？我不知道女人的大脑是怎样思考问题的。现在这种时候，我干吗还要去考虑"为什么"呢？我的神经末梢都竖了起来，在沮丧中用真假两种嗓音轮流叫唤着。我并不在乎丽塔会怎样呵斥我。不论她用何种尖刻的言语来攻击我的性格缺陷，我都不会很在意。可是，我有更重要的事情要做，却被迫去听她的咆哮，到时候我一定会大为光火的。特别是我现在想好好地琢磨琢磨这件事：我本来是要肢解贾沃斯基的，却没有来得及。肢解尸体是整个杀人行动中的高潮，但是在这个高潮到来之前，因为有了新情况，我就被迫停止了。我需要花费极大的精力去回味，我得反思、考虑、了解所有这一切究竟是怎么回事。而我这件事与那位跟踪我、用他的杰作向我发起挑战的艺术家又有怎样的联系呢？

我有这么多事情要去考虑，为什么现在还要去找丽塔？

不过，我当然得到她那儿去。再说了，我杀了那个微不足道的看门人，将来万一警察讯问我，我也需要一个不在犯罪现场的证人，这也是我拜访丽塔的目的之一呀。我说，探长大人，你怎么能认为我……再说，当时我正跟女朋友打架呢。因为我可以肯定，丽塔只是要把满肚子的怒火宣泄在我身上。她要大发雷霆，指责我性格上的某些重大缺陷，所以得当着我的面才行。

既然是这种情况，我在收尾工作中又多花了一分钟。我绕了一个大弯回到椰树林区，把车停在航道上面那座桥的另一边。桥下是很深的河道。我从岸上的树旁边捡了两块大的珊瑚石，塞进购物袋里，袋子里是塑料布、手套和刀子。然后把购物袋扔到了河道中央。

我在离丽塔家不远的一个小停车场再次停了下来，这里黑黢黢的。我在这里将自己仔仔细细地彻底洗干净。我得把自个儿收拾得干干净净、体体面面的。一个怒气冲天的女人朝你大发雷霆，也算得上是一个半正式的场合呀。

几分钟后我按响她家的门铃，却大吃了一惊。她并没有呼地一下子把门完全打开，拿家具来砸我，对我大声叫骂。相反，她慢慢地、小心翼翼地打开门，身体半掩在门背后，仿佛很害怕门外的来人似的。即使她事先知道了来人是我，这么做也是很明智的。

"是德克斯特？"她说着，声音既温柔又羞涩，那样子好像拿不定主意究竟是想我回答"是"还是"不是"，"我……没想到你会来。"

"可我还是来了。"我善解人意地回答。

她很长时间没有回答，我感到有点儿意外。最后她用胳膊肘把门再开大了一点儿，说："你……请进好吗？请吧。"

她说话吞吞吐吐、语无伦次，这副样子是我以前从未见到过的，因此我十分惊讶，再看看她的衣着，我简直惊呆了。那件衣服叫作睡衣，要不就叫女式睡衣。考虑到衣服上使用的纤维数量，那玩意儿也的确是随随便便做成的。看着她别出心裁的装束，我相信她这件衣服是专门为了我才穿的。

"请进吧。"她又说了一遍。

这也有点儿过头了。我的意思是，我到这儿干吗来了呀？刚才我拿看门人的性命进行试验时没有过足杀人瘾，现在仍然兴奋不已，我的脑后不断渗出抱怨的嘀咕声。迅速地审视一下我的处境，就不难发现我正在遭受亲爱的德博拉和那位黑夜艺术家拉锯式的双重折磨，可现在我却到这里来做一件正常人才会做的事，比如——嗯，比如什么呀？她肯定不愿意——我是说，难道她不会对我大发雷霆吗？这里究竟在发生什么？为什么会跟我有关？

"我把孩子送到隔壁邻居家去了。"丽塔说着，屁股一翘，把门关上了。

我走了进来。

我可以想出许多方式来描述接下来发生的事情，但不管哪一种都是不准确的。她走到沙发前。我跟着她。她坐了下来。我也坐下来。她满脸不舒服的样子，不断地用右手搓着左手，好像在等什么。我也不知道她等的是什么，只觉得自己的脑子仍在想着刚才没有完成的尸体肢解工作。要是再有一点儿时间就好了！那样的话，我的事情就会做得很圆满。

就在我想这些事情的时候，我察觉到丽塔无声地哭了起来。我瞪着她，极力抑制住脑海里对看门人皮开肉绽、没有血迹的想象。我怎么也猜不出她哭泣的原因，不过既然我在假装正常人这方面进行过长时间艰苦的训练，我得想个办法安慰她。我靠近她，用一只胳膊搂着她的肩膀。"丽塔，"我说，"乖乖别哭了。"这种讨好人的话我平时是说不出口的，但是许多专家对此都持赞成的态度。效果的确不错。丽塔朝我扑过来，把头靠在我的胸口。我紧紧地搂着她，这样一来我就能看见自己的手了。不到一个小时前，这只手还握着一柄明晃晃的片鱼刀，刀尖对着那个看门人。想到这儿，我一阵眩晕。

真的，我的确不知道这是怎么回事，但事情就是这个样儿。刚才我还用手拍着她，嘴里念叨着："乖乖别哭了。"与此同时，我的眼睛仿佛看见了自己手上握着绳子，只觉得那种感觉像脉搏穿过手指，一股力量和光亮突然涌起，尖刀一下子扎进贾沃斯基的腹部。接着——

就在这时，丽塔抬起头来看我。我理智地回望了她一眼。也不知怎么搞的，我看见的不是丽塔，而是一堆整整齐齐、冰冷无血的尸体残肢。我在自己裤带扣上抚摩的也不是丽塔的双手，而是黑夜行者得不到满足的尖叫。又过了一会儿——

嗯。还是有点儿不可思议。我是说，就在那张沙发上。

这究竟是怎样发生的呢？

我爬上那张小床的时候，已经筋疲力尽了。平时我并不需要太多的睡眠，可今天我觉得需要足足睡上三十六个小时才成。晚上遭遇到的一连串变故，崭新的经历带来的心理压力——这一切把我折腾得疲惫不堪。特别是贾沃斯基这个可恶而软弱的小人耗费了我巨大的体力，一个晚上我就把供一个月使用的肾上腺素都消耗光了。我甚至无法去考虑这些事究竟意味着什么：刚才驱使我疯狂而鲁莽地飞奔到外面去的那股冲动，还有跟丽塔之间发生的不可思议的事。我趁她睡着的时候离开了她，这时她的心情比我刚进去的时候好多了。但是可怜、阴森、精神错乱的德克斯特再次没有了线索。我的脑袋一挨上枕头，几乎马上就进入了梦乡。

我像一只没有骨头的鸟儿迅疾地翱翔在城市的上空，刺骨的冷风在我的四周呼啸着，推动着我，把我推到月光在海水上洒下一道道涟漪的地方。我闯进那间窄小而冰冷的杀人房间，那个身材矮小的看门人抬起头来望着我，伸开四肢，在刀尖下笑个不停，由于发笑时用力过猛，他的脸扭曲变形。忽然他不再是贾沃斯基，而是一个女人，那个拿着刀的男人仰起头看着我飘浮在旋转的、红彤彤的内脏上方，就在那张脸朝上抬起来的时候，我听到哈里在门外说话，我转过身来，这才看清桌子旁边的那个人是谁，可是——

我醒了过来，头痛得厉害，简直就像一个甜瓜被人劈开了似的。我觉得自己的眼睛一直都是睁开的，可是床边的时钟指着五点十四分。

又做了一个梦。太傻了，都是一些毫无意义、浅显易懂的象征。完全是一种无法控制的焦虑情绪，一些令人生厌的、公然的胡说八道。

现在我再也睡不着了，脑子里不停地闪现出一些孩子的形象。如果一定得做梦的话，为什么不做一些跟我有关、十分有趣而又新鲜的梦呢？

我坐起来，揉着太阳穴，这里的脉搏急剧跳动着。可怕、枯燥的无意识像水滴一样，流向下水道。我坐在床沿上，睡眼惺忪，昏昏沉沉。究竟发生了什么呀？为什么不发生在别人身上？

这个梦有点儿特别，但我不知道特别在哪儿，也不知道它的意义是什么。

我叹了一口气，蹑手蹑脚地来到厨房喝水。打开冰箱的时候，芭比娃娃的脑袋嗒嗒地响着。我站在那里观看，把一杯冷水全喝光了。她那浅蓝色的眼睛一眨也不眨地看着我。

我为什么会做梦呢？难道昨天晚上的冒险行动使大脑异常紧张，受了创伤的下意识又把那个经历回放了一遍？以前我从未有过这种紧张感；相反，干那种事可以松弛心头的紧张情绪。当然，以前我也从未像昨天晚上那样几乎与灾祸擦肩而过。可是为什么要梦见这种东西呢？梦境中的某些图像十分逼真：贾沃斯基、哈里，还有持刀人那看不见的面孔。那都是大学一年级心理学这门课程里的内容，我干吗要为这个着急？

我为什么要为一个梦而大伤脑筋？我不需要这样。我需要的是睡觉。可我倒好，在厨房里跟芭比娃娃闹着玩儿。我又把芭比娃娃的脑袋轻轻弹了一下。再说了，这个芭比娃娃又是什么意思？我怎么才能尽快把这其中的奥妙琢磨出来，挽救德博拉的职业生涯？拉戈塔对我这样着迷，我怎样才能哄住她、说服她呢？人们都说爱情很神圣，如果真的有什么神圣的东西，为什么丽塔要对我做那种事？

突然，这一切就像一出情节曲折的肥皂剧，而且这出戏整个儿演得太过火了。我找到几粒阿司匹林，靠着厨房的长餐桌吞下了三粒。药的味道我并不在乎。什么药我都不喜欢，只要能治病就成。

特别是自从哈里死了之后。

Chapter
侥幸逃脱 *7*

　　哈里的死是一个缓慢而艰难的过程。那场致命的大病持续了很长时间，那是他一生中做的第一件也是最后一件自私的事。他病了一年半，病情逐步恶化，有时候一连几个星期他的病情每况愈下，但经过与病魔的激烈搏斗，又慢慢恢复过来。我们大伙儿都玩儿命地猜测他病情的好坏，脑子都猜晕了。这次他要走了吗，要不他会恢复过来？谁也说不准，但哈里毕竟是哈里，如果我们完全放弃，就是不明智的。不管事情多么艰难，哈里总是做得准确无误，可是在死亡面前，那种本事又管什么用？死亡是注定要来临的，那么他跟病魔进行顽强的搏斗而病情又经久不愈，让我们大家跟着他一起永无止境地受罪，这样做对吗？话说回来，如果他不声不响地离开人世是不是更好一些呢？

　　当时十九岁的我自然不知道这个问题的答案。不过在死亡这个问题上，我比迈阿密大学二年级那些满脸青春痘、呆头呆脑的同学知道的要多得多。

　　一个秋天的下午，上完化学课后，我信步朝学生会那边走去，德博拉凑到我的身边。"德博拉，"我喊她，我记得自己当时非常学生气，"走，喝杯可乐去。"哈里曾经教导我要经常到学生会那边去溜达溜达，喝杯可乐。他说这样我就像个正常人了，可以学一学那些正常人的举止。

　　十七岁的德博拉太古板了，她听后摇了摇头。"我想去看看老爸。"她说。

不一会儿我们俩驱车穿过市中心，来到临终关怀医院，哈里被送到这里来了。进了临终关怀医院可不是什么好消息。那就是说，医生认为哈里必死无疑了。

我们到了那里，看到哈里的脸色很不好。他脸色发青，身体贴在床单上不能动弹。我想我们来得太晚了。在与病魔进行的长期搏斗中，哈里已经瘦骨嶙峋，面容憔悴，一会儿要见这个，一会儿要见那个，仿佛他体内有一种东西一边噬咬着他的肌肉，一边往外爬。他身旁的呼吸器发出咝咝的声响，那是死神从活人墓里发出的声音。严格地说，哈里还活着。"爸，"德博拉说着，握住他的手，"我把德克斯特带来了。"

哈里睁开眼睛，脑袋扭过来面对着我们俩，仿佛有一只看不见的手把他从枕头那边推了过来。哈里的眼睛完全变了样，整个儿就是两个阴暗的蓝色深坑，呆滞、空洞、无神。哈里的身体还活着，但精神已经离他而去了。

"不是很好，"护士告诉我们说，"我们现在正想办法让他感到舒服一点儿。"她毛手毛脚地从托盘里拿起一支大号的注射器，吸进药水，针头向上，挤出里面的气泡。

"等等……"声音十分微弱，刚开始我还以为是呼吸器发出的响声。我环顾房间的四周，目光最后落在奄奄一息的哈里身上。他那双呆滞、空洞的眼睛后面闪烁着一朵小小的火花。"等等……"他又说了一遍，朝护士点了点头。

护士要么是没听见，要么是故意不理睬他，走到他的身边，轻轻地抓起他瘦削的手臂，拿着一个棉球擦拭起来。

"不……"哈里轻轻地喘息着，声音小得几乎听不见。

我看着德博拉。她站在那里全神贯注，完全是一副不知所措的架势。我又看了哈里一眼。他与我四目相对。

"不……"他说着，此时他眼里流露出来的神色很像是恐惧，"打针……"

我朝前跨上一步，不等护士把针扎进哈里的静脉就紧紧地攥住了她的手。"等等。"我说。她抬起头来看我，在不到一秒钟的时间里，她眼里闪烁着一种异样的光芒。我惊讶地后退了一步。那是一股冷酷的怒火，是一种毫无人性、只有蜥蜴才会有的表情，那神态好像整个世界都是她的禁猎区。虽然我只看到护士稍纵即逝的一个眼神，但我明白了其中的全部意思。她想把针头扎进我的眼珠子里，想把针刺进我的胸腔，然后不停地搅和，直到我的肋骨一根根断裂，心脏跳到她的手心里，然后她使劲儿地揉搓，把我的小命给了结了。她整个儿就是一头野兽，一个猎人，一个杀手，一个没有灵魂的恶魔。

就像我一样。

不过，她的脸上很快又挂上了那种格兰诺拉麦片一样虚假的微笑。"亲爱的，这是怎么啦？"她说，声音十分甜美，完全是一个护理临终病人的模范护士。

我的舌头大得连嘴巴也容不下，似乎过了好几分钟我才能回答她这个问题。不过，我最后还是说了声："他不想打针。"

护士又笑了，她脸上的笑容非常美丽，就像一个智慧无边的天神赐福给众生。"你老爸的病很重，"她说，"他很痛苦。"护士举起注射器，一束光从窗口射进来，照在注射器上，针头闪闪发光，注射器就像是她的圣杯。"他需要打一针。"护士说。

"他不想打针。"我说。

"他很痛苦。"护士说。

哈里说了一句什么，我没有听见。这时我的眼睛正盯着护士的眼睛，她也盯着我。我们俩活像两头猛兽虎视眈眈地看着一块肥肉。我在哈里的床边坐了下来，但眼睛仍然盯着护士。

"我……想要……痛……"哈里说。

这下子我的眼睛猛地转过来俯视着哈里。只见他那副越来越瘦的身子骨躺在床上，脑袋四周剪得很短的头发突然变大了，大得与脑袋失去了比例。他又回光返照，从云里雾里一路杀了回来。他朝我点点头，伸出手来攥住我的手，使劲儿捏着。

我回头看着那位临终关怀护士。"他宁愿忍受痛苦。"我告诉她，只见她眉头微微一皱，恼怒地摇了摇头。我仿佛听到一头凶猛的野兽在疯狂地嚎叫，因为它的猎物呼地一下子钻进了洞里。

"我得告诉大夫。"她说。

"好吧，"我告诉她，"我们就在这儿等着。"

我看着护士迈着优美的步伐出了门，就像一只吃人的猛兽。我感到手上有一股压力。哈里看见了我注视护士时的那副模样。

"你……可以看出……"哈里说。

"那个护士吗？"我问他。他闭着眼睛，微微地点了点头，就点了那么一下。"是的，"我说，"我能看出。"

"像……你……"哈里说。

"什么？"德博拉问道，"你们俩在说什么呀？爸爸，你没事吧？'像你'，这是什么意思？"

"她喜欢我，"我说，"爸爸是说护士很可能看上我了，德博拉。"我告诉她，然后转身面对着哈里。

"哦，对了。"德博拉咕哝着，但我一门心思都在想着哈里。

"护士做了些什么？"我问他。

他用力摇着手，但只能微微地晃动。他的身体抽搐着。我明白他的痛苦又回来了，而他早就预料到了。"太多了，"他说，"她……给得太多……"这会儿他喘着粗气，闭上了眼睛。

那一天我很傻，没有立刻明白他的意思。"太多的什么？"我问。

哈里睁开一只模糊而混浊的眼睛。"吗啡。"他低声说。

我觉得一束强光照在身上。"药物过量，"我说，"她使用过量的药物杀人。在这种地方，这么做几乎算得上是她的职业，谁也不会说三道四。怎么啦？那是——"

哈里又捏了一把我的手，于是我停止了唠叨。"别让她这样，"他沙哑的声音里带着一种令人惊讶的刚毅，"别让她……再给我打麻醉药了。"

"告诉我，"德博拉声音沙哑地说，"你们爷儿俩到底在说什么？"我看着哈里，这时一阵剧痛朝他袭来，他闭上了眼睛。

"他在想，这个……"说到这里我一惊，声音由大变小，直到完全消失。德博拉完全不知道我的底细，哈里跟我说过，要我别让她知道。所以如果我把这事告诉她，就要露馅儿了。"他认为护士给他注射的吗啡太多了，"我过了好大一会儿才说，"是有意的。"

"简直是神经病，"德博拉说，"可她是护士呀。"

哈里看了她一眼，但一言不发。说真格的，德博拉天真得令人难以置信，我也不知道该说什么才好。

"我该怎么办？"我问哈里。

哈里长时间地端详着我。刚开始我还以为他的思绪随着疼痛游走了，但是当我再次注视他时，才发现他还是那样全神贯注。只见他的下颌拼命往下拉，我真担心骨头会把他那苍白的薄皮肤顶破。他的眼神清澈而敏锐，就像当年他第一次决定让我为今后的人生做好准备一样。"阻止她。"他过了很久才说。

一股强大的激情传遍我的全身。阻止她？这可能吗？阻止她的意思是——在这之前，哈里一直帮我控制住我体内的那位黑夜行者，用迷路的宠物来喂养他，带他去捕猎野鹿。有一次，一只野生的猴子在南迈阿密一带骚扰居民，我和黑夜行者一道大出风头，逮住了那只野猴。猴子跟人十分接近，几乎算得上是人了，但这种说法当然不对。我们两一道从理论上进行了策划，如何追踪，如何销毁证据，等等。哈里知道这种事总有一天会发生，但他希望我做好准备，选择正确的对象。阻止她？难道他是那个意思？

"我去跟大夫谈谈，"德博拉说，"请大夫调整你的药量。"

我张开嘴巴想说话，但是哈里捏了一把我的手，痛苦地点了点头："去吧。"于是德博拉转身去找大夫了。她一走，屋子里便充满了一种奇怪的寂静。我只是一个劲儿地想着哈里的那句"阻止她"。我久久地站在那里，两眼直勾勾地盯着窗外的花园，盯着花园里喷泉四周的那一簇红花。时间在流逝。我只觉得嘴巴很干。"德克斯特——"过了好大一会儿，哈里说。

我没有回答。我想不出用什么话来回答他。"是这么回事……"哈里带着痛苦的神情慢吞吞地说，我猛地转过头来俯视着他。看到我的注意力转回到他身上，哈里勉强朝我露出半个笑脸。"我很快就要走了，"哈里说，"我无法改变你的……为人。"

"我什么样的为人哪，爸？"我说。

他那绵软无力的手一挥。"迟早……你总是……要……对人下手的，"他说。我只觉得全身的血液都在为这个主意欢呼，"那些死有余辜……的人……"

"就像这个护士。"我含糊地说。

"是呀。"他说，长时间地紧闭着眼睛。等他再次开口说话时，声音因为痛苦而变得模糊不清。"她应该得到这样的下场，德克斯特……"他呼出一口粗气，我能听见他舌头嗒嗒作响的声音，好像嘴里很干似的，"她故意……给病人使用过量的药物……有目的地……置人于死地……她是个杀手……"

我清了清嗓子，觉得脑子很笨拙，神志不清，毕竟这是一个年轻人一生中的转折点。"你是想让——"我说，声音忽然哽住了，"爸，如果我……阻止她，那成吗？"

"成，"哈里说，"阻止她。"

出于某种原因，我觉得应该把哈里的意思弄个一清二楚："您是说，干我过去经常干的那种事？就像对付那只猴子那样？"

哈里闭上眼睛，显然一阵痛苦的狂潮又涌了上来，而他正在随波逐流。他轻轻地、没有节奏地呼吸着。"阻止……那个护士，"他说，"就像……那只猴子……"他的脑袋微微往后一仰，呼吸变得急促起来，不住地喘着粗气。

嗯。

就这样了。

"阻止……那个护士，就像……那只猴子……"这句话里洋溢着一股粗野的格调。但是在我嗡嗡作响的大脑里，每一个字都像音乐一样悦耳。哈里对我松了手，我得到了他的允许。以前我们爷儿俩一起谈论过将来某一天去干那种事，可他总是拦着我。一直到现在。

"我们俩谈过……这事，"哈里说着，仍旧闭着眼睛，"你知道是去干什么……"

"我跟大夫谈过了，"德博拉说着匆匆忙忙地走了进来，"他待会儿下来，把处方单上的药量调整一下。"

"好的。"我说，只觉得体内有个东西升腾而上，从脊梁骨的底部一直蹿到脑门儿上，一股电流汹涌地震动着我的全身，像一顶黑云罩在我的头顶。

"我去跟护士说说。"

德博拉露出惊慌的神色，大概是因为我说话的语调很奇怪。"德克斯特——"她说。

我停下脚步，极力抑制住内心那股狂野的、汹涌澎湃的喜悦之情。"我不想发生误会。"我说。这句话的声调我自己听起来都觉得怪异。我一把推开德博拉，从她身边走了过去。我不想让她注意到我的表情。

走廊上放着一堆堆干净整洁的白色亚麻布。我左一拐右一弯地穿过去，只觉得黑夜行者第一次在驱使着我。那种事我迟早是要做的，因为我生来就是做那种事的人。

于是我终于把那件事做了。

我把那件事办成了。那已经是很久以前的事了，但那件事的记忆至今仍在我的体内搏动着。当然，那第一滴干涸的血滴至今仍保存在我的载玻片上。那是我的第一次行动，任何时候拿出那一块小小的载玻片，看一看上面的血迹，我都能回忆起当时的情形。而我经常回忆那件事。对德克斯特来说，那是一个很特殊的日子。临终关怀护士成了我的第一个游戏伙伴。她为我开启了许多奇妙的大门。我学到了那么多东西，发现了那么多新鲜的事物。

想起血迹载玻片，我还没有把贾沃斯基的血迹弄到手呢。往往是这种微不足道、不值一提的细节使一些行动上的强者烦躁不安、神经过敏。我需要一块盛着贾沃斯基血迹的载玻片。没有这个，贾沃斯基的死就白搭了。现在看来那是一个愚不可及的小插曲，完全是一个白痴心血来潮的时候才会干的蠢事，是一件没有完成的工作。因为我没有搞到载玻片。

我神经质地摇晃着脑袋，极力想把脑细胞摇回脑子里。我想驾着船在凌晨时分出去兜风，也许咸涩的海风能够清除脑子里的愚蠢。要不，我可以朝南直奔土耳其海角，这样阳光的辐射也许能够把我变成一个理智的动物。然而我还是待在家里，煮起了咖啡。是呀，没有载玻片，这次行动的价值也就大打折扣了。我的思绪又回到那一幕：凉爽的微风吹拂着那个在地上蠕动着的小人，他喜欢伤害孩子。那几乎算得上是一个开心的时刻。当然，十年后这件事的记忆就会消退，而没有载玻片，我就无法再回忆起这件事来。我很需要这样一件纪念品。嗯，咱们还是走着瞧吧。

咖啡煮开了，我翻起报纸来，与其说脑子里有什么具体的希望，还不如说是泛泛的期盼。一般来说六点半之前送报的来不了，而星期天则要到八点以后才能来。这是社会解体的又一个明显的例证，哈里当年对社会解体这个问题忧心忡忡。此刻如果你不及时把报纸给我送来，怎么能指望我不去杀人呢？

没有报纸，没关系。哈里曾经警告我，绝对不要做剪贴报纸之类的蠢事。而媒体如何评论我的冒险行动，我是不屑一顾的。但是这一次情况有点儿不同，因为我太冒失了，没有彻底销毁留下的痕迹，因此我颇有一些顾虑。我只是有点儿好奇，想看看他们怎样评价那位跟我不期而遇的老兄。于是我喝着咖啡，坐了三十五分钟，这时忽然听到报纸被扔到门上时发出的啪的一声。我把报纸拾起来，迅速地开始浏览。

那些新闻记者是从来不为往事烦恼的。那份曾经吹嘘过"警察围捕杀手"的报纸现在却大声叫喊"卖冰人的故事融化了"！这一篇报道很长，文笔也很优美，情节很富有戏剧性。作者详细地描述了一具伤痕累累的尸体是如何在老刀匠路附近的建筑工地上被人发现的。"迈阿密警察当局的一位发言人"——我可以肯定那是指拉戈塔——说，现在对这起事件做出定论还为时过早，但是这很可能是一起模仿性质的杀人案。报纸自己得出了这样的结论，然后大声地质问：那位在押的著名人物达里尔·厄尔·麦克黑尔是不是真正的杀手？要不，最近这次对公共道德的践踏是不是可以证明真正的杀手仍然逍遥法外？报纸谨慎地指出，我们怎么能相信两个这样的杀手同时逍遥法外呢？这是一个很简单的推理，而在我看来，如果警方把足够的精力和智力用在追寻凶手上面，整个案子到现在就应该结束了。

不过阅读这样的东西是很有意思的，也理所当然地引起了我的猜测。我的天，这头发疯的野兽现在仍然逍遥法外，这有可能吗？那谁还有安全感呢？

电话铃响了。我瞥了一眼墙上的钟，已经六点四十五分了。一定是德博拉打来的。

"我正在读这条新闻。"我对着电话说。

"你说过，会更大，"德博拉告诉我说，"更轰动。"

"难道不是这样吗？"我很天真地问。

"可受害者连妓女都不是，"她说，"是庞斯初级中学一个看门的临时工，在老刀匠路那边被人宰了。这是个什么鬼案子呀，德克斯特？"

"德博拉，你也知道我并不是无所不知呀，对不对？"

"也不符合前几个案子的模式，你说过凶手会采用冷藏的方法，现在冷藏在哪里？还有，你说作案的地点是一个十分狭小的空间，可这个案子你又怎么解释？"

"德博拉，这是迈阿密，什么东西都有人偷。"

"也不是模仿作案，"她说，"跟别的案子风马牛不相及。连拉戈塔都说对了。她的话都上了报。让你那一套理论见鬼去吧，德克斯特。我马上就要成为大伙儿的笑柄了，这只不过是一起偶然的杀人案，要不就跟吸毒有关。"

"你把这一切都推到我的头上也不公平啊。"

"真他妈的见鬼，德克斯特。"她说着把电话挂了。

早上的电视新闻花了整整九十秒钟报道这个惊人的发现，描述那具伤痕累累的尸体。第七频道的报道绘声绘色。但是叙述得最详细的还是报纸。报纸对这起暴行的描述，字里行间有一种灾难临头的阴森之感，这种感觉甚至延续到了天气预报里，但是我敢肯定，这种感觉主要是缺少照片造成的。

迈阿密又迎来了美丽的一天，既有被肢解的尸体，也有下午会下阵雨的可能性。我穿好衣服去上班。

我之所以这么早就去上班，是因为我有一个小小的、不可告人的目的。再说了，我在路上还要停下来吃早点呢。我买了两个油煎饼、一个苹果馅儿面包圈和一个肉桂卷儿，这个肉桂卷儿跟我的汽车备用轮胎一楼大。我一边开着车喜气洋洋地穿行在危险的车流中间，一边吃下了那个油炸面包圈和一个油煎饼。在基因遗传过程中，我继承了上一代人的许多优点：良好的新陈代谢、高大的身材、强健的体魄。这一切都有助于我的业余爱好。另外还有人说我的长相也不赖，这大概是对我的恭维。

而且我也不需要太多的睡眠，这一点今天早上对我特别有利。我希望抢在文斯·增冈之前到达办公室，现在看来这已经不成问题了。我手里拎着白色的纸袋作为掩护走了进去，看见他的办公室里黑乎乎的。我迅速地扫视他的工作间，看哪个物证盒上贴着有贾沃斯基的名字和昨天的日期的标签。

找到这个物证盒后，我飞快地拉出几缕肌肉组织的抽样。里头还多着呢。我戴上乳胶手套，飞快地把抽样在我那块干净的载玻片上挤压。我也知道又一次铤而走险是多么愚蠢，但是又不得不把载玻片弄到手。

我刚把载玻片塞进密封的塑料袋里，就听到背后文斯进来的声音。我迅速地把东西收拾好，转过身来面对着门。这时文斯走了进来，看见了我。

"我的天哪，"我说，"你不声不响的，一定是受过日本武士的训练。"

"我有两个哥哥，"文斯说，"对付他们跟接受那种训练差不多。"

我举起白色的纸袋，朝他一鞠躬："师父，我给您带来的礼物。"

他好奇地瞅着纸袋："阿弥陀佛，徒弟，这是什么呀？"

我把袋子抛给他，袋子砸在他的胸口上，然后掉在地上。

"你那日本武士的本事也不过如此嘛。"我说。

"我这高度协调的身体需要咖啡才能运作，"文斯告诉我说，同时他弯腰拾起地上的纸袋，"里面是什么来着？好痛啊。"他把手伸到袋子里面，皱起眉头，"最好别是尸体碎片。"他抽出那个巨大的肉桂卷儿，斜着眼看了一会儿，"呵，天哪。我们村今年可不会闹饥荒了。徒弟，我们都得感谢你呀。"他鞠了一躬，举起肉桂卷儿，"乖孩子，说是还债，其实呀，也是给大伙儿送来了福气。"

　　"既然是这样，"我说，"昨天晚上老刀匠路附近发现的那个案子，卷宗在你这儿吗？"

　　文斯咬了一大口肉桂卷儿，嘴唇上沾满了糖霜，慢吞吞地嚼着。"嗯，"他说着，咽下一口，"咱们是不是觉得受到了冷落啊？"

　　"如果'咱们'指的是德博拉，那你就说对了，"我说，"我答应帮她瞧瞧这个案子的卷宗。"

　　"嗯，"他说着，嘴里塞满了肉桂卷儿，"这一次一的一血一迹一可一多一了。"

　　"请原谅，师父，"我说，"您的话我没听明白。"

　　他嚼着，又吞下一口："我是说，至少这次的血迹很多。不过，你照样只能作壁上观。这次报案的电话是布拉德利接的。"

　　"我能看看卷宗吗？"

　　他又咬了一口："他一还一活一着。"

　　"不错，这我可以肯定。你说外语似的，能不能把话说清楚点儿？"

　　文斯把那一口肉桂卷儿吞了下去："我说，受害者的腿被砍下来的时候，人还是活的。"

　　"人类的生命力是很顽强的，是不是？"

　　文斯把油煎饼一股脑儿塞进嘴里，抓起卷宗，递给我，与此同时还咬了一大口肉桂卷儿。

　　我一把接过文件夹。

　　"我得走了，"我说，"免得你说话又要费那么大劲儿。"

　　他把肉桂卷儿从嘴里抽出来。"太晚了。"他说。

　　我慢慢地走回自己那个舒适的小天地，瞥了一眼文件夹里头的东西。死尸是赫瓦西奥·塞萨尔·马特兹发现的。他的口供放在文件夹的最上面。他是一名保安，受聘于萨戈保安公司，干这个工作已经有十四个月了，没有犯罪前科。马特兹发现尸体的时间大约是晚上十点十七分，他立刻在现场进行了搜查，然后才报警。他开始想当场逮住那个作案的傻帽儿，因为在他赫瓦西奥值班的时候是不允许任何人干这种事的，可是偏偏有人不信他这个邪。于是他觉得凶手是在跟他较劲儿，他得亲手逮住暴徒。结果他落空了。凶手没有在任何地方留下痕迹。

　　这个可怜的小伙子把整个案件看作他个人的事情。我完全可以理解他的愤慨之情，这样的暴行是无法容忍的。另外，我也暗自庆幸，因为他的荣誉感给了我足够的时间逃离现场。这又一次证明我的看法是正确的：我从来都认为道德观念是一钱不值的。

　　我拐了一道弯走进自己那间黑乎乎的办公室，刚好迎面碰上拉戈塔探长。"哈，"她说，"你看上去脸色不是很好哇。"不过说这话时她的身子没有动弹。

　　"我不是那种上午精神特别好的人，"我告诉她，"我的生物钟在中午之前都是停止的。"

　　她抬起头来看着我，这时我跟她之间的距离只有两厘米。"我觉得你的生物钟还可以嘛。"她说。

　　我从她的身边绕过去，回到自己的办公桌旁。"今天早上，我可以为法律的尊严做一点儿小小的贡献吗？"我问她。

　　她瞪着我。"你有一条信息，"她说，"在留言机上。"

　　我看了一眼电话留言机。果然，信号灯在闪烁。这个女人真不愧是个名副其实的侦探。

　　"是个女的，"拉戈塔说，"听上去好像没睡醒似的，不过说话的口气好像很开心。德克斯特，你有女朋友了吗？"她的声音里有一种奇怪的挑衅的味道。

　　"你知道是怎么回事，"我说，"如今的女人都那么野。你要是像我这样的帅哥，她们绝对会一头栽进你的怀里。"也许我的措辞有点儿问题，话刚出口，我就不由自主地想起不久前这个女人一头扎进我怀里的情形。

　　"小心点儿，"拉戈塔说，"迟早有一个会黏住你的。"我不知道她这话是什么意思，但是乍一听让人很不安。

　　"你这话不错，"我说，"不过趁她还没得手，咱们还是carpediem吧。"

　　"什么？"

　　"是一句拉丁语，"我说，"意思是说'在白天抱怨'。"

　　"昨儿晚上的事，你知道了些什么？"她突然说。

　　我举起卷宗。"我这不是在看吗？"我说。

　　"我说的不是这个，"她说着皱起眉头，"不管他妈的那些记者怎么说，麦克黑尔是有罪的。他供认了。而这个案子跟那不是一回事。"

"依我看，好像完全是巧合，"我说，"同时出现了两个残暴的杀手。"

拉戈塔耸了一下肩膀："这里是迈阿密，你说呢？那些家伙都到这儿来度假。坏人也太多了，我不可能把他们都一网打尽。"

说真格的，除非那些坏蛋自己一头撞进这栋楼里来，或者钻进她的汽车前座，否则她一个也抓不到。不过，眼下还不是把这些都抖搂出来的时候。拉戈塔朝我靠近一步，用一个暗红色的手指甲轻轻弹了一下文件夹："德克斯特，我想请你帮我在这里面找一样东西，证明这两个案子不是一回事。"

我的心里豁然开朗：她受到了压力，心里很不是滋味。她的压力很可能来自马修斯局长。马修斯这个人哪，只要别人不写错他的名字，他对报纸上的消息就深信不疑，而拉戈塔需要一点儿火力进行回击。"当然不是一回事喽，"我说，"可你干吗找我呀？"

她眯着眼瞪了我一会儿，神情很古怪。记得有一次，丽塔硬是拽着我去看了一场电影，电影里头有一个人物就是这副模样。这会儿拉戈塔探长为什么要用那样的目光看我，我就说不准了。"我让你参加案发后七十二小时案情通报会，"她说，"尽管多克斯恨不得要了你的命，我还是让你留下了。"

"那就谢谢了。"

"因为有时候你对这种事情很有感觉，对这些连环谋杀案，大伙儿都说德克斯特有时候很有感觉。"

"哦，是吗，"我说，"那只不过是我运气好，有那么一两次猜对了。"

"再说，我需要实验室里有那么一个能找出些蛛丝马迹的人。"

"那你干吗不去找文斯呀？"

"他脑子没你灵，"她说，"你能找到我需要的东西。"

她仍然紧挨着我，近得我都能闻到她身上洗发香波的气味，我感到很不自在。"你需要的东西我一定会找到的。"我说。

她朝留言机点了点头："要给她回电话吗？你可没时间去追女人哪。"

她没有做任何解释，过了好大一会儿我才明白过来，原来她是说留言机上的那条信息。我朝她露出最有风度的微笑："探长，是女人在追我呀。"

"哈，这下给你说对了。"她久久地注视着我，然后转身走开了。

我的眼睛直勾勾地看着她走开的背影，但不知道自己为什么要这样。就在她拐过墙角身影即将消失的一刹那，她抚了一下屁股上的裙子，扭过头来看了我一眼。然后她走出了我的视线，走进了凶案组的重重迷雾中。

　　我呢？可怜、可爱、惶惑的德克斯特呢？我还能做点儿什么？我一屁股坐到办公椅上，按了一下留言机的按钮。"喂，德克斯特。是我呀。"当然是你喽。我一听那个古怪、缓慢、有点儿刺耳的"是我呀"，就知道是丽塔。"嗯……我在想昨天晚上的事情。给我回话，先生。"正像拉戈塔所说的那样，丽塔的声音听上去很疲倦，但是很开心。看来，我现在真的有女朋友了。

　　这种疯狂究竟要到什么时候才能结束呢？

　　有好长一段时间我就这么坐着，思索着人生中一些残酷的、令人啼笑皆非的事情。经过这么多年孤寂、独立自主的生活，我突然被一群饥饿的女人团团包围了。德博拉、丽塔、拉戈塔——她们没有了我都无法生活下去。可是我想的是花上一点儿时间好好地与那位凶手交谈交谈，而他却是那样害羞，偷偷摸摸地把芭比娃娃扔到我的冰箱里。难道这样公平吗？

　　我把一只手放进口袋里，摸着那块小小的载玻片，而它正稳稳当当地躺在密封塑料袋里。有那么一阵子，我感到心里好受了点儿。不管怎么说，我从事着一项事业。人生唯一的义务就是找乐，而此刻我心里就是乐呵呵的。光一个"找乐"还不能说明一切。关于那个捉摸不透的虚幻人物，我宁愿拿出自己寿命中一年的时间作为代价，对他进行更多的了解。他用自己高超的手段毫不留情地逗我玩儿。事实上，我几乎把自己生命中一年的光阴作为代价用在贾沃斯基这个微不足道的小插曲上了。

　　是的，有些事的确很有意思。警察局的人真的说我对连环谋杀案有感觉吗？这可是一件伤脑筋的事。那就意味着我精心穿上的伪装差不多就要被揭开了。有好多次我显得过于聪明，这样是会惹上麻烦的。可是我能怎么办呢？暂时装傻？虽然经过了这么多年细心的观察，我仍然不知道怎样装傻。

　　我打开贾沃斯基案件的卷宗，经过一个小时的研究，我得出了两条结论。首先，也是最重要的，尽管我是马马虎虎地凭着一时的冲动去作案的，是一个不可原谅的过失，但是我已经成功地逃离了法网。其次，可能有某种方法让德博拉从这个案子里捞到好处。如果她能证明这个案子也是原来那位艺术家的作品，而拉戈塔又死死地抱着她那个模仿杀人的理论不放，那么德博拉可以突然从一个连给警察局煮咖啡都不让人放心的角色，摇身一变成为一道本月的风味佳肴。当然，这几个案子实际上并不是同一个人做的，但在这种时候提出不同的看法是难能可贵的。再说了，既然我可以断言很快将会发现更多的尸体，那么我也就不值得去为这个伤脑筋。

与此同时，我要给那位讨厌的拉戈塔探长提供一条长长的绳索让她自己去上吊。就我个人的利益而言，这根绳子也是派得上用场的。一旦拉戈塔被逼到无路可走的境地，成了众人眼里的白痴，她一定会豁出去，把过错全推到一个实验室技术员的头上，因为是这个傻乎乎的技术员给她提供了错误的结论——而这个技术员就是呆头呆脑、默默无闻的德克斯特。这样一来我就名声扫地了，在大伙儿的心中变回原来那个智力平平的庸人。退一步说，我也不会因此而丢掉饭碗，因为我的工作是分析血迹图案，而不是给案件定性。这样一来，拉戈塔就成了名副其实的傻帽儿，而德博拉会声名鹊起。

事情竟然进行得这么顺利，真是太妙了。我给德博拉打了个电话。

第二天中午一点半，我在机场北边的闪电餐馆里见到了德博拉。这家餐馆位于一条狭长的商业街上，离机场只有几个街区。餐馆的一边是一个卖汽车零部件的小铺子，另一边是一家枪支商店。这个地方离戴德县警察局总部不是很远，我们俩都很熟悉。闪电餐馆的古巴三明治是世界上首屈一指的。也许这是一件不足挂齿的小事，但我可以向你打包票，如果有一天半夜你肚子饿了，只需要一个"午夜三明治"就能解决问题，那么你只能到闪电餐馆来。自1974年以来，咱们摩根一家就经常到这儿来吃饭。

我感到内心有些激动——如果不是庆祝的话，那么至少是认可了这样一个事实：情况正在一步步地朝着有利的方向发展。我之所以开心，大概是因为我干掉了可爱的贾沃斯基老兄之后，紧张的情绪得到了缓解。不管怎么说吧，反正我的心情好极了。我点了一杯麻梅，这是一种具有古巴风味的牛奶混合饮料，味道很像是用西瓜、桃子和杧果汁混合而成的。

当然，我这种非理性的情绪是无法与德博拉分享的。瞧她那脸色，极度的阴郁、消沉，好像她在一边观察一边模仿大鱼的面部表情似的。

"别这样，德博拉，"我请求她说，"如果老这样，你的脸会定形，别人就会说你像一条石斑鱼。"

"反正没人说我像警察，"她说，"因为我很快就不是警察了。"

"别瞎说，"我说，"我不是答应了你吗？"

"是呀。你还说这个法子会起作用。可你没说马修斯局长会给我瞧什么样的脸色。"

"哦，德博拉，"我说，"他给你脸色看了？太遗憾了。"

"去你的吧，德克斯特。你又不在场，再说那也要不了你的小命。"

"我告诉过你，暂时是得受点儿委屈，德博拉。"

"嗯，这一点倒是给你说对了。按照马修斯的意思，差不多快要暂停我参与破案的资格了。"

"可他允许你在业余时间继续调查这个案子，是吗？"

她嗤之以鼻："他说：'摩根，我没法儿阻拦你。不过，我很失望。我不知道你父亲要是活着的话，会说什么。'"

"你说了吗，'我父亲绝对不会把一个无辜的人关起来就结案的'？"

她露出惊讶的神色。"没有，"她说，"可我是这么想的。你是怎么知道我的心思的？"

"可你并没有说出来，对吧，德博拉？"

"没有。"她说。

我把玻璃杯推到她面前："来点儿麻梅吧，妹妹。事情开始有转机了。"

她瞅着我："你敢肯定你这么干不是把我往火坑里推？"

"绝对不是的，德博拉。我哪有那个本事啊？"

"不费吹灰之力。"

"说真格的，妹妹。你得相信我。"

她盯着我的眼睛，然后她的眼皮垂了下去。她仍然没有碰那杯麻梅。"我相信你。不过我敢向上帝发誓，我不知道为什么……"她抬起头来看着我，一种奇异的表情在她的脸上忽隐忽现，"德克斯特，有时候我真觉得不应该相信你。"

作为哥哥，我朝她露出了安慰的微笑："我敢打包票，两三天之内又会出现新情况。"

"这可不是你说了算的。"她说。

"我知道我没那个本事，德博拉。可我敢断定，我真的敢断定。"

"那你说话的口气干吗那么开心哪？"

我想说是这种想法让我开心：想到又能看见无血尸体的奇迹，我比什么都开心。当然，那种兴奋德博拉是无法与我共享的，于是我这话到了嘴边却没有说出来。"这很自然嘛，我只是替你高兴。"

她哼了一声。"那就对了，我把这茬儿给忘了。"她说。不过，她终于呷了一口那杯混合饮料。

"听着，"我说，"要么拉戈塔是对的——"

"那就是说我没命了，被人耍了。"

"要么拉戈塔错了，你依然还活着，还是那么聪明。眼下你不是好端端地跟我在一起吗，妹妹？"

"嗯。"她说着，显得很生气，而我还是那么有耐心。

"如果你喜欢赌博，你会把赌注压在拉戈塔身上吗？不管什么事情她说的都是对的？"

"也许在穿着时髦这个问题上她总是对的，"德博拉说，"她的穿着打扮的确很酷。"

服务员送来了三明治，很不耐烦地把盘子扔到桌子中间，然后不声不响，一阵风似的转身回到柜台后面去了。不过，三明治很好吃，我不知道他们是怎么做的，这里的三明治比城里哪一家的"午夜三明治"都好吃。面包的外皮很脆，里头却很酥软，猪肉和酸黄瓜搭配得恰到好处，奶酪也融化得很充分——真是一种莫大的享受啊。我咬了一大口。德博拉拨弄着杯子里的吸管。

我吞下那口三明治："德博拉，如果我那条完美无缺的逻辑推理无法让你打起精神来，闪电餐馆的三明治也不能让你打起精神来，那你就无可救药了，那就说明你已经死了。"

她那石斑鱼似的脸对着我，吃了一口三明治。"那好哇，"她面无表情地说，"想瞧瞧我打起精神来？"

可怜的德博拉仍然不信我的话，这对我的自尊心是莫大的打击。不过我还能做一件小事，我可以喂一喂拉戈塔——用来喂她的食品不像闪电餐馆的三明治那样可口，但也算得上美味佳肴。于是当天下午，我到那位探长大人的办公室去拜访她，她的小隔间位于一个大房间的角落，大房间里还有五六个这样的小隔间。当然她的小隔间是最豪华的，隔板上挂着好几张格调高雅的照片，有她自己的，也有名人的。我认得其中的葛洛丽娅·艾丝特凡[1]、麦当娜和豪尔赫·马斯·卡

---

[1]　古巴歌手。

诺萨①。办公桌上有一只翡翠绿的吸墨台，外面套着一个皮套子，吸墨台的另一边是一个高级的绿色玛瑙笔筒，笔筒的正中间镶嵌着一个石英钟。我进来的时候，拉戈塔正在连珠炮似的讲着西班牙语。她抬头瞥了我一眼，但还没有看见我，目光就游移开了。过了片刻，她的目光又回到我的身上。这一次她可把我看了个彻底，皱了皱眉头，说："好了，好了。Ta luo。"最后那句话是古巴的西班牙语，意思是"回头见"。她挂上电话，继续盯着我看。

"给我带来了什么？"她过了好久才说。

"大大的福音哪。"我告诉她。

"如果你是说好消息，那我倒想听听。"

我用脚把一把折叠椅钩了过来，挪到她的小隔间里。"毫无疑问，"我说着在折叠椅上坐下来，"你关到牢里去的就是真凶。老刀匠路那起谋杀案是另外一个凶手干的。"

她端详着我。我简直不能相信她的大脑需要花那么长时间来处理这个信息。"你能够证实吗？"她过了很长时间才问，"可以肯定吗？"

我当然可以证实，可以肯定。不过，我并不打算去证实。相反，我只是把文件夹撂在她的办公桌上。"事实本身会说话，"我说，"关于这一点是绝对没有任何问题的。"事实上也的确如此，这一点只有我一个人心里明白。我说着拉出一页纸来，这是我经过精心筛选然后打印出来的资料，内容是对最近几件案件进行的详细比较。"首先，最近这位受害者是男性，而前面那几个受害者都是女性。这位受害者的尸体是在老刀匠路附近发现的，而麦克黑尔的受害者都是在塔迈阿密胡同发现的。这位受害者的尸体相对完整，而且放在被害现场没动。而麦克黑尔的受害者完全被肢解了，尸体是被运到别的地方然后抛下来的。"

我滔滔不绝地说，她全神贯注地听。这份清单开得可够绝的。我花了好几个小时把最显眼的细节进行了最荒唐可笑、最愚蠢的比较，我得说，这件事干得很漂亮，而拉戈塔自个儿扮演的角色也很到位。她对我的资料深信不疑。不过话说回来，她只是听进了自己想听的东西。

"总而言之，"我说，"这起新的谋杀案从指纹上看是仇杀，很可能与吸毒有关。关在牢里的那个家伙是前几起谋杀案的凶手，而那几起谋杀事件已经绝对

---

① 古巴流亡美国的反政府人士。

地、毫无疑问地、百分之百地了结了，永远地终止了。"我把那份清单递了过去。

她接过清单，看了很长时间，皱了皱眉，眼睛把那张纸上上下下扫了几个来回。她的嘴角抽搐了一下。接着她把清单小心翼翼地放在桌上，把一个翡翠绿的订书机压在上面。

"好的，"她说着，把那个沉甸甸的订书机掉了一个方向，现在订书机跟吸墨台对齐了，"好的。很好。这很有用。"她瞅着我，同时她仍然是一副聚精会神的样子，脸上的皱纹仍然没有动，然后她突然笑了，"好的。谢谢你，德克斯特。"

这是一种出乎意料的、发自内心的微笑。如果我有灵魂的话，看到她这种微笑，我一定会内疚不已的。

她站在那里，仍然露出笑脸，我正准备走开，她的双手猛地搂住我的脖子，拥抱起我来。"我真的得谢谢你，"她说，"我内心充满了……感激之情。"她摩擦着我的身体，那意思只能是挑逗了。即使是在银行保险库那样隐秘的地方，我对她身体的摩擦也不会感兴趣的，更何况我刚刚给了她一根绳子，希望她用这根绳子去上吊呢?

我觉得有点儿恐慌，连忙寻求解脱："别，拉戈塔探长……"

"就叫我米格迪娅吧。"她说，身体跟我贴得更近，摩擦的力量也更大。她把一只手伸到我的小腹下面，我一下子跳了起来。从有利的方面说，我这一跳吓退了这位含情脉脉的探长。从不利的方面说，我这一跳使她侧过身去，屁股碰了一下办公桌，从椅子上翻过去，仰着倒在了地板上。

"我……我真得回去干活儿了，"我结结巴巴地说，"有一件重要的……"然而，我想不出有什么事情比逃命更重要了。于是，我退出小隔间，让她独自在里面看着我。

她看我的眼神并不是特别友好。

Chapter *8*
三个人头和一个芭比娃娃

　　醒来的时候我站在洗脸池前，水哗哗地流着。我感到极度恐慌，有一种不
祥的兆头，心怦怦乱跳，眼皮不停地抽搐，像是在打架。不知哪里出了问题，洗
脸池看上去也不对劲儿，我甚至连自己是谁都拿不准。在梦中我也是站在洗脸池
前，水也是哗哗地流着，但不是这个洗脸池。在梦里我搓着手，使劲儿地擦肥
皂，想洗掉皮肤上小得不能再小的红色血斑。我用热水洗去这些可怕的血迹，水
很热，皮肤都变成了粉红色，鲜嫩鲜嫩的，显得非常干净。乍用热水一洗，真够
疼的，因为我刚刚从冰冷的房间里出来——我说的房间是指游戏室、屠宰室，干
燥和肢解尸体的房间。

　　我关上水龙头，站了一会儿，身体斜靠在洗脸池上。这一切太真实了，而且
那个房间我记得非常清楚。

　　我站在那个女人的身边，看着她被塑胶带捆绑着，身体不停地扭动，活生生
的恐惧在她那双无神的眼睛里漫延开来，恐惧渐渐变成绝望，而我觉得自己体内
有一种奇妙的感觉升腾而起，从手臂流到刀子上。我举起刀子——

　　可这并不是开始。因为桌子下面还有一具死尸，已经干了，并且包裹好了。
在远处的那个角落里还有一个人，无望地等待自己的厄运。受害者脸上的恐惧是
发自内心的，是我从未见过的，尽管看上去有点儿熟悉。那种恐惧胜过一切，仿

佛一种清洁、纯净的活力在洗涤我的全身——

三个。这次一共有三个女人。

在我的潜意识中，这本来应该是个令人愉快的小插曲，可我这会儿全身颤抖不已，心神不宁。一想到自己的大脑居然脱离了肉体，越过闹市区，独自去还债，我的心头就充满了恐惧。我想着那三个包裹得整整齐齐的游戏伙伴，很愿意回到她们那里继续干下去。我想起了哈里，于是知道不能这么干。我正置身于一段记忆与一个梦寐的中间，忍受着两者拉锯式的双重打击，而且我也说不清究竟哪一种打击更厉害。

这已经不再是种乐趣。我很想让自己的大脑恢复正常。

我擦干手，回到床上，却再也没有了睡意。我仰卧在床上，看着阴影在天花板上摇晃。五点四十五分，电话铃响了。

"给你说对了。"我一拿起话筒就听见德博拉说。

"你这话我爱听，"我说着，极力恢复平日里聪明伶俐的自己，"什么给我说对了？"

"你的预言都兑现了，"德博拉告诉我，"这会儿我就在塔迈阿密胡同的犯罪现场。你猜猜是什么事？"

"我说对了？"

"就是那个凶手，德克斯特。一定是的。而且比前几次要轰动得多。"

"轰动到了什么地步，德博拉？"我忽然想起梦中那三具尸体，但愿她不会真的说是三具尸体。可我又肯定她会这么说，于是我不由得激动起来。

"看来受害者不止一个。"她说。

我感到一阵震颤贯穿全身，从腹部笔直上升，就好像吞下了一颗没有爆炸的炮弹。我使出吃奶的力气恢复自己往日的机智："这太妙了，德博拉。听你这口气，好像是在写一份谋杀案的调查报告。"

"是呀。我已经有那么点儿感觉了，将来没准儿真的会写一份。还好，我要写的不是这个案子。太怪了，拉戈塔都想不出个所以然来。"

"也不知道怎么去想。怎么个怪法呀，德博拉？"

"我得走了，"她不等我说完突然说道，"快点儿出来，德克斯特。你得来这儿瞧瞧。"

等我到达那里时，人群已经在路障旁边围了个里三层外三层。绝大多数是记者。只要记者的鼻子嗅到了血腥味，你想从他们中间穿过去就变得非常困难。说出来你也许不相信，在摄像机后面，这些家伙就像是大脑受了伤的残疾人，而且患有饮食失调的疾病，但是他们一旦来到警察布设的路障跟前，奇迹就会出现。他们是那么强壮，那么具有攻击性，既有决心也有能力把挡在自己面前的任何人、任何东西推倒在地，然后踩在上面任意践踏。这很有点儿像一个故事：一个孩子被压在卡车下面，年老的母亲居然把卡车整个儿扛了起来。力量来自某种神秘的地方。不知怎么搞的，只要地上有血迹，这些患有厌食症的家伙就能排除任何障碍，勇往直前。

我很幸运，路障旁边一个穿警察制服的伙计认得我。"各位先生，让他过去，"那人对记者们说，"让他过去。"

"谢谢了，胡里奥，"我对那个警察说，"好像记者一年比一年多了嘛。"

他哼了一声："一定是有人在克隆记者。我看他们长得都一个样儿。"

我从黄色隔离带下面钻过去，等我到了那边伸直腰的时候，忽然有一种奇怪的感觉，仿佛有人在搅和迈阿密上空的大气层。我站在建筑工地的沙砾中间，这里很可能在建一栋三层的办公楼，给那些小不点儿的开发商使用。我缓步朝前走去，观察这个尚未完工的建筑物周围正在进行的侦查活动，心里忽然明白了：凶手把我们大家都引到这里来绝不是什么偶然的巧合，他做的每一件事都是为了达到某种美学效果而有意安排、精心策划的，都是出于艺术的需要而进行的探索。

凶手之所以把我们引到这个建筑工地上来，是为了满足他的某种需要。你们抓错人了，他在说。你们把一个笨蛋关起来是因为你们自个儿就是笨蛋。你们这帮人也太蠢了，不给你们一点儿颜色瞧瞧，你们就不知道阎王爷有几只眼。老子动手了。

除了向警察当局和公众传递信息之外，他还在跟我讲话：他把尸体运到建筑工地，是因为我是在另一个建筑工地上干掉了贾沃斯基。他在跟我捉迷藏，在向大家显示他是多么能干，特别是要告诉我他在监视我。我知道你干的那点儿事，我也干得出来，而且干得比你漂亮。

我深吸一口气，提醒自己我是一个好人，从来不干那种事。可是我又知道他干过那种事，而我真的很想跟他一起出去。我该怎么办呢，哈里？

我绝不只是想跟一个新朋友一道出去干点儿有趣的事情，我想干的是找到这个杀手。我得见见他，跟他聊聊，向我自己证明他确有其人，而且——

而且什么？

而且他并不是我吗？

而且那种可怕而有趣的事不是我干的？

如果真的是我，那该怎么办呢？如果我在自个儿都不知晓的情况下干了那些事，那又该怎么办？当然，这是不可能的，绝对不可能，但是——

我在洗脸池前清醒了过来，"梦"醒之后把手上的血迹洗去。在梦中，我小心翼翼、心花怒放地做了只有在梦中才会做的事情，双手沾满了鲜血。不知怎么搞的，我知晓这一连串谋杀案的内情，而这些内情我是不可能知晓的，除非——

我走进楼房的外楼梯井，停了片刻，闭上眼睛，身体斜倚在光秃秃的水泥墙上。墙壁很粗糙，比空气要凉一些。我的脸颊跟墙壁摩擦，有一种介于舒服和痛苦之间的感觉。我既想上楼去看看那里有什么值得一看的东西，又不想上去。

跟我说说，我低声对黑夜行者说，告诉我你做了什么。

当然没有回答，只有平时那种冷酷、遥远的暗笑。可那也帮不了什么忙。我只觉得有点儿恶心，有点儿头晕，有点儿茫然，而且我不喜欢这种混乱的感觉。我做了三次深呼吸，挺直腰杆，睁开眼睛。

多克斯警官在楼梯井里头瞪着我，离我只有一米远的样子。他的一只脚踏在第一级台阶上。那张脸整个儿就是一个雕刻出来的面具，阴森可怕而且充满了令人不可思议的敌意。就像一头猛犬，想把你的手臂撕下来，但是心里乐滋滋地想事先知道你的肉味道如何。而且他的这种表情，除了在镜子里之外，是我在别人的脸上从来没有见到过的。那样深邃，那样持久，那样空洞，仿佛他看透了人生中连环画似的字谜游戏，读懂了人生的底线。

"你在跟谁说话呀？"他问我，与此同时露出一口森森的白牙，"你那里头还有人跟你一起吗？"

他的这番话以及那种会意的说话方式直刺向我，把我的内脏搅了个稀巴烂。干吗要选择这几个词呀？他说"那里头还有人跟你一起"是什么意思？难道他知道我的体内有个黑夜行者？不可能！除非——

多克斯知道我的底细。

就像我了解那位临终关怀护士。

体内那个东西看到了自己的同类，便朝着空洞的地方大声叫喊。多克斯警官也带着一个黑夜行者吗？这怎么可能呢？凶案组的一位警官原来跟阴森的德克斯特一样也是一头食肉猛兽？简直不可思议。可是又有什么别的解释呢？我的脑子都不知道该怎么想了，只是长时间地盯着他。他也盯着我。

最后，他摇了摇头，目光仍然没有离开我的身体。"总有那么一天，"他说，"你和我。"

"我接受你这个改日赴会的邀请，"我极力做出开心的样子说，"与此同时，如果你能原谅……"

他站在那里，身体挡住了整个楼梯井，一个劲儿地瞪着我。不过最后他还是微微一点头，身体闪到一边。"总有那么一天。"他又说了一遍，这时我从他身边挤过去，上了楼梯。

遭遇多克斯警官给了我很大的震惊，刚才我还涕泪横流，沉浸在小小的恐慌中，现在一下子完全解脱了出来。当然，我没有在梦中杀人。这种想法太荒唐了，再说了，做了这种事自己却不记得，岂不是一种浪费？那也太不可思议了。应该有一种别的解释，简单而冷酷的解释。

我快步上了楼，只觉得一阵兴奋涌了上来，又恢复了原来的自我。我的步伐富于弹性，原因之一就是我逃离了那位警官大人。此外，我急于看一看公共福利事业最近所遭受的打击——这纯粹是一种很自然的好奇心，没有别的。我当然不会去找出自己的指纹来。

我爬上二楼。虽然这里的一些框架已经安装到位，但整个楼层的墙壁仍然没有砌起来。我走下楼梯平台，踏上楼面的时候，看见未婚天使安杰尔正蹲在楼层的正中央，一动不动。他的胳膊肘紧贴着膝盖，双手托着脸，眼神直勾勾的。我停下脚步看着他，感到十分惊奇。这种有趣的事情我可从来没见过：迈阿密凶案组的一个技术员在犯罪现场发现一个可疑的东西之后，居然惊讶得不能动弹了。

而他发现的东西本身就更有意思了。

那景象简直就是一幕阴森的传奇剧，吸血鬼的杂耍表演。就像我干掉贾沃斯基的现场一样，有一堆裹着热缩包装薄膜的干墙①。这些干墙被推到了另一边，靠在另一堵墙上，来自建筑工地的灯光以及侦破小组架起的灯光正照在

---

① 指水分被蒸发完后的墙体。

上面。

干墙的顶部有一个可移动的黑色木工工作台，像祭坛似的架在那里。工作台端端正正地摆放在正中央，这样灯光恰好照在上面——准确地说，灯光恰好照着工作台上面的那个东西。

不言而喻，那个东西是一个女人的脑袋。嘴巴上叼着一面汽车或者卡车上的后视镜。由于嘴巴上叼着东西，那张脸拉直了，显出一种惊讶而滑稽的神色。

这颗人头的左边还有一颗人头。一个芭比娃娃的躯体安置在左边这颗人头的下巴下面，看上去就是一颗巨大的脑袋长在一个小巧玲珑的躯体上。

右边是第三颗人头。这颗人头端端正正地放在干墙的顶部，一枚螺丝小心翼翼地把耳朵固定在板子上。整个现场都看不见一滴凌乱的血污。三颗人头上没有一丝血迹。

一面镜子，一个芭比娃娃，还有干墙。

三条人命。干燥的骨头。

喂，德克斯特。

毫无疑问，这个芭比娃娃是冲着我冰箱里那个芭比娃娃来的。镜子来自堤道上扔下的那颗人头，而干墙是要让人想起贾沃斯基。如果不是有一个人藏在我脑海深处跟我难分彼此，那么这个人就是我自己了。

我缓缓地出了一口粗气，我需要一点儿时间去回忆该怎样考虑问题，可是我不由自主地迈着缓慢的步伐朝那个祭坛走去。我无法停下来，无法放慢脚步，只能一个劲儿地朝那里靠近。我只能看，只能惊异，只能集中注意力把气顺顺当当地吸进去，再呼出来。而我慢慢地意识到，在这里不只是我一个人不相信安杰尔看到的那个东西。

在我的职业生涯中，我曾经到过几百个谋杀现场，其中有一些场面十分恐怖、十分凶残，连我这种人都震惊不已。而在每一起谋杀案中，戴德县警察局的侦破小组都是以一种悠然自得、专业化的方式进行侦查的。在侦查每一起谋杀案时，拉戈塔都是用海绵吸干尸体上的血污，与此同时，有的警察咕噜咕噜地喝着咖啡，有的派人出去买油煎饼或者炸面包圈，有的说笑话、闲聊。在每一个犯罪现场，我都看到有些人对凶残的杀戮无动于衷，简直就像是在跟教会联队比赛打保龄球似的。

而现在情况不同了。

现在这个宽敞、空空荡荡、四周是水泥墙的房间里出现了很不自然的宁静。警察和技术人员三三两两地站在一起，沉默不语，仿佛独自一人很害怕似的。大家只是看着房间那边陈列的东西。如果有人不小心发出一点儿轻微的声响，其他人都会吓一跳，眼睛唰地一下子全盯着他。

这是我干的吗？

这简直太美了——当然是那种可怕的美。整个布局十分完美、十分迷人，因为没有血迹而显得异常美丽。它显示了作案者超凡的智慧和奇妙的创作灵感。作案者不厌其烦地创作出了这样一件真正的艺术品。这是一个很有格调、很有才华，而且具有病态幽默感的艺术家。这样的奇才，我毕生只知道一位。

这个人有没有可能就是做着阴森噩梦的德克斯特呢？

我尽量靠近那几件展览品，然后站在它们的跟前，不去触摸，只是看着。还没有人到这个小祭坛上来打扫灰尘，取指纹图样。这里所有的工作都还没有开始，不过我估计照片已经拍了。哦，我多么希望弄到一张这样的照片带回家去呀。我需要一张尺寸跟招贴画相仿，没有血迹的彩照。如果这个案子是我干的，那么我这个艺术家的水平之高是我自己都不敢想象的。即使我离得这么近，那几颗与躯体分割开来的人头仍然像是飘浮在空中，在一种没有时间概念、没有血迹的状态中悬挂在尘世中一个仿造的天堂里——

我环顾四周，没有看到小心地包裹着的垃圾袋。现在这种垃圾袋，警察一看就知道里面装着尸体残肢。可这里压根儿就没有躯体的影子，只有一座用三颗人头堆起来的金字塔。

我又注视了片刻。过了一会儿文斯·增冈摇摇晃晃地走过来，只见他张着嘴巴，脸色苍白。"德克斯特。"他说着，摇了摇头。

"你好，文斯。"我说，他又摇着头，"躯体到哪儿去了？"

他盯着那几颗人头看了很久，然后又看着我，脸上露出迷惘、天真的神色。"在别的什么地方。"他说。

楼梯上响起噔噔的脚步声，打破了这里的沉寂。我从祭坛旁边走开。这时，拉戈塔领着几个精心挑选出来的记者走了上来——一个叫尼克的，还有当地电视台的里克·桑格和"海盗"埃里克。埃里克是一家报纸的专栏作家，性格有点儿怪，但小有名气。房间里一下子热闹了起来。尼克和埃里克瞧了一眼，接着双手捂着嘴巴向楼下冲去。里克·桑格使劲儿地皱着眉，看着灯，然后转身面对着拉戈塔。

"有电源插座吗？我得把摄像师叫来。"他说。

拉戈塔摇摇头。"等等其他人吧。"她说。

"我需要一些画面。"里克·桑格固执己见。

多克斯警官从桑格的身后走出来。桑格转过身来，看到了他。"不准拍。"多克斯说。桑格张大嘴巴，看了多克斯一会儿，然后才把嘴巴闭上。这位好警官的出色表现又一次给警察局挽回了面子。他回到原地，警惕地站在展出的人头旁边，好像这是一个科技商品展览会，而他就是这儿的保安。

门口传来一阵咳嗽声，听那声音咳嗽的人用手捂着嘴巴。那个叫尼克的和"海盗"埃里克又回来了，他们俩拖着脚步，像七老八十的人似的慢吞吞地上了楼。埃里克始终不把目光转向房间的那一边。尼克也抑制住自己不去看，但他的脑袋不住地朝那个可怕的地方扭动着。接着，他忽然扭过头来面对着拉戈塔。

拉戈塔开始说话了。为了听个明白，我凑上前去。"我请三位前来看看这几样东西，然后才允许媒体进行正式的采访。"她说。

"可是我们能进行非正式的采访吗？"里克·桑格打断了她的话。

拉戈塔没有理睬他。"我们不希望媒体对这里发生的事情进行不着边际的猜测。"她说，"你们都看到了，这是一起恶性的、怪异的谋杀案——"她停了片刻，然后很谨慎地说，"跟我们以前见过的谋杀事件完全不同。"她一字一顿，仿佛每一个单词的开头都在用大写字母。

那个叫尼克的说了声"哈"，然后若有所思地看着。"海盗"埃里克一下子明白过来。"哇，等会儿，"他说，"您是说这是一个全新的杀手？这是一起跟以前完全不同的连环谋杀案？"

拉戈塔意味深长地看着他。"现在下任何结论都为时过早，"她说，"不过，咱们先理性地看看这几样东西，好吗？首先，"她竖起一个指头，"我们抓到了一个嫌疑犯，他供认是前面几起谋杀案的凶手。现在他关在牢里，我们没有放他出来做这个案子。其次，这样的案子是我从未见到过的，受害者是三个人，人头都整齐地堆放着。"天哪，她终于注意到这一点了。

"为什么不让我把摄像师叫来？"里克·桑格问。

"在前一起谋杀案中不是发现了一面镜子吗？""海盗"埃里克细声细气地说，极力不去看那几颗人头。

"你们是不是已经辨认出了，这个——"那个叫尼克的说。他的脑袋慢慢地朝展览品那边扭过去，但是在中途忽然停了下来，猛地又转向拉戈塔，"探长，受害者都是妓女吗？"

"听好了，"拉戈塔说，她的话音里带着一丝愠怒，刹那间她那古巴口音也随之冒了出来，"让我来做一点儿解释。受害者是不是妓女，这我不在乎。我不在乎她们有没有镜子。对这些我根本就不关心。"她呼出一口气，继续说着，但神情更加镇静，"我们已经把前面一位杀手关起来了，他自己供认不讳。而这个案子是全新的，听明白了吗？问题的关键就在这里。你们都看到了，这个案子的性质完全不同。"

"那么为什么派你来负责侦破呢？""海盗"埃里克问。我想，他这个问题是很理性的。

拉戈塔摆出一副内行的姿态。"因为前面那个案子是我破的。"她说。

"可是，探长，您确定这是一个全新的杀手吗？"里克·桑格问。

"毫无疑问。我无法告诉你任何细节，但是我的观点得到了实验室研究成果的支持。"可以肯定她说的是我。我的心头掠过一丝荣耀感。

"但是这几起案件都很相似，对不对？同一个地区，同样是常见的杀人技巧——""海盗"埃里克说到这里身子一颤。拉戈塔打断了他的话。

"完全不一样。"她说，"完全不一样。"

"那么您肯定前面那几个案子都是麦克黑尔做的，而这个案子跟那几起不一样？"那个叫尼克的问道。

"百分之百地肯定。"拉戈塔说，"再说，我从来没说过前面那几个案子都是麦克黑尔干的。"

有那么一秒钟的时间，几位记者都忘记了无法拍照引起的不安。"什么？"那个叫尼克的过了好久才说。

拉戈塔的脸唰地一下红了，但是她仍然坚持自己的意见："我从来没有说过前面那几个案子都是麦克黑尔干的。麦克黑尔自己说是他干的，对不对？那么我能怎么办呢？难道叫他滚开，说我不相信你那一套？"

"海盗"埃里克和那个叫尼克的交换了一个意味深长的眼色。

"一派胡言。"埃里克嘟囔着，但是里克·桑格的声音盖住了他的这一声嘟囔。

"您愿意让我们去采访麦克黑尔吗？"桑格提出了请求，"带着摄像机去。"

还没等拉戈塔做出答复，马修斯局长来了。他噔噔噔地走上楼梯，看到这个小型艺术展览，一下子停住了脚步。"我的天哪。"他说。然后他用凝重的目光扫视着拉戈塔身边的那群记者。"你们在这儿干什么？"他问。

拉戈塔环顾四周，但是没有人主动回答局长的问话。"是我让他们进来的，"她过了好大一会儿才说，"是非正式的，不准公开报道。"

"您没说不准公开报道，"里克·桑格脱口而出，"您只说是非正式的。"

拉戈塔狠狠地瞪了他一眼："非正式的就等于不准公开报道。"

"滚出去，"马修斯大声吼道，"我这句话是正式的，也是准许公开报道的。滚！"

"海盗"埃里克清了清嗓子："局长，拉戈塔探长认为最近发生的这起谋杀案是全新的，是另一个杀手干的，您同意吗？"

"滚！"马修斯又重复了一遍，"我到楼下再回答你们的提问。"

"我要拍几个画面，"里克·桑格说，"只要一分钟。"

马修斯朝出口处点了点头："多克斯警官呢？"

多克斯立刻走了过来，抓住了里克·桑格的胳膊。"各位先生……"他用那种温和而又令人毛骨悚然的声音说道。三位记者都看着他。我看到那个叫尼克的使劲儿咽了一口唾沫，接着三个记者无声地转过身去，紧挨在一起下楼去了。

马修斯看着记者的背影，直到他们走远了，他才扭过头来面对着拉戈塔。"探长，"他那恶狠狠的声调一定是从多克斯那儿学来的，"如果你再干这种屁事，让你到零售店的停车场去当保安都算你走运。"

拉戈塔的脸色由浅绿色变成深红色。"局长，我只是想——"她说，可是马修斯已经转身走开了。他拉了拉领带，用一只手把头发朝后捋了捋，跟在那几个记者的屁股后面下楼去了。

我转身再次端详着祭坛。没有任何变化，不过这时已经有人来打扫灰尘、取指纹图样了。接着，他们就会把这几个人头分开，逐个儿地进行分析。很快这一切就都将成为美好的回忆。我迈着缓慢的步伐下楼去找德博拉。

外面，里克·桑格的摄像机已经在拍摄了。马修斯局长沐浴在灯光下，面对着伸到下巴下的麦克风，正在做官方发言："本局的一贯方针是让从事调查工作的刑侦人员在破案过程中拥有充分的自主权，除非该刑侦人员明显因为能力有限而犯下了一系列判断上的错误。而现在情况并非如此，不过本人正在密切关注案情的发展。在社区处于这种危险境地的时刻——"

这时我在人群中看见了德博拉，就朝她走去。她站在黄色隔离带旁，身穿蓝色的巡警制服。"衣服好漂亮啊。"我告诉她。

"我很喜欢，"她说，"你刚才看见我了？"

"看见了，"我告诉她，"我还看见了马修斯局长跟拉戈塔探长一道谈论这个案子。"

德博拉吸了一口气："他们说什么来着？"

我拍了拍她的手臂："我记得有一次听见老爸说过一句很俏皮的话，用这句话来形容局长训斥探长再恰当不过了——马修斯局长'又给拉戈塔探长钻了一个屁眼儿'。你听说过这样的话没有？"

她开始是一副茫然的样子，接着乐了："太妙了。现在我真的需要你帮忙了，德克斯特。"

"一定是我不喜欢干的那种事，对吗？"

"我不知道你认为自己都替我干了什么，但显然远远不够。"

"德博拉，那太不公平了。你也太狠心了。你毕竟是在犯罪现场，身上还穿着警察制服。难道你宁愿穿那身性感服装？"

她打了个哆嗦："问题不在这儿。关于这个案子，你一直在隐瞒什么，而我这会儿想知道。"

有一阵子我无话可说，有一种很难受的感觉。我没料到她的洞察力居然这么敏锐："哦，德博拉——"

"听着，你以为我不知道这些官场上的东西是怎么回事，在这一点上也许我没你那么精明，但是我知道他们这会儿都在忙着擦自己的屁股。这就是说，谁也不想去做实实在在的警察工作。"

"这就是说你瞄到了一个机会，准备自个儿去做？太好了，德博拉。"

"这也说明我比以往任何时候都更需要你的帮助。"她伸出一只手来捏我，

"求求你了，德克斯特。"

"当然喽，德博拉。"我说。

"好的。"她说着，又摆出一副正儿八经的样子来，情绪的变化之快令我不能不佩服。"眼下最突出的问题是什么？"她一边朝二楼点点头，一边问道。

"尸体的残肢，"我说，"你听说有人在寻找尸体残肢了吗？"

德博拉瞥了我一眼，那眼神只有老于世故的警察才会有。说白了，是那种恶狠狠的眼神。"据我了解，大多数警察都奉命去阻止电视台拍摄了，只有极少数几个人在做与案件本身有关的实际工作。"

"好的，"我说，"如果咱们能找到尸体残肢，就可以抢在别人的前头。"

"成。咱们到哪儿去找呀？"

这可是一个实实在在的问题，我一下子愣住了。根本不知道到哪儿去找。尸体的残肢会放在屠杀的房间里吗？我想不会的——因为在我看来，那样很乱，如果凶手想再次使用那个房间，里头乱糟糟的，到处都是尸体残肢，肯定就不行了。

好了，那么我可以假设尸体的躯干部分被运到别的地方去了。可是究竟运到哪儿去了呢？

我的脑子慢慢地亮堂起来，也许问题的关键在于：为什么？把人头展示出来是出于一个目的，而把尸体的其余部分运到别的地方又是出于什么目的呢？

"嗯？"德博拉问道，"怎么样？咱们上哪儿去找？"

我摇了摇头。"我不知道，"我慢吞吞地说，"不管他把那些玩意儿撂到哪儿去了，那都是他表达的一部分。可现在咱们连他想表达什么都不知道，对吧？"

"真他妈的见鬼，德克斯特。"

"我知道他是要给咱们一点儿难堪。他想说咱们做了一件令人难以置信的蠢事，即使咱们没做这件蠢事，也还是不如他。"

"这倒是事实。"她说着，又露出石斑鱼似的脸色。

"那么……不管他把那些玩意儿扔到哪儿了，他的发言仍然要继续下去。那就是说咱们很蠢。不，我说错了。那就是说咱们做了一件蠢事。"

"对。这个区别是很重要的。"

"别这样，德博拉，你做这样的鬼脸会把脸上的肌肉弄坏的。这很重要，因为凶手要评论的是行动，是剧情本身，而不是采取行动的人，不是演员。"

"啊哈。这话说得在理呀，德克斯特。所以咱们应该到附近某家有表演的餐馆去，寻找一个胳膊肘以下沾满了鲜血的演员，对不对？"

我摇了摇头："没有血迹，德博拉。一点儿血迹都没有，这是问题的关键所在。"

"你怎么就那么肯定？"

"因为任何一个犯罪现场都没有出现过血迹。这是别有用心的，而且是他作案的主要特征。而这一次他要重复这个主要的特征，又要对他前面做过的事情进行评述，因为咱们把这一点忽略了。你明白了吗？"

"我当然明白了。这样解释就太合理了。那咱们干吗不去欧迪办公用品中心瞧瞧？凶手很可能又把死尸堆放在球网里头了。"

我张开嘴巴想做一个非常聪明的答复。冰球场是错的，完全、彻底、明显地错了。凶手上次选择冰球场只不过是一个试验，他只是想试一试新鲜的东西，但我知道他不会故技重演了。我把这个想法解释给德博拉听，如果他要在冰球场故技重演，那么唯一的理由就是——说到这里我戛然而止，嘴巴仍然张着。当然喽，我想，那是很自然的事。

"这下咱俩谁的脸像鱼呀，哈？怎么了，德克斯特？"

有一阵子我沉默不语，脑子里忙着追赶旋风似的思绪。他在冰球场故技重演的唯一目的就是要让咱们瞧瞧，咱们关起来的那个伙计不是真凶。

"哦，德博拉，"我过了好大一会儿才说，"当然喽。你说对了，室内运动场。你列举的理由是错的，但地点让你说对了，不过——"

"让错误见鬼去吧。"她说着，朝自己的汽车走去。

Chapter *9*
杀手另有其人

"咱们这是一次远距离投篮，你明白了吗？"我说，"很可能什么也找不着。"

"这我知道。"德博拉说。

"咱们在这儿没有司法权。这里是布劳沃德县的管辖范围，而布劳沃德县警察局的那帮伙计跟咱们的关系不怎么样，所以——"

"看在上帝的分儿上，德克斯特，"她打断我的话说，"你跟一个女中学生似的唠唠叨叨个没完。"

也许她说的是事实，不过她这样抢白我也太过了点儿。德博拉的神经就像一束紧紧捆扎着的钢丝。我们的汽车离开索格拉斯高速公路，朝欧迪办公用品中心的停车场驶去。她把嘴唇咬得更紧了。我几乎可以听见她的下颌在嘎吱作响。"整个儿一中看不中用的花瓶。"我自言自语道，德博拉显然听见了。

"去你妈的。"她说。

我的目光从德博拉冷峻的侧脸转移到室内运动场上。在那一刹那，清晨的阳光照在上头，运动场的大楼看上去就像四周环绕着一群飞碟。原来，大楼的四周安装着固定的照明装置，看上去像一个个巨大的钢铁蘑菇。当时一定有人告诉过建筑师这些东西很独特，而且很可能还说过"很有青春活力"之类的话。我可以肯定，如果光线投射过来的角度适宜的话，也的确如此。

我们的汽车绕着运动场兜了一圈，看看能不能找到一个人。在兜第二圈的时候我们看到一辆破旧的丰田车在一道门前停着。汽车副驾驶座的车门紧闭着，因为车窗里面有一个绳圈伸出来紧紧地套在车门的把手上。德博拉停下车来，打开驾驶室的门，不等汽车完全停稳就一下子跳了下去。

"请问，先生……"她对从丰田车上下来的那人说。那人五十岁上下，身材矮胖，上身穿着蓝色的尼龙夹克，下身是一条邋遢的绿色裤子。他瞥了一眼德博拉身上的制服，顿时紧张起来。

"什么？"他说，"我没干啥坏事呀。"

"先生，你在这儿工作吗？"

"是呀，不然早晨八点就跑到这里来干什么？"

"请告诉我你的姓名，好吗？"

他伸手到口袋里去掏钱包："斯蒂芬·罗德里格斯。我有身份证。"

德博拉一挥手让他拿回去。"不必了，"她说，"先生，这么早，你到这儿干吗来了？"

他耸了耸肩膀，把钱包塞进口袋："大多数时候我得早点儿来，不过球队这会儿都在路上——温哥华队、渥太华队还有洛杉矶队。所以我今儿来晚了点儿。"

"这会儿里头还有别人吗，斯蒂芬？"

"没有，就我一个。他们都起得很晚。"

"晚上怎么样？有保安在这儿值班吗？"

他用手画了一个圈："晚上保安只到停车场那儿转悠一下，完了马上就走。大多数时候只有我一个人在这儿。"

"你是说，你总是第一个进到里头去？"

"是呀，我说什么了？"

我下了车，靠在车上。"是你开赞博尼磨冰机给早上训练的运动员磨冰吗？"我问他。德博拉瞥了我一眼，一副生气的样子。斯蒂芬偷偷看了我一眼，立刻注意到了我身上整洁的夏威夷衬衫和华达呢便裤："你算什么警察，哈？"

"我是一个无足轻重的警察，"我说，"在实验室工作。"

"哦哦哦，那就对了。"他说着，不住地点头，好像要表达什么意思似的。

"是你开的赞博尼磨冰机吗，斯蒂芬？"我又重复了一遍。

"是呀，这您知道。比赛的时候就不让我开了，是那些穿西服的伙计开。他们喜欢让小伙子开。大概是什么名人。一边开着磨冰机绕球场转圈，一边挥手，就那个鸟样儿。我只是为早上训练的伙计磨冰。早上球队都在城里，这会儿他们还在路上，我就来晚了点儿。"

"我们想到运动场里面去看一看。"德博拉说，显然因为我抢了她的话头而感到恼火。斯蒂芬转身面对着她，一只眼睛里面闪烁着一丝狡黠的光芒。

"可以，"他说，"你们有搜查令吗？"

德博拉的脸一下子红了，跟她身上那套制服的蓝色形成鲜明的对比，但是此刻最有效的方法不是在斯蒂芬面前摆谱。我对她太了解了，她一旦意识到自己脸红是会发脾气的。一来我们没有搜查令，二来也说不出一个理由可以跟正式的公务沾上边，因此我觉得发脾气并不是最好的策略。

"斯蒂芬……"我不等德博拉说出"对不起"之类的话就抢着说。

"啊？"

"你在这儿工作多久了？"

他耸了耸肩膀："打这个地方开张起。在那以前嘛，我在老运动场还工作过两年。"

"那么上个星期他们在冰上发现死尸的时候，你就在这里工作喽？"

斯蒂芬的目光游移了。他的脸由黑变绿，使劲儿咽下一口唾沫。"老兄，我可不愿意再看到那样的玩意儿了，"他说，"绝对不愿意。"

我点点头，假装很同情他。"我并不怪你，"我说，"我们也就是为这个才来的呀，斯蒂芬。"

他皱起眉头："你这是什么意思？"

我瞥了一眼德博拉，想看看她是不是有掏枪之类威胁的举动。她双唇紧闭，很不满意地瞪着我，同时跺了一下脚，但是没有吭气儿。

"斯蒂芬，"我朝他走近一步，极力用那种既信任他又不失威严的口吻对他说，"我们估计今天早上你进去开门，很可能会看到同样的东西在那里头等着你。"

"去他妈的！"他大声吼叫起来，"我可不想跟那种事情沾上边。"

"你当然不想喽。"

"我他妈的管那些屁事干吗呀？"他说。

"没错，"我赞许道，"那么干吗不让我们俩先进去瞧瞧？只是去弄个明白。"

他目瞪口呆，看了我片刻，这时德博拉仍皱着眉头——她这副模样在制服的衬托下显得很可爱。

"我会惹上麻烦的，"他说，"会丢掉工作的。"

我做出同情他的样子微笑着说："不然的话，你自个儿进去会发现一大堆切割下来的手和腿，而且这次还不只是一具死尸的。"

"他妈的，"他又骂了一句，"这么说我惹上麻烦，丢了工作了，哈？我干吗要干那种事呀，哈？"

"那你的公民意识呢？"

"得了吧，老兄，"他说，"你他妈的就别跟我扯淡了。要是我丢了工作，你还会放一个屁不成？"

他并没有朝我伸出手来，我想他还算是很斯文的，不过他显然是想让我们给他一点儿小礼物，作为他丢掉工作的补偿，而这在迈阿密是很通情达理的想法。可是我身上就带了五美元，我还得去吃一个油煎饼，喝一杯咖啡。于是我做出那种很大方、很理解他的样子点了点头。

"你说得对，"我说，"我们只是不想让你去看那些尸体残肢。我不是说了吗，这次那些玩意儿可多着呢。但是我绝不想让你丢掉工作。打扰你了，斯蒂芬。祝你今天开心！再见了。"我朝德博拉一笑，"走吧，警官。咱们到另外一个现场去找指头去。"

德博拉还是皱着眉头，不过她天资聪颖，知道要把这场戏演下去。她打开车门，我朝斯蒂芬一挥手，就钻进了车里。

"等等！"斯蒂芬喊道。我露出礼貌而又很感兴趣的神情瞥了他一眼。"我向上帝发誓，我绝对不想再看到那些狗屁东西。"他说着，瞅了我一会儿，大概是希望我慷慨解囊，递给他一把克鲁格金币①。可是，我已经说了，我脑子里这会儿念念不忘的是那个油煎饼，所以我的心并没有软下来。斯蒂芬用舌头舔了一下嘴唇，然后一阵风似的转身走到那扇门前，将一把钥匙插进锁孔。"进去吧。我就在外头等着。"

"你打定主意——"我说。

---

① 一种著名的南非金币。

"得了吧，老兄，你还想我倒找你几个钱不成？进去吧！"

我站起身来，冲德博拉笑了。"他打定主意了。"我说。德博拉一个劲儿地冲我摇头，那模样既是小妹妹耍性子，又是女警察在发怒。她从汽车另一边绕过来，第一个进了门，我跟在她身后。

运动场里面漆黑而凉爽，我对这倒不感到意外。毕竟这里是冰球场，又是早晨。斯蒂芬肯定知道电灯开关在哪儿，可他就是不告诉我们。德博拉从腰带上解下一个大手电筒，灯光不停地在冰面四周晃动着。我屏住呼吸，看着灯光照在一端的球门网上，然后又照在另一端的球门网上。接着她把灯慢慢地照着球场的边线，停了一两次，然后转身面对着我。

"什么也没有，"她说，"真他妈的见鬼。"

"你好像很失望嘛。"

她朝我哼了一声，转身往外面走。我仍然站在球场的中央，感到阵阵凉意从冰面上升起，心里想着一些很开心的事。更准确地说，我想的不只是我的开心事。

因为就在德博拉转身出去的时候，我听见从肩膀上方传来一个细小的声音，一阵冷酷的干笑。就在德博拉离开的时候，我一动不动地站在冰面上，闭上眼睛，聆听着我那位老朋友对我说的话。我听见了他的暗笑，听见他在我的一个耳朵旁边轻轻地嘀咕着一些可怕的东西，与此同时我的另一个耳朵听到德博拉在让斯蒂芬进来开灯。几分钟后斯蒂芬把灯打开了，就在这时，那个古怪而细小的声音带着欢快的情绪和善意的恐惧骤然升高。

"那是什么？"我很礼貌地问。唯一的答案就是一种如饥似渴的快乐在心头澎湃。我不知道那是什么意思。突然我听到一声尖叫，但并不感到特别惊讶。

斯蒂芬的叫声真吓人。他那粗哑的嗓音就像是给人卡住了脖子似的，更像是大病中痛苦的哀号。这位老兄叫喊起来一点儿美感都没有。

斯蒂芬的叫喊声刚刚发出，我耳边的嘀咕声就停止了。毕竟，那声叫喊把所有的信息都传达出来了，对不对？我睁开眼睛，正好看见斯蒂芬从室内运动场那边的储藏室里跳出来，扑通一声摔到冰球场上。他跌跌撞撞地在冰面上走着，一会儿脚下打滑，一会儿摔倒在地上，粗哑的嗓门儿不住地用西班牙语嘀咕着，最后他的脑袋一下子撞在了冰球场边的护板上。他双手撑着地爬起来，朝门那边走去，嘴里还在恐惧地嘟囔着。刚才他摔倒的时候在冰面上留下了一小块血迹。

德博拉飞快地从门外走进来，拔出手枪，斯蒂芬从她的身边爬到门外，一下子栽倒在外面的阳光下。"是什么？"德博拉说着，举起了武器。

我歪着脑袋，听见了最后一声干笑的回音，这时那个恐怖的咕哝声仍在我的耳边回响，我全明白了。

"我估计斯蒂芬发现了什么。"我说。

我花了很大的力气把警察政治学讲给德博拉听，但是这门学问是那样纠缠不清，那样盘根错节。如果你把两个相互不服气的执法机构聚到一起，让他们联手办案，侦查工作的进展就会十分缓慢。斯蒂芬呼天抢地的大喊大叫过去几个小时了，关于司法权问题的争吵才算平静下来，我们这边的侦破小组才真正开始检查斯蒂芬这位新朋友在储藏室里发现的东西。

与此同时，德博拉大部分时间都站在一边袖手旁观，极力控制自己的急躁情绪，却没有花足够的力气把这种情绪隐藏起来。马修斯局长在拉戈塔探长的陪同下来到了现场。他们俩跟布劳沃德县警察局的穆恩局长和麦克雷兰探长握手。双方很有礼貌地争论了好长时间，其要点是，马修斯理性地断言，在布劳沃德县境内发现的六只手臂和六条腿正好与戴德县警察局在自己管辖区域内发现的那三颗人头相匹配。他用那种过于友好而简单的措辞说，他那边发现了三颗没有躯体的人头，然后三具毫不相干的无头躯体就一定会在这里出现，这样的推断是很牵强的。

穆恩和麦克雷兰运用相同的逻辑推理指出，迈阿密那边经常发现人头，但是这在布劳沃德县境内却是比较罕见的，因此，他们这边把问题看得要严重一些，而且不管怎么说，在初步的侦查工作结束之前，很难断定这两者之间有着必然的联系。初步的侦查任务理所当然应该由他们这边来承担，因为案发地点在他们的管辖范围之内。当然，一旦有了新发现，他们很乐意通报。

这个提议马修斯当然无法接受。他谨慎地解释说，布劳沃德县警方不知道该去找什么，因此很可能会出现疏漏，甚至毁坏关键的物证，而出现这种情况当然不是无能或愚蠢所致。马修斯肯定地说，从各个方面来看，布劳沃德县的警察都是很能干的。

穆恩自然没有抱着愉快的合作精神接受这个建议，他带着一点儿小小的情绪回答说，这样就意味着他领导的警察们是一帮二流的呆子。讲到这一点，马修斯局长连忙礼貌地回答说："哦，不，绝不是二流的。"我敢肯定，如果不是佛罗里达州司法厅那位先生及时赶到进行调解，双方很可能会抢拳头干起来。

佛罗里达州司法厅是联邦调查局州一级的执法单位，在本州范围内随时随地都有司法权。跟联邦调查局那些家伙不同的是，绝大多数地方警察都很尊重他们。刚才提到的那位官员中等身材，不胖不瘦，刚刚理过发，胡子刮得很干净。在我看来这人的外貌并没有什么过人之处。可是当他走到两位人高马大的警察局局长中间时，两个人立马就闭上了嘴，各自朝后退了一步。他三下五除二就把争论的问题解决了，把人员组织了起来。很快我们又回到了这个多条人命案的犯罪现场，一切都是那样有条不紊，秩序井然。

佛罗里达州司法厅的这位大人规定，调查工作由戴德县警察局负责，除非有肌肉组织样本证明这里的尸体残肢与迈阿密那边发现的人头之间没有联系。从眼前的实际情况来看，这意味着马修斯局长将第一个接受记者的拍摄，而这时门外已经聚集了一大群记者。

未婚天使安杰尔到达之后就开始工作。我不明白这究竟是怎么回事，这个案子里头还有许多值得我进一步思索的东西——屠杀和转移尸体已经够刺激了，但问题还不只是这些。刚才在大部队到达之前我已经偷偷地瞅了一下斯蒂芬那个令人恐惧的小储藏室。

几个小时前，斯蒂芬跌跌撞撞地走出了储藏室，嘴里含含糊糊地抱怨着，像一头猪给葡萄柚卡住了喉咙似的。我立刻钻进那间小储藏室，迫不及待地想知道究竟是什么东西让他那么大惊小怪。

这一次尸体残肢没有细心地包裹起来，而是分四堆摊放在地上。我仔细查看，忽然发现了一个奇妙的现象。

一条腿竖着放在储藏室左边，颜色苍白，没有血迹，略显出一种蓝白色，踝骨上戴着一条金链子，链子上有一个心形的坠子。真的非常精巧，一条大腿上看不到一丝血迹，罪犯的手法的确高超。两条黑色的手臂也是齐刷刷地切割下来的，胳膊肘弯曲朝前，跟那条腿平行摆放着。这一堆的旁边几个肢体都在关节处弯曲，摆成两个大圆圈。

我注视了片刻，眨巴了一下眼睛，忽然看出其中的门道儿来了。我极力皱着眉头不让自己像一个女中学生似的笑出声来，刚才德博拉不是说我像个女中学生吗？

凶手把死尸的手臂和大腿摆成了三个英文字母——B-O-O，这三个字母组合起来的英语单词是"嘘"的意思。

三具尸体的躯干被精心地摆放在"B-O-O"的下面，呈扇形，看上去就像万圣节戴着化装面具的人在微笑。

真是个无赖。

一方面我十分钦佩这个恶作剧中的调侃，另一方面我又感到纳闷儿：为什么凶手要在这个地方，在一个储藏室里展出他的作品，而不是在冰球场上？如果是在冰上展出，能看到的人就要多得多。这个储藏室很宽敞，这自不必说，但也只是刚刚够他展出这么多东西。那么，这是为什么呢？

就在我纳闷儿的时候，运动场外面的门哐啷一声慢慢地打开了，毫无疑问，警察局的第一批成员已经到达。过了一会儿，一股冷风从敞开的大门外吹到冰面上，吹到我的背上——

冷风吹在我的背上，我体内一股暖意也随之向上升腾。这股暖意像一个灵巧的手指头不断往上爬，直达意识深处。我感觉到黑夜行者为某种我既没有听见也没有理解的东西高声叫好。

准确无误。这里的一切都是准确无误的，我体内那位不动声色、喜欢搭便车的黑夜行者对此很开心，很激动，很满意，我自己却不知道这究竟是怎么回事。一种奇怪的想法越过各种思绪浮现在我的脑海里——这幅场景很熟悉。不等我对这个奇怪的发现做进一步的探索，一个穿着蓝色制服、矮矮胖胖的小伙子就催促我走开，让我举起手来。毫无疑问，在刚才到达的队伍里他是走在最前头的，他一本正经地把枪口对着我。脸上黑色的眉毛形成一道直线，看不到前额。这个家伙看上去呆头呆脑的，十分粗野，这种人很可能会对无辜的人——包括我在内——开枪。我从储藏室里走了出来。

不幸的是，我的退出让储藏室里那个艺术模型显露了出来，这个小伙子忽然忙着找一个地方来装他吃进肚子里的早餐。他把早餐吐进了三米外的一个大号垃圾箱里，呕吐的声音十分刺耳，令人生厌。我一动不动地站在那里，等着他吐完。

又一群身穿制服的人匆匆赶到，没过多久这位像猴子一样乱吐食物的朋友周围已经有好几个伙计跟他一道分享起了垃圾箱。这些家伙呕吐的声音太难听了，而朝我这边飘过来的气味更让人作呕。但是我仍然很有礼貌地等着他们吐完，因为手枪的奇妙之处在于持枪的人即便是在呕吐的时候也可以朝你开火。不过，这时一个穿制服的伙计挺直了身体，用袖子擦了擦脸，盘问起我来。他揪着我，把我推到一边，命令我不准到任何地方去，不准动任何东西。

没过多久马修斯局长和拉戈塔探长也来了，等到他们俩接管现场的时候，我感到轻松了一些。虽然现在我可以去一些地方，也可以动一些东西了，但我还是一动不动地坐着考虑问题。而我考虑的问题令人烦躁。

为什么储藏室里的展览看上去很熟悉？

今天早上我有一个白痴的念头，认为这一切都是我自己干的。如果否定这个念头，那就无法解释为什么我看到眼前的景象一点儿也不感到惊讶，反而还觉得很有意思。当然，这不是我干的。我也为那个愚蠢的念头感到可耻。那样的想法就是花上一点儿时间去嘲笑都不值得。简直是荒唐透顶。

那么——为什么我会觉得很熟悉？

我叹了一口气，又有了一种新的感觉，那就是迷惑不解。我简直不知道发生了什么，只知道自己是事件的一部分。我能感觉到在自己这个曾经很高傲的大脑内，那些小小的车轮脱轨而出，滚到了地面上。咣唧，咣唧。哟，德克斯特脱轨了。

幸运的是，还没等一场灭顶之灾降临到我的头上，德博拉就来到了我的身边。"走吧，"她生硬地说，"跟我上楼去。"

"我可以问一问干吗去吗？"

"咱们去找办公室的职员谈谈，"她说，"看他们是不是知道一些情况。"

"如果有办公室的话，那里面的人肯定知道一些情况。"我鼓励她道。

她看了看我，然后转过身去。"走吧。"她说。

也许是她那种命令的口吻起了作用，我顺从地跟着她走了出去。我们俩来到运动场那边我刚才坐过的地方，然后走进大厅。布劳沃德县的一名警察站在电梯旁，我还看见在一排玻璃门的外面也有几个警察站在一道警戒线的旁边。德博拉大步走到电梯旁边那个警察跟前说："我姓摩根。"那个警察点了点头，按了一下上楼的按钮。他面无表情地看了我一眼，就算是跟我打了招呼。"我也姓摩根。"我告诉他。他只是看着我，然后扭过头去盯着外面的玻璃门。

一阵悦耳的铃声过后，电梯到了。德博拉昂首阔步地走进去，玩儿命似的按按钮，那个警察不禁抬起头来看着她，电梯门慢慢关上了。

"干吗这么愁眉苦脸的，老妹？"我问她，"这不正是你想干的吗？"

"谁都知道这只不过是为了工作临时摊派给我的一件差事。"她咆哮道。

"这可是侦探级的差事啊。"我告诉她。

"拉戈塔这个婊子也来插手，"她咬着牙说，"我做一天和尚撞一天钟，完了之后还得回去干那种冒充妓女的勾当。"

"哦，天哪。还是去穿你那身性感衣服？"

"是穿那身性感衣服。"她说，还没等我想出一句有效的话来安慰她，电梯就已经到了办公室的那个楼层，电梯门慢慢地开了。德博拉昂首阔步地走出去，我紧随其后。我们很快就找到了职员休息厅，办公室的职员都被召集到这里，等候威严无比的法律腾出时间之后降临到他们的身边。休息厅的门边站着布劳沃德县的另一名警察，德博拉朝门边这个警察一点头，走进了大厅。我索然无味地跟在她后面，脑子里仍在想自己的事情。过了一会儿，我突然从沉思中惊醒，只见德博拉猛地朝我扭过头来，领着一个面色阴沉、胖乎乎的小伙子朝大门那边走去。这个小伙子留着一头蓬乱的长发。我跟了过去。

她把那个小伙子与众人隔离开来进行单独讯问，对于警察来说这是再正常不过的工作程序，但是说老实话，我的心头仍然没有燃起希望的火苗。这些人绝不可能提供任何有意思的情况，关于这一点我只是知其然而不知其所以然。这完全是为了给德博拉安排一个任务，是毫无意义的例行公事，而这项任务还是局长看在她立过功的分儿上摊派给她的。在局长的眼里，她仍然是个惹人讨厌的小妞，于是局长就把这件吃力不讨好的侦探工作交给了她，一方面不让她闲着，另一方面可以把她调走，免得她老在局长跟前晃来晃去的。我之所以跟着她，是因为德博拉想把我带在身边。

德博拉把这位阴郁先生带到大楼后部的一个会议室里。会议室正中间摆着一张栎木长桌和十把黑色高背椅，墙角是一张书桌，上面有一台电脑和一套视听设备。德博拉和那位脸上长满了青春痘的年轻朋友坐了下来，你对着我皱眉，我对着你皱眉。我慢慢走到书桌跟前。书桌旁边的窗户下面立着一个书架。我朝窗外望去，差不多就在我的正下方，越来越多的记者和警车聚集在门口，就是刚才我们俩和斯蒂芬一起进来的那道门。

我瞅了瞅书架，打算收拾出一块干净的地方，然后将身体靠在上面，这样就可以很知趣地与他们保持距离。书架上放着一大堆马尼拉文件夹，文件夹的顶部有一个灰色的小玩意儿，方方正正的，看样子是塑料的。一根黑色的电线从那玩意儿里头伸出来，连接在电脑后面。我拿起那个玩意儿，挪动了一下。

"嘿！"那个面色阴沉的家伙说，"别乱动我的网络照相机！"

我看了德博拉一眼。她也看着我，我确确实实看见她的鼻孔乱跳个没完，就像起跑门前的赛马似的。"叫什么来着？"她轻声问道。

"我的镜头刚才是对着入口的，"他说，"这下子得重新调了。我说，老兄，你干吗要乱动我的东西呀？"

"他说叫作网络照相机。"我告诉德博拉。

"就是照相机呗。"她对我说。

"是呀。"

她转过身去，面对着那位帅哥王子："是开着的吗？"

他张口结舌地看着她，仍旧理直气壮地皱着眉头："什么？"

"照相机，"德博拉说，"没坏吧？"

他哼了一声，然后用一个指头擦了擦鼻子："你说呢，要是坏了还不把我给急死了呀？两百美元哪。没坏，好着呢。"

这个家伙仍然用那种单调、低沉的声音嘟囔着，我看着窗外照相机镜头对着的地方。"我网址什么的都有。Kathouse.com。在这个网站上可以看到我们办公室的团队什么时候到这儿来，什么时候离开。"

德博拉迈着轻盈的步伐走了过来，站在我的身边，望着窗外。"是对着门的。"我说。

"嚯，"那位朋友开心地说，"要不然别人怎么能在我的网站上看到咱们这个团队呢？"

德博拉转身看着他。过了大约五秒钟他脸红了，低头看着桌子。"昨天晚上照相机是开着的吗？"她问。

他没有抬头，低声嘟囔着："我估计是开着的。"

德博拉朝我转过身来。她的计算机知识仅限于填写标准的交通肇事报告。她知道我在这方面的知识要多一些。

"你是怎么设置的？"我对着小伙子的头顶问，"图像是自动存档吗？"

这一次他抬起头来。"存档"是计算机的行话，看样子这个词儿用对了。"是呀，"他说，"每十五秒钟刷新一次，就把图像存到硬盘上了。我通常是在早上删除的。"

德博拉抓着我的手臂，力气太大，把皮都抓破了。"今天早上你删除过了吗？"她问小伙子。

小伙子的目光游移开去。"没有，"他说，"你们这帮人进来的时候脚步声咚咚地响个没完，又是叫又是喊的。我连电子邮件都没顾得上看。"

德博拉看了我一眼。"太棒了。"我说。

"过来。"她对那个哭丧着脸的朋友说。

"哈？"

"过来。"她重复了一遍。小伙子慢慢地站起身来，张着嘴巴，不停搓着手。

"什么？"

"先生，您能到这儿来一下吗？"德博拉下了命令，那种口气是经验老到的警察才有的。小伙子磨蹭了半天才慢慢挪动身体，走了过来。"让我们看一看昨天晚上拍下的照片，可以吗？"

他张口结舌，看着电脑，然后又看着德博拉。"为什么？"他说。啊，人类的智慧是多么神奇呀。

"因为，"德博拉谨小慎微，慢声慢气地说，"我估计你已经把杀手的照片拍下来了。"

他瞪着德博拉，接着眨巴了一下眼睛，脸忽地一下红了。"没门儿。"他说。

"有门儿。"我告诉他。

他瞪着我，然后又瞪着德博拉，张着嘴，下颌低垂。"讨厌，"他吸了一口气，"没什么鸟玩意儿吧？我的意思是——"他的脸更红了。

"我们可以看看照片吗？"德博拉说。他一动不动地站了一秒钟，然后坐到书桌前的椅子上，抓着鼠标。屏幕上顿时出现了画面。他愠怒地敲打着键盘，点击着鼠标："从什么时间开始？"

"大伙儿是什么时候离开的？"德博拉问他。

他耸了耸肩膀："昨天晚上大楼是空的。大概八点钟人就走光了。"

"从半夜十二点开始。"我说。他点了点头。

"好吧。"他说，默默地忙活起来。"要命，"他嘟囔道，"看样子只有600兆赫。他们又不肯拿去升级。总是说够了够了，可是那么慢，就是出不……好了。"他的前一句话没说完就突然打住了。

显示器上出现了一幅阴暗的图像，是我们脚下那个空荡荡的停车场。"半夜十二点。"他说，眼睛盯着屏幕。十五秒钟之后图像又转换成另一幅。

"就这玩意儿咱们得看上五个小时？"德博拉问。

"往下翻吧，"我说，"找一找汽车前灯之类移动的东西。"

"好吧。"他说着，飞快地点击起来，图像以每秒钟一幅的速度翻动着，刚开始这些图像没有太大的变化，画面上都是那个停车场，图像的边缘有明亮的灯光。翻了大约五十幅照片之后，又一幅图像跳入眼帘。"卡车！"德博拉说。

那位可爱的傻帽儿摇着头。"保安队的车。"他说，第二幅照片上果然是一辆保安队的小汽车。

他继续点击鼠标，照片一幅一幅地往后翻动，都是一个样儿，没有什么变化。每翻动三四十幅照片都能看到保安队的一辆汽车经过，接下来就什么也没有了。就这样又过了好几分钟，情况发生了变化，出现了一长串的空白。"坏了。"这位大胖脸的新朋友说。

德博拉狠狠地瞪了他一眼："是照相机坏了吗？"

小伙子抬起头来看着她，脸又红了，然后目光游移开去。"保安队的那帮浑蛋，"他解释说，"整个儿的一群饭桶，每天晚上大概是在三点，他们就把车停在对面，完了就去睡大觉。"他朝屏幕点点头，上面的图像不断地翻动着，但毫无变化。"瞧见了吗？喂！保安先生？辛苦了。"他的鼻孔深处发出一声微弱的声响，我估计他是在笑。"也不是特别辛苦！"他又哼了一声，然后继续翻动照片。

突然——

"等等！"我大声喊道。

屏幕上一辆载重汽车跃入眼帘，地点就是我们脚下那个门前。再下面那幅照片的图像又不同了，一个男人站在卡车旁。"你可以把距离搞近一点儿吗？"德博拉问。

"拉近距离。"不等他再次皱起眉头我忙说。他把光标移到屏幕上那个阴暗的人影身上，然后点击鼠标。照片唰地一下变大了。

"分辨率只能是这个样儿了，"他说，"像素——"

"住口。"德博拉说着，聚精会神地盯着屏幕，简直都要把照片熔化了。我也瞪着照片，一下子明白了她为什么那么激动。

四周一片漆黑，那个男人离得太远，看不清楚，但是从那几个可以分辨的细节来看，这个人看上去非常熟悉：他在电脑图像上一动不动地站立着的那副模样儿，两只脚平分身体重量的那种姿势，还有身体轮廓给人的总体印象。尽管图像很模糊，把这些细节综合起来却很能说明问题。我脑后隐秘处一阵咝咝的暗笑声越来越大，像波浪一样涌来，宛如一架大钢琴在我的耳边演奏，这人看上去太像——

"德克斯特？"德博拉说着，声音低沉而沙哑，好像给人掐住了脖子似的。

太像德克斯特了。

我断定德博拉把那位年轻的心烦意乱的先生带回大厅去了，因为当我再次抬起头来的时候，站在我面前的只有她一个人。这会儿尽管她穿着蓝色制服，但那模样根本不像警察。只见她满脸忧愁，好像不知道应该喊叫还是哭泣，就像一个做妈妈的，自己特别宠爱的小儿子给她丢了大面子。

"怎么样？"她问。

"不怎么样，"我说，"你呢？"

她一只脚朝椅子踢去，椅子倒在了地上。"真他妈的见鬼，德克斯特，你就别跟我耍那些狗屁滑头了！跟我说说。告诉我那不是你！"我哑口无言。"嗯，好吧，要不告诉我那就是你得了！跟我说说呀！说什么都成！"

我摇了摇头。"我——"我真的没什么可说的，于是又摇摇头，"我非常肯定那不是我。"我说，"我的意思是，我认为那不是我。"这话在我自己听来都不大站得住脚。

"你说'非常肯定'是什么意思？"德博拉质问道，"那意思是不是说你不能肯定？是不是说照片上的那个人有可能就是你？"

"嗯，"我说，总的来说这不失为一个机敏的答复，"可能吧，我不知道。"

"你说'我不知道'，那意思是说你不知道是不是应该告诉我，还是说你真的不知道照片上的人是不是你？"

"我非常肯定那不是我，德博拉，"我重复道，"但是我真的说不准。看上去是很像我，对不对？"

"放屁，"她说着，又朝躺倒在地上的椅子踢了一脚，椅子撞上了桌子，"真他妈的见了鬼，你怎么会不知道呢？！"

"这很难说清楚。"

"试试！"

我张开嘴，但是什么也说不出来，这是我平生从来没有遇到过的事。此刻仿佛世界上所有的东西都不再那么平庸，而我也不再那么聪明了。"我只是……一直做着好多……的梦，但是……德博拉，我真的不知道。"我说，其实这几句话都是嘟囔出来的。

"放屁！放屁！放屁！"德博拉说着，又是踢踢踢。

她对情况的分析不由得我不赞成。

那些愚不可及、自我毁灭的念头此刻又闪现在我的脑海里，讥笑着我。那当然不是我——怎么可能是我呢？如果是我的话，我自己难道会不知道？乖乖，显然不是的。你的的确确一无所知。我们人类那个深邃、黑暗、模糊的小脑袋会把现实中游进游出的所有东西都告诉我们，但照片是不会撒谎的。

德博拉又对那把椅子发起了新一轮残暴的攻击，然后站直身子。她的脸涨得通红，眼睛也比任何时候都像哈里的眼睛。"好吧，"她说，"就这样好了。"她眨了一下眼睛，停了片刻，我们俩都明白她刚才说的话很符合哈里的行为准则。

有那么一秒钟，哈里出现在这个屋子里，就站在我和德博拉的中间。我们兄妹俩的差别太大了，但都是哈里的孩子，是他那同一份遗嘱中截然不同的两种笔迹。这时德博拉脊梁骨上那种刚强的东西不见了，她变得很有人情味儿，我已经有好长时间没有见到她这样了。她久久地凝视着我，然后把目光移开。"德克斯特，你是我哥哥。"她说。我可以肯定这话并不是出自她的初衷。

"谁也不会责怪你的。"我告诉她。

"见你妈的鬼，谁叫你是我哥哥！"她咆哮着，那种怒不可遏的疯狂把我惊呆了，"我不知道你跟爸一块儿干了些什么，这种事你们俩谁也没跟我讲过。可是我知道要是换了他该怎么办。"

"大义灭亲，把我供出去。"我说。德博拉点点头，她的眼角里有个东西闪烁着："德克斯特，我只有你这么一个亲人。"

"你在这笔交易中捞不到太多的便宜，对吗？"

她转身面对着我，我这时能够看见她的两个眼眶里都装满了泪水。有很长一段时间，她只是这样注视着我。我看见她左眼的泪水滚落到脸颊上。她用手擦去眼泪，挺直身子，深深地吸了一口气，再次转身走到窗户跟前。

"对。"她说，"要是爸爸的话，他是会大义灭亲把你供出去的。我也打算这么做。"她转过头，看着窗外，然后眺望着远方的地平线。

"我得把这些人一个个地讯问一遍，"她说，"我把你留在这里，你自己决定这件证据是不是跟你有关。把照片带回家去，在你自己的电脑里琢磨出个所以然来。等我把这儿的事办完了，就到你家里来取照片，听听你的解释，然后我再回去上班。"她看了看手表，"八点了。如果非得把你抓起来，我是不会手软的。"她又转身看了我很久，"真他妈的见鬼，德克斯特。"她轻声说着，然后离开了房间。

我走到窗户跟前往下看，一大群警察、记者和一些目光呆滞、东张西望的家伙还在那里走来走去。远处，停车场的另一边是高速公路，一辆辆汽车和卡车正风驰电掣地行驶着，迈阿密的最高限速是每小时九十五英里，而这些车辆全都达到了这个极限。再远一点儿模模糊糊地可以看到迈阿密市区高层建筑的轮廓。

而在这一切的最前面，在最突出的位置上站着的是阴森、茫然的德克斯特，他注视着窗外这座不会说话的城市，而此刻即使这座城市会说话也不会告诉他任何情况。

真他妈的见鬼，德克斯特。

我不知道自己究竟在窗口看了多长时间，但是最后我终于想起在外面是找不到答案的。不过在那位青春痘朋友的电脑里也许能找到一些。我转身来到那张书桌旁。这台电脑上有一个光驱。在书桌最顶层的抽屉里我找到了一盒可以刻录的光盘。我抽出一张，放进光驱，把这个文件上面所有的照片都复制了过来，然后抽出光盘。我拿着光盘，瞥了一眼，可那玩意儿也没什么可说的。很可能我听见了脑后那个阴森的声音，为了安全起见，我把这个文件从硬盘上删除了。

我出来的时候，布劳沃德县那些站岗的警察没有阻拦我，也没有跟我打招呼，不过我觉得他们看我的眼神里充满了怀疑和冷漠。

我不知道这种感觉是不是人们常说的良心受到谴责。关于这一点，我是永远也无法了解的——我可不像可怜的德博拉，在各种忠诚的情感之中饱受折磨。那么多的情感一个大脑根本就容不下。我对她今天的做法很钦佩，她让我自己决定已经找到的证据是否与我有关。这一招非常巧妙。这里头有哈里的那种感觉，就好比你当着犯罪分子的面把一支上了膛的枪搁在桌上，然后走开，心里知道犯罪分子会扣动扳机，省下那笔审判所需的费用。在哈里的世界里，一个人的良心跟那种耻辱感是不共戴天的。

可是哈里很清楚，他的那个世界早已死亡——而我是没有任何良心、耻辱感或者罪恶感的。我有的只是一张光碟，里面有几幅照片。当然，这些照片远不如良心那样有意义。

一定有某种解释可以说清楚德克斯特并没有在梦中驾驶一辆卡车穿越迈阿密市区。当然，绝大多数司机似乎都可以在梦中开车，但是他们出门时至少是处于一种半清醒的状态，对不对？而你再瞧瞧我：很爱幻想，很乐观，很警觉，压根儿就不是那种在无意识状态下到城里去闲逛、去杀人的那号人。不，我是那种希望每一分钟都清醒的人。退一万步说，还有那天晚上在堤道上的遭遇可以为我做证。如果说我自己把一个人头砸在自己的车上，这从现实的角度来说是不可能的，对不对？

唯一说得通的解释是，我有分身法，可以同时出现在两个不同的地方。而我能够想出的另一种可能性是，我坐在车里看着别人把人头扔过来，这仅仅只是我的幻想而已，而实际上是我自己把人头扔到我自己的车上，然后——

不。这太荒唐了。我无法请求自己最后残存的几根神经去相信这种童话故事。"肯定有一种十分简单、十分合乎逻辑的解释。"我自言自语道。

和往常一样，唯一的回答就是黑夜行者那意味深长的沉默。

我在开车回家的路上并没有找到任何可以说明问题的答案，愚蠢的答案倒是有一大堆。但是这些答案都围绕着一个前提：我的颅骨里头有些零件运转失常了，而我又很难接受这个前提，因为我并不觉得这会儿自己比其他任何时候更缺少理性。我并没有注意到自己的身体内部缺少了任何细胞，也不觉得思维活动有迟缓或者变异的现象。

当然，梦境除外——难道梦境真的那么重要？我们大家在梦中难道不都是疯疯癫癫的吗？而且除了我做过的那些梦之外，其余的一切都解释得通：那天在堤道上另外一个杀手把人头扔到我的车上，把芭比娃娃搁在我的公寓里，用十分奇特的方式摆放尸体残肢。是另外一个人，而不是可爱、阴森的德克斯特。而那个人就在这张光碟的照片上，给网络照相机逮住了。我要仔细看看这些照片，要彻底证明——

证明这个看上去很像我的杀手有可能就是我吗？

好的，德克斯特。很好。我跟你说过，肯定有一种合乎逻辑的解释。这另外一个人实际上就是我。当然喽。这种解释合情合理，对不对？

我到家后仔细地四处查看。里面好像没人等我。想到这个恐吓着全体市民的大恶魔已经知道我就住在这里，我心头不由得忐忑不安。他已经证明了自己是什么事都干得出来的——他甚至可以随时闯进我的公寓，留下一些芭比娃娃的零件。如果他就是我的话，那就更是如此了。

当然，他不可能是我。绝对不是的。从这些照片里一定可以发现某些细节，来证明他长相像我纯粹是偶然的巧合——毫无疑问，我对这些谋杀案有某种奇怪的直觉和预感也是偶然的巧合。

我把一张菲利普·格拉斯①的歌碟放进音响里，然后坐在椅子上。音乐填补了我内心的空虚，几分钟后我觉得自己又找到了往日那种镇静而冷漠的逻辑思维方式。我走到桌子跟前，打开电脑，把那张光碟放进去，看里面的照片。我来回调整照片的距离，使出浑身解数，极力把图像弄得清楚一点儿。没有任何方法可以获取足够的分辨率使照片上那个人的脸清晰可见，但我的眼睛仍然一动不动地盯着照片。我把照片转换不同的角度，然后打印出来，对着光线仔细查看。我仍然没有任何新的发现，仍然只是觉得照片里的那个人看上去很像我。

照片上所有的东西都是模糊的，就连那人身上穿的衣服也不是很清晰。他身上那件衬衫有可能是白色的，也可能是棕黄色、黄色，甚至是浅蓝色的。停车场内照着他的那盏灯是专门用于防盗的氙光灯，这种灯很亮，发出的橘黄色光线中又略带粉红色。他的裤子很长，很宽松，是浅色的。他这一身外套十分普通，任何一个男人都可能穿过——包括我在内。像这样的衣服我换过好多套了。

最后我想尽办法把照片上那辆卡车的边缘部分放大，可以看到字母A，下面是字母B，接下来是字母R，还有一个字母看上去既像C，又像O。由于卡车是侧对着照相机镜头的，我能看见的就只有这些。

在其他的照片上我没有发现任何有用的线索。我又把这些照片连起来看：那个家伙出现了，消失了，然后那辆载重汽车也走了。找不到很好的角度，没有任何偶然的机会可以看到车牌号——没有任何令人信服的理由可以断定那个人是不是睡梦中手脚十分利落的德克斯特。

当我最后从电脑屏幕上抬起头来的时候，夜幕已经降临了，外面一片漆黑。直到这时我才做了一个正常人肯定会在几个小时以前就已经做了的事情：我放弃了。现在只好让我那位可怜的妹妹忍痛将我拖到监狱里去了。再说了，我也不是

①　美国作曲家。

特别冤，反正我是有罪的，锒铛入狱也是罪有应得。也许我会跟麦克黑尔蹲在同一间牢房里。我可以跟他学跳老鼠舞。

　　想到这里，我做了一件奇妙的事。

　　我倒头睡着了。

Chapter
杀手，兄弟 *10*

　　我没有做梦，没有感觉到自己的意识逃离身体到外面去游荡，没有看到成群结队的鬼影子，也没有看到无血无头的死尸。什么也没有，连我自个儿都不在那里头。只是睡了阴森的一觉，而且睡觉的时候毫无时间概念。不过，当电话铃声把我惊醒的时候，我知道这一定跟德博拉有关，我也知道她不会来。我抓起电话听筒，发现自己的手在冒汗。"喂。"我说。

　　"我是马修斯局长，"那个声音说，"我有事要找摩根警官。"

　　"她不在这儿。"我说，想到她可能出了事，我不由得一愣。

　　"嗯……她是什么时候离开的？"

　　我本能地看了看墙上的钟，现在是九点一刻，我更加紧张起来。"她根本就没到我这儿来。"我告诉局长。

　　"可是她登记的执行任务地点就是你那里呀。她应该在你那里的。"

　　"她根本就没来过这里。"

　　"嗯，真见鬼，"他说，"她说你那里有我们需要的证据。"

　　"是有啊。"我说，把电话挂了。

　　我的确有一些证据，对此我深信不疑。但是我不清楚证据究竟是什么。我可以琢磨出来，但是时间不够用了。更准确地说，德博拉的时间已经不多了。

我像往常一样，不明白自己是如何知道这一点的。我只是知道德博拉来找我了，但没有进我的门。我还知道这意味着什么。

凶手劫持了她。

凶手劫持德博拉完全是为了我的缘故，这一点我是知道的。他一直在跟我兜圈子，而且圈子兜得离我越来越近——兜进了我的公寓里面，用他猎获的人来向我发出信息，他在作案的时候故意露出一些蛛丝马迹来逗我。而现在他虽然跟我不在同一个房间，但离我已经近得不能再近了。他已经劫持了德博拉，并且和德博拉一道正在等着我。

可是他究竟在哪儿？他会等多久才会失去耐心，在没有我到场的情况下就开始对德博拉下手呢？

我很清楚，在没有我到场的情况下，他的游戏伙伴是谁——德博拉呗。她身着执行任务时才穿的那身妓女服装到我这儿来过，这身打扮结果成了凶手的礼品包装。我不愿意去想象德博拉全身五花大绑，粘着塑胶带，眼睁睁地看着自己的肢体一块一块永远地消失掉。可是事情就会是这个样子。如果对象是其他人，凶手这么做倒是一种很不错的夜间娱乐，可是对德博拉这么干就不同了。我不愿意看到这种事情发生，我不想让凶手今天晚上去干这种十分奇妙的、无法挽回的事情。对象不能是德博拉。

想到这一点我觉得事情好像有了转机。把这个问题决定下来后，我感到心里舒服多了。我宁愿让妹妹活着，而不愿看到她成为没有血迹的碎片。我觉得自己很可爱，很有人情味儿。既然这一点已经定下来了，下一步怎么办？去把德博拉救出来？对，这个主意不赖。可是——

怎么个救法呀？

当然我有一些线索。我知道凶手的思维方式。他是想让我去找他。他一直在大声地、明确地向我传递这个信息。如果我能把脑子里那些乱七八糟的愚蠢想法驱除干净，那就可以肯定我能够准确无误地找到那个符合逻辑的地点。

那么，好吧，聪明的德克斯特——把他找出来，去追踪那个绑架德博拉的家伙。让你那无情的逻辑思维像一个冷酷的狼群沿着后山的小径扑过去，把你那巨人的大脑完全发动起来，让晚风吹拂你大脑中灵感的火花，跟随着你那精明的大脑义无反顾地抵达那个美丽的终点。去吧，德克斯特，去！

德克斯特是谁呀？

喂？里头有人吗？

看样子没人。我没有听到从飘浮的灵感那儿传来的风声。我的大脑就像从来没有存在过似的，一片空白。我只觉得全身麻木，浑身无力。德博拉不见了，她身处险境，随时可能成为一件令人赞叹的表演艺术作品。除了钉在警察局实验室黑板上一幅幅静止的照片之外，她可以保住小命的唯一希望就是她那位伤痕累累、大脑僵死的哥哥。可怜的德克斯特跟猪一样笨拙，坐在椅子上，大脑在转圈，在追逐自己的尾巴，在对着月亮号叫。

我深吸一口气。我从来没有像现在这样需要保持自己冷静的个性。我用了很大的力气让自己全神贯注，使自己镇静下来。德克斯特的一小部分自我恢复了过来，阻止了脑子里那个回音。这时我意识到自己是多么富有人情味儿，多么愚昧。这件事并非那么神秘。事实上，是显而易见的。我这位朋友做了能够做的一切，只是没有给我送来这样一张正式的请柬，上面写着："敬请光临令妹的活体解剖现场。是否愿意赏光，悉听尊便。"一个新的想法慢吞吞地爬进了我的大脑。

德博拉是在我睡着的时候失踪的。

这是不是意味着我又一次在无意识状态下做了这件事呢？如果我已经把德博拉的尸体肢解了，把残肢堆放在某个狭窄、冰冷的储藏室里，那该怎么办呢？而且——

储藏室？这个念头是从哪儿冒出来的？

那种封闭的感觉……冰球场储藏室里面那种一丝不苟的布局……那股吹在我脊梁骨上的冷风……这些玩意儿有什么要紧的？为什么我老是回忆这些事？这是什么意思呢？这是什么意思关我屁事？不管是这个意思还是那个意思，所有的意思都在说：我得继续下去。我得找到那个与冰冷和一丝不苟相吻合的地点。而要找到这样的地点没有别的办法，只有找到那个箱子。然后，在箱子里头我能够找到德博拉，找到自我或者那个非我。这难道不是太简单了吗？

不。根本就不简单，只是我的头脑太简单。梦中我脑子里飘浮过来的那些鬼魅魅的神秘信息是绝对不值得理会的。现实生活中根本就没有梦幻的存在，梦幻没有在我们清醒的世界里留下弗雷迪·克鲁格①交叉的脚爪印。我不能随随便便

---

① 惊悚电影《猛鬼街》中的主角。

地冲出家门，在精神恐慌的状态下开着车漫无目的地到处转悠。我是一个冷静而有逻辑思维的人。于是我以那种冷静而有逻辑的方式锁上门，朝我的汽车走去。到现在为止，我仍然不知道自己要去什么地方，但是一种要尽快到达目的地的欲望催促着我走进这栋楼房的停车场。我的车就停在那里。走到离我那辆熟悉的汽车六米远处，我猛地停了下来。

停车场里的顶灯是亮着的。

肯定不是我打开的——我在这里停车的时候是白天，而且当时我还看到这里的门都是紧闭着的。如果是一个贼偶然钻了进来，他害怕弄出声来，一定会让门半掩着。

我慢慢地走过去，心里没谱儿：我究竟会看到什么，我真的想看到那玩意儿吗？在一米五开外的地方我可以看见汽车的副驾驶座上有个东西。我小心翼翼地绕着汽车走了一圈，低下头仔细地看着那玩意儿，只觉得自己的神经丁零零地响个没完。然后我的眼睛盯着车里。这下子全看清了。

又是一个芭比娃娃。我已经收到一大堆了。

这个芭比娃娃头戴一顶水手帽，上身穿着一件腰部裸露的游泳装，下身是一条紧身的超短裤。手上拎着一个提包，包的外面写有Cunard字样。

我打开车门，捡起那个芭比娃娃，从芭比娃娃的手上摘下手提包，啪地一下打开，里面掉下一个小东西，滚到驾驶室的底板上。我拾起来一看，太像德博拉的那枚戒指了。戒指里圈刻着两个英文字母D.M.，那是德博拉姓名的缩写。

我一下子栽倒在座位上，沾满了汗水的双手紧紧地攥着芭比娃娃。我把芭比娃娃翻过身来，折叠起它的双腿，挥动着它的手臂。昨天晚上你干吗去了，德克斯特？哦，一个朋友在肢解我的妹妹，而我却在玩芭比娃娃。

看样子这个芭比娃娃代表的是航运公司游艇上的妓女。我没有浪费时间去考虑这个芭比娃娃是怎样钻到我汽车里来的。很明显这是一个信息，或者说是一条线索。不过如果是线索的话，那就应该有某种暗示，可是这玩意儿好像是在有意误导我。很明显凶手已经劫持了德博拉，可是丘纳德①航运公司又如何解释？那与密封、冰冷的屠杀现场又怎么挂得上钩呢？我看不出这两者之间有任何联系。但是符合这两个条件的，全迈阿密市只有一个地方。

———————————

① 即Cunard，英国航运公司。

我把车开上道格拉斯路，然后右转弯穿过椰树林区。我沿着滨海大道行驶，一直到布里克尔街，然后进入闹市区。没有看到大型的霓虹灯招牌和上面闪烁的箭头，也没有"人体肢解现场由此去"的提示语。但我还是继续朝美国航空公司室内运动场方向前进，室内运动场的另一边就是麦卡锡堤道。我飞快地朝外面瞥了一眼，知道自己已经靠近室内运动场的一边了，可以看到运河上一条游艇巨大的骨架，但这艘游艇不是丘纳德航运公司的，该公司的航道也不在这儿。不过我还是在这里焦急地搜寻自己需要的迹象。很显然凶手给我指示的目标不是游艇，那里太拥挤了，前来窥探的官员太多了。但一定是在这附近，与这儿有联系的某个地方——那意味着什么呢？没有进一步的线索了。我玩儿命地盯着那艘游艇，简直快要把那上面的甲板融化了，但是仍然没有看到德博拉蹦蹦跳跳地从船舱里出来，没有看到她迈着舞步走下舷梯。

我再看别处。游艇旁边的起重机正把一箱箱货物举上夜空，活像电影《星球大战》拍摄完毕之后废弃的支架。再远一点儿的地方，起重机下面一堆堆的集装箱在黑暗之中隐约可见，乱七八糟、零零散散地堆放在地面上，仿佛是一个体格巨大、玩得腻烦了的孩子把玩具盒里的积木抛了出来。其中一些集装箱是冷藏的。而在这些箱子的那一边——

乖孩子，让一让。

是谁压低嗓门儿，温和地向孤身一人、在阴暗中开着车的德克斯特嘀咕来着？这会儿是谁坐在我汽车的后座上？是谁的干笑声在我汽车的后座上回荡？为什么要这样？是一条什么信息咔嚓咔嚓地钻进我那没有脑髓、没有回音的颅骨里呀？

集装箱。

其中一些是冷藏的。

可是为什么是集装箱呢？我有什么理由对这一大堆冰冷、密封的小空间感兴趣？

哦，对了。嗯。因为你就是这么说的。

难道这就是将来要建造德克斯特纪念馆的地方？有那么多真实的、活生生的展品，其中包括德克斯特的妹妹那难得一见的现场表演？

我猛地一转方向盘，汽车横着挡住了一辆宝马车的车头。这辆宝马车发出惊人的汽笛声。我伸出中指，平生第一次像个土生土长的迈阿密司机那样神气地开着车，加快速度，驶向堤道。

　　现在那艘游艇在我的左边，右边是那个堆放集装箱的场地。这里四周围着铁丝网栅栏，栅栏的顶部有竖着尖刺的铁丝。我绕这个地方转了一圈，来到入口处。这时我的脑子里在不停地做着斗争，一种十分清晰的感觉潮水般地升腾起来，同时黑夜行者的大合唱就像军歌一样慷慨激昂。我与这两股力量进行着殊死搏斗。这条路的尽头有一个岗亭，离我要去的集装箱还有很长一段距离。岗亭的旁边就是大门，有几个身穿制服的男人在大门口吊儿郎当地闲逛。要想到那里头去你得回答一些令人难堪的问题。是呀，警官，我能够进去瞧一瞧吗？您看，这个地方很适合一个朋友把我妹妹切成碎片。

　　离大门大约九米远的道路中间摆放着一排橘黄色的圆锥体，我开车横穿过这些圆锥体，然后把车倒过来从原路返回。这时游艇的影子到了我的右边。我来了个左转弯，过了那座桥，驶进一个很宽阔的场地，场地的一端是码头，另一端则是铁丝网栅栏。栅栏上用鲜艳的油漆写着一些威胁性的标语，大意是要对闯进里面的人实施惩罚，落款是美国海关。

　　栅栏沿着一个大型停车场一直延伸到主干道路的旁边。我沿着栅栏的边缘慢慢地行驶，两眼盯着那一边的集装箱。这些集装箱应该是从外国进口来的，要过海关，所以严格禁止任何人到那里面去。如果我不到别的地方去寻找，那么就得承认这样一个事实：去追踪一种模糊的感觉——这纯粹是浪费时间。放弃这个念头越早，找到德博拉的机会就越大。她不在这里。她没有任何理由会在这种地方。

　　最后我有了这个合乎逻辑的想法。此时我的心情也好多了，本来是会因此而自鸣得意的——可是我忽然看见栅栏里面停着一辆十分熟悉的厢式载重汽车，汽车停靠的角度仿佛是故意要露出车身一侧的那几个字：阿朗佐兄弟公司。我大脑底层那些隐秘的细胞群在大声地歌唱，我连自己得意的笑声都听不见了，于是我把车开到路边停了下来。我身上聪明的那一半在敲打着大脑的前门，大声叫喊着："赶快！赶快！去，去，去！"但是在大脑的后部那个蜥蜴一样的自我慢慢地爬上大脑的窗户，轻轻地拍动着它谨慎的舌头。于是我坐了很长时间才从车里爬出来。

　　我走到栅栏旁边站住，就像一部反映"二战"集中营生活的电影里一个不知名的小角色。我的手指抠住栅栏的网格，用渴望的眼神盯着里面的东西，这些东西虽然离我只有几米远，但可望而不可即。我断定像我这样智力超群的人一定可以想出一个很简单的方法钻进去。不过，我眼前的处境表明，现实与主观愿望是无法结合到一起的。于是我贴着栅栏站着，一个劲儿地朝里头看，心里很清楚：所有重要的东西都在那里头，离我就那么几米远的距离，而我的大脑根本就无法去面对这个难题，并找出解决这个难题的方法。于是我只好把这个难题撂在那里。

汽车后座上的闹钟响了。我得离开这里，而且得马上就走。我形迹可疑地站在一个戒备森严的地方，机警地窥视着那里头的动静，随时都可能引起保安人员的注意。我得开车继续往前走，找到一个办法钻到那里面去。于是我最后深情地看了一眼栅栏，离开了。我的脚刚才碰到栅栏的那个地方，有一道几乎看不见的口子。铁丝连接处被剪开了一个仅能让一个人——一个身材跟我相仿的人——钻进去的口子。铁丝网的开口处又被卡车的车身挡住了，没有办法再将它拉开，也不容易被人发现。一定是在不久之前剪开的，就在今天晚上那辆卡车进去的时候。

这是对我发出的最后一次邀请。

我慢慢地退回来，一丝心不在焉的礼貌的微笑不由自主地爬到了我的脸上，充当起了我的面具。我怀着愉快的心情朝汽车走去，眼睛一个劲儿地看着水面上的月光，吹着口哨，爬进了汽车，然后开车离开停车场。似乎没有引起任何人的注意。我把汽车开到游艇办公室的附近，旁边三三两两地停着几辆汽车。谁也不会注意到我。这时我离那个手工做成的门大约九十米远，那是一个通往天堂的门哪。

我刚刚把车停稳，另一辆车开到了我的旁边。那是一辆浅蓝色的雪佛兰，手握方向盘的是一个女人。我端坐了片刻。那个女人也这么坐着。我打开车门下了车。

拉戈塔探长也从车里出来了。

在人际交往中我很善于应付各种尴尬的场面，不过我得承认这一次我手足无措。我不知道该说什么，只是长时间地瞪着拉戈塔，她的眼睛眨也不眨地瞪着我，与此同时还微微露出嘴上的门牙，就像一个猫科食肉动物，心里盘算着是逗你玩玩呢，还是把你给吃了。我想出来的每一句话，到了嘴边都结结巴巴，而她除了盯着我之外似乎没有别的兴趣。我们俩就这样在那里站了很长时间。最后还是她说了一句模棱两可的话才打破了沉默。

"那里面是什么？"她问道，同时朝九十米开外的栅栏点了点头。

"啊，探长！"我装腔作势地说着，大概是想让她忘掉刚才的问话，"您到这儿干吗来了？"

"我跟踪你呢。那里面是什么？"

"那里面？"我说着，心里明白我这句话很傻，但是坦白地说，我这会儿压根儿就想不出什么聪明的话来，而且在这种场合下也别指望我能说出很漂亮的话来。

她把头歪向一边，伸出舌头，在下嘴唇上面来回摆动，慢慢地从左到右，从右到左，然后再缩进嘴巴里面。接着她点了点头。"你一定以为我很傻。"她说。的确，是有那么一两次这个想法在我的脑海里出现过，但是现在当着她的面如实地说出来就不明智了。"不过你得记住，"她接着又说，"我是一名经验丰富的探长，而这里是迈阿密。你以为我怎么会这样，哈？"

"您是说您的脸色怎么会这样好看？"我问道，同时冲她潇洒地一笑，在女人面前说恭维话是绝对不会有错的。

她朝我露出那排可爱的牙齿，她的牙齿在停车场的防盗灯光下显得格外洁白。"很好，"她说着，脸上露出一丝怪异的微笑，这样一来她的脸颊就凹进去了，显得很老，"以前我以为你喜欢我，就把你的恭维话信以为真。"

"探长，我是真的很喜欢您。"我有点儿迫不及待地告诉她。她似乎没有听见。

"可是你把我像猪一样推倒在地板上，我心里还纳闷儿，我是哪儿不好哇？我有口臭吗？后来我明白了。问题不在我，而在你。是你有点儿不对劲儿。"

当然她这番话是事实，不过我听上去还是很不舒服："我没有……您这是什么意思？"

她再次摇头："多克斯警官恨不得要了你的命，而他自个儿也不知道为什么。我要是听了他的话就好了。你有点儿不对劲儿。你跟这一系列的妓女谋杀案有牵连。"

"有牵连——您这是什么意思？"

这一次她的微笑里有一种粗野的喜悦劲儿，说话时一丝古巴口音也不由自主地溜了出来："你可以把这种可爱的表演留给你的律师看。没准儿还可以留给法官看。因为你现在已经捏在我的掌心里了。"她狠狠地注视了我很久，眼中露出寒光，跟我一样毫无人情味儿，我不由得打了一个寒战。难道我真的低估她了吗？她真的那么高明？

"这么说您是跟踪我到这儿来的？"

她笑得更开心了。"对，是的，"她说，"你干吗在栅栏旁边东张西望的？那里头是什么？"

可以肯定，要是在其他场合我早就说了，但是这会儿我觉得她在威胁我，因此我不愿意回答。说真格的，这个念头刚刚出现，就像一个小小的光亮在我的脑海里闪烁着，令我痛苦不堪："您是什么时候跟上我的？在我家里？几点钟？"

"你干吗老打岔？那里头有什么东西，哈？"

"探长，求求您，这是一个很重要的问题。您是在什么时间、什么地点开始跟踪我的？"

她端详了我一分钟，我慢慢地意识到自己真的低估了她的能力。这个女人除了有敏锐的政治直觉之外，还有许多其他的优点。她似乎具备某种别人所没有的东西。我仍然不相信她有什么过人的智慧，不过她的确很有耐心，而在她那个行当里，这个优点比一般的能力更重要。瞧她那架势，她就这么等着，看着我，不断地重复着那个问题，得不到我的答复决不罢休。然后她很可能把这个问题再问上几遍，继续等着，端详着我，看我怎么办。在一般情况下我可以智取，可是今天晚上是绝不可能的。于是我装出一副可怜的样子，继续恳求她："探长，求求您……"

她又把舌头伸出来，然后缩了回去。"好吧，"她说，"你妹妹失踪几个小时了，但谁也不知道她去了哪里，我就犯上了嘀咕，也许她有了什么鬼点子。我知道就凭她一个人是办不了什么大事的，那么她会去哪儿呢？"说到这儿拉戈塔的眉毛扬起来，呈两道弧线，然后继续用那种得意的口吻说，"去你那儿了，一定是你那儿！把情况告诉你！"她脑袋来回晃动着，对自己的演绎推理感到很满意，"于是我就开始琢磨起你来了。你总是在不需要露面的场合露面，东张西望的，那些连环谋杀案的凶手你是怎么猜出来的呢？为什么这起谋杀案的凶手你却猜不出来？接着我想起你搞的那份清单完全是捉弄我的，让我出了洋相，栽了跟头——"她的脸色很严峻，再一次显出苍老的样子。然后她笑了，继续说："多克斯警官说：'我把他的底细都告诉过你，可你就是听不进去。'突然我明白了，是你这张英俊的大脸把我给蒙住了。"

"什么时间？几点？你看表了吗？"

"没有，"她说，"不过我在那里等了大约二十分钟你就出来了，玩着你那个讨厌的芭比娃娃，然后就开车到了这儿。"

"二十分钟——"这么说她没有看到是谁或者什么东西把德博拉劫走了。很可能她说的是实话，她只是跟踪我，想看看——

"那您干吗要跟踪我？"

她耸了耸肩："你跟这个案子有牵连。也许你没有参与，这我就说不准了。但是我要调查清楚。等我把实情调查清楚了，你是抵赖不了的。那里面是什么，那些箱子里头？你得告诉我，要不然咱们就在这里站上一夜。"

在她的心目中，她已经切中了问题的要害。我们不能在这里站上一整夜。我们不能在这里站得太久，要不然德博拉就会有生命危险。再说了，这会儿她的小命在不在还不一定呢。我们得马上去找凶手，阻止凶手的行动。可是我开着车带上拉戈塔怎么去干这种事呢？我像一颗彗星，拖着一条根本就不想要的尾巴。

我深深地吸了一口气。有一次丽塔带我去新时代健康治疗中心，那里的人特别重视有净化作用的深呼吸。我做了一次深呼吸。做完之后并不觉得有任何净化作用，不过这下子我的大脑暂时地运转了起来。我意识到自己要做一件以前很少做的事情——坦白交代。拉戈塔还在瞪着我，等着我的回答。

"我想凶手就在那里面，"我告诉拉戈塔，"而且我估计他已经劫持了摩根警官。"

她一动不动地望了我片刻。"好吧，"她过了好一会儿才说，"所以你就到这儿来了，站在栅栏外面观望？因为你很爱你妹妹，所以想看一看？"

"因为我想进去。我当时正在琢磨用什么方法钻进栅栏里去。"

"因为你忘了你在警察部门供职？"

这下子给她抓住了把柄。她的话说到问题的核心上去了，而且是在没有任何人提示的情况下。我无言以对。坦白交代肯定会招来一些尴尬和不愉快，否则就起不了什么作用。"我只是……我只是想悄悄地先把事情弄个清楚。"

她点点头。"啊哈。那太好了，"她说，"不过我也把我的想法告诉你。如果你不是做了什么坏事，就一定是坏事的知情者。你要么是在隐瞒，要么是想私自调查。"

"私自调查？可我干吗要那样啊？"

她摇摇头表示我这个问题问得太傻了："那样你就可以独揽大功了。你和你妹妹。你以为我没想到这个？我告诉过你，我不是傻瓜。"

"探长，可我也不是要抢您的功啊。"我说着，完全是在乞求她的怜悯了，而这会儿我相信她的怜悯之心比我还要少，"不过，我估计凶手就在这里面，在其中一个集装箱里。"

她舔了舔嘴唇："你为什么会这么估计？"

我迟疑了，但是她那蜥蜴一样的眼睛仍然一眨也不眨地凝视着我。我虽然感到很不舒服，但是不得不把另一个实情告诉她。我朝停在栅栏里面那辆阿朗佐兄弟公司的载重汽车点了点头："那就是他的卡车。"

"哈。"她说，这一次眨了一下眼睛。她的目光暂时地离开了我，似乎游移到了某个更深邃的地方。她的头发？她的打扮？她的职业？这我就说不上了。但是一个出色的探长还可能问很多令我尴尬的问题，比如：我怎么知道那就是他的车？我是怎样在这里发现的？我为什么那么肯定他不是把车扔在这里自己逃到别处去了？说到底，拉戈塔还算不上一名出色的侦探。她只是点了点头，再次舔了舔嘴唇说："里面那么多东西，咱们怎么才能找到凶手？"

很显然，我真的低估了她。她在说话的时候不留任何痕迹就把"你"换成了"咱们"。"你不打算请求增援吗？"我问她，"这是一个很危险的人物。"我得承认这话只是想激一激她，可她却当真了。

"如果我不亲手逮住这个家伙，两个星期后我就是一名处理违章停车的女交警了，"她说，"我带着武器呢。谁也甭想从我的眼皮子底下溜掉。等我逮住他之后再请求增援。"她的眼睛一动不动地端详着我，"如果找不到凶手，我就把你交给他们。"

看来事情只好这么定了："你可以开车进大门吗？"

她笑了："当然可以。我有警徽，去哪儿都畅通无阻。进去之后怎么办？"

问题的关键就在这里。如果她采纳我的建议，我就自由了，就可以回家了。"然后咱们俩分头搜索，直到抓住他为止。"

她审视着我。我又一次看到她刚下车时脸上露出的那种神情——仿佛是一头食肉动物在掂量自己的猎物，心里纳闷儿：什么时候在什么地方对猎物发起攻击，用多少个爪子。太可怕了，我由衷地觉得自己对这个女人产生了好感。"好吧，"她过了好大一会儿才说，与此同时她的脑袋朝汽车所在的方向一歪，"上车。"

我钻进她的车里。她把车开到大路上，然后朝大门驶去。虽然已经很晚了，但路上的车辆仍然不少。大部分是从俄亥俄州来寻找游艇的，也有几辆车在大门口停了下来。不过门卫让他们原路返回了。拉戈塔探长从这些车旁边绕过去，让她那辆大型的雪佛兰挤到车流的最前面，这帮来自中西部地区的人的驾驶技术根本不是一个古巴裔迈阿密妇女的对手，她有高额的医疗保险金，开车时一副满不在乎的样子。旁边不断传来嘟嘟的汽车喇叭声和模糊的叫喊声，我们很快就来到了岗亭前。

门卫凑上前来，是一个干瘦、结实的黑人："女士，您不能——"

她举起警徽。"警察。开门。"她说着，口气很强硬，充满了威严，我几乎快要不由自主地从车上跳下去开门了。

可是门卫呆呆地站着不动，吸了一口气，紧张地朝身后的岗亭里面瞥了一眼："您想干吗——"

"你他妈的给我把门打开，蠢货。"她对门卫说，同时挥动着警徽，过了一会儿门卫的身体动了一下。

"警徽给我瞧瞧。"他说。拉戈塔无精打采地举起警徽，故意让他得往前跨一步才能看见。他皱了皱眉，找不出任何借口。"啊哈，"他说，"您可以告诉我要到那里头干吗去吗？"

"我可以告诉你，如果你在两秒钟之内不把门给我打开，我就把你揪到我的汽车行李箱里，带到市区的临时监狱去，跟一帮同性恋的团伙关在一起，然后我就整个儿地忘掉把你关在哪儿了。"

门卫站起身来。"我是好心。"他说着，扭过头去，喊道："塔维奥，开门！"

大门升了起来，拉戈塔发动汽车钻了进去。"这个狗娘养的在干什么见不得人的事，不想让我知道。"她说着，开始激动起来，同时话语中又带有一种打趣的情调，"不过今儿晚上我不会去管走私之类的事。"她看了看我，"咱们去哪儿？"

"我不知道，"我说，"我想还是从那辆卡车停着的地方开始吧。"

她点点头，加快速度，穿行在一个个集装箱之间。"如果凶手带着死尸，很可能会停在离目的地很近的地方。"汽车离栅栏很近了，她把速度减了下来，慢慢地开到离那辆卡车不到十五米的地方，然后停了下来。"咱们先瞧瞧栅栏。"她说，咔的一声把离合器拉下，不等汽车停稳就跳了下去。

我紧随其后。拉戈塔的鞋子踩在一个什么硌脚的东西上面，她抬起脚，看了看鞋子。"见鬼。"她说。我从她身后绕过去，走到卡车跟前，只觉得脉搏突突直跳。我绕着卡车走了一圈，拉了拉车门。都锁上了。车尾有两个小窗户，是从里面上的油漆。我踏上保险杠，千方百计想往里瞧，但是油漆把小孔全堵住了。卡车的尾部什么也看不见。我又蹲下来，身子贴在地面上往里张望。我感觉到拉戈塔轻手轻脚地走到了我的身后。

"瞧见什么了？"她问，我站起身来。

"什么也看不见，"我说，"车尾的窗户都是从里面上的油漆。"

"车头那边看得见吗？"

我又绕到汽车的前面。这里也没有任何缝隙。风挡玻璃的里面有两块在佛罗里达很流行的遮光板，盖住了仪表板，也堵住了通往驾驶室的所有缝隙。我踏上前面的保险杠，跳到发动机罩上，然后从右往左爬，但是遮光板上没有任何缝隙。"什么也看不见。"我说，爬了下来。

"算了，"拉戈塔说，她耷拉着眼皮看着我，微微张着嘴，"你想走哪边？"

这边，我大脑深处有个声音低声地说，喏，就是这边。我朝右边瞥了一眼，正是大脑里面那个暗笑的家伙手指的方向，接着我转身面对着拉戈塔，她的眼睛像饿虎似的凝视着我，一眨也不眨。"我朝左边绕过去，然后咱们在半路上会合。"

"好吧，"拉戈塔说着露出那种野性的微笑，"不过得让我走左边。"

我装出一副惊讶而不高兴的神情。也许我装得很像，也很容易让人信以为真，因为她望着我，然后点了点头。"好吧。"她又说，然后沿着最前面的一排船运集装箱走了。

这下子只剩下我独自一人和我体内那位腼腆的朋友了。现在怎么办？虽然我耍了一个小小的滑头，哄着拉戈塔让我走右边，可这又能起什么作用？我想不出任何理由说明右边比左边要好，甚至也没有理由认为走右边比站在栅栏旁边拿着椰子玩要好到哪儿去。

现在剩下的是一个很具体的问题——我应该去哪儿。我四处张望，看着一排又一排摆放得很不整齐的集装箱。不远处，在拉戈塔的高跟鞋踩过的那个方向有几排涂着彩色颜料的载货挂车。右边，我的前面延伸开来的是一个个船运集装箱。

突然我心里忐忑不安，感到很不自在。我闭上眼睛。一刹那间耳语仿佛清晰了起来，也不知道为什么我竟不由自主地朝海边那一堆乱七八糟的集装箱走去。

　　我的双脚不停地移动着，一阵几乎听不见的古怪声音把我往前猛地一拉，我身体移动的速度超过了双脚，仿佛一股看不见的、强大的力量在拉着我前进。就在这时，一个更理性的声音把我往后一推，对我说在哪里停下来都可以，就是不能在这儿。这个声音叮嘱我快跑，快回家，快逃离这个地方。一股强大的力量把我往前拉，与此同时，另一股强大的力量将我朝后推，我的双脚站立不稳，踉踉跄跄，一下子栽倒在坚硬的石头地面上。我跪在地上，嘴发干，心脏怦怦直跳。我摸了摸身上那件漂亮的保龄球衫，刚才这一跤把衣服摔出了一个小洞。我把手指头伸进小洞里，使劲儿抠着。喂，德克斯特，上哪儿去呀？我不知道，不过我快到目的地了。我听见有人在叫我。

　　于是我猛地站起身来，双腿还在打战。我侧耳细听，勉强听清楚了。可是我连腿都迈不动，只能靠在一个箱子上。看样子现在我最需要的是保持头脑清醒。一个不知名的东西在这里诞生了，这个东西就在德克斯特体内最隐秘的地方。我平生第一次感到害怕。这里潜伏着那么多可怕的东西，我不想在这里逗留。可是我得坚持下去，寻找德博拉。一场看不见的拔河比赛正把我的身体撕成两半。我觉得自己成了弗洛伊德心理学中的儿童，我想回家去，想睡觉。

　　但是头顶上月亮在漆黑的夜空中发出怒吼，运河上的水在咆哮，就连轻柔的晚风也像一群聚会的女鬼，从我身边呼啸而过，强迫我的双脚向前移动。我脑子里回荡着的歌声就像一个巨大的金属乐器，催促我继续前行。我的心在狂跳，在呼喊，急促的喘息声也特别大。这是我平生第一次感到虚弱无力、头脑麻木——就像正常人一样，就像一个身材矮小、无能为力的人。

　　我的两条腿像是从别人那里借来的，我摇摇晃晃地沿着那条既陌生又熟悉的小道走着，最后我连抬腿的劲儿都没了，我又像刚才那样，伸出一只手，撑在集装箱上。这个集装箱上有一台空调压缩机，机器发出轰轰的响声。这个声音跟夜晚的各种嘈杂声交织在一起，狠狠地撞击着我的脑袋，我被这巨大的噪声震得几乎看不见任何东西。就在这时，里面的门慢慢地打开了。

　　两盏蓄电池供电的防风灯把箱子里面照得透亮。一张临时手术台紧靠着箱子的后壁，手术台是用几个包装盒搭成的。

　　被捆绑在手术台上不能动弹的正是我亲爱的妹妹德博拉。

　　有那么几秒钟的时间我觉得不能呼吸，只是呆呆地看着。我妹妹的手臂和腿上绑着一道道长长的、光滑的塑胶带。她下身穿着镶有金色薄片的超短裤，上身是一件过分裸露的丝绸衬衫，衬衫上有一根带子系在肚脐上方。她的头发是往后梳的，扎得很紧。她的眼睛睁得大大的，显得很不自然。她急促地呼吸着，一根塑胶带横着贴住了她的双唇，然后粘在桌子上，这样她的脑袋就无法动弹了。

我极力思考着跟她说点儿什么，但又意识到我的嘴巴太干了，根本就说不出话来，于是我只是看着。德博拉也看着我。她的眼神好像在传达很多信息，最明显的信息就是恐惧。我也是因为恐惧才站在门口没有动。我从来没有见过她这样的眼神，也不知道做何感想。我朝德博拉那边迈出半步，她的身体畏缩着，塑胶带嚓嚓直响。害怕？那是当然。可她是害怕我吗？我到这里来是救她的呀，她为什么要害怕我呢？除非——

这是我干的？

今天傍晚就在我"小睡"的时候，是不是发生了这样的事情：德博拉按原计划到了我的公寓，发现在德克斯特的汽车里手握方向盘的是黑夜行者？而在我毫无知觉的情况下黑夜行者把她带到这儿来，把她绑在了桌子上，让她想动也动不了——这显然说不通。难道我开着车飞快地赶回家，把芭比娃娃放在自己的车里，然后冲上楼去，扑通一下子倒在床上，醒来时又成了我，就像我在进行一场杀人接力赛？不可能，但是——

如果不是这样，那我怎么知道到这儿来？

我摇摇头，如果我事先不知道德博拉就在这个集装箱里，那么迈阿密这么多地方我是绝对不可能单单选中这个冷藏集装箱的，唯一的可能就是我以前到这里来过。那么是什么时候，跟谁一起呢？

"我几乎可以肯定这个地方是对的。"一个声音说。这个声音非常像我，有那么一会儿我还以为是自己在说话呢，可我又不知道这话是什么意思。

我后脑勺上的头发根根竖起，我又朝德博拉迈出半步——而那个人也从阴影里走了出来。微弱的灯光照着他，我们俩四目相对。有一阵子我觉得自己仿佛在来回转着圈子，我几乎不知道自己究竟是在哪里。我一会儿注视着门边的自己，一会儿注视着临时手术台旁边的那个人，我知道我看见了他，我也知道他看见了我。在炫目的闪光中我看到自己坐在地板上，一动不动，我不知道这个幻象是什么意思。令人心神不宁——然后，我恢复了理智，尽管我还是不能肯定这是什么意思。

"几乎可以肯定。"他又说，声音柔和而快乐，"不过，既然你来了，这个地方就一定是对的。你说呢？"

我可没有那样的风度说出这种话来，我只是张着嘴巴瞪着他。我很清楚自己都快要流出口水来了。我就这么瞪着。就是他。已经没有任何疑问了。网络照相机拍下的照片上的人就是这个伙计，而德博拉和我原来都以为他很可能就是我。

他离我这么近，所以我能看清楚他不是我，根本就不是。意识到这一点我心头不由得漾起一股小小的波纹，那是感激的波纹。我还没有完全精神失常。还有一个人跟我差不多，但这个人并不是我。为德克斯特的大脑欢呼三声吧。

可他很像我。也许比我高那么三四厘米，肩膀和胸膛也略宽一些，看他那样子好像经常练习举重似的。此外他脸色苍白，这使我想起他不久前很可能蹲过监狱。不过，除了苍白之外，他的脸长得很像我：鼻子、颧骨都跟我一模一样；他那眼神也和我的一样，明亮但毫无人性；就连他的头发也跟我的头发一样带着点儿不自然的卷曲。他看上去并不是真的跟我一模一样，但非常像。

"是的，"他说，"初次见面难免有点儿惊讶，是不是？"

"只有那么一点点，"我说，"你是谁？这一切为什么这么——"

他做了一个鬼脸，非常像德克斯特失望时做的鬼脸："哦，天哪。我非常肯定这一切都给你猜着了。"

我摇摇头。"我连自己是怎么到这儿来的都不知道。"我说。

他微微一笑："今天晚上是另一个人开的车？"我的头发又竖了起来。他轻笑了一声，笑得很机械，笑得毫无意义——我脑后那个蜥蜴般的声音跟这声轻笑倒是很合拍。"而且不是一个月圆之夜，对不对？"

"但也不是一个月黑之夜。"我说。这句话并不高明，却是一种尝试，而这种尝试在目前的情况下是很有意义的。一想到此时此地终于有一个人知道所有的秘密，我有点儿如醉如痴的感觉。他并不是在说一些无关紧要的话，这些话碰巧击中了我的要害，而我的要害也是他的要害。我的眼光平生第一次能够跨越我的眼睛与另一个人的眼睛之间那道鸿沟，我能够心平气和地说"他很像我"了。

不管我是个什么样的人，反正他跟我一样。

"说真格的，"我说，"你到底是什么人？"

他咧着嘴傻笑，很像德克斯特特有的那种笑容。我看得出他的这种笑容背后并没有任何喜悦之情。"从前的事情你还记得哪些？"他问。这个问题的回音从集装箱的墙壁上反弹回来，几乎击碎了我的大脑。

　　"从前的事情你还记得哪些？"哈里也曾经这样问我。

　　"什么也不记得了，爸。"

　　只是——

　　我的大脑深处一幅幅图像一个劲儿地往上蹿。大脑的想象——是梦？是记忆？——不管是什么吧，反正这些幻觉非常清晰。这个狭窄的空间，这一阵阵嗡嗡地从空调压缩机里吹来的冷风，这昏暗的灯光，这一切都在对我大声叫喊，嘈杂的喊叫声组成了一部召唤我回家的交响曲。

　　我眨了眨眼，眼睛后面闪动着一幅图像。我又把眼睛闭上。

　　另一个集装箱内部的情景向我扑来。这个集装箱里面没有硬纸盒。里面有好多东西，就在旁边，我看见了妈妈的脸，不知道她为什么藏在那里，朝上面窥视着那些……东西。她只露出脸来，那双无神的眼睛一眨也不眨。刚开始我很想笑，因为妈妈藏得太巧妙了。我看不到她身体的其他部位，只能看见她的脸。她一定是在地板上挖了一个洞。她一定是藏在洞里，然后探出头来窥视。既然我已经看见她了，她干吗不回答我呢？她为什么连看也不看我一眼？我这么大声地喊她，可她就是不回答，就是不动弹，什么反应也没有。而没了妈妈，我就是孤单一人。

　　但事实不是这样的——我并不是真的孤单一人。我转过头来，记忆也跟着我转动。我并不是孤单一人，还有一个人跟我在一起。首先我莫名其妙，因为那个人就是我，但那是另外一个人，不过那人看上去很像我，我们俩长得都很像我……

　　可我们俩在这个箱子里干什么？为什么妈妈不动弹？她应该来救我们哪。我们俩坐在这里，坐在一摊，一摊……妈妈应该过来拉我们一把，把我们拉出这……这一摊——

　　"血？"我低声嘀咕着。

　　"你还记得，"他在我的身后说，"我太高兴了。"

　　我睁开眼睛。头一阵阵地痛。我几乎可以看见另外一个集装箱跟这个集装箱重叠在了一起。在那另外一个集装箱里，德克斯特就坐在这个位置上。我可以把双脚放到那个位置上去。而另一个我就坐在我的身旁，但他当然不是我，他是另一个人，而我就像了解自己一样了解他，这个人叫——

"比尼？"我嗫嚅着。声音是一样的，但名字好像不对。

他高兴地点了点头。"你当年就是这么叫我的。当时你不会说布赖恩，就管我叫比尼，"他拍了拍我的手，"那也可以。叫绰号是很有意思的。"他停了片刻，满脸的微笑，跟我四目相对，"弟弟。"

我坐了下来。他坐在我身旁。

"什么……"我再也说不下去了。

"弟弟，"他又说，"咱俩是一对爱尔兰血统的同胞兄弟。你比我小一岁。咱妈有点儿粗心大意。"他脸上的肌肉抽搐着，形成一缕可怕而又快乐的笑容。"她的粗心大意还不只是表现在一个方面。"他说。

我使劲儿想咽下一口唾沫，但没有成功。他——布赖恩——我哥继续往下说。

"有些东西只是我的猜测，"他说，"不过时间我倒是有。有人劝我去学一门手艺，我就照办了。我很善于在电脑上查找资料。我找到了当年的警方档案。亲爱的妈妈跟一群不三不四的男人在一起鬼混。跟我现在一样，他们做的是进口生意。当然，他们的产品要敏感一些。"他把手伸到背后一个纸盒子里，掏出一沓帽子来，帽子上面印有一只腾身飞跃的豹子，"我的货是中国台湾生产的，而他们的货来自哥伦比亚。根据我的猜测，最大的可能性是，妈妈和她那帮朋友想搞一个独立的小项目，其中一些货物严格地说并不是她的，她的生意合伙人对她这种独立的性格心怀不满，于是决定阻止她。"

他小心翼翼地把帽子放回到纸盒子里，我觉察到他在看我，但是我连扭头的力气都没有。过了一会儿他把目光移开了。

"警方在这里找到了咱俩，"他说，"就在这儿。"他把手放在地板上，摸着那个地方，很多年以前那个非我的他就坐在另一个箱子里面相同的位置上。"那是两天半以后的事了。粘在干涸的血液上。凝固的血有两厘米深。"他的声音很刺耳，很恐怖。他说"血"这个可怕的字眼儿时，腔调跟我一个样儿，音调里带着鄙夷和极度的厌恶。"根据警方的调查报告，这儿还有好几个男人。大概有那么三四个。其中的一个或者两个很可能就是咱们的爹。当然，凶手使用的是链锯，所以很难辨别。不过警方断定只有一个女人，那就是咱那位亲爱的老妈。当时你三岁，我四岁。"

"可是……"我说。但我什么也说不出来。

"确有其事，"布赖恩告诉我，"要找到你可真不容易呀。在咱们这个州，收养孤儿的手续非常烦琐。不过，我还是把你找到了，弟弟。你说是不是？"他又拍了拍我的手，这个手势很古怪，我平生从未见过有人做这样的手势。当然，我也从未见过自己的骨肉兄弟。也许我应该跟我哥哥一起练习练习这个拍手的动作，要不就跟德博拉一起练，而这时我忽然想起自己刚才把德博拉给忘在脑后了，现在想起来觉得十分激动。

我朝她那个方向望去，她大约离我有两米远，被紧紧地绑在那里不能动弹。

"她没事，"我哥哥说，"我不想在你来之前就动手。"

可能有些奇怪，但我这是第一次连贯地问他问题。我问他："你怎么知道我会对她下手？"话音里似乎含有我真的想对她下手的意思，当然我并不是真的想拿德博拉做试验。绝对不是。可是，我哥哥在这儿，他想玩，这是一个难得的好机会。除了我们俩是同一个母亲所生这一血缘关系之外，更重要的是，他长得很像我。"恐怕你并不是真的知道。"我说，话音里那种不确定的意味比我想象的还要多。

"我是不知道，"他说，"不过我想这是一个绝好的机会。咱俩都经历过这样的事。"他的笑容比刚才更灿烂了，他把手举到空中，竖起中指，"精神创伤事件，你听说过这个词儿吗？关于咱们这一类恶魔的书你读过吗？"

"读过，"我说，"我的养父哈里……可他是绝不会把我小时候的事情如实告诉我的。"

布赖恩的手在集装箱小小的空间里挥动着。"弟弟，事情是这样的。链锯、横飞的尸体碎片，还有……血……"说到这个字眼儿他又是咬牙切齿，"在血泊中坐了两天半。咱俩居然活了过来，是不是奇迹？这简直可以让你相信上帝了。"他的眼里闪烁着光芒，不知是什么原因，德博拉扭动着身子，发出一声含糊不清的声音，布赖恩没有理睬她，"他们以为你年纪小，会从那种可怕的记忆中恢复过来，而我有点儿过了那个年龄极限。可咱俩都经受了那种典型的精神创伤事件。警方所有的文献资料都是这么记载的。这件事造就了今天的我——而我曾经想这个事件对你的影响也一样。"

"是一样的，"我说，"完全一样。"

"这不是太好了吗？"他说，"这就是亲情纽带呀。"

我看着他。哥哥？这个词儿很陌生。如果我大声说出这个词儿，可以肯定我会口吃。这是绝对无法让人相信的事情——但要否认它就更荒唐了。他的长相像我，我们俩有相同的爱好，甚至他连开玩笑时也跟我一样带着一种伤感的腔调。

"我只是——"我说着摇了摇头。

"是的，"他说，"像咱们这样的人居然有两个，这样的现实要花上一分钟才接受得了，对不对？"

"恐怕要稍微长一点儿，"我说，"我不知道我是不是——"

"哦，弟弟，咱们是不是太神经质了？事情都已经过去那么多年了。小弟弟，在这儿坐了整整两天半哪。两个小男孩，在血泊中坐了两天半。"他说。我感到很恶心，眼前发花，心脏乱跳，脑子砰砰地响。

"不。"我有点儿透不过气来，只觉得他的手又放在了我的肩上。

"这不要紧，"他说，"要紧的是现在正在发生的事情。"

"现在正在发生的——事情？"我说。

"对，现在正在发生的事情。"他本来是打算笑的，但是没有像我一样学会假笑，于是只发出一阵细小而古怪的呼哧呼哧和咯咯的噪声，"我想我应该这么说，我这辈子就是为了今天这件事！当然，咱俩做这件事谁也无法动真情。我们毕竟无法感受到情感，对不对？咱俩都花了一辈子的工夫来扮演一个角色。在这个世界上逛荡着，背诵着台词，假装自己属于这个为人类创造出来的世界，而咱们从来就不是真正的人。咱们每时每刻都在探索一种方式去感受某种东西！弟弟，就让咱们这样去探索一会儿吧！去真实地、活生生地、毫不做作地感受吧！听了这话你都激动得透不过气来了，对吗？"

的确如此。我的大脑在呼呼地旋转，我再也不敢闭上眼睛了，因为我担心又会冒出一个东西来。更糟糕的是，我哥哥就在身边，监视着我，敦促我跟他一样保持自己的个性。而要保持自己的个性，要做他的弟弟，要像过去的我一样，我就得……我的眼睛不由自主地朝德博拉那个方向转了过去。

"是的。"他说，此时他的声音里洋溢着黑夜行者那种冷酷、开心的愠怒。"我早就知道你会琢磨出来的。这次咱俩一起干。"他说。

我摇摇头，还是充满了犹豫。"我不能这么干。"我说。

"你一定得干。"他说。我的肩上又有那种羽毛触动的感觉，是我哥哥把我提溜了起来，推着我往前走。这股力量几乎抵消了哈里的推力。一步，两步……

德博拉的眼睛一眨也不眨地凝视着我的眼睛，不过因为我背后还有一个人，我不能告诉她我绝对不会——

"一起来，"他说，"再来一次。呼气，吸气。朝前！"又走了半步。德博拉的眼睛在朝我嘶喊，但是——

这时他走到了我的身旁，跟我并肩站着，他的手上有两个东西在闪闪发光。"每人一把，两人同一个目标。你读过《三个火枪手》吗？"他将一把刀抛到空中，刀子呈抛物线掉到他的左手上，他把刀子递过来给我。他捏着那把刀，微弱昏暗的灯光照在上面，刀口较平的那一段骤然发光，光芒像火似的冲我扑过来，只有布赖恩眼睛里的光亮能与之匹敌。"来吧，弟弟。把刀拿着。"他的牙齿跟刀子一样明晃晃的，"该表演了。"

被塑胶带紧紧绑住的德博拉这时发出一阵拼命挣扎的声响。我抬起头来看着她。只见她的眼睛里露出了极度烦躁的神情，还有一种越来越强烈的愤怒。来吧，德克斯特！难道我真的想要对她下手？割断她身上的塑胶带，咱们回家吧。好吗，德克斯特？德克斯特？喂，德克斯特？是你吗？没错吧？

我不知道。

"德克斯特，"布赖恩说，"当然我并不是要强迫你改变自己的决定。不过自从我得知有个像我一样的弟弟之后，我能想到的就是干这样的事了。而你也有同样的感觉，这个我从你的脸上就看得出来。"

"是呀，"我说，目光仍然没有离开德博拉那张满是惊惶的脸，"可是非得是她吗？"

"为什么不能是她？她跟你有什么关系？"

是呀，她跟我有什么关系？我的眼睛紧紧盯着德博拉的眼睛。她实际上不是我妹妹，跟我没有任何血缘关系。我很喜欢她，这倒是真的，不过——

不过什么？我为什么会犹豫不决？当然要我干这种事是绝对不可能的。这并不仅仅因为她是德博拉，更何况她就是德博拉呢？这时一个奇怪的念头钻进我这个可怜、阴郁、伤痕累累的大脑，我无法将它撵走："哈里会怎么说？"

我忐忑不安地站着。不管我多么想马上就动手，但是我知道哈里会怎么说。其实他已经说了。哈里说的是一条无法改变的事实："把坏蛋都剁成碎片，德克斯特。别剁你妹妹。"但是，哈里从来没有料到会有这样的事，他哪有这样的预见性？当年他起草那份哈里准则的时候绝对没有想到我会面临今天的选择：要么站到德博拉那边，要么跟我这位真正的、活生生的、百分之百的亲哥哥联手玩一场我很想玩的游戏。哈里从来都不知道我有一个哥哥，他会——

不过你还是等会儿，别想错了。哈里是知道的。事件发生的时候哈里到过现场，是不是？而他把这个秘密深藏在自己的心里。在那些孤独、空虚的岁月里，我孤身一人，哈里却对我隐瞒真相。这是一种不可饶恕的背叛，那我现在还欠他什么情？

除了这个最急迫的问题之外，这个戴着假面具、在我眼前一个劲儿地打哆嗦、自称是我妹妹的东西，只不过是一堆蠕动着的动物肌肉，我能欠她什么情？而布赖恩跟我是一母同生的骨肉兄弟，他跟我有相同的遗传基因，是我活生生的复制品，跟他相比，我能欠德博拉什么情？

一颗汗珠从德博拉的前额滚落下来，掉进眼眶里。她拼命眨巴着，极力想把汗珠挤出来。与此同时她仍在看着我。她那模样的确很可怜，身子给塑胶带绑住不能动弹，像一个笨拙的动物似的挣扎着，是一个笨拙的灵长类动物。一点儿也不像我，不像我哥哥；一点儿也不像那位聪明、干净、整洁、没有血迹、锋芒毕露的月光舞者。

"嗯？"他说着，我听出他的声音里流露出一种烦躁、责怪的情绪，还有微微的失望。

我闭上眼睛。这个房间在我的身边乱转，越来越暗，而我已经无法动弹了。妈妈在那里看着我，眼睛一眨也不眨。我睁开眼睛。哥哥贴在我的身后，我都能感觉到脖子后面布赖恩呼出的气息。我妹妹抬起头来望着我，她的眼睛睁得很大。跟妈妈一样，她的眼睛也一动不动。她的目光跟妈妈的目光一样把我给定住了。我闭上眼睛，是妈妈。我睁开眼睛，是德博拉。

我接过刀子。

一个细小的声音传来，同时一阵热风吹进凉爽的集装箱里。我呼地转过身来。拉戈塔站在门口，手里握着一支杀气腾腾的小自动手枪。

"我知道你们俩会到这儿来试一试的，"她说，"我应该把你们俩都毙了。没准儿是三个一起毙。"她说着瞥了一眼德博拉，然后目光又回到我的身上，看着我手上的刀，"要是让多克斯警官瞧见就好了。他没看错你。"她把枪对准我，但只持续了半秒钟。

而这已经是够长的时间了。布赖恩的动作很快，比我能够想象的还要快。但是，拉戈塔射出了一发子弹，布赖恩的身体摇晃了一下，与此同时他的刀子也刺进了拉戈塔的上腹部。他们俩就这样站立了片刻，然后一起栽倒在地上，不再动弹。

一小摊鲜血在地板上扩散开来，布赖恩和拉戈塔两人的血液交汇在一起。这一摊鲜血不是很深，扩散的面积也不是很大，但是我见到血液还是连连躲闪，简直有点儿惊慌失措。我只朝后退了两步，脚下就碰到了一个东西。惊慌之际，我听到一个模糊的声音。

德博拉。我撕开了她嘴上的塑胶带。

"天哪，疼死了，"她说，"看在上帝的分儿上，快把我放出来吧，别做出那种疯疯癫癫的样子。"

我俯视着德博拉。塑胶带在她的双唇周围留下了一圈血印。这可怕的红色印记把我的思绪撺到了眼睛后面，驱赶到了记忆里妈妈所在的那个集装箱里。德博拉躺在那里，跟妈妈一样。就像上次那样，集装箱里的冷风把我后脑勺上的头发吹得一根根竖了起来，那些黑魆魆的影子在我们的身边喋喋不休。跟上次一模一样：她也这样躺着，身体给塑胶带绑住，眼睛也是这么瞪着，就像某种——

"见鬼，"她说，"快点儿，德克斯特。给我解开。"

可是这一次我手上拿着刀子，而她仍然不能动弹，这下子我可以改变一切，我可以——

"德克斯特？"妈妈说。

我是说，那是德博拉。德博拉不是当年的妈妈，当年的妈妈把我们俩丢在这个地方，与现在的情形完全一样。当年一切都是从这儿开始的，现在一切也要在这儿结束。

"妈妈。"有人在说。

"德克斯特，快呀，"妈妈说，我指的是德博拉，但是刀子还在向前移动，"德克斯特，看在上帝的分儿上，把这些狗屁塑胶带都给我割了。是我呀！我是德博拉！"

我摇摇头，真的是德博拉，但是我没法儿让刀子停下来。"我知道，德博拉。真是对不起。"刀子在往上爬着。我只能看着刀子，但怎么也不能让它停下来。哈里那像蜘蛛网一样的抚摸在催促着我，叮嘱我要留神，要为今后的人生做好准备。可他的声音是那么小，那么微弱，而我心头的那个欲望是如此强烈，比以往任何时候都要强烈。因为那个欲望就是一切，既是开始，也是终结，那个欲望把我提溜了起来，使我的灵魂与肉体分离，然后把我扔到坑道里去洗澡，坑道的一边是躺在血泊中的小男孩，另一边是报仇雪恨的最后一次机会。这将会改变一切，将会为妈妈报仇，将会让她看到她所做的一切。当年妈妈本来是可以救我们的，但她就是不救，而这一次情况就不一样了。我得让德博拉也明白这一切。

"放下刀子，德克斯特。"这时她的声音比刚才镇静了一些，可是我脑子里的声音大多了，我几乎没听见她的话。我极力想把刀子放下来，而实际上我也真的在把刀子往下放，可是结果刀子仅仅只是往下挪动了几厘米。

"对不起，德博拉，我放不下来。"我使出浑身的力气才说出这句话，因为在我的四周，一场聚积了二十五年的风暴在怒吼，而此刻我和哥哥像月黑风高的夜晚里两块雷雨云一样聚集到了一起——

"德克斯特！"妈妈恶狠狠地说。她想自己走开，把我们俩留在这冰冷、可怕的血泊里，而我脑子里面哥哥的声音和我的声音同时喊出来："婊子！"这时刀子又举了起来——

地板上传来一阵声响。是拉戈塔吗？这我说不清，但是没关系。我不得不结束，不得不这么干，不得不让这件事马上发生。

"德克斯特，"德博拉说，"我是你妹妹。你是不会对我下手的。爸会怎么说呢？"我得承认，这句话刺痛了我，但是——

"把刀子放下，德克斯特。"

我的身后又传来另一个声音，那是一阵微弱的暗笑。我手上的刀子又举了起来。

"德克斯特，小心！"德博拉说着，我急忙转过身来。

拉戈塔探长一只脚跪在地上，喘着气，使出浑身的力气想把武器举起来，而这时那把枪在她的手上突然变得沉甸甸的。枪口慢慢地、慢慢地上扬，对准了我的脚、我的膝盖——

可是这能起什么作用？因为不管我做什么这总是要发生的。我明明看见拉戈塔的手指在扣扳机，我手上的刀子还是没有放下来。

"她要朝你开枪了，德克斯特！"德博拉喊道，这次她的声音听起来像是在发狂。而拉戈塔的枪口已经对准了我的肚脐，拉戈塔皱起眉头，聚精会神，把最后一点儿力气也使出来了，她面部的肌肉扭曲了。她真的是要朝我开枪。我侧身对着她，但是我的刀子仍然不顾一切地——

"德克斯特！"躺在手术台上的妈妈/德博拉说，但是黑夜行者的喊叫声更大了，而且在向前移动，攥着我的手，引导着我的刀子靠近德博拉。

"德克斯特！"

"你是个好孩子，德克斯特。"哈里那像羽毛一样软绵绵、轻飘飘的声音在我的身后嘀咕着，同时把刀子朝上拉。

"我已经是身不由己了。"我也朝哈里嘀咕了一声，刀子在颤动，而我握着刀柄的手力气更大了。

"选择你要杀的东西……或者人……"哈里说，他眼睛里那种刚毅、深不见底的蓝色此时正通过德博拉的眼睛注视着我，那种敏锐足以把刀子推开一厘米。"这个世界上有好多人是死有余辜的……"哈里温和的声音盖过了我脑子里到处乱窜、不断升腾的愤怒和抱怨。

刀光闪烁着，在原地凝固不动了。黑夜行者无力地把刀子往下推，哈里也没有力气把它拉开。我们就这样僵持着。

我听到身后传来一阵沉重而刺耳的声音，砰的一下，接着是一声无力的呻吟，这声音从我两侧的肩膀上爬过，就像一条丝绸围巾搭在蜘蛛的腿上。我转过身来。

拉戈塔躺在地上，握着枪的那只手朝前伸出，被布赖恩的刀子扎在了地板上不能动弹，她咬着下嘴唇，眼睛里露出痛苦的神色。布赖恩蜷曲着身体躺在她的身边，看着恐惧从她的脸上掠过。他面带着阴森的微笑急促地呼吸着。

"咱们收拾残局吗，弟弟？"他说。

"我……不能这么干。"我说。

我哥哥晃晃悠悠地爬了起来，站在我的面前，身体微微地左右摇摆。"不能？"他说，"这个词儿我好像不认识啊。"他一把从我的手上夺过刀子，我既阻挡不了他，也帮不了他的忙。

这时他的眼睛注视着德博拉，而他的声音仿佛在抽打我，敲击我肩膀上哈里那绵软的手指。"必须要做，弟弟。必须。没别的选择。"他喘着气，身体弯曲，然后又慢慢地站直，慢慢地举起刀子，"亲情是很重要的，难道这还要我提醒你你才知道吗？"

"不必了。"我说。哈里最后一次发出了嘀咕，我的脑袋也不由自主地摇晃起来。我又说："不。"而这一次我是实话实说。"不。不行。不能杀德博拉。"

我哥哥看着我。"太糟糕了，"他说，"我很失望啊。"

刀子掉了下去。

我这个人向来对葬礼很感兴趣，我知道这是一种很有人情味儿的弱点，但可能只是一种很普通的多愁善感而已。首先，葬礼非常干净，非常整洁，人们全身心地投入到各种精心安排的仪式之中。而这次的葬礼办得很隆重。一排排身穿蓝色制服的男女警察神情庄重而严肃。按照葬礼的规矩鸣枪致礼，人们用国旗将死者的尸体裹了起来，各种装饰品琳琅满目。这一切都是为了向死者表示敬意，一切都是那样得体，那样奇妙。毕竟，这个女人生前是我们中间的一员，曾经跟为数不多的几个杰出人物一起共过事。是保卫美国人民自由和权利的卫士吗？这没关系，她生前是迈阿密市的一名警察，而迈阿密的警察都知道该为自己队伍中的一员筹办何种规格的葬礼。他们在这方面的经验已经很丰富了。

"哦，德博拉。"我叹息着说。我的声音微弱，也知道她是听不见的，但是我似乎觉得自己应该这么做，而且应该做得像模像样。

我的心头有一种模糊的希望，希望自己能挤出一点儿眼泪来，然后擦掉。她生前跟我的关系很密切，而她死得那么出人意料，那么令人惋惜，走了一条警察不该走的路，居然死在一个杀人狂的手上。当时救援人员来得太晚了，等他们找到拉戈塔的时候，一切早已结束。然而，她为人们树立了一个无私、勇敢的榜样，教导人们作为一名警察应该怎样活着，怎样去死。当然，我这是引用别人的话，而且只是原话的大意。这话说得真好，真动人，当然这只是就那些心灵能够受感动的人而言的。可我这种人的心灵是不会受感动的。即便如此，我听到这样的话，还是知道它很动人，因为这句话很真实。前来参加葬礼的警察身穿干净的蓝色制服，心头藏着无言的勇气，一些平民百姓也在哭泣。我深受感染，不能自制，一个劲儿地叹着长气。"哦，德博拉。"我叹息着说，这一次声音略微大一点儿，几乎是有感而发，"亲爱的，亲爱的德博拉啊。"

"别吱声，你这傻帽儿！"她低声说道，同时用胳膊肘使劲儿捅了我一下。她穿着这身新外套看上去很可爱——她终于从警员变成了警官。在侦破塔迈阿密胡同那起谋杀案的时候，她因追踪凶手立了大功，差一点儿就把凶手逮住了，晋升她为警官已经是最低档次的奖赏了。为了捉拿我可怜的哥哥，警方发出了通缉令，所以他们迟早是要逮住他的。既然他那样强调亲情的重要性，我真的希望他能逍遥法外，而德博拉升了官之后，是会改变立场，迁就我的。她是真心地想原谅我，而且对哈里的智慧已经不再半信半疑了。她和我也是亲情关系呀，这一点在那个紧急关头已经表现得淋漓尽致，对不对？对于她来说，要接受真实的我也不需要一次很大的飞跃，是不是？事情的真相本来就是这个样儿，而且从来如此。

我又叹了一口气。"得了吧，你！"她咬着牙说，同时朝警察队伍的尽头点了点头，这支队伍十分整齐。我朝那个方向瞥了一眼，多克斯警官正瞪着我呢。他一直都在盯着我，就在他把一抔土撒在拉戈塔的棺材上时，他也还在注视着我。他断定事情的真相不是表面看上去的那个样子。我心里很清楚他现在会来找我的麻烦，会像一条猎狗那样追踪我，在来路上看到我的足迹他会用鼻子喷气，在退路上看见我的足迹则会用鼻子吸气，直到追上我，使我走投无路为止。因为他知道我做过的一切，而且还知道我会继续做下去。

我一只手握着妹妹的手，另一只手触摸着口袋里面那块载玻片冰冷而坚硬的边缘，那上边是一小滴凝固的血迹。这滴血不会跟拉戈塔一起进入她的坟墓，而会永远地保存在我的书架上。我可以从中得到安慰，而不用去理会多克斯警官，也不用去理睬他想什么，做什么。我怎么会在乎那个呢？他跟其他人一样无法支配自己的为人，自己的行动。他会来找我的麻烦。没错，除此之外，他还能干什么？

而我们大家又能干什么？我们都是那样无能，都受制于自己脑子里那个细小的声音。说真格的，我们大家都能干什么？

我真的希望自己能流下一滴眼泪来。一切是那样美好。下一个月圆之夜我要去拜访多克斯警官，那时一切也会像现在这样美好。在这轮可爱的明月下面，一切都会像现在、过去那样继续下去。

这轮美妙的、唱着歌的、圆圆的红月亮啊。

嗜血法医
DEXTER

Part 2
死神的猜字游戏

DEARLY DEVOTED
DEXTER

Chapter
切割恶棍的游戏 *11*

　　又是那轮肥硕的月亮，低垂在热带夜空中，越过愁云密布的天空呼唤着，喊叫声钻进了一对不断颤抖的耳朵里。这对耳朵的主人便是黑暗中那熟悉而又亲切的声音的主人——黑夜行者，他此刻正舒舒服服地蜷缩在德克斯特的灵魂这辆道奇轻型自动车的后座上。

　　这轮死皮赖脸的月亮此刻正朝夹竹桃后面的那个怪物叫喊着。月光从树叶间投射过来，在它身上画出一道道像虎皮一样的斑纹。这个怪物全神贯注地等待着猎物的出现，然后它就会猝不及防地从阴影中一跃而出。它就是黑暗中的德克斯特，这会儿正在聆听那个可怕的声音低低地向它提出建议。

　　我那可爱的另一半催促我立刻跳出去，将我洒满月光的尖牙插进篱笆墙另一边那毫无抵抗能力的猎物体内。可现在还不是时候，于是我等待着，小心翼翼地盯着那毫无防备的猎物慢慢爬过。那家伙睁大了眼睛，离我藏身的树篱只有三英尺远，明明知道有个东西在监视它，却不知道就是我。

　　时间踮着脚悄悄地过去，我仍然在等待时机。只要一跃而起，只要伸开手臂，就能看到猎物的脸上布满了恐惧的神色，就能享受到那冷酷的快乐——

　　可是，不行啊，有点儿不对劲儿。

　　此刻轮到我德克斯特体验被人跟踪时如芒刺在背的感觉了，当我更加确信有什么东西在捕猎我时，我感到了一丝恐惧。另一只夜晚出来游荡的猛兽正躲在附近某个角落里，一边瞅着我，一边直往肚子里咽口水——这种感觉令我非常不安。

一只顽皮的手忽然从天而降，紧紧抓住了我，其速度之快犹如迅雷，令我都来不及看清楚。我眼角的余光瞥见了邻居家那个九岁男孩白得发亮的牙齿。"逮住你啦，一、二、三，抓住德克斯特！"另外几个小家伙的速度也不赖，呼啦一下子全都出现在了我的眼前。他们咯咯地笑着，朝我大喊大叫，我站在树丛中，感到无地自容。全完了。六岁的科迪失望地瞪着我，仿佛德克斯特这个黑夜之神让他的主子丢尽了脸面。他九岁的姐姐阿斯特也跟着其他几个孩子尖声叫喊，然后大伙儿又窜进了黑暗中。这次他们换了一个躲藏的地点，比原来的更隐蔽，只剩下我一个人满脸羞惭地站在那里。

德克斯特没有踢到铁罐①。此刻的德克斯特成了游戏中的"捉人者"，而且已经不是第一次了。

也许你会纳闷儿：怎么会这样？德克斯特的黑夜捕猎技能怎么会落到这样的地步？以前总是有某个令人胆战心惊、怪僻的猛兽引起令人胆战心惊、怪僻的德克斯特的特别注意。现在的我把宝贵的时间浪费在了游戏上，而且居然在这种十岁前玩过的游戏中一败涂地。更糟糕的是，我整个儿成了"捉人者"。

"一、二、三——"我像一个公正而诚实的运动员一样高声喊道。

怎么会这样呢？恶魔德克斯特已经感觉到了月亮的沉重，怎么还不去那些五脏六腑之中，将某个非常需要体验德克斯特那敏锐的判断力的家伙切成碎片？在这样的夜晚，冷酷的复仇者德克斯特怎么会拒绝带黑夜行者出去兜风呢？

"四、五、六——"

我那位聪明的养父叫哈里。他曾经教过我如何谨慎地在需要和刀刃之间保持平衡。哈里看到一个男孩身上有一股冥顽不化的杀气，而且明白这种杀气永远改变不了，于是收养了这个孩子，把他培养成了一个专门清除杀人犯的杀手。我那位当警察的养父真是了不起，他说："德克斯特呀，这个世界上有好多人是死有余辜的……"

"七、八、九——"

---

① 踢铁罐是一种美国儿童玩的捉迷藏游戏。

他还教我怎样找到这些特殊的游戏伙伴，如何确定他们值不值得我和黑夜行者去拜访一趟。他甚至教我如何逃避法律的制裁，当然只有他这样的警察才能教会我这一点。他帮我建立起了一个人生的避难所，并且反复告诉我要善于适应环境，在任何事情上都要循规蹈矩。

于是，我学会了穿着整洁，学会了微笑。我成了一个彻头彻尾的假人，成天像人们见面时那样说一些毫无意义、愚不可及的话，谁也不会怀疑我装出的微笑背后隐伏着什么见不得人的动机。当然，我养父的女儿、我的妹妹德博拉是个例外，她了解真正的我，不过她也开始接受这个真正的我了，因为我毕竟没有向更坏的方向发展。我本来应该是一个狂野、无恶不作的怪物，所到之处会留下一堆堆腐烂的尸体。可现在我站在真理、正义和美国方式这一边。尽管我仍然是一个怪物，但我洗心革面，成了"咱们的"怪物，身上穿着百分之百的合成材料的道德外衣。在月亮呼唤得最厉害的夜晚，我会找到那些捕杀无辜、不按游戏规则办事的家伙，将他们变成仔细包裹起来的小碎块，让他们从这个世界上彻底消失。

这种看似没有人性的日子给我带来了快乐，因为这种高雅的规则施行得相当成功。只要不外出玩这种游戏，我就会待在一所毫不起眼的公寓里，过着极其平淡的生活。我从不迟到，跟同事开玩笑时适当有度，在任何事情上我都是主动帮忙、考虑周到——这些都是我从哈里那儿学来的。我就像个机器人，过着无可挑剔、有张有弛的生活，具有真正可取的社会价值。

这都是过去的事情了。现在，我本该与我精心挑选的朋友玩"切割恶棍"的游戏，却在这万事俱备的夜晚与一群孩子玩着踢铁罐的游戏。过一会儿游戏结束后，我还得把科迪和阿斯特带到他们的妈妈丽塔的家里。丽塔会递给我一罐啤酒，把孩子们塞进被窝，然后在我身边的沙发上坐下来。

怎么会这样呢？难道是黑夜行者早早地退休了？我还会像从前那样把一滴血放在洁净的载玻片上吗？那可是我猎杀后的战利品啊。

"十！准备好了没有？我来了！"

确实，我来了。

可是来干什么呢？

事情还得从多克斯警官说起。每一个超级英雄都得有一个劲敌，而多克斯警官就是我的劲敌。我从来没招惹过他，可他偏要盯着我不放，让我和我的影子无法去干自己喜欢的事情。

　　我对多克斯警官的了解之深，出乎我自己的意料，远远超出了工作上的关系。我想方设法了解他的一切，原因很简单——他从来都不喜欢我，尽管我认为自己的魅力和讨好人的能力是世界上数一数二的。看样子，多克斯警官认为我的一切都是在作假，我在他面前极力做出诚心诚意的样子，他却根本不领那个情。

　　这自然引起了我的好奇：什么样的人竟然会不喜欢我呢？我经过一番研究，终于找到了答案。不喜欢温文尔雅的德克斯特的是一个四十八岁的非裔美国人，保持着我们警察局推举杠铃次数的纪录。根据我听到的谣传，他曾经在部队里当过兽医，自从到我们局之后，与好几起枪杀事件有牵连。不过，内务部把这几起事件都定为正当防卫。

　　但最重要的是，我掌握的第一手信息表明，他燃烧着怒火的眼神后面隐藏着与我那位黑夜行者相同的笑声。虽然那笑声只有铃铛的响声那么大，但我能清清楚楚地听见。多克斯跟我一样，内心深处也有一头猛兽。尽管他心中的猛兽跟我的不同，但很相近，我的是老虎，而他的是豹子。多克斯是一名警察，也是一个冷酷的杀手。关于这一点，我虽然没有确凿的证据，却对此深信不疑，根本用不着亲眼看到他将一个乱穿马路的行人的脖子掐断。

　　多克斯以前一直和拉戈塔探长共事，但她突然遭遇了不测，而且死因有些蹊跷。打那时起，他对我的态度就不再是简简单单的厌恶了。他确信拉戈塔的死跟我有关。这是完全不真实也绝对不公平的。我当时只是袖手旁观而已——这能有什么错呢？不错，我确实放走了真正的凶手，可你能怎么着呢？有谁会出卖自己的兄弟呢？更何况是在他把活儿干得那么漂亮的时候。

　　多克斯警官爱怎么想就怎么想吧，我不在乎。不管这位好警官怀疑我什么，反正我欢迎他的怀疑。可是既然他现在已经决定把自己不干不净的思想付诸行动，我就没法儿活了。出轨的德克斯特正飞快地变成发疯的德克斯特。

　　为什么会这样？这一切混乱究竟是怎样开始的？我所做的只不过是保持自我罢了。

　　许多个夜晚，我身上这位黑夜行者非要出去玩一会儿。这就像遛狗，你可以暂时不理睬狗的吠叫，不理睬狗爪子扒门的响声，可你最终还是得带它出去遛遛。

拉戈塔探长的葬礼过后不久，我似乎又该听听后座上传来的耳语，又该计划一次小小的历险了。

我早已选好一位绝妙的玩伴，他叫麦格雷戈，是位能说会道的房地产经纪人。这个整天乐呵呵的男子喜欢将房子卖给那些有孩子的家庭，尤其是那些有小男孩的家庭——麦格雷戈特别喜欢五到七岁的男孩，甚至爱到了让他们上天堂的地步。我确定有五个孩子被他带进了天堂，而实际数字很可能还要多。麦格雷戈很狡猾，也很谨慎，要不是黑暗侦查员德克斯特亲自去过一趟的话，他可能会一直逍遥法外。这也不能怪警察，至少他们在这个案件上没有过错。如果谁家有孩子失踪，毕竟很少会有人说："啊哈！瞧瞧是谁把房子卖给他们的！"

我在报纸上看到一则关于男孩失踪的报道，四个月后又看到另一则类似的报道。两个男孩年龄相仿；这样的细节总有几分耳熟，总能让一位罗杰斯先生[①]在我的脑海里窃窃私语："你好，邻居。"

于是我找出了第一则报道，将它与第二则报道做了一下比较。我注意到在这两则报道中，报纸为了煽情，为了更好地博得大家的同情，特别提到这两家人刚刚搬进新家。我听到阴暗处传来了咪咪的笑声，决定再深入调查一下。

这的确比较微妙。德克斯特警探得做番调查，因为这两个案子乍看上去似乎没有任何联系。出事的这两个家庭分别位于不同的社区，这自然就排除掉了许多可能性。他们去不同的教堂、不同的学校，所请的搬家公司也不同。可是，每当黑夜行者发出笑声，就一定有人在干荒唐事。我最后终于发现了其中的联系：这两座房子原先都登记在同一家房地产经纪公司的名下。公司位于南迈阿密，规模不大，只有一个经纪人，名叫兰迪·麦格雷戈，是个待人热情、脸上时刻挂着笑容的男子。

我继续调查下去，结果发现麦格雷戈已经离婚，独自住在南迈阿密老刀匠路旁一个不大的混凝土房子里。他还有一只游艇，二十六英尺长，停泊在离他家不远的马西森·哈莫克小码头旁。这只游艇也可能是极其便利的游戏场所，是他将那些被骗的小傻瓜独自带到大海上的一个途径。一旦到了大海上，就不会有人看到他，也不会有人听到动静。他可以随心所欲，变成在痛苦领域探索的哥伦布。

① 美国儿童节目主持人弗莱德·罗杰斯。其主持的电视节目《罗杰斯先生的邻居》（Mister Rogers' Neighborhood）是美国电视史上最常青的儿童节目之一。

从这个角度来看，大海也成了处理那些肮脏的残留物最理想的场所，从迈阿密向外驶出几英里，墨西哥湾的湾流便为其提供了一个几乎深不可测的垃圾场。难怪一直没有找到那些男孩的尸体。

真是神不知鬼不觉，连我都不免有些佩服，后悔没有早点儿想到这一招儿来处理我那些残渣。我真笨，只是将我那条小船用来钓鱼，用来在海湾中兜风。而这个麦格雷戈却想出了一个全新的方法，在海上尽情地享受一晚。这是个绝妙的点子，但也立刻将麦格雷戈变成了我最大的怀疑对象。我巴不得将麦格雷戈立刻带进来——假如那一切真的是他所为的话。当然，我必须有确凿的证据。我一直尽量避免杀错人，现在更不愿意破例，哪怕对方是房地产经纪人也不行。我突然想到，如果不想犯错，最佳的办法就是去那只游艇上看看。

真是天赐良机，第二天下起了大雨。虽说七月份几乎每天都会下点儿雨，可今天这雨似乎要下上整整一天，而这正是德克斯特梦寐以求的。我提前下了班，驱车抄近路到了勒琼，然后一路赶到了老刀匠路。我向左拐进了马西森·哈莫克码头，果然不出我所料，码头似乎空无一人。不过，我知道前面一百码处有一个岗亭，里面的人巴不得我塞给他四美元，然后给我行个方便，将车开进停车场。可是，不在岗亭前露面似乎是个好主意，而且能省下四美元也很重要。但更重要的是，现在大雨滂沱，又不是周末，我可能会太显眼，而这正是我竭力避免的，尤其是在实施我的爱好的过程中。

道路左侧有一片小停车场，是给野餐区预留的。右边有一片小湖，湖旁有一个用珊瑚石搭建的旧野餐避雨篷。我停好车，穿上一件鹅黄色防水外套，很像常常在海上漂泊的人，穿上这身衣服后再闯进一个恋童癖杀人犯的游艇再合适不过了。虽然这身衣服也让我变得非常显眼，可我一点儿也不为此担心。我打算沿着与大路平行的自行车道前行。自行车道旁还有红树林遮挡，因此就算门卫真的探头查看，也只会看到一个模模糊糊的鹅黄色身影在慢慢奔跑。那只是一个毅力超群的跑步者，不管刮风下雨都坚持午后锻炼。

我的确是在小跑，顺着小道跑了大约四分之一英里。正如我所希望的那样，岗亭连个人影都没有，于是我跑进了海边的大停车场。靠近大路这边停泊着那些垂钓爱好者以及百万富翁的豪华游艇，右边最后一个码头旁停靠着一排小一点儿的游艇。麦格雷戈的鱼鹰号游艇并不大，只有二十六英尺长，停靠在最后。

码头上空无一人，我得意地穿过钢丝网栅栏上的大门，经过了上面写着"闲人免进"字样的警示牌。牌子的下方还写着"码头旁和码头区严禁垂钓"。

鱼鹰号已经有五六个年头了，遭受佛罗里达州恶劣气候蹂躏的痕迹却很少。甲板和舷栏擦洗得一尘不染，我爬上去的时候竭力不留下任何脚印。不知是出于什么原因，所有游艇上的锁都非常简单。也许出海的人比以陆地为生的人更诚实一些。反正我只用了几秒钟的时间就打开了锁，进入到了鱼鹰号的船舱里。大多数船舱在热带阳光的暴晒下哪怕关上几小时都会有一股霉味，然而这条游艇的船舱里没有霉味，空气中反而有一丝淡淡的松节油的气味，仿佛有人将这里擦洗得特别彻底，任何细菌或气味都无法生存。

船舱里有一张小桌、一个小厨房、一台电视/录像一体机，旁边带护栏的架子上还有一摞电影光盘，《蜘蛛侠》《熊的传说》《海底总动员》之类。我不知道麦格雷戈究竟将多少孩子扔进大海里去寻找尼莫①了。我走进厨房，打开那些抽屉。第一个抽屉里装着糖果，第二个抽屉里装着塑料玩偶，第三个抽屉里塞满了一卷卷的塑胶带。

塑胶带是个神奇的玩意儿，对此我了如指掌，许多关键时刻它都能派上用场，可我仍然觉得游艇抽屉里装十卷塑胶带实在是太多了。当然，除非你为了某个特殊目的需要大量使用它，比方说某个需要多名小男孩参与的科研项目。麦格雷戈犯罪的可能性正变得越来越大，而黑夜行者早已急不可耐地舔了一下他那蜥蜴般干燥的舌头。

我顺着梯子下到了船舱的前半部，地方不大，我们的房地产经纪人大概把这地方称作"房舱"。里面连一张像样的床都没有，只有一张薄薄的泡沫橡胶垫，摆放在一个垫高的架子上。我按了一下床垫，它嘎吱响了一下，原来只是外面套了层橡胶而已。我将床垫卷起来，推到一旁。架子的四角各有一个带环的螺栓固定着。我将床垫下的舱口盖拉了起来。

游艇上自然会有一些链条，可与链条在一起的那些手铐在我看来就离海上的生活有点儿远了。

链条和手铐下面还有五只船锚。如果是一条准备周游世界的游艇，那么配备五只船锚是应该的，可对于一只仅仅是度周末用的小游艇来说，五只船锚似乎多了点儿。这么多船锚究竟是干什么用的？如果我将这小艇驶到深海，而且船上还

---

① 《海底总动员》又叫《寻找尼莫》。

有幼小的尸体需要我干净彻底地处理掉，那么这些船锚能派上什么用场呢？这么一想，你就会恍然大悟。显然，麦格雷戈下次带上一个小朋友出海后，回来时床铺下就会只剩下四只船锚。

我已经搜集到了足够的小证据，足以拼出一幅非常有意思的图画，可这仍然只是一幅静物画，仍然没有孩子的迹象。到目前为止，我所发现的证据都可以被解释为巧合，而我需要绝对有把握，需要一件毋庸置疑的证据，一件完全符合哈里准则的证据。

我终于在床铺右边的一个抽屉里找到了。

床头有三个小抽屉，最下面一个抽屉的底部似乎比另外两个短几英寸，当然由于船体呈曲线形，最下面一个抽屉是应该短一些。可我至今已经对人类研究了多年，因此眼前这个抽屉还是引起了我深深的怀疑。我将这个抽屉全部拉了出来，果然抽屉顶头有一个小暗格，里面放着——

我感觉到我内心深处那黑暗后座上有股寒气在顺着我的脊柱慢慢往上爬，吹干了散落在我那蜥蜴大脑地面上的树叶。

我从那叠照片中分辨出了五个不同的裸体男孩，一个个被摆成各种姿势，仿佛麦格雷戈仍然在寻找一个特定的风格。麦格雷戈在使用塑胶带方面的确大手大脚，其中一张照片上的男孩全身裹满了塑胶带，只露出身体很少几个地方，那样子简直像个银灰色的茧。看着孩子们身上那几处露出肌肤的地方，我对麦格雷戈有了很好的了解。果然不出我所料，大多数父母绝对不会希望让他来当他们孩子的童子军队长。

这些照片从多个角度拍摄而成，摄影技术高超，其中一个系列尤其显眼。一个皮肤白皙的男子赤身裸体地站在被塑胶带紧紧捆绑起来的男孩旁，身上的肌肉松松垮垮，头上戴了一个黑色风兜，那神情简直像在拍炫耀战利品的纪念照。虽然风兜挡住了他的脸，但从他那体形以及皮肤的颜色来看，我确信这个人就是麦格雷戈。我快速翻动着那些照片，脑子里产生了两个很有意思的想法。第一，啊哈！当然是说麦格雷戈的所作所为已经无可辩驳，而且他现在已经成了黑夜行者彩票中心幸运大奖的得主。

第二个想法多少有些令人不安：拍照片的人是谁？

这些照片拍摄的角度各不相同，因此不可能是自动拍摄的结果。我将这些照片又快速翻看了一遍，发现两张俯拍的照片中有一双尖尖的鞋尖，像是一双红色的牛仔靴。

麦格雷戈还有个帮凶！这个词儿听上去很像在做法律电视频道的节目，可情况的确如此，我也想不出更好的方法来表述。这一切不是他独自一人干的。有人与他同行，即使没有亲自参与，至少也目睹了这一切，并且拍了照片。

我承认——虽然这让我觉得有些不好意思——我对非常规重伤罪领域也略知一二，而且在这方面有些天分，可我还从来没有碰到过这样的事。炫耀战利品的纪念照，是的，我不是也有一小盒载玻片吗？每一片上面不是也有一滴血，以纪念我的每一次历险吗？留下一点儿纪念品完全是人之常情。

可如果还有另一个人在场，而且这个人正目睹这一切，给这一切拍照，这就将一种非常隐私的行为变成了一种表演。这真是太下流了，这家伙准是个变态狂。可惜我这个人已经没有了道德层面上的愤怒，否则我相信我一定会怒不可遏。尽管如此，我仍然发现自己比任何时候都更加急切地想结识一下麦格雷戈的五脏六腑。

船舱里异常闷热，而我身上这件时髦的防水外套更是起不了任何降温作用，我感觉自己就像一袋鲜艳的黄色袋泡茶。我挑选了几张比较清楚的照片装进口袋，然后将其他照片放回暗格中，将床铺整理好，回到了主船舱。我从窗户——更确切地说是舷窗——向外偷偷看了一眼，外面没有人躲在那里鬼鬼祟祟地监视我。我悄悄溜出舱门，随手将门重新锁好，然后不慌不忙地走进了大雨中。

我这么多年来看过许多电影，从中学到了一点，雨中漫步是思考人类背信弃义行径的最佳条件，而这正是我所做的。啊，那该死的麦格雷戈，还有他那位爱好摄影的朋友。世上怎么会有这种罪大恶极的浑蛋！这已经足够了，我心中现在只有一个念头，希望这足以满足我所需的条件。给我带来更大快感的是反思我自己的行径，盘算一下如何安排一个与麦格雷戈游戏的日子。我可以感觉到一股黑暗的快感像潮水一样，正从德克斯特内心城堡最深处的地牢里涌上来，聚集在了泄洪口，很快将倾泻到麦格雷戈身上。

当然，一切都已毋庸置疑。即使是哈里本人也会承认，这些照片完全可以算作铁证，而我内心那幽暗的后座上更是传来了迫不及待的咯咯笑声，算是对这计划的认可。我将和麦格雷戈一起探险，然后还有特殊的额外嘉奖——找到他那位穿牛仔靴的朋友，尽快让他步麦格雷戈的后尘，绝不能让恶棍逍遥法外。这有点儿像买一送一，诱惑力之大令人难以抵挡。

　　脑海里装满了各种令我高兴的念头，我大步走回到汽车前时居然完全忘记了天还在下着雨。要干的事太多了。

　　无论做什么事情，最好不要墨守成规，尤其如果你是个恋童癖杀人狂，并且已经引起了复仇者德克斯特的注意的话。我高兴地看到，从来没有人将这一生死攸关的忠告给过麦格雷戈，结果我看到他像往常一样，下午六点半离开了办公室。他从后门走了出来，把门锁好后上了自己那辆大型福特SUV①。这种大车对他来说真是物尽其用，既可以带人去看房，也可以将捆绑好的孩子运到码头。他将车驶进了车流中，我尾随着他，跟着他一路来到他家。房子不大，混凝土板块结构，位于西南80街上。

　　从他家旁边驶过的车很多。我将车开进了半个街区外的一条小街，然后停在一个既不引人注意视线又好的地方。麦格雷戈家的另一边有一道又高又密的树篱，刚好可以挡住邻居们的视线，让他们无法看到他家院子里发生的一切。我在车上坐了十分钟，假装看地图，为的是制订好我的计划，同时确信他不会外出。不一会儿，他出来了，光着膀子，只穿了一条皱巴巴的马德拉斯条纹布短裤，开始慢悠悠地收拾院子。我已经制订好了计划，于是驱车回家做准备。

　　我平常饭量惊人，每次外出冒险前却总是吃不进东西。我内心深处的那个同伴也在期待，兴奋得不停地战栗。夜幕慢慢覆盖这座城市，月亮在我的静脉里絮絮不休，而且声音越来越大，食欲突然显得那么无足轻重。

　　我没有心情去悠闲地享用一顿高蛋白美餐，而是在公寓里来回踱步，一面急不可待地想立刻动手，一面又冷静地等待着，让白日的德克斯特静静地淡去，感受黑夜行者慢慢接过方向盘。每当我退到后座上，让黑夜行者驱车，一种欣喜若狂的感觉都会油然而生。一个个黑影似乎变得越来越清晰，黑暗慢慢化成一种有些生动的灰色，使一切更加清晰可辨。细小的声音变得响亮而真切，我的皮肤在微微颤抖，我的呼吸仿佛变成了呐喊，就连空气也因枯燥平淡的日子里没有注意到的各种气味而有了生命。

　　是时候了。

　　我们一起出了门，走进明亮的夜色中，月光不断地捶打在我的身上，迈阿

———————

① 运动型多功能车。

密夜晚夹杂着凋零玫瑰芬芳的气息吹拂着我的皮肤，一眨眼的工夫我就赶到了那里，置身在麦格雷戈家树篱投下的阴影中，监视着，等待着，聆听着盘绕在我耳边的警告声，它在悄声告诫我要耐心。我戴上白绸面罩，准备开始。

我不紧不慢地从树篱的阴影中悄悄走了出来，将一个儿童塑料钢琴放在他窗户下的菖蒲丛中，免得立刻被他发现。这种玩具钢琴红蓝相间，颜色鲜艳，不到三十厘米长，只有八个键，但是在电池电量耗尽之前会永无止境地反复播放四首歌曲。我将它打开，然后退回到树篱的阴影中。

首先播放的是《铃儿响叮当》，然后是《老麦克唐纳》。不知什么原因，这两首歌都缺少了一个关键乐段，但这个小玩具全然不顾，继续欢快地用同一种尖细的声音唱起了《伦敦桥》。

我刻意选择了这种玩具钢琴，目的就是引诱麦格雷戈出来。事实上，我真心希望他会认为自己的罪行已经败露，地狱送来了这个玩具惩罚他。

果然见效了。《伦敦桥》刚刚播放到第三遍，他摇摇晃晃地走了出来，脸上带着万分惊恐的神情。他瞠目结舌地在那儿站了片刻，东张西望，逐渐谢顶的红头发一片凌乱，仿佛遭遇了暴风雨的袭击，白皙的肚子微微垂挂在褪色的睡衣下摆外。他这副样子在我眼里一点儿也不像个非常危险的杀人犯，当然我也不是五岁大的男孩。

麦格雷戈张着嘴，在那里站了一会儿，挠着身子，活像在为希腊神话中的愚蠢之神的塑像当模特儿。他终于找到了发出响声的东西——它现在又唱起了《铃儿响叮当》。他走过去，微微弯腰去按那架小塑料钢琴。我甚至都没有等他感到惊讶，就用一个索套紧紧勒住了他的脖子。做索套的渔线经过测试，承受得住五十磅的重量。他直起腰想反抗，但我拉紧了索套，他只好改变主意。

"老实点儿，"我和内心的黑夜行者齐声命令道，"这样你能活得久一点儿。"他从这句话中听到了自己的结局，有些不甘心，开始挣扎起来。我用力拉紧索套，片刻间他的脸涨成了深红色，他跪倒在了地上。

眼看他快要昏死过去，我赶紧松了松手。"照我说的做。"我和黑夜行者一起说道。他没有吭声，只是痛苦地使劲儿喘了几口气，于是我又扯了一下索套。"听明白了吗？"他点点头，我松开手让他呼吸。

我押送他进屋去取车钥匙，然后一起上了他的SUV，一路上他没有再试图反抗。我坐在他身后，紧紧抓着索套，只让他勉强苟延残喘地活着，当然他也活不了多久了。

"开车！"我说，他迟疑了一下。

"你想要什么？"他声音沙哑，像是刚刚被沙子磨过。

"什么都想要，"我和黑夜行者说道，"快开车。"

"我有钱。"他说。

我用力拉紧索套。"给我买个男孩。"我说。我紧握索套停了几秒钟，索套紧得他都无法呼吸，而时间刚好长到让他明白这里我们说了算，我们知道他的罪行，从现在起只有我们高兴的时候才会让他喘气。等我再次稍稍松开手时，他没再吭声。

他按我们的吩咐开车，沿着西南80街来到老刀匠路上，再向南行驶。这里远离市区，而且在这深更半夜的时候，路上几乎没有车。我们拐进了斯奈普河对岸的一个房屋开发工地。开发商因洗钱被判刑，这个开发项目暂时停了下来，因而不会有人来打搅我们。我们命令麦格雷戈将车向前开，经过一个废弃的岗亭后，又沿着一个不大的环形车道向东驶到河边，最后停在了一个小活动房旁。这里以前是工地的临时办公室，现在成了寻找刺激的少年以及像我这种需要一点儿私人空间的人光顾的场所。

我们在车上坐了片刻，欣赏着周围的景色——月光洒在水面上，映照着这个恋童癖，他脖子上还套着索套。这画面非常美。

我下了车，紧紧拉着麦格雷戈，稍微一使劲儿，他就跪倒在了地上，双手拼命抓着脖子上的渔线。我望着他，他跪在地上，喘不上气儿来，嘴角流着口水，脸重新变成了暗红色，两眼充血。我拉着他站起来，推着他上了三级木台阶，进了活动房。等他稍稍回过神来，意识到即将发生什么事时，我已经将他绑在了桌子上，并且用塑胶带捆住了他的手脚。

麦格雷戈想开口说话，却只是咳了几声。我等待着，现在有的是时间。"求你了，"他终于开口道，声音像沙子在玻璃上摩擦一样，"你想要什么我都给你。"

"是啊，你会的。"我们俩说，并且看到这句话击中了他的要害。虽然他无法看透我的白色丝绸面具，我们还是露出了笑容。我掏出从他的游艇里拿来的那些照片，放到他的眼前。

他完全惊呆了，一动不动，张着嘴。"你从哪里弄来的？"对于一个即将被切成碎片的人而言，他仍然嘴巴很硬。

　　"告诉我这些照片是谁拍的？"

　　"我为什么要告诉你？"他说。

　　我掏出一把剪白铁皮用的剪刀，剪断了他左手的两根手指。他又是挣扎又是尖叫，血流了出来。鲜血总是让我生气，于是我将一只网球塞进了他的嘴里，顺便剪断了他右手的两根手指。"不为什么。"我说，然后等待他稍稍平静一点儿。

　　终于平静些之后，他乜斜着一只眼睛望着我，脸上浮现出一种心领神会的表情，这是一种超越了痛苦之后知道痛苦在所难免时才会出现的表情。我从他嘴里取出了那只网球。

　　"照片是谁拍的？"

　　他笑了。"真希望其中一张是你的照片。"他说，而接下来的九十分钟是对他这句话最好的奖赏。

Chapter
紧紧尾随的福特 *12*

如果换作平时，我每次夜间出去后都会心满意足好几天，可是麦格雷戈匆匆退出舞台后的第二天早晨，我依然兴奋不已，心中充满了期待。我非常想找到那位脚穿红色牛仔靴的摄影师，将他彻底打发掉。我属于那种干净彻底的恶魔，绝不喜欢半途而废。一想到这世界上居然有人穿着那种滑稽可笑的靴子到处转悠，手中还握着一架目睹了太多事情的相机，我就迫不及待地想跟踪那些脚印，完成我计划中的第二部分。

也许我在对付麦格雷戈时过于草率，我应该再多给他一点儿时间，多给他一点儿鼓励，他或许会把一切和盘托出。可我当时觉得自己不费吹灰之力就能查找出来——每当黑夜行者掌握方向盘时，我相信没有我办不到的事。尽管到目前为止一切正常，但这次的处境有些尴尬，我必须独自查找到这位穿靴子的先生。

我在前一次调查时发现，除了偶尔晚上驾着游艇出海外，麦格雷戈的社交生活非常有限。他加入了几个行业组织，这对于从事房地产这一行的人来说是很正常的事，但是我没有发现任何人与他交往密切。我还知道他没有犯罪记录，因而也就没有案卷可以翻阅，当然也就无法查找出他的同伙。他离婚时的法庭记录只有简单的"无法调和的分歧"，其余的只能由我发挥想象力了。

我恰好在这一点上走入了死胡同。麦格雷戈属于那种独来独往的人，尽管我将他彻底研究了一番，仍然没有任何蛛丝马迹可以表明他有朋友、伴侣、约会对象、同事或密友。他从不在晚上与朋友聚会——除了那些小朋友外，他根本没有朋友。他既不是什么教友会的成员，也不是慈善互助会会员；既不去附近的酒吧喝酒，也不去参加每周举行一次的方块舞舞会——这本来能解释那双靴子的来历。不，什么都没有，只有那些上面露出了那双愚蠢的鞋尖的照片。

那么这位穿牛仔靴的家伙究竟是谁？我如何才能找到他？

只有一个地方能找到答案，而且行动要快，要赶在有人发现麦格雷戈失踪之前采取行动。我听到远处传来了隆隆的雷声，惊讶地瞥了一眼墙上的挂钟。果然，已经是下午两点一刻了，正是每天午后雷阵雨开始的时候。我在苦思冥想中错过了午餐时间，这可不是我的作风。

不过，这场雷阵雨可以再次给我提供掩护，我也可以在回来的路上停车买点儿吃的。于是，我兴奋地制订好了下一步行动的巧妙计划，走到停车场，钻进汽车，向南疾驰而去。

当我赶到马西森·哈莫克码头时，天已经开始下雨。我再次穿上那件黄色防水外套，沿着小道一路跑向麦格雷戈的游艇。

我又一次轻松地开了锁，溜进了船舱。我前一次上这条游艇是为了寻找证据来证明麦格雷戈是个恋童癖，这次却是为了寻找比较微妙的东西，寻找能够提供麦格雷戈那位摄影朋友身份的小线索。

反正得从什么地方着手，所以我又下到了他们睡觉的地方。我打开有小暗格的那个抽屉，重新翻看那些照片。我这次既查看照片的正面，也查看照片的背面。数码照片大大增加了侦查的难度，照片上没有任何痕迹，而且也没有上面印有序列号、可以追踪的空胶卷盒。世界上再笨的人也能轻轻松松地将照片下载到硬盘中，随时将它们打印出来，更不用说某个对鞋子有着如此恶心爱好的家伙了。

我关上抽屉，开始查找其他地方，可这里的一切我上次都已经翻了个遍。我不免有些泄气，来到了游艇上面一层的主船舱中。这里也有几个抽屉，我开始翻找起来。又是录像带、塑料玩偶、塑胶带，都是我已经看到过的东西，没有一样能够给我提供任何线索。我将那些塑胶带一一取了出来，心想或许应该让这些东西物尽其用。我漫不经心地拿出了最后一卷塑胶带。

我找到了。

光有本事还不够，还得靠运气。即使是一百万年，我也想不到会有这样好的运气。这卷塑胶带的底部粘着一小片纸，上面写着"雷克尔"，名字下面还有一个电话号码。

当然，谁也无法保证雷克尔就是那位穿红靴子的牛仔，甚至都无法保证这是个人名。这可能是负责船上管道的承包商的名字。可不管怎么说，这更像是一个可以让我着手的线索，我现在必须赶在雷阵雨过去之前下船。我将那张纸片塞进口袋，扣好防水服的纽扣，悄悄溜下游艇，重新回到了小道上。

也许是与麦格雷戈一起度过的这个夜晚仍然让我意犹未尽，我还沉浸在欣喜若狂的状态中，开车回家时居然哼起了菲利普·格拉斯的音乐剧《屋顶上的一千架飞机》（*1000 Airplanes on the Roof*）中一首容易上口的曲子。美好生活的要旨是既完成了引以为豪的事又有值得期待的目标，而我此刻两者皆有。做我这样的人多么幸福啊！

可惜我的这种好心情没有持续太久。在老刀匠路拐进勒琼大道时，我习惯性地瞥了一眼后视镜，立刻惊呆了。

我的身后有一辆褐紫色的福特金牛，车头几乎碰到我的车尾。这很像迈阿密戴德县警察局为便衣警察大量配备的那种车。

这绝对不是件好事。虽说巡逻车可能会无缘无故地跟着你，但如果有人驾驶一辆统一调度的公务车，那这个人显然有某种目的，这个目的就是要告诉我，我被盯上了。如果真是这样，那对方的计策非常完美。他的风挡玻璃很晃眼，我无法看清是谁在开车，但我突然觉得自己必须知道那辆车跟踪了我多久，车上的人是谁，他目睹了多少。

我拐进旁边一条小街，将车停到路旁，那辆福特金牛停在了我的车后。起初什么事也没有发生，我们俩坐在各自的车上，等待着。他会逮捕我吗？如果有人从码头开始就一直在跟踪我，这对于精力过于充沛的德克斯特来说可不是件好事。麦格雷戈失踪的事迟早会被人发现，哪怕是走走过场的调查都会发现他的游艇，有人会去看看游艇是否还在，然后德克斯特在光天化日之下上过这条游艇这一点就会变得意义非凡。

正是这些看似不起眼的小事才会变成警方成功破案的关键。警察往往会寻找这种看似可笑的巧合，而且一旦发现，就会认真对待多次碰巧出现在微妙场合的人。哪怕这个人是警察，而且脸上挂着迷人的灿烂笑容。

我无计可施，只能下车虚张声势地吓唬一下对方：弄清楚是谁在跟踪我，为什么跟踪我，然后让对方明白这种愚蠢的行为只是在浪费时间。我摆出一副咄咄逼人的面孔，下了车，快步走到福特金牛跟前。车窗摇了下来，里面露出了多克斯警官那张时时刻刻带着怒容的脸，活像用乌木刻成的某个凶神的雕像。

"你最近怎么常常大白天丢下工作不干？"他问，说话的声音虽然平淡，但仍然成功地传达给我这样一种印象，我无论说什么都是在骗他，他恨不得因此揍我一顿。

"嘿，原来是多克斯警官！"我乐呵呵地说，"真是太巧了，你在这儿干什么？"

"你有什么事比上班还重要吗？"他说。看样子他对继续这场对话毫无兴趣，于是我耸了耸肩。面对那些不善言谈而且显然无意与你聊天的人，顺其自然始终是比较简单的办法。

"我……嗯……我要办一些私事。"我说。我承认这个借口非常站不住脚，可多克斯这种人喜欢问一些令人难以回答的问题，而且常常不怀好意。我一时哑口无言，更不用说想出什么聪明的话来搪塞他了。

他盯着我看了漫长的几秒钟，那神情活像一头饿了几天的美国斗牛犬在盯着一块生肉。"私事。"他眼睛都没有眨一下，这个词从他嘴里说出来显得更加愚蠢。

"没错。"我说。

"你的牙医在盖布尔斯区。"他说。

"嗯……"

"你的医生在阿拉梅达。你没有律师，妹妹还在上班，"他说，"还有什么私事我没有提到？"

"其实，我……我……"听到自己结结巴巴地一句话也说不出来，连我自己都感到惊讶。多克斯只是望着我，仿佛在求我狼狈逃窜，好让他练一练打移动靶的技术。

"真好笑，"他终于开口说道，"我在这里也要办些私事。"

"是吗？"我说，听到自己终于能说出人话来，我如释重负，"是些什么私事，警官？"

这是我第一次看到他露出笑容，说实在的，我宁愿他猛地跳下车来咬我一口。"我在监视你。"他说。他任由我将他那亮闪闪的牙齿欣赏了片刻，然后重新摇上车窗，像咧嘴而笑的柴郡猫①一样消失在了茶色车窗玻璃后。

我站在那里，身上穿着时髦的防水外套，心中想着雷克尔以及他那双红色的靴子正从我的手中慢慢溜走，我觉得这真是太糟糕了，我实在想不起比这更糟糕的事。我上了车，发动引擎，冒着大雨将车开回了家。

我非常了解多克斯警官，知道他这样做绝对不是下雨天心血来潮。如果他在监视我，那么他会一直监视下去，直到逮着我干坏事，或者他无法再监视我为止。当然，我随便就能想出几个鬼点子来打消他对我的兴趣，只是这些点子都属于彻底解决问题型的，而我虽说没有什么良知，却也有一套非常明确的做人原则，与良知相差无几。

我早就知道多克斯警官早晚会出手制止我的业余爱好，我也早就想过万一他插手的话我该怎么办。我想到的最好办法是先等等看。

你说什么？你可能会问，而且你完全有权这样问。我们真的能对显而易见的答案置之不理吗？说到底，虽然多克斯身强力壮，而且能置人于死地，但黑夜行者在这方面比多克斯更胜一筹，一旦他掌握了方向盘，谁也不是他的对手。也许就这一次……

"不行。"那轻柔的声音在我耳旁低声说道。

"你好，哈里。为什么不行？"这个问题刚一出口，我就想起了他教我时的情景。

"凡事都得有规矩，德克斯特。"哈里曾经说过。

"规矩，老爸？"

那是我的十六岁生日。从来没有多少人来参加我的生日聚会，因为我当时还没有学会讨人喜欢，也没有学会与人称兄道弟，即使我不回避那些嘴角流着口水

---

① 英国作家刘易斯·卡罗尔创作的童话《爱丽丝漫游奇境记》中的角色，形象是一只咧着嘴笑的猫，拥有凭空出现或消失的能力，甚至在它消失以后，它的笑容还挂在半空。

的同龄人，他们通常也会躲着我。整个少年期，我就像一只牧羊犬，穿行在一群又脏又蠢的绵羊当中。打那以后，我学到了很多东西。比方说，十六岁的我还没有到恶习难改的地步，可人们真的是无可救药。

因此，我的十六岁生日没有兴师动众地操办。我的养母多丽丝刚刚死于癌症，但我养父的女儿德博拉还是给我烤了一个蛋糕，哈里则送给我一根新渔竿。我吹灭了蜡烛，我们吃了蛋糕，然后哈里带我来到了后院。我们当时住在椰树林区，房子不大，后院砖砌的烧烤炉旁有张红松木野餐桌，是哈里亲手做的。他在桌旁坐下后，示意我也坐下。

"我说，德克斯特，"他说，"十六岁，快要长大成人了。"

我当时吃不准那是什么意思——我？长大成人？变成人？哈里那蓝色的眼睛仿佛要将我看穿。"你对女孩感兴趣吗？"他问我。

"嗯……你指哪方面？"我说。

"亲吻啦，拥抱啦，做爱啦，你知道我说什么。"

一想到这些，我的脑子就开始发晕，仿佛有一只冰冷、漆黑的脚在我的脑子里乱踢。"没有……嗯……没有……我……嗯……"我说，即使在当时我也算比较能说会道，"没有那种事。"

哈里点点头，仿佛我言之有理。"也没有和男孩在一起鬼混。"他说。我只是摇摇头。哈里低头看着餐桌，然后回头望着屋子。"我满十六岁时，我父亲带我去找了个妓女。"他摇摇头，脸上浮现出一丝笑容，"整整十年后我才缓过来。"我不知道该说什么好。做爱对我来说完全是陌生的事，而且还要为此付钱，真是的，这太过分了。我几乎带着惊恐的表情望着哈里，他笑了笑。

"不会的，"哈里说，"我不会带你去干这种荒唐事，那根渔竿或许对你更有用。"他慢慢摇摇头，将目光转向了别处，远离面前的野餐桌，越过院子，向街上望去，"或者一把片鱼刀。"

"是啊。"我说，尽量掩饰着心中的欲望。

他又说："我们俩都知道你想要什么，可你现在还没有准备好。"

我和哈里两年前有过一次难忘的露营经历，他在那次旅程中第一次和我谈到了我是个什么样的人。打那以后，我们就一直在为我做着准备，用哈里的话来说，是让我"摆正方向"。我这个头脑发热、人工培育出来的青年巴不得立刻开始我那幸福的事业，可哈里让我不要着急，因为哈里对一切都了如指掌。

"我会小心的。"我说。

"可这还不够，"他说，"德克斯特，干什么都得有规矩，正是这一点让你与众不同。"

"与人打成一片，"我说，"活儿要做得干净彻底，不冒险行事。"

哈里摇摇头。"更重要的是，你在动手前必须确定这个人真的是罪大恶极。我都说不清究竟有多少次我知道一个人有罪却仍然只能放他一马。让那狗杂种望着你，冲着你假笑，你和他心里都很清楚，可你还得为他开门，让他出去……"他咬紧牙关，一只拳头砸在野餐桌上，"虽说没有必要，可是你必须有确凿证据，一定得有，德克斯特。即使有十足的把握……"他举起一只手，掌心对着我，"你也必须有证据。谢天谢地，这种证据不必出现在法庭上。"他微微苦笑了一下，"否则你什么也干不成。可你需要证据，德克斯特。这是最重要的一点。"他用指关节轻轻敲着桌子，"你得有证据，而且即使是这样……"

他一反常态地停了下来，我等待着，知道他要说的话难以启齿。"有时候，即使是在证据确凿的情况下，即使他们真的罪有应得，你还得放他们一马。比方说，他们可能太……令人瞩目。如果会引起人们的高度关注，你也只能放手。"

像往常一样，哈里总是能给我答案。每当我无法肯定时，总能听到哈里在我耳边轻声细语。虽说我可以肯定，但我没有证据证明多克斯除了脾气暴戾、行事诡秘外还有其他恶行，而将一名警察大卸八块必然会在这座城市里引起公愤。在拉戈塔警探最近遭遇不测之后，如果又有警察遇害，警方的高层必然会高度重视。

哪怕再有必要解决掉多克斯，我现在也是束手无策。

我待在简陋的家中，气恼地走来走去，每次向窗外张望，总能看到那辆福特金牛停在马路对面。我不由自主地想到仅仅一小时前我还那么兴奋地打着如意算盘。德克斯特能出来玩儿吗？哎呀，不行，亲爱的黑夜行者。德克斯特现在处于暂停时段。

不过，即使这样被困在自己家中，我还是能干些有意义的事。我从口袋里掏出那张皱巴巴的纸，也就是我在麦格雷戈游艇上找到的那张字条，将它抚平，原先粘在字条的塑胶带上的胶水现在粘到了我的手上。"雷克尔"外加一个电话号码，足以让我在电脑上查找出来，我只花了几分钟时间就有了结果。

这是一个手机号码，机主叫史蒂夫·雷克尔，住在椰树林区的泰格特尔街。我又进行了反复核查，结果发现这位雷克尔先生是位专业摄影师。当然，这可能纯粹是巧合。我相信这世上有许多名叫雷克尔的摄影师。我翻了一下黄页电话号码簿，发现这位雷克尔先生有自己的专长。他在黄页上登了一则小广告："记住他们现在的样子。"

雷克尔专门从事儿童摄影。

巧合这种理论恐怕得靠边站了。

黑夜行者动了一下，会意地笑了笑，而我则迫不及待地开始计划，准备去泰格特尔街看一眼。其实那地方离我这里不远，我现在就可以开车过去，然后——

然后让多克斯警官盯梢，让他在德克斯特身上玩猫捉老鼠的游戏。真是太妙了，老伙计。一旦雷克尔某天突然消失，这倒是可以替多克斯省去大量枯燥的调查工作。他可以绕过所有的繁文缛节，直接来抓我。

按照现在这种速度，雷克尔究竟什么时候才能消失？一个值得尝试的目标近在咫尺，我却被困在这里寸步难行，这真是太令人懊恼了。几个小时过去了，多克斯的车仍然停在街对面，而我仍然在原地踏步。怎么办？好的一面是，多克斯显然没有发现足够的证据，除了跟踪监视我之外无法采取其他行动。不好的一面是，如果他继续跟踪我，我只能夹着尾巴做人，继续规规矩矩地当我的法医。这绝对不行。我感到了一丝压力，不仅来自黑夜行者，而且来自时钟。我必须赶紧找到一些证据，证明雷克尔就是那位替麦格雷戈拍照的摄影师；如果真是他，我还得赶紧与他好好聊聊。一旦意识到麦格雷戈已经踏上不归路，他很可能逃之夭夭；而如果警察局里我的那些同行意识到这一点，事情就会变得让讲究速战速决的德克斯特非常不快。

但多克斯显然已经打定主意，准备长期蹲守，我的第一反应是想个招数将多克斯赶跑——但多克斯绝非平常的寻血犬。我只想出一个点子，或许能将气味从他那不断抽动的、急切的鼻子前驱散。我可以和他玩一场旷日持久的等待游戏，绝对保持正常的生活，让他最终善罢甘休，回到自己真正的工作岗位上，去抓我们这座美丽的城市阴暗角落里那些货真价实的恶棍。

那么好吧，我就大大方方地做个正常人，直到他恨得直咬牙。这一招儿所需要的可能不只是几天，而是几星期，但我会坚持的。我会彻底过上为了让自己显得像一个正常人而刻意营造出来的丰富多彩的生活。既然人通常要受性生活的支配，我就从拜访我的女朋友丽塔开始吧。

"女朋友"——这真是个古怪的称呼。"女朋友"其实是个更加古怪的概念。对于成年人而言，"女朋友"通常不是姑娘，而是一个愿意提供性生活的女人，没有任何友谊可言。事实上，就我的观察来说，一个人完全有可能根本不喜欢自己的女朋友，当然真正痛恨的还是结婚。我到目前为止还吃不准女人通常希望从男朋友那里得到什么回报，但我知道丽塔希望从我这里得到什么样的回报。那肯定不是性生活，因为性生活在我眼里像计算外贸赤字一样索然无味。

幸运的是，丽塔大多数时候对性生活也毫无兴趣。她的第一次婚姻简直是场灾难，她前夫心目中的美好生活只有吸毒和对她动粗，后来居然发展到传染给她几种疑难杂症的地步。但是，当他有天晚上竟然对孩子动手时，丽塔那如同乡村歌曲般纯真的忠诚终于彻底破裂，她将那猪狗不如的东西赶出了自己的生活，并且开心地将他送进了监狱。

正是由于这段痛苦的经历，她一直在寻找一个绅士，希望这个人对友情和谈心感兴趣，而不是一味地沉浸在低俗的激情这种原始的动物本能中。换言之，这个男人应该更看重她身上的种种美德，而不是看重她愿不愿意接受裸体杂技表演。将近两年了，她一直是我最理想的掩护，是大千世界所熟悉的德克斯特生活中的一个关键部分。作为回报，我从来没有打过她，没有传染给她任何疾病，没有将我的动物欲望强加在她身上，而她似乎真心喜欢有我在她身旁。

我还有一个意外收获，我渐渐喜欢上了她的两个孩子——阿斯特和科迪。丽塔的两个孩子有着痛苦的童年，或许因为我也有类似的经历，我对他们有一种亲近感，早已超出了以丽塔做掩护的初衷。

除了孩子这个意外收获外，丽塔本人也是秀色可餐。她留着整齐的金色短发，运动员般的身体修长结实，很少说蠢话。我可以带她一起去公共场合，并且知道别人会觉得我们俩像一对非常般配的夫妇，而这才是关键所在。大家甚至说我们很吸引人的眼球。我估计丽塔觉得我相貌英俊，但就她以前的交友经历而言，她的眼光实在不敢恭维。不过和一个认为我很棒的人待在一起，这种感觉还是不错的。

我看了一眼书桌上的钟，五点三十二分，还有不到一刻钟丽塔就会下班回到家中。她在费尔柴尔德契据事务所上班，所做的工作很复杂，涉及百分点和百分数等问题。等我赶到她家时，她应该已经到家了。

我脸上挂着开心的笑容，走到屋外，朝多克斯挥了挥手，驱车来到丽塔家位于南迈阿密不大的屋子前。车况还可以，也就是说没有发生致命车祸，也没有人开冷枪，不到二十分钟我的车就停在了丽塔家门外。

多克斯警官将车开到街道尽头，在我敲门的同时，他将车停在了街对面。

门猛地开了，丽塔探出头来望着我："啊，是德克斯特！"

"亲自光临，"我说，"我刚好在这附近，顺便过来看看你是不是已经到家了。"

"嗯，我……我刚进门。瞧我这副邋遢样儿……进来吧。要啤酒吗？"

啤酒，好点子。我还从来没有沾过这玩意儿——可这又是那么正常，完全符合下班后看望女朋友的身份，就连多克斯也不得不佩服。真是个绝妙的点子。"来一罐吧。"我说，然后跟着她走进了相对凉爽的客厅。

"坐吧，"她说，"我正要梳洗一下。"她冲我一笑，"孩子们在后院，要是知道你来了肯定会立刻缠上你。"她顺着过道快步走了出去，随即又拿着一罐啤酒走了回来，"我马上回来。"她说着走进了屋子另一边的卧室。

我坐到沙发上，看着手中的啤酒。我很少喝酒。说实在的，喝酒对于猎杀者来说绝对不是一个好习惯。喝酒会减缓人的反应速度、麻木人的感觉，让他变得神经兮兮。可是这会儿我就坐在这里，准备做出最大的牺牲，抛弃自己的力量，变成一个普通人——因此啤酒正是患有饮酒恐惧症的德克斯特所需要的。

我喝了一小口，味道很苦，酒精含量不高。我又喝了一小口。我可以感觉到它咕噜咕噜地一路冲进胃里，我突然想到自己可谓悲喜交加，连午饭都没有吃。管它呢，不就是一罐淡啤酒吗？

我喝了一大口，适应后，感觉并没有那么糟糕。天哪，啤酒的确能让人舒心，至少我每多喝一口就感到更加痛快。又一口进肚——转眼间啤酒罐已经底朝天，空空如也了。

可我还是感到口渴。我真的能容忍这种令人不快的局面吗？我想不能。绝对不能容忍。事实上，我也不准备容忍。我站起身，迈着坚定的步子向厨房走去。冰箱里还有好几罐啤酒，我拿上一罐后回到了沙发旁。

我坐下来，打开啤酒，喝了一口。好多了。该死的多克斯！也许我该拿一罐啤酒给他，让他放松一下，别那么较真儿，他或许会取消整个监视计划。我们毕竟是同一个战壕里的战友，不是吗？

我继续喝酒。丽塔走了回来，下面穿了条劳动布短裤，上面是一件白色短背心，领口处有一个绸十字结。我得承认，她很迷人。或许我真的应该有一个身份掩护。她一屁股坐到我身旁："我很高兴你来这儿，而且是这样突然到来。"

"确实有些突然。"我说。

她侧过头来望着我，神情有些滑稽："你今天工作很累吧？"

"累死了，"我又喝了一口啤酒，"不得不让一个坏家伙逍遥法外。一个很坏的家伙。"

"哦，"她皱起了眉头，"为什么……我是说，难道你不能……"

"我巴不得将他绳之以法，"我说，"可是我办不到。"我举起啤酒罐向她敬酒，"人为因素太多。"我又喝了一口。

丽塔摇摇头："我还是不明白。我是说，在外人看来不是依法办事吗？你们逮住那坏家伙，然后将他关起来。怎么会有人为因素呢？他究竟干了什么？"

"他帮人杀了几个孩子。"

"啊！"她倒吸一口凉气，"我的天哪，你肯定会有办法的。"

我冲她一笑。她一眼就看穿了。真是了不起。我不是说过我看人很准吗？"你算是说到点子上了。"我说，然后抓起她的手，看着她的手指，"有些事我的确可以办到，而且会办得很漂亮。"我轻轻拍着她的手，手中的啤酒只洒出来一点儿，"我知道你会理解的。"

她有些疑惑："什么样的……我是说，你打算怎么办？"

我喝了口酒。我为什么不能告诉她呢？我感觉到她已经看出了一些端倪。为什么不呢？我张开嘴，可还没有来得及低声告诉她黑夜行者和我那无伤大雅的爱好，科迪和阿斯特就跑了进来，看到我后一愣，站在那里，不停地看看我又看看他们的母亲。

"你好，德克斯特。"阿斯特说，然后捅了一下她弟弟。

"你好。"他轻声说。科迪向来话不多，而且很少开口。可怜的孩子。他的生父确实给他留下了难以抹去的伤痕。"你喝醉了吗？"他问我。对他来说，这样开口已经是件很不容易的事了。

"科迪！"丽塔呵斥道，但我挥手阻止了她，然后看着他。

"喝醉了？你是说我？"

他点点头："嗯。"

"当然没有，"我明确地说，冲着他皱起了眉头，"可能有一点儿头晕，但这是两码事。"

"哦。"他说。他姐姐打断了他的话："你留下来吃晚饭吗？"

"恐怕我得走了。"我说，但丽塔突然坚定地按住了我的肩膀。

"你这副样子绝对不能开车。"她说。

"什么样子？"

"头晕。"科迪说。

"我没有头晕。"我说。

"你刚才说过你头晕。"科迪说。我都记不得他上次连着说这么多词儿是什么时候了，我真为他骄傲。

"你说了，"阿斯特也说，"你说你没有醉，只是有点儿头晕。"

"我说了吗？"他们俩一起点头，"那么……"

"那么，"丽塔插嘴说，"我看你得留下来吃晚饭。"

那么好吧。我估计我留下来吃了晚饭，肯定是的，我只记得后来再去冰箱拿啤酒时里面已经空了。后来，我又坐到了沙发上。电视开着，我拼命想听清楚演员们都在说些什么，也想弄明白为什么一群看不见身影的观众居然会认为这是有史以来最令人开心的谈话节目。

丽塔坐到了我身旁："孩子们已经睡了。你感觉怎么样？"

"感觉好极了，"我说，"只是我实在不明白这节目有什么好笑的。"

丽塔将一只手搭在我的肩膀上。"这确实让你感到很不舒服，是吗？我是说让那坏家伙逍遥法外。孩子们……"她凑过来，一只胳膊搂着我，头靠着我的肩膀，"你真是个好人，德克斯特。"

"不，我不是。"我说，不明白她为什么会说出这种奇怪的话来。

丽塔坐直了身子，从我的左眼瞧到右眼，再回到左眼。"可你确实是个好人，而且你知道你是。"她笑着重新将头枕在我的肩膀上，"我觉得……在你心情不好的时候，你能来我家……来看我，真是太好了。"

我刚想开口说情况不是这样，但随即想到我来这里确实是因为心情不好。不错，我来这里是因为无法与雷克尔玩那场游戏而感到沮丧，还因为我想把多克斯赶跑。然而这成了一个很不错的点子，不是吗？丽塔真是善解人意，待人热情，而且身上的味道很好闻。"善解人意的好丽塔。"我说着将她拉到身旁，紧紧搂着她，然后将我的脸颊贴在她的头顶上。

我们就这样坐了一会儿，然后丽塔站起身，伸手把我拉了起来。"好了，"她说，"还是让你上床睡觉吧。"

我们的确睡到了床上。我躺在床上，盖上毯子。她也上了床，躺在我身旁。她真是太好了，身上气味怡人，身子暖洋洋的，摸起来很舒服——

怎么说呢，啤酒真是个好东西，不是吗？

我醒来后头痛得厉害，既痛恨自己，又感到一阵迷惘。贴着我脸颊的是一床玫瑰色的毯子，可我的毯子——我每天在自己的小床上醒来后看到的毯子——不是玫瑰色的，而且没有这种气味。这席梦思也太大了一点儿，根本不是我那装有脚轮的小矮床，真的，就连这头痛也跟我平常的头痛不同。

"早上好，帅哥。"从我的脚那边传来了一个声音。我转过头，看到丽塔站在床脚那儿低头看着我，脸上还挂着幸福的微笑。

"嗯。"我哼了一声，声音像癞蛤蟆的叫声一样难听，头也痛得更加厉害。不过我头痛的样子肯定很滑稽，因为丽塔脸上的笑容更加灿烂了。

"果然不出我所料，"她说，"我给你拿几片阿司匹林来。"她弯下腰，揉了揉我的大腿，"嗯哼。"她转身走进了卫生间。

我坐起身。这可能是一个战略错误，因为起身后我的头痛又加剧了。我闭上眼睛，等待着阿司匹林的到来。

看样子我需要一点儿时间来适应这种正常人的生活。

说来也怪，我并没有花多少时间就适应了这种生活。我发现只要不超过两罐啤酒，我就能刚好放松到与沙发套打成一片。于是，每星期有几个晚上，每当忠心耿耿的多克斯警官出现在我的后视镜中，我就会在下班后去丽塔家，先跟科迪和阿斯特玩上一会儿，孩子们睡觉后再与丽塔一起坐一会儿。十点左右，我会向门口走去。丽塔似乎期待我临走前给她一个亲吻，于是我通常站在敞开的大门口亲吻她，好让多克斯看见我。我动用了从电影中学来的各种亲吻技巧，丽塔的反应自然是幸福无比。

我这个人确实很喜欢固定不变的生活。适应这种全新的生活后，几乎连我自己都开始假戏真做起来。这种生活对我来说索然无味，我只能将真正的我束之高阁。我可以听到黑夜行者发出了轻轻的鼾声，而且来自德克斯特王国最黑暗、最遥远角落的后座，这让我感到有些害怕，也让我第一次感到有些孤独。但我仍然坚持不懈，把去丽塔家当成一场小游戏，看看自己究竟能坚持到什么份儿上。我知道多克斯在监视我，希望他开始感到有点儿纳闷儿。我买鲜花，买糖果，买比萨饼。我亲吻丽塔的方式更加大胆新颖，而且总是选择在敞开的大门前，好让多克斯看得更加清楚。我知道这种表现很可笑，可这是我唯一的武器。

日复一日，多克斯始终不离我左右，而且每次露面总是出人意料，因而显得越发具有威胁性。我永远弄不清楚他会在什么时间出现在什么地方，所以总觉得他无时不在。如果我去食品杂货店，多克斯会等在摆放着西兰花的货架旁。如果我骑着自行车出了老刀匠路，我准能看到多克斯那辆褐紫色的福特金牛停在榕树下。虽然有时一整天都见不到多克斯的人影，但我仍然能感觉到他就在那里，躲在下风处，等待着，害得我不敢奢望他已经偃旗息鼓；如果我看不到他，那么他不是隐藏得很好，就是等待着突然出现在我面前。

我被迫全天候地变成白天那循规蹈矩的德克斯特，就像被束缚在某部影片中的一位演员，尽管知道真实的世界就在银幕外，却觉得那世界像月亮一样遥不可及。雷克尔就像月亮一样吸引着我，一想到他穿着那双荒唐的红靴子，踢里趿拉拖落地过着他那悠闲的生活，我简直无法再容忍下去。

我当然知道，即使是多克斯也不会永远这样坚持下去。他从迈阿密百姓那里领取的丰厚薪水不是白拿的，因此他得经常去忙他的活儿。但是多克斯知道我内心深处的浪涛正在不停地撞击着我，他知道只要他继续施加压力，时间一长，我那些掩饰的手段就会出错，必然会出错，因为来自后座上那个冷静的耳语正变得越来越不耐烦。

我们就这样在刀锋上保持着平衡，只可惜这不是真正的刀锋。我迟早会变成真实的我，可在那一天到来之前我还是会常常去看丽塔。虽说她无法与我的黑夜行者相提并论，但我也的确需要这样一个秘密身份。

　　于是，我坐在沙发上，手中拿着一罐啤酒，看着电视上播放的《幸存者》①，盘算着这场游戏是否还有从来没有付诸实践的其他玩法。你只需简单地将德克斯特当成被社会抛弃的人，对这个称呼的理解就会更透彻一点儿。

　　那么世上的一切压根儿就不是这样凄凉、暗无天日、令人苦恼。我每周可以玩几次踢罐子的游戏，当然是跟科迪和阿斯特玩，外加邻居家那些无法无天的孩子，这就将我们带回到了开始：折了桅杆的德克斯特，无法航行在自己正常的生活中，只能抛锚停泊下来，听着一群孩子乱哄哄的喊叫声，踢着一只空空的意大利饺子罐。到了晚上，如果天下雨，我们就待在屋里，坐在餐桌旁，看着丽塔忙忙碌碌地洗衣服、刷盘子，不然就是将她小小蜗居的家庭幸福推到极限。

　　两个孩子年纪这么小，而且心灵受过伤害，和他们待在家里能玩什么游戏呢？大多数棋类游戏对他们来说要么索然无味，要么深奥难懂，纸牌游戏大多又需要保持轻松愉快、反应迟钝的能力，而这恰恰是我无论如何也装不出来的。我们最后全都喜欢上了"绞架"猜字游戏②，这种游戏益智、有创造性而且有一点儿刺激，大家都玩得很开心，就连丽塔也不例外。

　　如果在我被多克斯特跟踪前你问我，玩"绞架"猜字游戏外加美乐牌③淡啤酒是否会合我意，我准会说乌龙茶更对德克斯特的胃口。可是随着日子一天天过去，我越来越深地陷入了这种伪装生活中。我不禁反问自己：我是否过于喜欢这种郊区家庭主男的生活了？

　　不过，看到科迪和阿斯特对"绞架"猜字游戏这种无害的消遣方式显露出血腥激情时，我仍然感到有些欣慰。他们对那些用线条画出的被吊死的人物表现出了极大的热情，我不免觉得我们恐怕属于同一类人。每当他们兴致勃勃地谋杀掉那些不知姓名的被处以绞刑的人时，我便感到我们之间有一种亲缘关系。

---

① 《幸存者》（Survivor）是一个在许多国家进行的电视真人秀节目。这个节目由美国哥伦比亚广播公司（CBS）操办，十几个来自美国的参与者被送到世界各地荒凉的岛屿、野外，依靠极其基本的工具维持生存，必须自己寻找食物，并参与各种测量智商、体力的竞技竞赛，胜出者将赢得一百万美元的奖金。

② 一种猜字游戏，每猜错一次，绞架图就多画一笔，绞架成则游戏失败。

③ 美国第二大啤酒品牌。

阿斯特很快就学会了为那些猜错的字母画出绞架和绞索。她的嘴巴也异常热闹。"七个字母。"她说，然后牙齿咬住上嘴唇，又加上一句："等等，六个字母。"当我和科迪没有猜中时，她便会猛地扑过去，大声喊叫起来："一只胳膊！哈哈！"科迪会面无表情地瞪着她，然后低头看着信手画出的吊在绞索上的人像。如果轮到他坐庄而我们没有猜对，他会轻声说"腿"，然后抬起头来望着我们，脸上带着一种奇特的表情。如果换了善于表达情感的人，那一定可以被称作得意扬扬。每当绞架下那些横线的上方终于被猜出的字母填满时，他们俩便会心满意足地看着悬挂在绞架上的小人像，科迪有一两次甚至还说"死了"，阿斯特则兴奋地蹦蹦跳跳："再来一次，德克斯特！轮到我了！"

所有这一切闲适恬静。丽塔、两个孩子外加我这个恶魔刚好构成了完美的四口小家。可无论我们用线条画处决了多少人，我仍然会情不自禁地为这样白白浪费时间而心急火燎，用不了多久我就会变成一个头发花白的老人，连举起切肉刀的力气都没有，只能苟且地打发掉这令我恐惧的日常生活，任由一位年迈的多克斯警官跟踪我，时刻被一种错失良机的感觉所折磨。

只要想不出办法来摆脱这种困境，我就会像科迪以及阿斯特用线条画出的那些小人，永远逃不出绞索的羁绊。真令人沮丧，我不好意思地承认，我差一点儿失去了希望。可只要我没有忘记一样非常重要的东西，我就永远不会失去希望。

这样东西就是：这里是迈阿密。

Chapter
多克斯的档案 *13*

当然，这种局面不会永远持续。我早该知道这种不正常的状况肯定会出现转机，然后一切恢复正常。毕竟在我生活的这座城市里，重伤罪就如同阳光，总是躲藏在下一片云朵背后。在我第一次不安地遭遇多克斯警官后的第三周，阳光终于穿透了云朵。

说实在的，这纯粹是运气。我当时正与我妹妹德博拉在一起吃午饭，对不起，我应该说是德博拉警官。德博拉和她父亲哈里一样，也是个警察。由于最近成功地破了几个案子，她得到了提升，脱掉了为完成任务不得不穿在身上的妓女装束，远离了街头，戴上了一副警官的警衔。

这本该让她感到高兴。说到底，这毕竟是她梦寐以求的，她可以就此永远告别假扮妓女的卧底生涯。我是个没心没肺的恶魔，所以我比较讲究逻辑，我一直觉得她的新任命会让"时刻面带怒容的警花"这个外号销声匿迹，可是天哪，就连被调入凶案组也没能让笑容回到她的脸上。

我们坐着配发给她的新公务车一起去吃午饭，这是她提升后的另一项特权。真的应该给她的生活带来一丝阳光，可是看样子根本没有。我不知道是否该为她担心。闪电餐馆是我们最爱光顾的古巴餐馆，我坐到小隔间的座位上时，视线一直没有离开她。她用无线对讲机通报了自己的位置和情况，然后皱着眉头坐到了我的对面。

我们开始点菜。我说："怎么样，石斑鱼警官？"

"你觉得这好笑吗，德克斯特？"

"是啊，"我说，"很好笑，也有一点儿伤心，就像生活本身，尤其是你的生活，德博拉。"

"见你的鬼去，"她说，"我的生活很好。"为了证明这一点，她点了一份迈阿密地区最好的夹肉面包三明治和一杯麻梅。

既然我的生活一点儿也不比她的生活逊色，我也不甘示弱地要了同样的东西。由于我们总是喜欢光顾这里，那位上了年纪、胡子拉碴的服务员对我们一点儿也不客气。他夺过我们的菜单，脸上的表情完全可以成为德博拉模仿的榜样，然后像怪兽哥斯拉①去东京那样咚咚咚地进了厨房。

"大家都这么开心快乐。"我说。

"德克斯特，这可不是《罗杰斯先生的邻居》。这里是迈阿密。只有坏家伙才会开心。"她用警察特有的眼神望着我，脸上却毫无表情，"你怎么没有开怀大笑，没有唱歌呢？"

"不够意思，德博拉。真不够意思。我这几个月表现良好。"

她喝了口水："所以你才会变得疯狂。"

"恐怕还远不只疯狂，"我耸了耸肩，"我觉得自己快成正常人了。"

"你别想骗过我。"她说。

"虽说有些遗憾，却是实情。我已经成了整天坐在沙发上的废人。"我迟疑了一下，然后脱口而出。说到底，一个人要是连对自己的家人都无法诉说心中的烦恼，那他还能告诉谁呢？"是多克斯警官。"

她点点头："看样子他是真的迷上你了。你最好离他远一点儿。"

"我倒是想离他远一点儿。"我说，"可他不愿意远离我。"

她的目光变得更加严厉："你打算怎么办？"

我张开嘴，想矢口否认心中所想的一切，幸运的是，我还没有来得及对她编瞎话，她的无线对讲机就打断了我们。她将头侧向一边，一把抓起对讲机，说她马上就到。"快点儿。"她厉声说道，向门口走去。我顺从地跟在她身后，只是

---

① 日本东宝株式会社制作的怪兽电影系列中的形象。

稍微停了一下，往桌上扔了点儿钱。

我走出闪电餐馆时，德博拉早已倒了车。我加快脚步，向车门冲去。刚上车，她就将车驶出了停车场。"我说，德博拉，"我说，"我差一点儿连鞋都丢了。什么事情这么重要？"

德博拉皱着眉头，加速穿过了车流中的一个小空当儿，这种胆量只有在迈阿密开车的人才会有。"我不知道。"她边说边打开了警笛。

我眨了眨眼，提高了嗓门儿："调度没有告诉你？"

"你有没有听到过调度说话时语无伦次，德克斯特？"

"从来没有。这一位语无伦次了？"

德博拉绕过一辆校车，一路狂飙着上了836号公路。"是啊，"她说，然后使劲儿转动方向盘，避开了一辆宝马，那车上坐着的年轻人一个个冲她竖起了中指，"我估计是杀人案。"

"你估计？"

"是啊。"她开始集中精力开车，我也没有再打搅她。疯狂开车总会令我想起自己万一惨死时的样子，尤其是在迈阿密的道路上。至于调度——那位名叫南希·德鲁的警官说话语无伦次的事，我很快就会知道原因的，尤其是以眼下这种速度。我向来喜欢刺激的事。

几分钟后，德博拉成功将我们带到了奥兰治体育场附近，居然没有造成任何重大人员伤亡。我们下了高速公路，拐了几个弯后，停在了西北四大街一幢小屋前的路肩旁。街道两旁的房子外观差不多，都不大，紧挨在一起，用砖墙或铁丝网栅栏相隔。许多房子色彩鲜艳，院子也铺了地砖。

屋前已经停了两辆巡逻车，车上的警灯不停地闪烁着。两名便衣警察正在周围架起黄色的犯罪现场隔离带，我们下车时，我看到另一个警察坐在其中一辆警车的前排座位上，双手抱着头。第四个警察站在门廊上，旁边有一位上了年纪的老妇人，门廊前还有两级小台阶，她就坐在最上面的台阶上，不停地抽泣着，还时不时地干呕一下。附近什么地方有一只狗在不停地哀嚎，而且总是发出同一个音。

德博拉大步走到离她最近的警察跟前。这是位中年警察，体格魁梧，一头黑发，但脸上的表情显示他也恨不得坐在车上，双手抱着头。"什么案子？"德博拉向他亮了一下警徽，问他。

对方看都没有看我们一眼，只是摇摇头，脱口说道："我再也不进去了，即使拿不到养老金我也不进去了。"他转身就走，差一点儿撞到一辆巡逻车上，然后展开黄色隔离带，仿佛隔离带可以保护他免受屋里不知什么东西的伤害一样。

德博拉目瞪口呆地看着那个警察，然后转身看着我。坦率地说，我真不知该说什么好，我们就这样相互对望了片刻。风吹动着犯罪现场隔离带，发出呼呼的响声，那条狗仍然在叫个不停，一种真假声交替的怪异叫声，更增添了我对犬科动物的憎恨。德博拉摇摇头。"谁去让那该死的狗把嘴巴闭上！"她说。然后从黄色隔离带下钻过去，向屋里走去。我跟在她身后。我刚走了几步就意识到，狗的叫声越来越近，就在屋里，可能是被害人的宠物。主人死了之后，动物常常会有强烈反应。

我们在台阶前停住脚，德博拉望着站在门廊上的那位警察，辨认着他胸牌上的名字："科罗内尔，这位女士是目击证人吗？"

那个警察没有看我们。"是的，"他说，"梅迪纳太太，是她报的警。"老妇人身子往前一倾，干呕起来。

德博拉皱起了眉头。"那狗怎么啦？"她问他。

科罗内尔怪叫一声，又像大笑又像作呕，但他既没有说话，也没有看我们一眼。

我估计德博拉已经忍无可忍了，而且这也不能怪她。她厉声说道："这儿他妈的究竟出什么事了？"

科罗内尔转身望着我们，脸上没有任何表情。"你们自己去看吧。"他说着又转过身去。德博拉张嘴想说几句，但随即改变了主意，望着我耸了耸肩。

"我们不妨进去看一眼。"我说，暗自希望我的口气没有急不可待的意思。说实在的，我非常想看看究竟是什么东西让迈阿密的警察产生如此强烈的反应。多克斯警官可能会千方百计地阻挠我自己动手，但他无法阻挠我去欣赏别人的杰作。这毕竟也是我的工作，难道我们不能从工作中得到乐趣吗？

然而德博拉的表现一反常态，似乎很不愿意进去。她回头看了巡逻车一眼，里面的警察仍然一动不动地坐在那里，双手抱着头。然后她回头望着科罗内尔和那位老太太，再将目光移到小屋的大门上。她深吸一口气，使劲儿将气呼出："好吧，我们进去看看。"可她仍然没有挪窝，于是我从她身旁过去，推开了屋门。

小屋的客厅光线很暗，窗帘和百叶窗全都关得严严实实。屋里有一张安乐椅，像是从廉价商店买来的，椅套已经脏得让人说不清它原来的颜色。椅子前面有一张折叠小方桌，上面放着一台小电视机。除此之外，屋里空空荡荡的，没有任何家具。正对着大门有一条过道，那里露出一小片光线，狗叫声似乎就是从那里传出来的，于是我转向那里，朝屋子的后半部走去。

动物一般都不喜欢我，这足以证明动物比我们想象的要聪明。它们似乎能嗅出我是谁，不赞同我的所作所为，常常激烈地表达它们对我的看法。因此，我不是十分情愿靠近这只早已如此狂吠不已的狗。可我还是顺着过道慢慢向前走去，边走边柔声呼唤着："乖狗狗！"从它吠叫的声音来看，这绝对不是一只乖狗，更像一只得了狂犬病、脑子受过伤的斗牛犬。不过，即使是对付我们的狗朋友，我还是要竭力装出一副和颜悦色的神情。我挤出和蔼、热爱动物的表情，走向弹簧门，那后面显然是厨房。

我的手刚碰到弹簧门，就听到黑夜行者不安地轻轻动了一下，我站住了。怎么啦？我问，但没有听到回答。我闭上眼睛，脑子里仍然一片空白，眼帘后面并没有闪现出任何暗示。我耸耸肩，推开门，走进了厨房。

厨房的上半截被粉刷成了一种腻人的淡黄色，地面铺着老式的蓝色条纹白瓷砖。厨房一角有一个小冰箱，柜台式长桌上有一个电热锅，一只蒲葵甲虫匆匆爬过，躲到了冰箱后面。厨房唯一的窗户上钉了一大块三夹板，天花板上挂着一个昏暗的灯泡。

灯泡下有一个笨重的老式大桌子，桌腿粗壮结实，白瓷桌面。墙上挂着一面大镜子，角度很特别，刚好照出桌子上摆放着的东西，而它此刻照出的正是躺在桌子中央的一个……

怎么说呢？我估计它最开始时可以算个人，很可能是个西班牙裔美国男人。但现在这种状况很难说它是什么，因为我承认它的样子连我也有点儿吃惊。可是我虽然感到吃惊，却不得不佩服这活儿干得干净彻底，准会让外科大夫叹为观止，只是很可能没有哪位外科大夫会向医疗保健组织声称自己有这种能力。

比方说，我就绝对想不到那样切掉嘴唇和眼帘。虽然我以自己的活儿干得漂亮为荣，但我绝对无法在不伤及眼睛的情况下切除眼帘。那双眼睛现在正疯狂地转来转去，无法闭上，甚至都无法眨一下，只能死死地盯着那面镜子。我估计眼帘是最后切除掉的，是在鼻子和耳朵如此干净利落地解决掉后才切除的。我无法确定，如果换了我，会在双臂、双腿、生殖器等被切除掉之前还是之后再切除这些。真是让人难以取舍，但从目前的情形来看，这一切干得恰到好处，甚至可以说完美无缺，干这活儿的人精于此道。我们常常将干净漂亮的杀人手段称作"外科手术般的"，而这是真正的外科手术，就连嘴唇和舌头被切割掉的嘴巴也没有出现流血的情况，还有牙齿。我不得不钦佩这让人叹为观止的手法。每个创口的缝合都很专业，曾经长着胳膊的肩膀处裹着整洁的白色绷带，其他伤口已经愈合，而且愈合的情况只有在一流的医院里才有望见到。

他身上的每样东西都已被切除，绝对是每样东西，如今只剩下一个光秃秃的、毫无特征的脑袋，连在一个没有任何多余部件的躯体上。我无法想象如何能在保住这玩意儿生命的情况下做到这一点，更无法想象什么人出于什么目的会这样做。我相信桌上这玩意儿此刻一定会同意，死有时候并不是件坏事。

耐心仔细地完成这一切，却仍然让它活着，面对着镜子。我可以感觉到内心深处涌起了一阵黑暗的惊叹，仿佛黑夜行者第一次感到自己有点儿微不足道。

桌上那玩意儿似乎并没有看到我，只是继续不停地发出那种疯狂的狗叫声，一遍遍地重复着同一个可怕的声音。

我听到德博拉拖着脚步停在我的身后："哦，天哪！啊，上帝，那是什么？"

"我不知道，"我说，"但肯定不是狗。"

身后的空气悄无声息地急速流动，我看到多克斯警官刚刚赶到，出现在了德博拉的身后。他扫视了一眼屋子四周，目光落到了桌子上。我承认我很好奇，想看看他对这种到了极限的东西会有什么反应，而我的等待回报颇丰。当多克斯看到厨房中央所展示的那玩意儿时，他的眼睛死死地盯着它，身子一动不动，那样子完全像座雕塑。他过了一会儿才朝它走去，脚步很慢，仿佛被线拉着的木偶。他旁若无人地从我们身旁走过，在桌子旁停住了。

他盯着那玩意儿足足看了几秒钟，眼睛都没有眨一下就伸手从运动上衣口袋里掏出了手枪。他的脸上毫无表情，他望着桌上那仍然不停喊叫的玩意儿，慢慢瞄准了那双无法眨巴的眼睛之间的眉心，打开了手枪的保险。

"多克斯，"德博拉的声音发干，她清了一下嗓子，又喊了一声，"多克斯！"

多克斯既没有回答也没有将目光移向别处，但他没有扣动扳机。真是太遗憾了，否则我们该如何处理这玩意儿？反正他无法告诉我们这一切是谁干的，而且我觉得他作为一个社会有用分子的日子已经结束了。为什么不让多克斯结束他的痛苦呢？但如果是那样，我和德博拉就会极不情愿地被迫报告多克斯的举动，他就会被开除，甚至被捕入狱，而我的问题就能得到解决。这似乎是个再好不过的解决办法，但德博拉绝对不会同意。她有时候非常正儿八经。

"把枪收起来，多克斯。"她说。虽然他身体的其他部分仍然一动不动，但他还是转过头来看着她。

"这是唯一的办法，"他说，"相信我。"

德博拉摇摇头："你知道你不能这样做。"他们俩凝视着对方，然后他将目光转到了我身上。我恨不得瞪着他，大声说："管它呢，开枪呀！"但我控制住了自己，多克斯将枪口转向空中。他回头看了一眼那玩意儿，摇摇头，收起了枪。"妈的，"他说，"不该拦我的。"说完，他转身快步走了出去。

没过几分钟，屋里就挤满了人，一个个在干活儿时都竭力不去看那玩意儿。低矮壮实、留着短发的实验室技师卡米拉·菲格似乎通常在脸红或瞪眼等表情方面很有限，这会儿边掸小刷子寻找指纹，边默默流泪。安杰尔·巴蒂斯塔脸色煞白，紧咬牙关，但他坚持留在了屋里。文斯·增冈平常总是装出一副超人的神情，此刻浑身颤抖走了出去，坐到了门廊上。

我开始琢磨我是否也要装出一副被吓呆的神情，免得太显眼。这玩意儿刚刚激发起我内心深处对某个人物的兴趣。我自己总是千方百计避免引起人们的怀疑，这儿却有人干着相反的事。显然这恶魔不知出于什么原因在炫耀自己，或许只是出于争强好胜的天性。虽然我想了解更多信息，但他这种明目张胆的举动还是让我有些恼怒。无论是谁干的，我肯定没有遇到过他。我是否应该将这位不知姓名的家伙列进我的名单中？还是应该假装吓得昏过去，坐到外面的门廊上去？

正当我感到左右为难时，多克斯警官又从我身旁走了过去，甚至停下脚步瞪了我一眼。我开始装出一副与这环境相称的不安表情，结果只是扬起了眉头。两个急救医生匆匆赶了过来，一副重任在身的神情，可刚一看到受害者就惊呆了，其中一人立刻跑了出去。另一位是个黑人姑娘，她转身望着我说："我们他妈的该怎么办？"说完她哭了起来。

最后还是德博拉出面将大家组织了起来。她说服了那两位急救人员，让他们给受害者注射镇静剂后再将它弄走。这样一来，实验室的那些技师可以进屋干活儿，他们这么容易呕吐倒是出乎我的意料。镇静剂渐渐起了作用，小屋慢慢安静了下来，这种宁静几乎令人心醉神迷。急救人员将那玩意儿包起来，放到担架车上（居然没有让它掉到地上），推着它进入了暮色中。

　　就在救护车驶离路缘那一刻，新闻采访车开始接二连三地到来。这多少有些令人遗憾，我很想看看几位记者的反应，尤其是想看看里克·桑格的反应。他一直是迈阿密地区"流血事件就是头条新闻"的忠实追随者，除了在电视镜头前或者在他的头发凌乱不堪时，我还从来没有在生活中见他流露过任何痛苦或恐惧的情绪。可命中注定不让我看到这一幕。等到里克的摄像师准备拍摄时，除了被黄色隔离带围起来的小屋外，可拍的东西已所剩无几。现场几位警察也是守口如瓶，他们心情好的时候都没有什么可以透露给桑格，今天恐怕连自己的姓名都不会愿意告诉他。

　　其实我也没有什么事可做。我是坐德博拉的车过来的，所以没有带工具箱，再说这里看不到任何血迹。为了确保万无一失，我还是查看了这座小屋的其余部分。屋子不大，只有一个小卧室、一个面积更小的卫生间，再加一个壁橱。里面全是空的，只有卧室地板上有一张光秃秃的、破旧不堪的席梦思，看样子和客厅的椅子是从同一家廉价商店买来的，睡了几次后就变得像古巴大牛排一样软塌塌的，没有生气。没有任何别的家具，也没有任何日常用品，就连一把塑料小勺都没有。

　　唯一能显示这个人性格的东西是安杰尔在桌子下面发现的。我刚将屋子查看完，"哇哦！"他欢叫一声，用镊子从地上夹起一张小纸片。我走过去想看看那是什么，结果发现自己多此一举。那只是一小张白纸，顶上被撕掉了一个小方块。我越过安杰尔的头望去，果然在桌子侧面看到了被撕下来的那块纸片，被人用透明胶带粘在了桌子上。"那儿。"我说，安杰尔向那儿望去。"啊哈。"他说。

　　他将手中那张纸放在地上，仔细地查看着透明胶带——透明胶带最容易粘上指纹。我也蹲下来想看个究竟。纸片上写着几个字母，字迹细长。我再凑近一些，看到上面写着：忠诚。

　　"忠诚？"

　　"是啊，这不是很重要的美德吗？"

　　"我们去问问他。"我说。安杰尔听到后猛地打了个寒战，手中的镊子差一点儿掉在地上。

　　"我可不想再见到那玩意儿。"他说着取过一个塑料袋，将那张纸装了进去。这没什么好看的，而且周围也没有什么东西值得一看，于是我向门口走去。

给罪犯画像可不是我的专长，但由于我那神秘的爱好，只要是来自阴暗角落的犯罪，我常常能看出一些端倪来。可是这远远超出了我的想象，也超出了我所见过的任何恶行。没有任何蛛丝马迹可以告诉我们这个人的特点和他的动机，因而我既感到好奇又感到一丝恼怒。什么样的猎杀者会将自己的猎物留在这里，然后继续大摇大摆地招摇过市呢？

我走到门外，站在门廊上。多克斯和马修斯局长凑在一起说着什么，马修斯的脸上挂着焦虑的神情。德博拉站在那位老太太身旁，低声和她说着话。我可以感觉到一丝凉风刮了过来，是午后雷雨到来前常见的那种凉风。就在我抬头望天时，豆大的雨滴噼噼啦啦地落在了人行道上。桑格一直站在隔离带旁，不停地挥舞着手中的话筒，想引起马修斯局长的注意，此刻也抬头望了一眼天空，听到隆隆的雷声后，将话筒扔给制片，躲进了新闻采访车里。

我的肚子也开始咕咕作响，我突然意识到刚才匆匆离开餐馆时我连午饭都没有吃上。这绝对不行，我需要保持精力。可我得坐德博拉的车回去，而且我有一种预感，她这会儿绝对不会答应去吃东西。我又看了她一眼，她正搂着那位老太太。那位梅迪纳太太显然已经呕吐完了，这会儿正一心一意地抽泣着。

我叹了口气，冒雨向车走去。我真的不在乎被雨淋湿。看样子我得等很久，足以让湿透的衣服重新变干。

我确实等了很久，两个多小时。我坐在车里，听着收音机，竭力想象着一口一口地吃着夹肉面包三明治是什么滋味：面包的外皮被烤得松脆，咬在嘴里会发出嘎嘣嘎嘣的响声，咽进肚子里时会轻轻划过你的软腭；然后便是芥末，紧跟着是令人陶醉的奶酪，还有肉的咸味；再咬一口，一块酸黄瓜。将这些细细嚼碎，让各种滋味混合在一起。咽进肚子里，再喝一大口"铁牌啤酒"（其实是一种汽水）。叹口气。那真是幸福。除了与黑夜行者一起玩耍，没有什么比吃东西更让我开心的了。我居然没有长胖，真是遗传学的一个奇迹。

当我想象着自己吃到第三块三明治时，德博拉终于回到了车上。她坐到驾驶座上，关上车门，只是坐在那里，眼睛死死地盯着被雨滴拍打着的风挡玻璃。尽管我知道现在说这话有些不理智，但我还是忍不住说："德博拉，你好像累坏了，去吃点儿东西好吗？"

她摇摇头，没有说话。

"来块三明治或者来份水果沙拉，让你的血糖恢复正常，好吗？你的感觉会好得多。"

她转过头来望着我，但她那眼神表明短时间内我别想吃上午餐。"这就是我当警察的原因。"她说。

"水果沙拉？"

"里面那玩意儿。"她说，然后重新将目光转回到风挡坡璃上，"我　定要抓住那家伙，不管他是谁。居然会对一个人干出这种事来。我太想破这个案子了，几乎可以尝到它的滋味。"

"那滋味像三明治吗？因为——"

她用掌心使劲儿拍了一下方向盘，然后又拍了一下。"妈的！"她说，"他妈的！"

我叹了口气。显然饿了这么久的德克斯特是吃不上那松脆的面包了。

第二天早晨，我刚在办公室的小隔间里坐下来，电话就响了，是德博拉的声音："马修斯局长召集昨天所有在场的人开会。"

"早上好，老妹。好的，谢谢，你怎么样？"

"马上！"她挂了电话。

在警察的世界里，无论公事还是私事，一切都是老套路。这也是我喜欢干这一行的原因之一。我总能知道下一步会发生什么，所以我不必牢记太多人类的反应然后在恰当的时候竭力模仿，所以猝不及防、反应不当因而引起人们怀疑的可能性要小得多。

就我所知，马修斯局长还从来没有召集"所有在场的人"开过会。即便某个案子引起公众极大的关注，他的策略也是由他出面应付媒体以及警界那些级别比他高的人物，同时让负责调查的警官继续破案。我实在想不出他现在出于什么原因居然要打破自己的惯例，就算是遇到这样一个非同寻常的案子也大可不必呀。尤其是这么迅速——他甚至都没有来得及同意召开一个新闻发布会。

可就我的理解而言，"马上"仍然意味着这一刻，于是我沿着过道一路小跑，来到了局长办公室。局长的秘书格温可谓世界上办事效率最高的女人，此刻正坐在办公桌后面。她也是世界上相貌最为平常、为人最为严肃正经的女人，我忍不住逗她一下。"格温仙子！美丽可爱的化身！和我一起私奔吧，去我的血迹分析实验室！"我进门时大声说道。

她冲着远处的一扇门点头示意。"都在会议室里。"她说，脸上毫无表情。

"不愿意跟我去吗？"

她将头向右边移动了一英寸："那边那扇门，都等着呢。"

他们确实都等着。会议桌的首座上坐着马修斯局长，紧绷着脸，面前放着一杯咖啡。桌子四周坐着德博拉、多克斯、文斯·增冈、卡米拉·菲格，外加我们昨天赶到时正在小屋周围架设隔离带的那四位便衣警察。马修斯朝我点了点头，说："都到了吗？"

多克斯从我进门那一刻起就一直怒视着我，此刻转过头去说："还差那几位急救人员。"

马修斯摇摇头。"那不是我们的事，以后会有人问他们的。"他清了清嗓子，低下头，仿佛要看一眼面前并不存在的某个台本。"好吧，"他又清了清嗓子，"昨天发生在……嗯……西北四大街的事件，最高层已经下了禁止令。"他抬起头，"在座的各位严禁向外透露与这一事件和地点相关的任何可能听到、看到或推测的情况。无论在公众场合还是私下里都不允许发表任何看法。"他望着多克斯，后者点点头，他的目光缓缓扫过坐在会议桌四周的各位，"因此，嗯……"

马修斯局长停了下来，皱起了眉头，因为他意识到自己其实并没有"因此"后的下文可以告诉我们。不过，他能说会道倒也不是徒有虚名，而就在这时，门开了，我们全都将目光转向那里。

门口站着一个非常魁梧的男子，身上穿着非常漂亮的礼服。他没有戴领带，衬衣最上面的三个扣子没有系上。左手小指戴着一枚戒指，上面的钻石闪闪发亮。他的鬈发刻意处理过，给人一种凌乱的感觉。他四十出头，经历过一些风雨，右眉脊和下巴一侧各有一块伤疤，但这两块伤疤与其说破坏了他的相貌，还不如说使他更显英俊。他那双明亮的蓝眼睛望着我们，脸上挂着愉快的笑容。他在门口站了片刻，然后将目光转向办公桌一端："是马修斯局长吧？"

马修斯的块头也不小，而且也很结实魁梧，可与门口这位相比，他显得小了一号，甚至有些女人气。我相信他感觉到了这一点。不过，他还是咬紧牙关，说道："是我。"

门口的彪形大汉大步走到马修斯跟前，向他伸出手："很高兴见到你，局长先生。我叫凯尔·丘特斯基，我们通过电话。"他边和马修斯握手边环视会议桌周围的各位，目光在德博拉身上停留了片刻后才重新回到马修斯身上。可仅仅半秒钟后，他的头又转了回来，与多克斯对视了片刻。虽然他和多克斯没有交谈，没有握手，没有交换名片，但我确信他们相互认识。多克斯没有任何反应，只是低头看着眼前的会议桌，而丘特斯基也重新将目光转回到马修斯身上："马修斯局长，你们这儿真是人才济济啊。我听到的都是关于你手下的赞誉之词。"

"谢谢你……丘特斯基先生。"马修斯生硬地说，"请坐吧。"

丘特斯基冲他灿烂地一笑："谢谢！"他一屁股坐到了德博拉旁边的椅子上。她没有回头看他，但会议桌对面的我却注意到一片红晕顺着她的脖子慢慢向上爬，一直到了她紧绷着的脸蛋上。

就在这一刻，我听到德克斯特脑海深处有个细小的声音清了清嗓子，说："对不起，请等一下，这究竟是怎么回事？"也许有人偷偷往我的咖啡里加了点儿迷幻药，因为整整这一天的感觉就像德克斯特在幻境中。我们为什么坐在这里？让马修斯局长感到不安的那个大家伙是谁？他怎么会认识多克斯？为什么德博拉的脸上会出现与她如此不相称的红晕？

我看着文斯·增冈。在实验室所有的工作人员中，可能只有他一个人与我比较亲近，这不仅仅因为我们轮流买炸面包圈，而且因为他在生活中似乎也一直扮演着不同的角色，仿佛他看过太多录像，学会了如何冲人微笑，如何与人交谈。不过他伪装的本领不如我，所以也从来没有像我那么能蒙人，但我还是感觉到他与我有一份亲近感。

他这会儿显得心神不宁，胆小怕事，好像怎么使劲儿咽口水都咽不下去一样。从他这儿是得不到任何线索了。

卡米拉·菲格正襟危坐，眼睛死死盯着对面的墙壁。她脸色苍白，但两边脸颊上各有一小块很圆的红斑。

德博拉如我刚才所说，靠坐在椅子上，似乎正忙着将她的脸蛋变成绯红色。

丘特斯基将自己厚实的手掌在会议桌上一拍，脸上挂着灿烂的笑容，看了大家一眼后说道："我要感谢诸位在这件事情上的通力合作。在我的人破了这个案子之前，大家必须守口如瓶，这一点非常重要。"

　　马修斯局长清了清嗓子："嗯，我……我想你大概希望我们继续正常调查，继续讯问证人吧？"

　　丘特斯基缓缓地摇摇头："绝对不行。我要你们立刻全部退出这个案子，让整个事件平息下来，让它被人遗忘，彻底消失。局长先生，就你们警察局而言，我希望这件事从来没有发生过。"

　　"你在接管这个案子吗？"德博拉毫不客气地责问道。

　　丘特斯基将目光转向她，脸上的笑容变得更加灿烂。"对。"他说。他本来还会冲着她继续笑下去，但科罗内尔警官，也就是和那位一直哭泣、一直作呕的老太太一起坐在门廊上的警察打断了他的话："好啊，不过先等一下。"他说话的口气含有敌意，结果更突显出了不易被人察觉的口音。丘特斯基转过头去看着他，脸上仍然挂着笑容。科罗内尔显得有些激动，但毫不示弱地正视着丘特斯基严厉的目光："你是想阻止我们干好分内的工作？"

　　丘特斯基说："在这个案子中，你们的分内工作就是保护案情，为我服务。"

　　"胡说八道。"科罗内尔说。

　　"管它什么八道九道，"丘特斯基对他说，"反正你得照办。"

　　"你算什么东西，居然对我发号施令？"

　　马修斯局长用手指轻轻敲了敲会议桌："够了，科罗内尔。丘特斯基先生是从华盛顿来的，我已经接到了命令，为他提供一切帮助。"

　　科罗内尔摇摇头："他可别是那该死的联邦调查局派来的。"

　　丘特斯基只是笑了笑。马修斯深吸一口气，刚要说话，但多克斯将头向科罗内尔那边凑了凑，说："你闭嘴。"科罗内尔望着他，火气立刻消了一些。"别掺和到这鬼事情中来，"多克斯接着说，"让他的人去处理吧。"

　　"这样做不对。"科罗内尔说。

　　"你别管了。"多克斯说。

　　科罗内尔张开嘴，但多克斯扬起了眉头，科罗内尔看到多克斯眉毛下的那张脸，打消了原来的念头。

　　马修斯局长又清了一下喉咙，打算夺回自己的权力："还有问题吗？那么好吧，丘特斯基先生，如果还有什么需要我们帮忙的话……"

　　"说实在的，局长先生，如果能从你们这里借调一位警探，我将不胜感激。我需要一个人帮我熟悉情况，而且这个人办事必须一丝不苟。"

除了丘特斯基外，所有人都转过头去看着多克斯。丘特斯基转过头对德博拉说："你觉得怎么样？"

我得承认，马修斯局长的会议以这种方式结束的确出乎我的意料，但我现在至少知道为什么大家会表现得像被扔进狮笼里的实验室老鼠。谁也不喜欢联邦调查局的人来插手一个案子，因而大家最开心的事莫过于在他们接过某个案子后尽量给他们添乱。可是，丘特斯基显然不是泛泛之辈，我们恐怕连这一点小小的快乐都得不到。

德博拉突然面红耳赤，这里面一定暗藏玄机，可那不是我的问题。我的问题突然变得简单清晰了一点儿。来自华盛顿的这次视察显然是由德克斯特的劲敌多克斯招来的。我以前曾听到过一些谣言，说他在部队服役时干过一些不靠谱的事，现在我终于开始相信这些谣言了。当他看到桌上那玩意儿时，他的反应不是震惊、愤怒、厌恶或义愤，而是似曾相识——非常有意思。他当场就告诉了马修斯局长那是什么东西以及应该将案情报告给谁，而这位特殊人物立刻派来了丘特斯基。这样看来，当我认定丘特斯基和多克斯在会议上相互认出了对方时，我并没有猜错——无论多克斯对这一切知道多少，丘特斯基知道的绝对不会比他少，甚至可能知道得更多，这才是他被派来处理这件事的原因。只要多克斯知道这种事，我就一定能找到办法利用他的这种背景来对付他，然后解除掉德克斯特身上的枷锁——可怜的德克斯特已经被冷落了太久。

这一切环环相扣，是冷静的逻辑思考的结果。我欢迎我那威力无比的大脑回归，并在脑海里轻轻拍了拍自己的脑袋以示鼓励。好样儿的，德克斯特。

有些事是精力充沛的德克斯特所擅长的，而且可以光明正大地去做。其中之一便是用电脑查找信息。我掌握这门技巧是为了帮助我在对待麦格雷戈和雷克尔这样的新朋友时万无一失。除了避免杀错人这种倒霉的事情外，我还喜欢会一会与我有着相同爱好的人，在打发他们进入梦乡之前找到他们以往有失检点行为的证据。要想查找这种事，电脑和互联网的确是个神奇的工具。

只要多克斯隐瞒了什么事，我想我大概就能查找出来，至少能查找出一些蛛丝马迹，再稍微用力一拉扯，他那些见不得人的往事就会一一暴露。我了解他，相信那一定不是好事，一定像德克斯特所干的事那样。一旦我查找出那些事——

我兴冲冲地走出了局长办公室，顺着过道回到了法医实验室——我的小工作间里，立刻忙碌起来。

几小时后，我能查到的都查到了。多克斯警官档案中的信息少得可怜，但是能找到的那点儿信息让我倒吸了一口凉气：多克斯不仅有姓，而且有名字！他的名字叫艾伯特。有没有人真的叫过他艾伯特？难以想象。我一直以为他的名字叫萨金特[1]。他出生在佐治亚州的韦克罗斯。还有什么惊人发现？当然有，而且更好：在来警察局之前，多克斯警官一直是多克斯中士！他当兵时居然是在特种部队！想想看，多克斯戴着一顶漂亮的绿色贝雷帽，与约翰·韦恩[2]并肩行军。一想到这里，我就情不自禁地想放声高唱军歌。

他的档案里列着几项嘉奖和他获得的勋章，可里面没有提及他获得这些殊荣的英勇壮举。不过，了解这个人的过去仍然激发起了我的爱国热情。档案的其他部分几乎完全一笔带过，唯一引人注目的是十八个月的"特别任务"。多克斯在萨尔瓦多担任过军事顾问，回国后在五角大楼任职六个月，然后退伍来到了我们这座幸运的城市。迈阿密警察局当然很乐意录用一位军功显赫的退伍兵，立刻给了他一个不错的职位。

可是萨尔瓦多——虽然我对历史并不太着迷，但我仍然记得那简直像一部恐怖大片。当时布里克尔大街经常有抗议游行，我不记得其中的原因，但我可以查找出来。我重新打开电脑，上网查找，哦，天，我的确查找到了。多克斯在萨尔瓦多的时候，那里真是热闹非凡：严刑拷打、强奸、谋杀、辱骂。居然没有人想到请我去。

我查到了大量信息，都是各种人权组织贴在网上的。对于那里发生的事，这些组织发表的意见非常严肃，几乎到了尖锐的地步，可依我看他们的抗议没有任何结果。毕竟只是人权问题。这肯定让他们感到非常沮丧，连善待动物组织抗议的结果都比他们强得多。这些可怜虫进行了调查，将他们的调查结果公布了出来，详细描述了强奸、电刑、电击棒的使用过程，并且附上了照片、图表以及那些以折磨百姓为乐的恶魔的姓名。那些恶魔仍然隐居在法国南部，而世界其他地方的餐馆却仅仅因为鸡受到了虐待遭遇抵制。

我所查到的那些萨尔瓦多人的名字和历史详情对我没有多大意义，所涉及的

---

① 在英文中，"萨金特"与"警官"以及下文中的"中士"为同一词。

② 美国好莱坞电影演员，以擅长扮演"西部英雄"著称，代表作有《关山飞渡》《绿色贝雷帽》等。

那些组织也意义不大。整个事件显然发展成了一种奇特的混战，其中没有一个好人，只有几群坏家伙，夹在中间的是那些农民。美国暗中支持其中一方，尽管这一方同样巴不得将任何可疑的穷人捣成肉酱。引起我注意的正是萨尔瓦多的这一派。后来发生的某件事彻底改变了局面，形势变得对这一派非常有利。导致这一局面的是一种可怕的威胁，虽然没有具体说明，却让人谈虎色变，甚至让他们怀念屠宰牲畜时所用的电击棒。

不管那是什么，它恰好发生在多克斯中士在那里执行特别任务期间。

我仰靠在我那不太牢靠的摇椅后背上。嗯，这种巧合真是太有意思了。多克斯、没有公开的酷刑、美国的秘密介入——这一切几乎发生在同一时间。当然，没有任何证据能够证明这三者之间相互有联系，也没有任何理由去怀疑它们之间一定就有联系。同样，我坚信这三者肯定是一丘之貉，因为二十多年后，它们全都来到了迈阿密，准备搞一次聚会：多克斯、丘特斯基，以及弄出桌上那玩意儿的天知道什么人。钥匙和锁似乎终于对上了。

我已经发现了其中的联系，要是能想出一个办法来运用它——

等着瞧吧，艾伯特。

当然，掌握可用情报是一回事，知道它的含义以及知道如何运用它又是一回事。其实我只知道多克斯在萨尔瓦多时，那里恰好发生了一些可怕的事。他可能没有亲自参与，但不管怎么说，他们得到了政府的许可，当然是暗中——这不免让人琢磨大家都是怎么知道的。

另外一方面，仍然有人不愿意将这件事公之于众，这个人目前派来的代表就是丘特斯基，而陪同丘特斯基的正是我那亲爱的妹妹德博拉。只要能得到她的帮助，我或许能从丘特斯基那里了解到一些详情。下一步行动完全可以到时候再定，但我至少可以开始行动了。

这听上去很简单，而且也的确很简单。我立刻给德博拉打电话，但听到的只是留言电话。我又拨通了她的手机，结果仍然一样。整整一天，我得到的都是德博拉"不在办公室，请留言"。我晚上又给她家打了电话，结果相同。我挂上电话，向窗外望去，多克斯警官的车仍然停在街对面的老地方。

支离破碎的云朵后露出了半个月亮，在低声呼唤着我，但它是在白费口舌。无论我多么想悄悄溜出去，与雷克尔来一次亲密接触，我都无法做到；只要那辆该死的褐紫色福特金牛像打了折扣的良知一样停在那里，我就无法做到。

我在家中四处乱转了一圈，又给德博拉打了两次电话，但两次她都不在家。我将目光重新转向窗外，月亮已经稍稍换了个位置，但多克斯动也没动。

那么好吧，还是回到第二套方案上来吧。

半小时后，我坐在了丽塔家的沙发上，手里握着一罐啤酒。多克斯尾随而来，我估计他就等在街对面的车上。我希望他像我一样欣赏这夜景，不用开口说太多的话。难道做人就是这样？难道人们真的这样凄惨、这样没有头脑，天天期盼的就是这个——摆脱掉为薪水所奴役的单调枯燥的工作后，将星期五晚上宝贵的时间浪费在手握一罐啤酒、坐在电视机前？这真是乏味到了令人颓废的地步，而令我惊恐的是，我发现自己正开始习惯这种生活。

该死的多克斯。你正逼我变成一个正常人。

"嘿，先生。"丽塔一屁股坐到我身旁，顺势盘起双腿，"怎么不说话？"

"大概是最近工作太累，"我说，"享受生活太少。"

她沉默了片刻，然后说道："肯定是因为放走了那家伙，是吗？就是那个杀了孩子的家伙？"

"部分原因吧，"我说，"我不喜欢做事半途而废。"

丽塔点点头，仿佛真的听懂了我的话："这真是……我是说，我看得出来你为此心神不定。也许你应该……我不知道，你通常怎么消遣？"

这句话倒是勾起了我的种种回忆，我真想把自己的消遣方式告诉她，但觉得还是不告诉她为妙。于是，我说："我喜欢驾船出海，钓鱼。"

我身后传来了一个细小的声音："我也喜欢。"多亏了我那严格训练过的钢铁意志，我才没有惊讶得跳起来，一头撞到天花板上的电扇上。我转过头，科迪那双大眼睛正一眨不眨地看着我。"你也喜欢？"我说，"你喜欢钓鱼？"

他点点头。

"那好，"我说，"我看就这么定了。明天早晨怎么样？"

"哦，"丽塔说，"他不是……你不必这样，德克斯特。"

科迪望着我。他自然什么也没说，但他也不必说什么。他的眼睛已经说明了一切。"丽塔，"我说，"男孩不能总跟女孩在一起。我和科迪明天早晨去钓鱼，一大早就出发。"

"为什么？"

"我不知道为什么，"我说，"但钓鱼需要早点儿出发，所以我们一早就动身。"科迪点了点头，望着他的母亲，然后转身走了出去。

"说真的，德克斯特，"丽塔说，"你不必这样。"

我当然知道我不必这样，可我为什么不呢？反正不会让我的身体遭罪。再说，出去散几个小时的心也是件好事。尤其是远离多克斯。不管怎么说，我真的不知道为什么，但孩子对我确实很重要。我当然不会一看到自行车上的辅助轮就立刻眼睛湿润，但总的来说我觉得孩子比他们的父母有意思得多。

第二天早晨，太阳刚升起，我和科迪就驾驶着我那十七英尺长的"捕鲸号"慢慢地驶出了我家附近的小运河。科迪穿了一件蓝黄相间的救生背心，一动不动地坐在冰桶上。他微微缩着身子，脑袋几乎完全埋在救生背心里，那样子很像一只色彩鲜艳的乌龟。

冰桶里有汽水，还有丽塔为我们准备的午餐，说是一点点，其实足够十多个人吃的。我带了冰冻虾做鱼饵，因为这是科迪第一次出海钓鱼，如果让他将锋利的鱼钩穿进仍然活着的鱼饵里，我不知道他会有什么反应。当然，我自己更喜欢活的鱼饵，越是活着的东西越好！可孩子会如何反应你永远无法预料。

出了小河，进入比斯坎湾，我驾着船直接向佛罗里达角驶去，寻找灯塔旁的那条水道。科迪一直默默地坐在那里，直到我们快靠近斯蒂尔茨维尔他才开口。这里的建筑非常奇特，建造在打进海湾中央的桩柱上。这时，他扯了一下我的衣袖。引擎的声音很响，风也很大，我只好弯下腰来听他说什么。

"房子。"他说。

"是的，"我大声说道，"有时候还有人住在里面。"

他望着那些房子渐渐远去，等它们完全消失在我们身后才重新坐回到冰桶上。他再次回过头去看那些房子，可它们已经越出了他的视线。然后，他就坐在那里，直到船驶近福伊岩，我放慢了速度。我将发动机关到最小，把船锚抛进水中，等到船锚固定后才关掉发动机。

"好了，科迪，"我说，"我们可以钓鱼了。"

他笑了，真是难得一见："好的。"

他目不转睛地望着我，看我教他如何把虾子叉到鱼钩上，然后他自己试着叉鱼饵，慢慢地、非常小心地将鱼钩扎进去，直到鱼钩尖重新露出来为止。他看着鱼钩，然后抬起头来望着我。我点点头，他又低头看着虾子，伸手去触摸鱼钩扎破虾壳的地方。

"好了，"我说，"现在把它丢进水里。"他抬头望着我。"鱼都在水里。"我说。科迪点点头，将渔竿尖伸到船外。他用的是一根不大的萨克牌渔竿，他按了一下渔线螺旋轮上的放线按钮，将鱼饵丢进了水中。我也唰地一下将鱼饵甩到了水中，然后我们一起坐下来，随着波浪慢慢摇晃着。

我看着科迪钓鱼的神情，是那么全神贯注。或许是因为这开阔的水域再加上一个小孩，我情不自禁地想到了雷克尔。就算我现在无法安全地对他进行调查，我仍然认定他有罪。他什么时候会知道麦格雷戈已经失踪？他会做何反应？他很可能会惊慌失措，试图逃跑。我想得越多就越想知道结果。不到万不得已，一个人不会舍弃已经得到的一切，去另一个地方从头开始。或许他只会小心谨慎一段时间。如果是这样，我可以暂时先将他放一放，在我那相当有限的社交活动安排表中添加一个新的内容——查找出制造"西北四大街号叫植物人"的家伙。这听上去虽然很像夏洛克·福尔摩斯探案故事的某个标题，却仍是迫在眉睫的任务。我得想办法摆脱掉多克斯，尽快——

"你会做我的老爸吗？"科迪突然问道。

我觉得喉咙里有什么东西卡在那里，个头与感恩节的火鸡差不多。等喘过气来后，我结结巴巴地说："你怎么问这样的问题？"

他的眼睛仍然盯着渔竿尖儿："妈妈说也许会的。"

"是吗？"我说。他点点头，但是没有抬头看我。

我脑子里一片混乱。丽塔都在想什么？我挖空心思想着如何将目前做掩护用的身份塞进多克斯的嘴里，根本没有去考虑丽塔都在想什么。我显然应该考虑一下她的想法。她真是这样想的？这简直无法想象。不过，虽然有些怪异，但只要是人可能就会理解。幸运的是我不是人，因而这个念头在我看来近乎荒诞。妈妈说也许会的？也许我会成为科迪的父亲？也就是说，嗯——

"呃……"我说。我压根儿不知道接下来该说什么，幸运的是，科迪的渔竿开始剧烈地晃动起来。"你钓到鱼了！"我说。在接下来的几分钟里，渔线呼呼地被拉了出去，他只能牢牢抓着渔竿不松手。鱼在水中凶猛地来回扑腾着，时而向右，时而向左，时而钻到船下，然后干脆直接向远处游去。但是，尽管它好几次离船已经很远，科迪还是慢慢地将它拉了回来。我教他如何将渔竿末梢保持在水面上，如何收拢渔线，如何将鱼慢慢拉到船旁，然后我抓住接钩绳，将它拉到船上。科迪望着它在甲板上扑腾，叉状的尾巴仍然疯狂地拍打着。

"是条金鲹，"我说，"这是野鱼。"我弯腰去将鱼钩取出来，可它不停地弯成弓形跃起，我根本抓不住。一道细细的鲜血从它的嘴里流了出来，淌到了洁白的甲板上，让人觉得有些不舒服。"恶心，"我说，"它大概把鱼钩吞进肚里了，我们得把鱼剖了，将钩取出来。"我从黑色塑料刀鞘中拔出片鱼刀，放在甲板上。"会有很多血。"我警告科迪。我不喜欢血，不想让我的船上有血，哪怕是鱼血也不行。我向前走了两步，打开柜子，取出一条搞卫生用的旧毛巾。

"哈。"我听到身后传来了轻轻的喊叫声，赶紧回头望去。

科迪已经拿起刀，扎进了鱼的身体，正望着那条鱼挣扎着离开刀口。然后，他再次小心地瞄准，深深地将刀扎进鱼鳃，一股鲜血猛地涌了出来，淌到了甲板上。

"科迪。"我说。

他抬头望着我，然后真是稀罕，他笑了。"我喜欢钓鱼，德克斯特。"他说。

Chapter
恐怖的丹科大夫 *14*

星期一上午，我仍然没有联系上德博拉。我不断给她打电话，虽然我对她的彩铃已经熟悉到了能够一起跟着哼唱的地步，德博拉那头却仍然没有反应。这让我越来越气恼。我现在已经找到了一个办法，可以摆脱多克斯套在我身上的枷锁，可除了打电话外，我仍然无计可施。

不过，我有的是毅力和耐心。我给她留了十多条短信，每一条都充满了快乐，充满了智慧，我终于接到了她的回电。

我坐在办公桌旁的椅子上，刚刚写完一份两人遇害的凶杀案报告。没有什么特别之处。一件凶器，可能是大砍刀，片刻疯狂的放纵。两位受害者最初都是在床上受到了袭击，显然是被逮个正着。男的举起一只胳膊，但迟了一步，没有能保住自己的脖子。女的一直跑到门口才被砍倒，从她上脊柱喷出的鲜血溅到了门框旁的墙壁上。例行公事，每天上班大多干的都是这种活儿，令人非常不快。两个人身上居然会有那么多血，如果有人决定让这么多血同时全部流出来，那实在是太可怕、太恶心的一幕，令我作呕。对这些鲜血进行归类和分析后，我的心情好了许多。我的工作有时能给我带来很大的满足感。

可这起凶杀案的现场一片狼藉。我在吊扇上都发现了血迹，很可能是在凶手不断挥舞砍刀的过程中从刀刃上飞溅出去的。由于当时电扇开着，它又将更多的血滴甩到了屋子的各个角落。

对于德克斯特来说，这一天很忙。我正在琢磨如何措辞，在报告中写明这属于我们所称的"情杀"时，我的电话突然响了。

"你好，德克斯特。"对方说，声音很轻松，甚至带着一些倦意，我起初都没有意识到那是德博拉。

"哦，"我说，"看样子关于你已经谢世的谣言是夸大其词啦。"

她放声大笑，而且笑声非常圆润，远不像她平常那种清脆的咯咯的笑声。"是啊，"她说，"我还活着，不过凯尔一直没让我闲着。"

"别忘了告诉他还有劳动法，老妹。警官也需要休息。"

"这我倒是不知道，"她说，"没有劳动法也不错啊。"她又笑了一声，声音低沉洪亮，听上去一点儿也不像德博拉。

"听上去根本不像是你，德博拉。"我说，"你究竟是怎么啦？"

这次她的笑声更长，但同样无比幸福。"和平常一样。"她说，然后又放声笑了起来，"好了，出什么事了？"

"哦，没出什么事，"我说，竭力装出一副若无其事的样子，"我唯一的妹妹招呼都没有打一声就连着几天几夜不见踪影，现在突然露面后又像是刚从《复制警官》①杀青归来。我自然想知道究竟出了什么事，仅此而已。"

"哦，"她说，"真让我感动，像是我终于有了一个货真价实的哥哥一样。"

"希望不仅仅是像。"

"一起吃午饭怎么样？"

"我早就饿坏了，"我说，"闪电餐馆吗？"

"不，"她说，"阿祖尔饭店怎么样？"

我觉得她所选的饭店和她今天早晨的表现一样让人百思不得其解，因为这根本解释不通。德博拉在吃饭方面属于蓝领阶层，而阿祖尔属于那种沙特王室来迈阿密时用餐的地方。她显然已经彻底变成了另外一个人。

"当然可以，阿祖尔饭店。我先把车卖了付账，然后在那里见你。"

"一点钟，"她说，"别担心钱的事，凯尔会埋单的。"

---

① 2004年美国派拉蒙影业公司出品了一部科幻喜剧电影《复制娇妻》，故事讲述了在一个叫斯戴佛的城市，丈夫们通过高科技秘密将自己的妻子变成了"完美"的机器人。此处德克斯特是在拿他妹妹寻开心。

凯尔埋单，是吗？而且是在阿祖尔饭店。

如果说南海滩那些灯红酒绿的廉价场所是迈阿密为那些梦想成为名流的人设计的地方，那么阿祖尔则属于那些觉得灯红酒绿庸俗的人。云集在南海滩上的那些小咖啡馆靠华丽俗气的装潢相互竞争，招徕顾客。相比之下，阿祖尔却非常低调，不由得让你怀疑这里的人是否看过一集《迈阿密风云》[①]。

饭店大门前有条铺着鹅卵石的环形小车道，停车场的服务生不容分说硬让我把车交给他去泊车，我只好照办。尽管我很喜欢自己的车，但我不得不承认，与那里排成一行的法拉利和劳斯莱斯相比，我的车相形见绌。

饭店本身光线较暗，很凉爽，安静得出奇，就连一张美国运通信用卡[②]掉在地上的声音都会听得清清楚楚。远处的墙壁上镶着彩色玻璃，上面还有一扇门，通向外面的露台。我看到了德博拉，坐在外面角落里的一张桌子旁，远眺着大海。她的对面坐着凯尔·丘特斯基，正好背对着饭店大门。他戴着一副价格不菲的墨镜，看样子真是想埋单。我刚走到桌旁，一位服务员突然出现，替我拉出了椅子。

"你好，兄弟。"我刚坐下，凯尔就向我打起了招呼。他从桌子对面向我伸过手来。我探过身，与他握了握手。"血迹分析这一行怎么样？"

"总有干不完的活儿，"我说，"从华盛顿来的神秘客人情况怎么样？"

"妙不可言。"他说。他仍然握着我的手不放，我低头看去，他的指关节很发达，仿佛长时间对着混凝土墙练习过拳击。他将左手搁在桌上，我看到了他小手指上戴着的戒指，女性味十足，很像订婚戒指。他终于松开我的手，微笑着将头转向德博拉。

德博拉冲我一笑："德克斯特在为我担心。"

"咳，"丘特斯基说，"不然要哥哥弟弟干什么？"

她瞟了我一眼，说："我有时候也想知道呢。"

"我说德博拉，你知道我只看到你的背影。"

凯尔笑了。"说得好，正面留给我看了。"他说。他们俩一起放声大笑。她伸手握住了他的手。

---

① 美国曾风靡一时的电视连续剧。

② 世界上最容易辨认的信用卡之一。

"世上所有荷尔蒙和幸福的事都让我感到肉麻。"我说，"告诉我，有没有人真的想抓住那个没有人性的东西，还是我们就这样闲坐着斗嘴皮子？"

凯尔转过头来看着我，扬起了眉毛："你怎么对这件事感兴趣，兄弟？"

"德克斯特对没有人性的恶魔情有独钟，"德博拉说，"就像是他的业余爱好一样。"

"业余爱好？"凯尔说，那副墨镜一直正对着我。

"他可以算半个犯罪推理专家。"德博拉说。

凯尔一动不动地坐了一会儿，我开始怀疑墨镜后的他是否闭上眼睛睡着了。"嗬，"他终于开口说道，身子往椅子背上一靠，"那么德克斯特，你怎么看这家伙？"

"目前只有一些基本情况，"我说，"这个人受过大量医学训练，也受过秘密活动训练，现在变成一个疯子回来了，需要发表个声明，而且与中美洲有关。他很可能还会下手，而且会选择时机达到最大效果，不仅仅是因为他觉得必须这样做。所以说，他不是一般意义上的连环——连环什么呢？"凯尔脸上那悠闲的笑容已经荡然无存，他双手握拳，在椅子上坐直了身子。

"你是什么意思，中美洲？"

我确信我们俩都知道我说中美洲时指的是什么，但我仍然觉得说出萨尔瓦多可能太过头了。我可不能失去我那随意的、"只是业余爱好"的幌子。"哦，"我说，"难道我说错了？"这么多年模仿人类表情的刻苦训练终于在这里有了成效，我换上了最天真、最好奇的表情。

凯尔显然无法确定我说的是对还是错。他咽了几下口水，松开了紧握的拳头。

"我应该警告你，"德博拉说，"他在这方面很有天赋。"

丘特斯基长舒一口气，摇摇头。"是啊，"他努力克制着自己，重新靠在椅背上，脸上又浮现出了笑容，"很好，兄弟。你是怎么得出这个结论的？"

"我不知道，"我谦虚地说，"这是明摆着的事。难就难在要猜出多克斯警官在其中牵涉得有多深。"

"我的上帝啊。"他说，重新握紧了拳头。德博拉看着我放声大笑。"我说过他很棒。"她说。

"我的上帝啊。"凯尔又说了一遍。他下意识地弯曲了一下食指尖，仿佛在扣动一个无形的扳机，然后将墨镜转向德博拉的方向。"你真没有说错。"他说着重新将目光转回来望着我。他死死地盯着我看了片刻，大概想看看我是否会夺门而逃或者开始说阿拉伯语。然后，他点点头："多克斯警官怎么啦？"

"你不会把多克斯牵涉到这个案子中来吧？"德博拉问我。

我说："在马修斯局长的会议室里，当凯尔第一次见到多克斯时，我觉得他们俩认出了对方。"

"我没有注意到这一点。"德博拉皱起了眉头。

"你当时忙着脸上泛红晕。"我说，她的脸又红了，我觉得这次的脸红有些多余，"而且，当时在案发现场只有多克斯一个人知道该向谁汇报。"

"多克斯的确知道一些情况，"丘特斯基承认，"那还是他以前当兵时的经历。"

"什么样的情况？"我问。丘特斯基久久地看着我，至少他的墨镜在看着我。他用戴在小指上的那枚愚蠢的戒指轻轻敲着桌子，阳光正从戒指中央那颗大钻石上反射开来。当他终于开口时，那感觉就像我们桌子周围的温度下降了十度。

"兄弟，"他说，"我不想给你带来麻烦，不过你得放弃这种爱好，别再管了。另外找个业余爱好吧，不然你会麻烦缠身，会被清除掉的。"我还没有来得及想出什么妙语来回答他，服务员就突然出现在了凯尔的身旁。丘特斯基那副墨镜久久地对着我，然后他将菜单递给服务员，说："这地方的法式杂鱼汤很不错。"

在这个星期接下来的几天里，德博拉消失得无影无踪。这对我的自尊多少是个打击，因为无论我多么不愿意承认，如果没有她的帮助，我一点儿办法都没有。我想不出任何别的办法来摆脱掉多克斯。

我可以感觉到黑夜行者在翻滚、在哭诉、在挣扎着要爬出来掌握方向盘，可多克斯的身影就在风挡玻璃外，迫使我强行克制自己，只能伸手再取一罐啤酒。我和黑夜行者可以再等一等。哈里教会了我克制，而克制一定能帮我渡过难关，直到更美好的时刻到来。

"要耐心，"哈里说，他停下来，用面巾纸捂着嘴咳了一下，"德克斯特，耐心比聪明更重要。你已经很聪明了。"

"谢谢。"我说。其实我这样说是出于礼貌，因为坐在哈里的病房里我感到一点儿也不舒服。药味、消毒水味和尿臊味混杂在一起，再加上空气中弥漫着竭力忍着的疼痛和死亡的气氛，我真希望自己身处别的地方。当然，作为一个乳臭未干的小恶魔，我从来没有想过哈里是否深有同感。

"你得更加耐心，否则你会觉得自己非常聪明，觉得你干的一切会神不知鬼不觉。"他说，"可你并没有聪明到那个分儿上，谁也不会。"他停下来，又咳了起来，这次咳嗽的时间更长，而且似乎更严重。看到哈里——曾经坚不可摧的超级警察、我的养父变成这样，全身颤抖，满脸通红，眼角流出了泪水，我实在受不了。我将目光转向了别处。等我重新转回来时，哈里正望着我。

"我了解你，德克斯特，比你自己更了解你。"我当然相信这句话，可他的下一句完全出乎我的意料，"你本质上是个好人。"

"不，我不是。"我说，心中想着还有那么多奇妙的事他一直不许我干，就连想干那些事的念头都会将我彻底从好人的行列里清除出去。

"是啊，你是个好人，"他说，"你得相信自己是个好人。你的心没有变坏，德克斯特。"说完他倒在病床上，猛烈地咳嗽起来。他这次咳了好几分钟，然后无力地靠在枕头上，闭上眼睛休息了一会儿。不过，当他重新睁开眼睛时，那依然是哈里坚定的蓝眼睛，在临终前苍白脸色的映衬下显得更加明亮。"耐心。"他说，尽管他一定疼痛难忍，而且异常虚弱，他说出"耐心"两个字时仍然语气坚定，"你还有漫长的路要走，而我的时间不多了，德克斯特。"

"我知道。"我说。他闭上了眼睛。

"我就是这意思，"他说，"你得学会说不，学会耐心，你有的是时间。"

"可是你的时间不多了。"我说，不能肯定他想说什么。

"是的，我的时间不多了，"他说，"可是大家还在哄我，让我感觉好一点儿。"

"你会吗？"

"不会，"他说着再次睁开眼睛，"但你不能用逻辑去分析人的行为。你要耐心，要睁开眼睛看着，要向别人学习，不然你会把事情弄糟，被逮个正着，然后我留下的一半遗产……"他又闭上了眼睛，我可以听出他说话的声音里透着疲惫，"你妹妹会成为一个好警察，而你，"他的脸上慢慢露出了笑容，一种忧伤的笑容，"你会截然不同，会代表真正的正义，只要你耐心。如果没有机会，德克斯特，你就得等待机会出现。"

对于一个尚在学徒阶段的十八岁的恶魔而言，这一切是那么难以理解。我一心想干那件事，非常简单，在月光下带着明晃晃的刀刃自由地舞蹈——撇开一切废话，直接切中要害。可是我不能。哈里把事情弄复杂了。

"我不知道你死了之后我该怎么办。"我说。

"你会干得很好的。"他说。

"要记住的东西太多。"

哈里伸出一只手，按了挂在床边的一根电线上的按钮。"你会记住的。"他说。他松开电线，电线垂落到床边，仿佛带走了他最后一点儿力气。"你会记住的。"他闭上眼睛，在那一刻病房里仿佛只剩下我一个人。这时，护士拿着注射器匆匆走了进来，哈里睁开了一只眼睛。"并非想做的事就一定能做成，所以当你无从下手时，你就得等待。"他说，伸出胳膊让护士给他打针，"不论你……遇到……什么样的压力。"

我默默地看着他，他躺在那里，打针的时候没有丝毫退缩。他知道这药物带来的缓解只是暂时的，自己的生命即将结束，一切都已回天乏术。他还知道自己并不害怕，知道自己会坦然面对，就如同他正确地对待人生中的其他一切一样。我也知道一点：哈里理解我。除了他，谁也没有理解过我，将来也不会再有第二个人。只有哈里。

如果说我想成为一个人的话，那就是变得更像他。

我早晚会找到办法让多克斯认输。

我等待着。

终于，几天后，一个星期六上午，我的电话响了。

"他妈的。"德博拉居然没有任何开场白，而听到她重新变成我所熟悉的那个脾气暴躁的德博拉，我几乎如释重负。

"谢谢，你呢？"我说。

"凯尔快把我逼疯了，"她说，"他说我们现在只能等待，却又不告诉我等待什么。他会突然失踪十到十二个小时，还不告诉我他去了哪里。然后我们只是继续等待。我他妈的真是等得不耐烦了。"

"耐心是一种美德。"我说。

"我已经厌倦了这些美德。"她说，"每次当我问如何能找到这家伙时，他总是挂着一副居高临下的笑容，我快烦透了。"

"我说，德博拉，除了向你表达同情外，我不知道还能做什么，"我说，"我很抱歉。"

"你能做的远不只虚情假意地表达一下同情，老哥。"

我重重地叹了口气，主要是为了她。叹惜声在电话里传达得非常好。"德博拉，这就是享有神枪手名声所带来的麻烦，"我说，"大家都认为我每次都能在三十步开外一枪射中野兔的眼睛。"

"我仍然相信。"她说。

"你的信心让我备受感动，可我对目前这个案子真的毫无头绪，我没有任何感觉。"

"德克斯特，我必须找到这家伙，而且我要给凯尔一点儿颜色看看。"

"我还以为你喜欢他呢。"

她轻蔑地哼了一声："上帝啊，德克斯特，你真是不懂女人的心思，是吗？我当然喜欢他，所以我才要给他点儿颜色看看。"

"我现在算是明白了。"我说。

她停了一下，然后随口说道："凯尔说了一些很有意思的事，是关于多克斯的。"

我感到体内那长着獠牙的朋友稍稍伸了个懒腰，发出了满意的呼呼声："德博拉，你突然变得喜欢拐弯抹角了。你只需问我一声就行了。"

"我刚才问了你，你却给我那通帮不了忙之类的废话。"她说，"怎么样？你掌握了什么情况？"

"目前还没有。"我说。

"妈的。"德博拉说。

"不过我可能会有一点儿收获。"

"要多久？"

我承认，凯尔对我的态度让我耿耿于怀。他当时怎么说的？我会"麻烦缠身，会被清除掉"？说正经的，这句台词是谁写的？还有，德博拉居然突然借用我的看家本领，对我说话拐弯抹角起来，这更是无法让我平静下来。我真不应该说出来，但话已经脱口而出："午饭时怎么样？一点钟前我一定会想出个办法来。就在鲸须饭店吧，反正凯尔会埋单的。"

"那得到时候再看，"她说，然后又补充了一句，"关于多克斯的情况？很不错。"她挂了电话。

好了，好了，我安慰着自己。我突然不再介意星期六加点儿班。毕竟唯一的选择是去丽塔家，看着多克斯警官身上长出青苔。可如果我为德博拉发现一点儿线索，我或许能找到梦寐以求的那个缺口。

可是从哪儿着手呢？几乎没有什么可以让我下手，因为凯尔在我们刚开始寻找指纹的时候就将我们全部赶出了犯罪现场。我以前曾经多次帮助我的同事们查找出那些只知道杀人的变态恶魔，还得到过他们的几句称赞。可那是因为我了解那些恶魔，因为我自己就是个变态的恶魔。我这一次根本无法得到黑夜行者的任何暗示，他已经被哄着翻来覆去地睡着了，可怜的家伙。我得实打实地依靠我与生俱来的智慧，然而这智慧此刻正变得异常安静。

也许给大脑加点儿油，它会运转得快一点儿。我走进厨房，找到一根香蕉。味道不错，但不知是什么原因，香蕉并没能将我的脑力火箭发射成功。

我将香蕉皮扔进垃圾桶，看了一眼钟。亲爱的，已经过去了五分钟。太棒了。你终于明白什么也想不出来了。真是太棒了，德克斯特。

确实无从入手。事实上，我手头掌握的情况只有那个受害者和那座房子。既然我可以肯定即使将舌头重新安在那个受害者的嘴里，他也说不出个所以然来，那么唯一剩下的就是那座房子了。当然，那座房子有可能属于受害者，可里面的家具摆设给人一种临时住处的感觉，所以我认定那座房子不是受害者的。

就这样丢下一个完整的家一走了之，真是奇怪。可他确实这样做了，而且并没有人监视他，迫使他仓促逃离——这表明他这样做是故意的，而且是他计划中的一部分。这意味着他另外还有地方可去，而且估计还在迈阿密附近，因为凯尔被派到这里来查找他。

你再怎么竭力掩饰，还是会在房地产交易中留下一个个大脚印。我坐到电脑前不到一刻钟就有了发现——虽然不是一个完整的脚印，但也足以勾勒出几只脚趾的形状。

西北四大街上那座房子登记的房主是拉蒙·庞蒂亚。这座房子已经付了款，短期内不用交税，对于一个像我们这位新朋友这样极其看重隐私的人而言，这种安排堪称完美。房子是用从危地马拉电汇来的一笔现金购买的。这似乎有点儿古怪。我们的线索从萨尔瓦多开始，穿过华盛顿某个神秘政府机构这摊浑水，现在为什么要向左拐进危地马拉？不过，上网稍微一查，我就发现危地马拉已经成了洗钱的天堂。显然瑞士和开曼群岛已经过时，如果有人想在讲西班牙语的世界里洗钱，危地马拉是最流行的地方。

这带出了一个非常有意思的问题。这位喜欢肢解的大夫究竟有多少钱？这些钱是从哪儿来的？但这个问题眼下没有任何答案。我只能猜测，舍弃掉第一座房子后，他应该还有钱再买一座房子，价格相仿。

那么好吧。我重新回到戴德县房地产数据库中，查找最近以相同方式购买的其他房产，而且资金来自同一家银行。总共有七笔，其中四笔的金额均超过了一百万美元，对于随时想舍弃的房产来说，我觉得这个价位高了一点儿。买这些房子的人十有八九是在逃的毒枭和"财富500强"的首席执行官。

这样一来就只剩下三处房产了。其中一处位于迈阿密城里的黑人自由城，但我进一步搜索后发现那其实是一栋公寓楼。

在最后剩下的两处房产中，一处位于霍姆斯特德，随时可以看见被当地人称作"垃圾山"的巨大的垃圾堆。另一处也位于迈阿密最南端，就在鹌鹑窝路旁。

两栋房子。我敢打赌，有个陌生人刚刚搬进其中一栋，正干着会让那些热情欢迎新邻居的女士惊恐的事。

鲸须饭店属于那种非常高档昂贵的地方，凭自己这点儿微薄的工资，我对它自然只能望而却步。它的橡木护墙透着高雅，让你感到必须西装革履穿戴好后才能进来。它也有着全迈阿密欣赏比斯坎海湾美景的最佳角度，如果你运气好，有几张桌子能让你充分体会到这一点。

要么是凯尔运气特别好，要么是他对领班施了魔咒，总之他此刻正和德博拉坐在外面一张这样的餐桌旁，慢慢地喝着一瓶矿泉水，享用着一盘看起来像蟹肉饼的点心。我坐到凯尔对面的椅子上，赶紧抓起一块咬了一口。

"嗯，"我说，"我终于知道那些优质螃蟹归天后都去哪儿了。"

"黛比说你有一些线索。"凯尔说。我看着我妹妹，大家一直叫她德博拉，从来没有人叫过她黛比。但是她没有作声，似乎很愿意对这种冒天下之大不韪的大胆行径视而不见，于是我只好将注意力转回到凯尔身上。他又戴上了那副名师设计的墨镜，当他不经意地用手将头发从额头上捋到脑后时，小指上那枚滑稽可笑的戒指闪闪发亮。

"希望有用，"我说，"但我还是得谨慎行事，免得被清除了。"

凯尔久久地凝视着我，然后摇摇头，脸上极不情愿地露出了一丝笑容，扯着嘴角微微向上翘了四分之一英寸。"好吧，"他说，"是被开除。但这条行规常常行之有效，会让你感到惊讶的。"

"我相信我准会目瞪口呆。"我说着将打印出来的那张纸递给他，"趁我现在还有一口气，你或许想看看这个。"

凯尔皱起眉头，打开了那张纸："这是什么？"

德博拉探过身去，像一只急不可待的警犬。"你有收获了！我早就知道你会的。"她说。

"只是两个地址。"凯尔说。

"其中一个很可能就是某位有着中美洲背景、不按规矩行医的家伙藏身的地方。"我说，然后将我查找到这两个地址的经过告诉了他。说句公道话，尽管他戴着墨镜，他的眼睛里还是流露出了钦佩的神情。

"我早就应该想到这一点，"他说，"太好了。"他点点头，一根手指轻轻弹了弹那张纸，"跟踪钱的来源，每次都能有收获。"

"当然，我无法肯定。"我说。

"我敢打赌，"他说，"你已经找到了丹科大夫。"

我看了德博拉一眼，她摇摇头，于是我只好将目光重新转回到凯尔的墨镜上："这名字真有意思，是波兰人的名字吗？"

丘特斯基清了一下嗓子，望着远处的海湾。"我估计你那时还没有来到世上。当时有一个广告，丹科是一种自动蔬菜切碎机，可以将蔬菜切成片、切成丁——"他转过头来看着我，"我们就给他起了这个名字——丹科大夫。他制作切碎的植物人。如果你远离故乡，目睹非常可怕的事，自然会喜欢这种玩笑。"

"可这一切现在就出现在家门口，"我说，"他怎么会在这儿？"

"说来话长。"凯尔说。

"这表示他不想告诉你。"德博拉说。

"既然是这样，我就再来一块蟹肉饼。"我说。我探身拿起盘子里的最后一块蟹肉饼，味道真不错。

"好了，丘特斯基，"德博拉说，"我们很可能知道这家伙藏在哪里。现在该怎么办？"

他用一只手按住她的手，笑了。"我要享用午餐。"他说，然后用另一只手拿起了菜单。

德博拉望着他的侧影，将手抽了回来："浑蛋。"

这里的菜肴确实很可口，丘特斯基竭力表现得友好热情，仿佛他已经认定既然无法说出真相，不妨对人笑脸相迎。坦白地说，我很能理解他的做法，因为这也是我惯用的伎俩，德博拉却怎么也高兴不起来。她板着脸，拨弄着盘子里的菜。凯尔不停地说着笑话，问我觉得海豚队①今年夺得冠军的概率有多大。虽然海豚队就是得了诺贝尔文学奖我也不在乎，但作为老谋深算的伪装大师，我自然对这话题有几个精心准备过、听起来有几分道理的评价，而丘特斯基似乎对我的回答很满意，他喋喋不休地说着，竭力表现得开朗友好。

我们甚至还要了甜点，让我觉得"用美食使他们分心"的把戏玩得有点儿过头，尤其是在我和德博拉压根儿没有分散注意力的情况下。不过美食毕竟是美食，如果我开口抱怨，肯定会显得不够厚道。

当然，德博拉可是辛苦了一辈子才养成待人不厚道的习惯。服务员将一盘小山般的巧克力糊摆在丘特斯基面前，丘特斯基拿起两把叉子转向德博拉，她抓住这个机会，将手中的匙子猛地扔到桌子中央。

"不，"她对他说，"我不想再喝一杯他妈的咖啡，也不想再吃这该死的巧克力糊。我要你他妈的回答我。我们什么时候动身去抓那个家伙？"

他看着她，感到稍稍有些意外，甚至还有一点儿疼爱，仿佛他这一行的人觉得扔匙子的女人很有能力、非常迷人一样，但他认为她选择的时机稍微有些不对。"我能先吃完甜点吗？"他说。

我们站在饭店外，等待着服务员将德博拉的车开过来。这时，丘特斯基低声嘀咕了一句："这他妈的……"然后顺着车道走了过去。我看着他走到大门口，对着随意停在一棵棕榈树旁的褐紫色福特金牛做了个手势。德博拉怒视着我，仿佛全是我的错。我们看到丘特斯基冲着车窗挥了一下手，窗户玻璃摇了下来，里面当然坐着时刻保持警惕的多克斯警官。丘特斯基靠着大门，对多克斯说了句什么，多克斯看了我一眼，摇摇头，将车窗玻璃重新摇上，然后开车走了。

丘特斯基回来后什么也没有说，但他看我的眼神有了点儿变化，然后他坐到了副驾驶座上。

---

① 美国迈阿密的一支橄榄球队。

向南行驶二十分钟，我们就来到了东西走向的鹌鹑窝路与迪克西高速公路的交会处，旁边正好有一个购物中心。再往前行驶两个街区，一连串小街便将我们带进了一个由蓝领工人组成的恬静小区，这里大多数的房子小而整洁，不长的车道上通常停着两辆车，院子里的草坪上零零星星地放着几辆自行车。

其中一条街道左拐后通向了一条死胡同，我们在这条街的尽头看到了那座房子。外面粉刷着淡黄色的灰泥，院子里草木茂盛。车道上停着一辆破旧的灰色面包车，上面写着几个深红色的字——HERMANOS CRUZ LIMPIADORES（克鲁兹兄弟清洁公司）。

德博拉绕着这条死胡同转了个圈，然后沿着小街将车向前开了大约半个街区。这里有座房子，门前和草坪上停着六七辆车，屋里传出了喧闹的说唱音乐。德博拉将车掉了个头，正对着我们的目标，然后将车停在了一棵树下。"你们觉得怎么样？"她问。

丘特斯基耸了耸肩。"有可能吧，"他说，"我们还是先观察一下。"这是我们半个多小时以来第一次打破沉默。我怎么也无法让大脑平静下来，我的思绪不由自主地飞到了我住处的一个小架子上，那上面有一个红木小盒，里面装着许多载玻片。每一片上都有一滴血。四十扇小窗户，透过它们可以窥视我阴暗的一面。里面有多年前的那位护士长，借口减轻病人的痛苦，小心地注射过量药物，害死病人；木盒里紧挨着的那滴血来自那位杀死了几位护士的中学工艺课老师。真是奇妙的对比，而我喜欢的也正是这种嘲讽。

我轻轻梳理着这一件件往事，更加渴望立刻着手第四十一个对象，尽管第四十个对象麦格雷戈的那滴血还没有干透。可由于这和我的下一个行动密切相关，因而我总有一种半途而废的感觉。我急于尽快将它完成。

只要我确定雷克尔参与其中，然后想出一个法子——

我坐直了身子。或许是那腻人的甜点阻塞了我的颅动脉，我一时忘记了德博拉的新男友。"德博拉。"我说。

她回头看了我一眼，由于精神高度集中，微微皱着眉头："什么事？"

"该告诉我了。"我说。

"别胡说。"

"什么胡不胡说的，根本就没有胡说，而且这一切全都归功于我超强的脑力劳动。你不是说过要告诉我一些事吗？"

她瞥了丘特斯基一眼。他仍然戴着墨镜，死死地盯着前方，所以我不知道他是否眨眼。"对了，"她说，"好吧，多克斯当兵时是在特种部队。"

"这我知道，他的个人档案里有记录。"

"兄弟，有一点你不知道，"凯尔说，仍然一动不动地盯着前方，"特种部队有黑暗的一面，而多克斯恰好属于黑暗那一面。"他的脸上掠过一丝笑容，快得我以为自己看花了眼，"一旦加入黑暗那一面，你就永远别想回头。"

我看着丘特斯基，他仍然一动不动地坐在那里。我又看着德博拉，她耸了耸肩。"多克斯是个射手，"她说，"军方将他借用给了萨尔瓦多那些人，他便替那些家伙杀人。"

"有枪就能走天下。"丘特斯基说。

"这倒是很能说明他的个性。"我说。随即想到这也能说明很多其他的事，比如每当黑夜行者大声呼喊时，我都可以听到从多克斯的方向传来的回声。

"你得理解当时的情况。"丘特斯基说，他一动不动地坐在那里，脸上也毫无表情，因而他的声音听起来让人毛骨悚然，仿佛那声音来自什么人装在他体内的一台录音机，"我们当时相信自己是在拯救世界。为美好的事业献身，也献出我们的希望，结果我们只是在出卖自己的灵魂。我、多克斯……"

"还有丹科大夫。"我说。

"还有丹科大夫。"丘特斯基叹息一声，终于动了一下，转过头来看了德博拉一眼，然后转回头去盯着前方。他摇摇头，由于他刚才一直静止不动，所以这小小的动作反而显得非常夸张且富有戏剧性，我差一点儿鼓起掌来。"丹科大夫最初也和我们一样，是个理想主义者。他在医学院读书时发现自己身上缺了个零件，可以在人身上随心所欲地干任何事而不会感到内疚。没有任何感觉。你根本想象不到这种事多么罕见。"

"我相信一定是的。"我说，德博拉瞪了我一眼。

"丹科很爱国，"丘特斯基继续说道，"所以他也转向了黑暗面。结果，他的才华在萨尔瓦多得到了充分展示。他会接过我们带给他的人，然后——"他停下来，深吸一口气，再慢慢呼出来，"妈的，你看到他的杰作了。"

"非常独特，"我说，"很有创意。"

丘特斯基轻轻笑了一声，但笑声中没有任何幽默。"很有创意，是啊，你可以这么说。"丘特斯基缓缓摇了摇头，脑袋慢慢地先转向左边，再转向右边，最后再转向左边，"我说过，他干那种事没有任何愧疚，他在萨尔瓦多爱上了这一行。他会坐在审讯室里，问对方一些个人问题，然后当他开始动手时，他会像牙医那样称呼对方的名字，然后说'我们来试试第五套'，或者第七套，好像他有不同套路一样。"

"什么样的套路？"我问。这问题问得似乎很自然，既表明我对这话题感兴趣，又能让这场对话继续下去。但丘特斯基突然转过头来看着我，那眼神仿佛我是什么脏东西，需要一大瓶地板清洁剂清洗一下。

"你觉得这很好玩。"他说。

"没有。"我说。

他盯着我看了很长一段时间，然后摇摇头，重新转过头去看着前方。"兄弟，我不知道那是什么样的套路，从来没有问过。抱歉。可能跟他先切除哪个部分有关，从中取乐而已。他会和他们说话，叫他们的名字，让他们亲眼看着他在干什么。"丘特斯基打了个寒战，"也不知怎么的，他的做法使局势变得更加糟糕。你应该想到这一切给对手造成了什么样的影响。"

"对你产生的影响呢？"德博拉责问道。

他低下头，下巴垂到了胸前，然后抬起头来。"也一样。"他说，"总之，国内终于发生了变化，当然是政治形势，而且是五角大楼。新一届政府不想与我们在那里的所作所为有任何关系，结果我们暗中得到了承诺，只要我们将丹科大夫交给对方，就可以用他来换取对方的政治和解。"

"你们让自己人去送死？"我问。这似乎很不公平，我是说，虽然我可能不必为任何道德感而烦恼，但我至少按规则游戏。

凯尔久久没有说话。"兄弟，我说过我们出卖了自己的灵魂。"他最后说道，脸上又露出了笑容，这次笑的时间长了一些，"是啊，我们精心设计了一个圈套，他们抓住了他。"

"可他并没有死。"德博拉说，非常实际。

"我们被骗了，"丘特斯基说，"他落到了古巴人手里。"

"古巴人？"德博拉问，"你不是说你们在萨尔瓦多吗？"

"在当时的美洲，哪里只要出现问题，哪里肯定就有古巴人。他们会支持一方，就像我们支持另一方一样。他们需要我们这位大夫。我说过，他很特别。于是他们抓住了他，想利用他，让他住进了派恩斯岛。"

"是度假胜地吗？"我问。

丘特斯基冷笑一声。"可能是最让人想不到的度假胜地。派恩斯岛是世界上最坚固的监狱之一。丹科大夫在那里度过了一段终生难忘的时光。他们告诉他，是自己人出卖了他，他最后终于幡然醒悟。几年后，我们的一个人落到了他们手中，被发现时变成了那副样子，没有胳膊，没有腿。丹科在为他们效力。而现在——"他耸了耸肩，"要么他们放了他，要么他自己逃了出来。他知道是哪些人给他设下了圈套，于是他列出了一个名单。"

"上面有你吗？"德博拉问。

"也许有。"丘特斯基说。

"有多克斯吗？"我问，我也会变得很实际。

"或许吧。"他说，但对我没有多大帮助。丹科大夫的这一切当然非常有意思，但我来这里是有原因的。"总之，"丘特斯基说，"这就是我们的对手。"

对此，我们三个人都没有什么可说的。我将刚才听到的这番话思考了一下，看看能不能找到一些有用的东西，帮助我摆脱多克斯带来的烦恼。我得承认，眼下什么也没有发现，真让我感到无地自容，不过我对这位丹科大夫倒是有了更多的了解。这么说他也没心没肺，也是条披着羊皮的猛龙，也找到了一个办法来施展他的才华，就像亲爱的德克斯特。可是他现在神经出了点儿问题，开始变得更像另一个猎杀者，不管他那技术带他走向哪个令人不安的方向。

说来也怪，一想到这里，另一个念头悄然回到了德克斯特那不断翻腾的黑暗大脑中。为什么不找到这位丹科大夫，与他来一段黑暗之舞呢？他是一个变了味的猎杀者，跟我名单上其他的人一样。对于他的下场谁也不会反对，就连多克斯也不会。如果说我在这之前只是随便瞎想，那么找到这位大夫现在已经成了头等大事，将我在雷克尔事件上遇到的挫折感一扫而光。

我听到远处传来了隆隆的雷声，午后的暴风雨就要开始了。"妈的，"丘特斯基说，"会下雨吗？"

"每天这个时候都会下雨。"我说。

"这不好，"他说，"我们必须赶在下雨前有所行动。你去吧，德克斯特。"

"我？"我说，从对那种标新立异的行医手法的思索中猛地惊醒过来。

"你去，"丘特斯基说，"我迟一步行动，看看会发生什么事。如果是他，我比你更容易对付他，而德博拉——"他冲她一笑，尽管她似乎要对他大发脾气，"德博拉警察气十足，走路像警察，看人的眼神像警察，甚至可能会给他开罚单。他隔着老远就能嗅出她来。所以你去，德克斯特。"

"我去干什么？"我问。

"从那屋子旁边走过去，绕过那个死胡同，然后回来。擦亮眼睛，竖起耳朵，但不要太引人注目。"

"我不知道如何引人注目。"我说。

"太好了，那这对你来说是小菜一碟。"

我顺着人行道慢慢向那座屋子走去。脚下有落叶，还有两个被踩扁的果汁盒，大概是从某个孩子的午餐盒里掉出来的。我从那里经过时，一只猫跑到草坪上，突然坐下来舔爪子，并且隔着安全的距离盯着我。

门前停着很多汽车的那一家，里面已经换了一种音乐，有人在大喊："喔！"在我一步步走向致命危险的同时，有人仍然在尽情享受生活。一想到这儿，我还是感到很高兴。

我向左拐，走上了通向死胡同的弯道。我看了一眼门前停着面包车的屋子，为自己丝毫没有引起怀疑就完成了这一使命而感到骄傲。院子里杂草丛生，车道上有几张被水浸湿的报纸。似乎看不到一堆堆被扔掉的胳膊或大腿，也没有人冲出来要杀我。不过，我从那里经过时，可以听到里面的电视正用西班牙语播送一场球赛，声音大得吓人。解说员的声音近乎歇斯底里，可一个男人的声音比电视上的解说声还要大。一阵风刮来，夹杂着豆大的雨滴，也带来了屋里传出的氨水味。

我继续向前走，经过了那座房子，回到了车旁。又有几滴雨水落了下来，隆隆的雷声也近在咫尺，但暴雨仍然没有落下来。我上了车，报告说："没有什么特别可怕的。草坪需要修剪，屋子里还有股氨水味。屋里有说话的声音，要么是他在自言自语，要么是屋里不只他一个人。"

"氨水？"凯尔说。

"我想是的，"我说，"可能是清洁剂什么的。"

凯尔摇摇头："清洁服务不会用氨水，那玩意儿气味太重，但我知道谁需要用氨水。"

"谁？"德博拉问。

他冲她一笑："我马上就回来。"话音刚落，他就下了车。

"凯尔！"德博拉喊道。但他只是挥了挥手，直接向那座房子的大门走去。

"妈的！"德博拉骂了一声。

凯尔敲了敲门，然后站在门口，抬头看了一眼暴风雨来临前的乌云。

大门开了一条缝，一个矮小壮实的男子探头向外张望，只见他皮肤黝黑，乌黑的头发耷拉在额头上。丘特斯基对他说了句什么，两个人起初都没有挪窝。矮个子男人朝街道两头看了看，然后望着凯尔。凯尔慢慢将一只手从口袋里掏了出来，给对方看了什么东西——是钱？那男子看了看他手中的东西，又看了看他，然后打开了门。丘特斯基进去后，大门砰的一声关上了。

"妈的。"德博拉又骂了一声。她使劲儿咬着指甲，这是她少年时期的习惯，长大后再也没有过。指甲的味道显然不错，因为一根手指上的指甲咬完后，她开始咬第二根手指。当她开始咬第三根手指时，小屋的门开了，丘特斯基走了出来，微笑着向我们挥手。门关上了，天终于下起了瓢泼大雨，雨水像一堵水墙一样遮住了他的身影。他啪啪啪地跑到汽车前，坐到了副驾驶座上，浑身直往下滴水。

"该死的！"他说，"我浑身湿透了！"

"这他妈的究竟是怎么回事？"德博拉问。

丘特斯基朝我一扬眉，将额头上的乱发捋到脑后："她有说话斯文的时候吗？"

"凯尔，真该死。"她说。

"氨水的气味，"他说，"外科手术用不上氨水，清洁工也不需要它。"

"我们已经有过一次经历了。"德博拉打断了他。

他笑了："可是制造脱氧麻黄碱需要氨水，而这些家伙干的正是这一行。"

"你刚刚走进了一个毒品加工厂？"德博拉说，"你究竟在里面干了什么？"

他笑着从口袋里掏出来一个小塑料袋："买了一盎司麻黄碱。"

Chapter
丘特斯基失踪 *15*

　　整整十分钟，德博拉没有说一句话，只是默默地开着车。她紧咬着牙关，眼睛死死地盯着前方。我可以看到她从脸庞一直到肩膀上的肌肉都在收缩。我对她了如指掌，可以肯定她正在酝酿感情，马上就会发作；可由于我对恋爱中的德博拉会如何表现一无所知，我吃不准她要过多久才会发作。她即将发泄的对象丘特斯基坐在她身旁的副驾驶座上，同样一声不吭，但显然为能安安静静地坐在那里欣赏外面的景色而高兴。

　　第二个地址近在咫尺。汽车驶进垃圾山的阴影中后，德博拉终于爆发了。

　　"该死的，这是犯罪！"她说，手掌重重地拍在方向盘上，加重她的语气。

　　丘特斯基疼爱地看着她："我知道。"

　　"我是他妈的警察，宣过誓的！"德博拉对他说，"我发誓要根除这种恶行，而你——"她气急败坏，说不下去了。

　　"我必须拿到确凿证据，"他平静地说，"这似乎是最佳办法。"

　　"我真应该把你铐起来！"她说。

　　"那肯定很有意思。"

　　"你这狗娘养的！"

　　"骂得好。"

"我绝对不会堕落到你们那该死的黑暗面去！"

"你当然不会，"他说，"我也不会让你那样做的，德博拉。"

她舒了口气，转过头去望着他。他也看着她。我以前从来没有见过无声对话的场面，而这场对话确实很有意思。她不停地眨着眼睛，目光从他的左脸转到右脸，然后转回到左脸。他只是不动声色地静静看着她。这场对话很高雅，很奇妙，很有意思，到了德博拉忘记自己在开车的地步。

"我真不愿意打搅两位，"我说，"可我相信前面是一辆运啤酒的卡车。"

她猛地转过头，来了个急刹车，让我们及时躲过了一场灾祸，没有化作整整一车美乐淡啤酒上的不干胶标签。"我明天就把那个地址交给缉毒部。"她说。

"好吧。"丘特斯基说。

"你得把那小塑料袋扔了。"

他像是吃了一惊："这可花了我两千美元呢。"

"你必须把它扔了。"她重复了一遍。

"好吧。"他说。他们又凝视着对方，将留意那些啤酒卡车杀手的重任交给了我。不过，一切得到圆满解决，宇宙又恢复了和谐，这仍然是件好事。我们终于可以继续追捕位居本周榜首的那位邪恶的、没有人性的恶魔了，而且坚信爱情总能战胜一切。因此，顶着雷阵雨的最后一点儿余威行驶在南迪克西高速公路上便成了一次让人心旷神怡的体验。当太阳终于破云而出时，我们已经拐进了另一条路，顺着它驶进了一条条歪歪扭扭的街道。一路上无论在哪里都能清清楚楚地看到那堆巨大的垃圾，也就是人们所说的"垃圾山"。

我们寻找的那座房子位于一条环形街道中部的拐弯处，两旁的房屋像是文明终结、垃圾统治世界前最后的建筑。我们驱车从它旁边经过了两次后才确信没有找错地方。房子不大，是三居室，粉刷成了淡黄色，带白边，草坪修整得很整洁。车道和停车位上都没有车的踪影，前面草坪上的"待售"牌子外又挂了一块牌子，上面写着醒目的红字"已售"。

"也许他还没有搬进来。"德博拉说。

"他总得待在什么地方吧，"丘特斯基说，"停车。你有没有写字夹板？"

德博拉停了车，皱着眉头说："座位底下有，是我写东西的时候用的。"

"我不会把它弄脏的。"他说着伸手在座位底下摸索了片刻，取出来一只普通的金属写字夹板，上面还夹着一叠表格。"太好了，"他说，"给我一支笔。"

"你要干什么？"她递给他一支很便宜的白色圆珠笔，上面还有一个蓝色笔帽。

"谁也不敢阻拦带着写字夹板的人。"丘特斯基咧嘴一笑。我们还没来得及发表意见，他就已经下了车，迈着朝九晚五的官僚们那种不紧不慢的步子，走上了短短的车道。走到半途，他突然停了下来，低头看了看手中的写字夹板，翻了几页，读着上面所写的问题，然后望着那房子摇了摇头。

"他好像很精通这种事。"我对德博拉说。

"他妈的他必须精通。"她说，然后又咬起了指甲，我担心她很快会把所有的指甲咬光。

丘特斯基沿着车道继续向前走，而且还边走边看写字夹板。他显得很自然，不慌不忙，表明他在骗人行诈或者耍阴谋诡计方面非常老到。

丘特斯基在大门外站住脚，做了个记录。接着，我没有看到他用的是什么手法，他开了门锁，走了进去，大门随即关上了。

"浑蛋，"德博拉说，"除了私藏毒品外，现在又多了私闯民宅，他接下来准会让我去劫飞机。"

"我倒是一直想看看哈瓦那。"我满心期待地说。

"两分钟，"她简短地说，"然后我就请求增援，跟着闯进去。"

就在一分五十九秒时，大门开了，丘特斯基走了出来。走到车道上时，他停了片刻，在写字夹板上写了点儿什么，然后回到了车上。

"好了，"他坐到副驾驶座上后说，"我们回家吧。"

"里面没人？"德博拉问。

"空空荡荡的，"他说，"连毛巾和肥皂都没有。"

"那现在怎么办？"她发动了汽车。

他摇摇头："重新执行A计划。"

"A计划究竟是什么？"德博拉问。

"耐心。"他说。

就这样，尽管享用了一顿美餐，尽管后来还有一段奇妙的购物之旅，我们重新开始等待。一个星期就在这种枯燥无味的状态中过去了。看样子在我完全变成沙发上的一个有着啤酒肚的摆设之前，多克斯警官是不会善罢甘休的。我无计可施，只能和科迪以及阿斯特一起踢罐子、玩"绞架"猜字游戏，然后非常夸张地与丽塔亲吻作别，全都为了那位盯梢的家伙。

一天，我的电话突然在半夜响了起来。这是星期天晚上，我第二天要早点儿上班。我和文斯·增冈已经约定好轮流买炸面包圈，而明天刚好轮到我。结果，这电话肆无忌惮地响个不停，我看了一眼床头小桌上的钟，两点三十八分。我承认，我拿起电话时口气有点儿不友好："别烦我。"

"德克斯特，凯尔不见了。"电话那头是德博拉。她没有丝毫倦意，精神高度紧张，似乎拿不定主意自己是想朝什么人开枪还是想大哭一场。

我那威力无比的大脑刹那间就恢复了高速运转。"德博拉，"我说，"那样的家伙，这说不定对你是件好事……"

"他失踪了，德克斯特，被抓走了。那……那个家伙抓到了他，就是对那个家伙干出那种事的那个家伙。"她说。虽然感到自己像是突然被塞进了某一集《黑道家族》[①]中一样，我还是听懂了她的意思。不管是谁将桌上那家伙变成了只会尖叫的土豆，他现在又抓走了凯尔，估计是要用相同的办法处置凯尔。

"丹科大夫。"我说。

"对。"

"你怎么知道？"

"我说过会发生这种事。只有凯尔一个人知道那家伙的长相。他说丹科大夫得知他到了这里后，一定会动手的。我和凯尔约定了一个暗号。妈的，德克斯特，你赶快过来，我们一定要找到他。"她挂了电话。

为什么每次总是找我？我并不是什么好人，可也不知怎么的，他们每次遇到麻烦总是来找我。哦，德克斯特，一个凶残、没有人性的恶魔抓走了我的男朋友！他妈的，我也是个没有人性的恶魔，难道这理由还不够让我休息休息吗？

我叹了口气。显然不够。

---

① 美国颇受欢迎的一部反映黑手党题材的电视连续剧。

我希望在炸面包圈的问题上文斯能够理解。

我住在椰树林区，开车到德博拉住的地方只需十五分钟。我第一次没有看到多克斯警官跟踪我，不过他或许用了克林贡伪装装置。总之，路上车辆很少，我在美国一号公路上甚至赶在红灯变亮之前冲了过去。德博拉住在科勒尔盖布尔斯的梅迪纳街，房子不大，院子里的果树早已遭到了主人的冷落，珊瑚石砌的墙壁也已经开始风化。我将车开进车道，慢慢停在她的车旁，离大门还有两步远时，德博拉开了门："你去哪儿了？"

"我去上了瑜伽课，然后去了购物中心买鞋。"我说。其实，我一接到她的电话就赶了过来，前后不到二十分钟，但她说话的口气让我有点儿生气。

"快进来。"她说，眼睛扫视着四周的黑暗，手紧紧抓住门，仿佛她觉得门会飞走一样。

"多谢了。"我进了屋。

德博拉家虽然不大，却装修得很洋气，一副"我不过日子"的现代味道。她的客厅常常像那种刚刚住过一支摇滚乐队的廉价旅馆房间，除了一台电视机和一台录像机外，里面什么都没有。落地窗旁有一张椅子和一个小桌子，窗外的院子里杂草丛生。她不知道从什么地方找来了一张摇摇欲坠的折叠椅，拉到小桌旁让我坐下。她这好客的举动让我备受感动，我不惜冒着生命危险和断胳膊断腿的后果坐到了那破烂玩意儿上。"他失踪多久了？"我问。

"妈的，"她说，"我估计是三个半小时。"她摇摇头，一屁股坐到另一张椅子上，"我们本该在这里碰头的，可他没有露面。我去了他住的旅馆，那里也没有他的踪影。"

"他是不是去了什么地方？"我问。

德博拉摇摇头："他的钱包和钥匙还在梳妆台上。德克斯特，他落到了那个家伙手里。我们必须找到他，而且要赶在——"她咬住嘴唇，别过脸去。

我根本不知道怎样才能找到凯尔。我说过，我对很多案子都会有一些感觉，然而在这个案子上没有，从房地产入手查找已经是我竭尽所能了。可既然德博拉已经说了"我们"，看样子我在这件事情上也没有多少别的选择。我必须考虑亲情。可我仍然想有一点儿回旋的余地："德博拉，虽然这是个馊点子，可你还是应该向头儿报告这件事。"

　　她抬起头，几乎咆哮起来。"我已经报告过了。我给马修斯局长打了电话，他那口气像是如释重负，还要我别歇斯底里，好像我是个得了癔症的老太太。"她摇摇头，"我让他发一个案情通报，他居然说：'为什么？'为什么……他妈的，德克斯特，我要勒死他，可……"她耸耸肩。

　　"可他也没有说错啊。"我说。

　　"是的。只有凯尔一个人知道那家伙的长相。"她说，"我们不知道他开什么样的车，不知道他的真名，也不知道……妈的，德克斯特，我只知道他抓走了凯尔。"她重重地喘了口气，"马修斯给凯尔在华盛顿的那些人打了个电话，还说除此之外他也无能为力。"她摇摇头，显得很憔悴，"他们星期二上午会派个人过来。"

　　"那好啊，"我说，"我是说我们知道那家伙是个慢性子。"

　　"星期二上午，"她说，"差不多还有两天的时间。德克斯特，你觉得他会先从哪儿下手？会先切除掉一条大腿还是一只胳膊？会不会同时切除掉大腿和胳膊？"

　　"不会，"我说，"一次切除一个零件。"她死死地盯着我，"这很有道理，不是吗？"

　　"没道理，"她说，"我觉得什么都没道理。"

　　"德博拉，那家伙的目的不只是切除掉胳膊和大腿。他只是这样做而已。"

　　"他妈的，德克斯特，你说清楚一点儿。"

　　"他的目的是彻底摧毁受害者，从肉体和心灵上彻底摧毁他们，使他们永远无法康复；将他们变成只会叫唤的植物人，除了永无止境的恐惧外，什么都不知道。切除胳膊、大腿和嘴唇，只是他……"

　　"哦，天哪，德克斯特。"德博拉说，脸上的肌肉扭曲在了一起，那表情自母亲去世后我就再也没有见过。她转过脸去，肩膀开始颤抖。这让我感到有点儿不安。我是说，我感觉不到情感，而我知道德博拉经常能感觉到。可她轻易不会流露出自己的情感，除非你将发火也算作一种情感。她现在正眼泪汪汪地抽泣着，我知道我应该拍拍她的肩膀，对她说"好了，好了"，或者说一些同样深邃且富有人性的话，可我硬是做不到。这是德博拉，是我妹妹，她会知道我是在做戏——

　　但是，这显然就是那种需要人类做出反应的时刻，而且由于我多年来一直对人类进行研究，知道人类在这种情况下会怎么做，我决定如法炮制。我站起来，走到她身边，搂住她的肩膀，轻轻拍了拍她，说："好了，德博拉，好了。"没想到德搏拉将头靠在我的肩膀上，抽泣起来，因此我觉得这样安慰她也许没有错。

"你真的能在一星期里爱上一个人吗？"她问我。

"我不知道我是否能做到。"我说。

"我实在接受不了，德克斯特。"她说，"如果凯尔死了，或者变成——哦，上帝啊，我不知道我该怎么办。"她又将头靠在我的肩膀上，再次抽泣起来。

"好了，好了。"我说。

她使劲儿吸了一下鼻子，然后从身旁的桌子上拿了一张纸巾，擤着鼻子："别再说了。"

"对不起，"我说，"我不知道别的该说什么。"

"你告诉我这家伙究竟想干什么，告诉我怎样抓到他。"

我坐回到那摇摇欲坠的小椅子上："恐怕我做不到，我对他所干的这一切没有多少感觉。"

"胡说八道。"她说。

"我说的是实话。我的意思是，从法律的角度来说，他并没有杀死人，这你知道。"

"德克斯特，"她说，"你比凯尔更了解这家伙，尽管凯尔知道这家伙是谁。我们必须找到他，一定要找到他。"她咬住下嘴唇，我害怕她再次抽泣，如果是那样，我会完全束手无策。但是她振作了起来，只是擤了一下鼻子，重新变成了我所熟悉的那个精干的警官妹妹。

"我试试看吧。我是否可以假定你和凯尔已经进行过基本调查了？也就是说讯问过证人什么的了？"

她摇摇头："我们没有必要①。凯尔知道——"她为自己使用了过去时态而停了下来，然后坚定地接着说："凯尔知道是谁干的②，而且知道下一个会轮到谁。"

"你再说一遍，他知道下一个会轮到谁？"

---

① 此处英文原文为"We didn't need to"，是过去时态。

② 此处英文原文为"Kyle knows who did it"，是现在时态。

德博拉皱起了眉头："好像不是。凯尔说名单上有四个人住在迈阿密，其中一个已经失踪，凯尔估计这个人已经被抓，但这样一来，我们就有时间来监视剩下的三个人。"

"德博拉，那四个人都是谁？凯尔怎么会认识他们？"

她叹了口气："凯尔没有把他们的名字告诉我，但这几个人都属于某种组织，在萨尔瓦多，和这个丹科大夫在一起。所以——"她摊开双手，显得很无助，这对她而言是一种全新的表情。虽然这给她增添了一种小姑娘般的迷人神情，却让我更有了一种被利用的感觉。整个世界都在快乐地疯狂运转，陷入最糟糕的麻烦之中，然后让精力充沛的德克斯特来收拾残局。这真是不公平，可你又能怎么着呢？

更重要的是，我现在该怎么办？我实在想不出有什么办法能赶在最糟糕的情况出现之前找到凯尔。我可以肯定我嘴上没有说出来，但德博拉的反应就像我已经大声宣布了一样。她猛地拍了一下桌子，说："我们必须在他对凯尔动手之前抓住他，德克斯特。我是不是应该希望在找到他之前凯尔只失去一只胳膊，或者一条腿？不管怎么说，凯尔……"她话没有说完，将目光转向了小桌旁落地窗外的暗处。

她当然没有错，看样子我们确实无法将凯尔完整无缺地救回来，因为即使我们吉星高照，即使我才智过人，我们恐怕也无法赶在丹科大夫动手之前找到他。凯尔能坚持多久？我估计他在这方面受过一些训练，知道如何处理这类事，他知道等待他的会是什么，所以……

可是等一下。我闭上眼睛，想好好思考一下这件事。丹科大夫会知道凯尔久经考验，正如我已经告诉过德博拉的，他的整个目的是摧毁受害者的意志，将他变成只会喊叫的、无法修复的东西。因此——

我睁开眼睛。"德博拉，"我说，她望着我，"也许我可以给你一点儿希望。"

"说吧。"她说。

"这只是个猜测，"我说，"但我认为这位精神错乱的大夫可能会让凯尔多活几天，不会立刻对他动手。"

她皱起了眉头："为什么？"

"为了让整个过程持续得更久一点儿，让他屈服。凯尔知道自己会遭遇什么，他会坚强地面对一切。可是你设想一下，他被关在黑暗中，全身被捆绑着，只能发挥自己的想象力。所以我认为或许在他前面还有一位受害者，也就是已经失踪的那个家伙，因此凯尔能听到一切——锯子、手术刀、呻吟声、说话声。他甚至可以闻到气味，知道这一切即将发生在自己身上却不知道是什么时候。他甚至连一个脚指甲都没有少就已经疯了一半。"

"天哪。"她说，"这就是你说的希望？"

"对，我们就会多一点儿时间找到他。"

"天哪。"她又说了一遍。

"我有可能错了。"我说。

她重新将目光转向窗外："千万别出错，德克斯特。这次绝对不能出错。"

我摇摇头。这肯定会演变成一件单调乏味的苦差事，一点儿乐趣都没有。我能想到的值得一试的办法只有两个，而这两个办法都得等到天亮才能实施。我看了看四周，想找一只钟。录像机上显示的时间为十二点。"你有钟吗？"我问。

德博拉皱起了眉头："你要钟干什么？"

"看看现在几点了，"我说，"这没有什么不对的。"

"这他妈的又有什么用？"她问。

"德博拉，待在你这儿不会有任何进展。我们必须从头开始，进行常规调查，也就是丘特斯基不让我们警察局插手的调查工作。幸运的是，我们可以用你的警徽去糊弄几个人，问几个问题，可我们得等到天亮。"

"妈的，"她说，"我最恨等待了。"

"好了，好了。"我说。德博拉看了我一眼，眼神里透着愠怒，但她没有吭声。

我也不喜欢等待，可我最近总是在等待，所以反而觉得等待没有那么难熬。不管怎么说，我们等待着，坐在椅子上打了个盹儿，直到太阳升起。然后，我干脆动手煮起了咖啡。一次一杯，因为德博拉的咖啡壶是专门为那种不会款待大批客人、不会享受生活的人设计的，一次只能煮一杯咖啡。冰箱里没有一点儿可以填肚子的东西，真是太扫兴了！

马克·施皮尔曼大夫是个大块头，看上去不像急诊室的医生，更像个退役的橄榄球前卫。不过，那天急救车将那玩意儿送到杰克逊医院时，当班的恰好就是他，而他只要一提起这件事就一肚子火。"要是再让我见到那种东西，"他说，"我就准备退休，改行养腊肠犬了。"他摇摇头，"你们了解杰克逊医院急诊室的情况，这是全美国最忙的急诊室之一。全世界最古怪的城市里最古怪的病人都往这里送，可是这——"施皮尔曼用手指敲了敲桌子，"完全是另一码事。"我们正和他一起坐在淡绿色的医务人员休息室里。

"以后怎么样？"德博拉问，他飞快地看了她一眼。

"你是在开玩笑？"他说，"根本没有以后。从身体的角度来说，除了维持他的生命外已经没有任何别的办法。从智力的角度嘛，"他伸出双手，手掌朝下，重重地放到桌上，"虽说我不是精神病专家，但我可以肯定他的大脑已经一片空白，他永远不会再有片刻的清醒。他唯一的希望就是我们给他注射麻醉剂，让他到死也不会知道自己是谁，而为了他好，我们都应该希望他早点儿死。"他看了一眼自己的手表，是一块非常漂亮的劳力士，"要耽搁我很久吗？我今天值班。"

"他的血液里有没有药品残留？"德博拉问。

施皮尔曼哼了一声："残留？真见鬼，那家伙的血液就像鸡尾酒。我以前还从来没有见过这种什么药都有的情况，全都是为了让他保持清醒，同时又让他的身体感觉不到疼痛，免得一个个截肢手术要了他的命。"

"切口处有没有什么特别之处？"我问他。

"那家伙受过训练，"施皮尔曼说，"手术精湛，世界上任何一所医学院都能教会他这些。"他舒了口气，脸上闪过一丝歉意的笑容，"有些伤口已经愈合。"

"大概是什么时间范围？"德博拉问。

施皮尔曼耸了耸肩。"从开始到结束，四到六个星期，"他说，"他至少花了一个月的时间才完成整个截肢过程，一次一部分。我实在想象不出比这更可怕的事。"

"他是在镜子前干的，"我说，"好让受害者目睹整个过程。"

施皮尔曼惊恐万分。"我的上帝啊。"他说。他在那里坐了一分钟，然后说道："哦，我的上帝。"他摇摇头，又看了一眼他的劳力士表。"我说，我很想给你们提供一些帮助，可是这……"他摊开双手，重新放到桌面上，"我真的无法给你们提供太多的帮助，所以我还是给你们节省点儿时间吧。那位先生，呃，切斯尼？"

"丘特斯基。"德博拉说。

"对，是这名字。他来过这里，建议我做一个视网膜扫描，然后将结果与弗吉尼亚的某个数据库进行比对，查找出这个人的身份。"他皱着眉头，噘起嘴，"总之，我昨天收到一份传真，上面有受害者的身份。我这就给你们拿来。"他站起身，走进了过道。不一会儿，他拿着一张纸回来了。"就是这个。名字叫曼纽尔·博尔赫斯，祖籍萨尔瓦多，从事进口业务。"他将纸放到德博拉的面前，"我知道这提供不了多少情况，但相信我，只有这些了。看那家伙的样子……"他耸耸肩，"我原来以为会连他是谁都查不出来呢。"

天花板上的一个喇叭说了句什么，那声音仿佛来自某个电视节目。施皮尔曼侧过头，皱起眉头，说："我得走了，希望你们能抓住他。"他出了门，消失在过道里，速度快得连他扔在桌上的那张传真纸都飞舞了一下。

我看了德博拉一眼，得知受害者姓名似乎并没有让她感到特别受鼓舞："我知道这收获不大。"

她摇摇头。"如果真是收获不大，那也比没有收获强得多，而这根本算不上是收获。"她望着那份传真，将内容看了一遍，"萨尔瓦多，与一个叫法郎戈的组织有联系。"

"那是我们这一边，"我说，她抬头望着我，"就是美国支持的这一边，我上网查过。"

"太棒了，这么说我们刚刚查到了早已掌握的情况。"她站起身，向门口走去，虽说速度没有施皮尔曼大夫那么快，却也让我一直追到停车场门口才赶上她。

德博拉紧紧咬着牙，默默地开着车。我们一路飙车来到了西北四大街上的那座小屋前，一切就是从这里开始的。当然，黄色隔离带早已不见了踪影，但德博拉仍然按照警察的一贯作风随意停车后下了车。我跟在她身后，顺着短短的人行道来到了发现那玩意儿的隔壁邻居家。德博拉按了门铃，没过多久门开了，一个中年男子看着我们，脸上一副询问的神色。他戴着金边眼镜，穿了一件棕黄色瓜亚贝拉衬衣①。

"我们找阿里尔·梅迪纳。"德博拉亮了一下自己的警徽。

----

① 一种宽松、舒适、胸前打褶的四兜衬衣。

"我母亲在休息。"他说。

"事情很紧急。"德博拉说。

中年男子看了看她，又看了看我。"请等一下。"他说。他关了门，德博拉死死地盯着门，我看到她下巴上的肌肉不停地扭动着。两分钟后，中年男子又开了门，而且将门拉开："请进。"

我们跟着他走进了一个光线较暗的小屋，里面摆了几十张茶几，每张茶几上都放着宗教物品和装在相框里的照片。阿里尔，也就是当初发现隔壁那玩意儿并且将头靠在德博拉肩膀上哭泣的那位老太太，坐在一张垫得太高的大沙发上，胳膊下和身后还放着一个个小靠垫。她看到德博拉时说了声"啊"，然后便站起来拥抱她。德博拉愣了片刻才笨拙地在老太太的背上轻轻拍了几下，并且抓住机会在第一时间后退开来。阿里尔坐到沙发上，拍拍身旁的坐垫。德博拉坐了下来。

老太太立刻滔滔不绝地说起了西班牙语。虽然我也会一点儿西班牙语，而且常常能听懂古巴人说的西班牙语，可阿里尔的长篇大论我只能听懂片言只语。德博拉茫然地望着我。不知是哪根弦搭错了，德博拉在学校时第二外语居然选的是法语，所以在她听来，老太太的话可能和古伊特鲁里亚①语差不多。

"Por favor, Señora,"②我说，"Mi hermana no habla español."③

"啊？"阿里尔看着德博拉，摇摇头，热情立刻减少了一些，"拉扎罗！"她儿子立刻走了过来，她重新开始口若悬河地说，而他则替她翻译。"我是1962年从古巴的圣地亚哥来到这里的。在巴蒂斯塔④执政期间，我目睹过一些可怕的事。人们会突然失踪。后来是卡斯特罗，我起初也满怀希望。"她摇摇头，摊开双手，"不管你们信不信，我们当时确实是这样想的，希望一切能有所改变。可是不久以后一切照旧，而且情况更糟，于是我就来到了这里，来到了美国，因为这里没有人突然失踪，没有人在街头被枪杀，没有人遭受酷刑。我当时就是这么想的。结果现在却见到了这个。"她挥手指了一下隔壁。

"我需要问你几个问题。"德博拉说，拉扎罗翻译了过去。

---

① 意大利中西部古国。

② 意思为"对不起，夫人"。

③ 意思为"我妹妹听不懂西班牙语"。

④ 古巴军人，独裁者，两次任总统，1959年被卡斯特罗推翻。

阿里尔点点头，继续絮絮叨叨地讲自己的故事。"即使是在卡斯特罗执政期间，他们也绝不会干出这样的事。"她说，"是的，他们杀人，把人关进派恩斯岛，可绝对不会干出这样的事。古巴绝对不会出这样的事，只有美国才会有。"

"你有没有见过隔壁那个人？"德博拉打断了她的话，"就是干这件事的那个人。"阿里尔盯着德博拉看了一会儿。"我需要知道。"德博拉说，"如果我们不把他抓住的话，还会发生这样的事。"

"怎么是你在问我？"阿里尔说道，他儿子在一旁翻译，"这不是你该干的活儿。像你这么漂亮的姑娘，应该有个丈夫，有个家庭。"

"El victimo proximo es el novio de mi hermana."①我说。德博拉瞪了我一眼，但阿里尔说："啊……"她用舌头发出了嗒嗒声，点了点头。"我不知道能告诉你什么。我确实见过那个人，也许见过两次。"她耸耸肩，德博拉不耐烦地向前凑了凑，"都是在晚上，还隔着一段距离。我只记得那个人个子很矮，很瘦小，皮包骨头。他戴着大眼镜。其他的我就不知道了。他从来不出门，也很安静。有时候我们会听到音乐声。"她笑了笑，"蒂托·蓬蒂。"②

"啊，"我说，大家一起将目光转移到我身上，弄得我有些不好意思，"可以掩盖响声。"

"他有没有车？"德博拉问，阿里尔皱起了眉头。

"有辆面包车。"她说，"他开一辆白色面包车，很旧，连车窗都没有。车子倒是很干净，可车身许多地方都生了锈，还有被撞凹进去的地方。我看到过几次，可他通常把车停在车库里。"

"你大概没有看到他的车牌吧？"我问她，她望着我。

"看到了，"她说，然后举起一只手，掌心朝上，"我没有记住车牌号，只有老电影里的人才会记住车牌号。可我知道那是佛罗里达州的车牌，那种上面有个孩子卡通形象的黄色车牌。"她停下来怒视着我，因为我咯咯笑了起来。

德博拉也瞪了我一眼："他妈的有什么好笑的？"

"是那车牌，"我说，"对不起，德博拉，可我的上帝啊，难道你不知道那

---

① 意思为"下一个受害者是我妹妹的心上人"。

② 美国打击乐和拉丁爵士乐大师。

种黄色的佛罗里达车牌是什么吗？这家伙有这种车牌，居然还干这种事……"我忍了又忍才没有再笑出声，但这已经动用了我所有的自制力。

"好了，那黄色车牌究竟有什么好笑的？"

"那是一种特殊车牌，"我说，"是那种上面印有'选择生活'字样的车牌。"

这位丹科大夫开车运送着那些不停地挣扎着的受害者，向他们体内注射各种化学物，以精湛的技术将他们肢解，还让他们活着经历这一切。一想到这里，我忍不住又咯咯笑了起来。"选择生活。"我说。

我真想会一会这家伙。

我们默默走回到汽车旁，德博拉上车后立刻给马修斯局长打了电话，将面包车的事告诉了他，他同意发一个案情通报。德博拉打电话的时候，我环视着四周，一个个修剪整齐的院子，大多数的房子由色彩斑斓的石块砌成，大门前的门廊上用铁链拴着几辆儿童自行车，不远处就是奥兰治体育场。这是一个非常不错的小区，非常适合人们居住、工作、建立家庭——或者砍掉某人的胳膊或大腿。

"上车。"德博拉打断了我的思绪。我上了车，汽车立刻启动。我们在半路上遇到了红灯，德博拉扭头看了我一眼："你笑的时机选得可真不错。"

"说实在的，德博拉，"我说，"这是我们第一次对那家伙的个性有所了解。我们知道他有幽默感，而这已经是一大进步。"

"是啊，或许我们会在某个喜剧俱乐部抓到他。"

"我们会抓住他的，德博拉。"我说，只是我们俩谁也不相信我的话。她哼了一声，信号灯转为绿灯后，她猛地一踩油门，仿佛要踩死一条毒蛇。

我们顺着路上的车流向德博拉家驶去。早晨上班高峰期的车流刚刚结束。在弗拉格勒路和34街的街角，一辆车冲上了人行道，撞到了教堂前的路灯柱上。一名警察站在车旁，两个男人正冲对方叫骂着，路边上坐着一个女孩，正在哭泣。啊，人间天堂里又一个神奇日子的迷人节奏。

不一会儿，我们拐进了梅迪纳街，德博拉将车停在我的车旁。她关上发动机，我们默默地坐在那里，聆听着发动机冷却时发出的声音。"妈的。"她说。

"我深有同感。"

"我们现在怎么办？"

"睡觉，"我说，"我累坏了，脑子已经不好使了。"

她双手用力一拍方向盘。"我怎么能睡得着，德克斯特？我知道凯尔正……"她又用力拍了一下方向盘，"妈的。"

"我们会查到那辆面包车的。数据库会提供每一辆车牌上印有'选择生活'字样的白色面包车的情况。等到案情通报发出后，剩下的就只是时间问题。"

"可凯尔没有时间了。"她说。

"人总是要睡觉的，德博拉。"我说，"我也一样。"

一辆快递公司的面包车嘎吱嘎吱地从街角驶了过来，猛地停在了德博拉家门前。司机拿着个小包裹下了车，向德博拉家的大门走去。她又说了一句"妈的"，然后下车去取包裹。

我闭上眼睛，坐在那里胡思乱想，这是我精疲力竭不想思考时的习惯做法。

送货的面包车嘎吱嘎吱地开走了。我正准备打个哈欠，伸个懒腰，承认我那精确的大脑正处于停顿状态，可就在这时我听到了一种类似干呕的呻吟声。我睁开眼，看到德博拉摇摇晃晃地向前迈出一步，重重地坐在大门前的走道上。我赶紧下车向她跑去。

"德博拉，怎么啦？"

她放下手中的包裹，双手捂着脸，又发出了几声我从未从她嘴里听到过的声音。我在她身旁蹲下来，捡起那个包裹。那是个小盒子，大小刚好能装一块手表。我将盒子打开，里面有一个密封塑料袋，袋子里装着一根人的手指。

手指上戴着一枚闪闪发亮的大戒指。

Chapter

与多克斯联手 *16*

　　这次要想让德博拉平静下来，光凭拍拍她的肩膀，对她说"好了，好了"已经不管用了，我只好硬逼着她喝了一大杯薄荷味荷兰烈酒。我知道她需要一点儿化学物的帮助来让自己放松，可能的话甚至让她睡一会儿，但德博拉的药箱里最厉害的也就是泰诺①，而她几乎滴酒不沾。我最后在厨房的水槽下找到一瓶薄荷味荷兰烈酒，在确定那不是去污剂后，逼着她喝一大杯。她打了个寒战，呕了一下，但还是将它喝了下去。她已经心力交瘁到了没有反抗力的地步。

　　她一屁股坐到椅子上，我将她的几件换洗衣服塞进一只购物袋里，放到大门口。她看看袋子，然后看着我："你在干什么？"她的声音含糊不清，而且对我的回答似乎不感兴趣。

　　"你到我那儿住几天。"我说。

　　"不想去。"她说。

　　"没关系，你必须去。"

　　她死死地盯着门口那袋衣服："为什么？"

　　我走过去，在她身旁蹲下来："德博拉，他知道你是谁，知道你住在哪里。

---

① 一种非处方类感冒药。

就算我们给他出一点儿难题，行吗？"

她又打了个寒战，但没有再说什么。我扶她站起来，出了门。过了半小时，又一杯薄荷味荷兰烈酒下肚后，她躺到了我的床上，发出了轻微的鼾声。我给她留了张字条，让她醒来后给我打电话，然后带上她那突如其来的小包裹，上班去了。

我也不指望对那根手指进行一次法医分析会找到任何重要线索，可由于我的职业就是法医，我觉得还是应该从专业的角度对它草草检查一下。再说，我这个人干什么事都言而有信，所以我在上班的路上还是停车买了炸面包圈。快走进二楼我的工作间时，文斯·增冈顺着过道迎面走了过来。我向他毕恭毕敬地鞠了一躬，举起了装着炸面包圈的袋子。"你好，师父，"我说，"我给你带礼物来了。"

"你好，小蚱蜢，"他说，"这世上有一样东西叫时间。你应该好好研究一下时间的奥秘。"他抬起手，指着自己的手表，"我正准备去吃午饭，而你现在才给我带来早饭！"

"总比没有强吧？"我说，可他摇了摇头。

"不，"他说，"我的口味已经变了，我要去享用炖牛腰肉和香蕉。"

"既然你拒绝接受我的礼物，"我说，"那我得给你一根手指。"①他扬起眉毛，我把德博拉收到的包裹递给他，"能在午饭前占用你半小时吗？"

他看着那个小盒子："我可不想空着肚子打开这玩意儿。"

"那好，要不要先来一个炸面包圈？"

这占用了我们半个多小时。等到文斯去吃午饭时，我们已经明白从凯尔的手指上得不到任何信息。切口非常整齐，非常专业，所用的工具锋利无比，伤口处没有留下任何痕迹。指甲缝里没有任何特别之处，唯一的一点儿尘埃可能来自任何地方。我取下那枚戒指，可上面没有纤维，没有毛发，没有任何可以提供线索的东西。手指的血型为AB型，与凯尔的血型完全吻合。

我将那根手指放进冷藏室，然后将戒指装进了自己的口袋。虽说这多少有点儿违反规定，但我相信如果我们找不到凯尔的话，德博拉一定想将那枚戒指留作纪念。就目前的情况来看，我们即使真的将他找回来，也很可能是通过快递公司，一次一个部分。当然，我这个人没有那么多丰富的情感，但我知道支离破碎

---

① 此处为双关语，既表示给人一根手指，又表示要恶意对待某人。

的凯尔绝对不会温暖德博拉的心。

我这时确实累坏了，既然德博拉还没有给我打电话，我认定自己有权回家睡一会儿。我钻进车时，午后的阵雨刚刚开始。我旋风般地冲上了勒琼大道，路上的车辆相对较少，我平安到家。我冒雨冲进屋，看到德博拉已经走了。她留了张字条，说她会给我打电话。我松了口气，因为我实在不愿意睡在那张大小只有我身体的一半的沙发上。我立刻钻到床上，一觉睡到下午六点，没有受到任何打搅。

当然，就连我的身体这种威力无比的机器也需要一定的保养，我从床上坐起来时，感到自己非常需要加点儿油。几乎整夜没睡，早饭又没有吃上，再加上绞尽脑汁地想除了"好了，好了"之外还有什么话可以安慰德博拉，这一切给我造成了极大的危害。我感到仿佛有人偷偷钻进了我的体内，用沙滩上的黄沙——甚至夹杂着瓶盖和烟蒂，塞满了我的脑子。

这种罕见的情况只有一种解决办法，那就是锻炼身体。可就在我确定我真正需要的是轻轻松松地跑上两三英里时，我又想起跑步鞋不知道放哪儿了，反正不在门边它们通常所待的地方，也不在我的车上。我觉得可能是我将它们落在丽塔家了。我晃晃悠悠地走到车旁，开车来到了丽塔家。

雨早就停了。驶到日落街时，那辆褐紫色的福特金牛又出现在了我的身后，而且一路跟踪着。看到多克斯重操旧业真让人感到高兴，因为我刚刚有一种被冷落的感觉。我敲门的时候，他又将车停在了街道对面；丽塔开门的时候，他刚刚关掉发动机。"真让人喜出望外啊！"她说，抬起头来让我亲吻。

我亲吻了她一下，顺便加了几句甜言蜜语，免得多克斯感到无聊。"我真不好意思开口，"我说，"不过我是来取跑步鞋的。"

丽塔笑了："我刚好穿上跑步鞋，想跟我一起去出点儿汗吗？"她拉开门让我进屋。

"这是我一整天收到的最好的邀请。"我说。

我在她家的车库里找到了我的跑步鞋，就放在洗衣机旁，旁边还有一条短裤和一件无袖运动衫，全都洗得干干净净。我走进卫生间换衣服，将上班的衣服折叠好后放在马桶盖上。几分钟后，我和丽塔一起慢慢跑在了街区的马路上。我经过多克斯身旁时朝他挥了挥手。我们顺着街道向前跑，右转后又向前跑了几个街区，然后绕着附近的公园跑了一圈。我们以前沿这条线路跑过，甚至丈量过它的长度——不到三英里。我们已经习惯了对方的步伐，大约半小时后，我们大汗淋滴地站在丽塔家的大门前，准备迎接地球上又一个夜生活的挑战。

"如果你不介意，我先冲个澡，"她说，"然后趁你冲澡的时候做晚饭。"

"绝对没问题，"我说，"我就先坐在这里滴滴汗吧。"

丽塔笑了。"我给你拿罐啤酒。"她说。不一会儿，她递给我一罐啤酒，进屋后关上了门。我坐在台阶上，喝着啤酒。过去几天简直像个模糊的影子，我的生活完全乱了套。丘特斯基正在城里某个地方失去身上的零件，我却安安静静地坐在这里喝啤酒，这种祥和的时刻确实让我很喜欢。生活仍然在我的周围继续着，各种各样的砍杀、勒杀和碎尸活动仍在继续，但在德克斯特的王国里现在只是喝啤酒的时候。我举起啤酒罐，向多克斯警官敬酒。

我突然听到屋子里有喧闹声，喊叫声中还夹杂着几声尖叫，就像丽塔刚刚发现甲壳虫乐队在她家的卫生间里一样。接着，大门哐的一声开了，丽塔一把搂住我的脖子，力气之大简直要把我勒死。我赶紧放下啤酒罐，猛地喘了几口气。

"怎么啦？我干了什么？"我说，我看到阿斯特和科迪也站在门口望着我，"我很抱歉，再也不会了。"但丽塔只是继续死死地搂着我的脖子。

"哦，德克斯特。"她说，眼睛里噙着泪花。阿斯特一面冲着我笑一面拍着双手，科迪只是看着这一切，微微点了点头。"哦，德克斯特。"丽塔又说了一遍。

"求求你了，"我说，竭力要喘口气，"我保证这是个意外，没有任何恶意。我究竟做了什么？"丽塔终于松了手，免得将我勒死。

"丽塔，究竟出什么事了？"

她的笑容越来越灿烂。"哦，德克斯特。我真的……阿斯特要用马桶，她拿起你的衣服时，这东西掉在了地上。哦，德克斯特，这太漂亮了！"哦，德克斯特。她已经说了这么多遍，我开始感到有些不对劲儿，可我仍然不知道究竟出了什么事。

直到丽塔抬起手来，她的左手无名指上有一枚很大的钻石戒指在闪闪发光。

丘特斯基的戒指。

"哦，德克斯特，"她将脸埋进了我的胸膛，"我愿意，我愿意，我愿意！你让我感到太幸福了！"

"好了。"科迪轻声说。

然后，除了祝贺外，你还能说什么呢？

那天晚上是在怀疑与美乐淡啤酒构成的迷糊状态中度过的。我知道，空中什么地方有一连串完美、平静、合乎逻辑的话语在飞舞，我可以将它们组合在一起说给丽塔听，让她明白我并没有向她求婚，然后一笑了之，互道晚安。可我越是费劲儿寻找那时刻躲避着我的句子，它从我身边逃走的速度就越快。我不停地安慰自己，或许再喝一罐啤酒就能打开感觉之门了，却不料几罐啤酒下肚后，丽塔竟然去街角的商店买回了一瓶香槟！我们喝着香槟，大家好像都很开心，而且有了一就必然会有二，结果不知怎么的我最后竟然又一次睡到了丽塔的床上，目睹了一些不堪入目的行为。

　　我带着惊讶和怀疑睡着了，临睡前又一次琢磨：这些可怕的事怎么总是发生在我身上？

　　度过这样一个夜晚后，醒来的感觉肯定会非常糟糕，而半夜醒来后还在想"哦，上帝，德博拉"，那种感觉更加糟糕。大家可能会认为我是因为忽视了某个依靠我的人而感到内疚或不安，如果是那样，那大家全都想错了。我已经说过，我这个人感觉不到任何情感，但是我能体验恐惧，而德博拉可能爆发的怒火让我胆战心惊。我赶紧穿上衣服，没有惊醒任何人就出门来到我的车旁。街对面已经没有了多克斯警官的身影。真是太好了，就连多克斯有时也需要睡觉，要么就是他觉得应该给刚刚订婚的人一点儿隐私。

　　我匆匆赶回家，查了一下电话录音，没有德博拉的留言，只有一条自动播发的信息，催促我趁早买一套新轮胎——真是给人一种不祥之感。我开始煮咖啡，等待着晨报被扔到我家门上时发出的重重的撞击声。早晨的到来给了我一种虚幻感，这种虚幻感不完全来自香槟的后劲儿。订婚了，我？

　　我现在怎么办？丽塔肯定会清醒过来的。我是说真的，我？有谁会愿意嫁给我？！比嫁给我更好的选择多的是，比方说当修女或者参加和平队①。在迈阿密这么大的城市，难道她连一个至少有人性的人都找不到吗？再说了，她干吗这么心急火燎地要再婚？她的第一次婚姻并不成功，而她现在显然急不可待地想跳进婚姻这个火坑。难道女人们真的如此迫不及待地要将自己嫁出去？

　　当然还得考虑孩子。传统观念肯定会说他们需要一个父亲，这话当然有些道理，因为如果没有哈里我会在哪里？阿斯特和科迪显得那么开心。就算我让丽塔

----

① 由自愿人员组成的美国政府代表机构，成立于1961年，去发展中国家提供技术服务。

明白这一切完全是个误会，孩子们会理解吗？

喝第二杯咖啡时，报纸送来了。我瞥了一眼各大主要栏目后如释重负，因为我看到可怕的事情仍然在到处发生，至少世界其他地方没有发疯。

七点钟，我觉得应该可以给德博拉打个电话了。没有人接电话，我留了个口信，十五分钟后她给我打了回来。"早上好，老妹。"我说，不免暗暗钦佩自己强装出来的开心口吻，"你有没有睡一会儿？"

"睡了一小会儿，"她嘟囔道，"昨天下午四点钟醒来后，我就按照包裹上的地址查到了海厄利亚区的一个地方。我几乎整整一夜都在这儿转悠，寻找那辆白色面包车。"

"如果他是从海厄利亚寄的包裹，那他可能是从基韦斯特岛①一路开车过来的。"我说。

"我知道，浑蛋。"她打断了我的话，"可我究竟该怎么办？"

"我不知道。"我承认道，"华盛顿那家伙不是今天到吗？"

"我们对他一无所知，"她说，"不能因为凯尔优秀就认定这家伙也很优秀。"

她显然忘记了一点：凯尔并没有表现得特别优秀，至少在公共场合没有。说实在的，除了自己被抓还被剪掉了手指头外，他一事无成。不过，这会儿评论他是否优秀显然不合时宜，于是我说："我们只能希望新来的家伙掌握了一些我们不知道的情况。"

德博拉哼了一声："这不难。他到了后我就给你打电话。"她挂了电话，我开始工作。

十二点三十分，德博拉急匆匆地大步走进法医室，来到我那小小的隔间前，将一盒磁带扔到我桌上。我抬头望着她，她的脸上没有笑容，但这已不是什么新鲜事了。"这是我家录音电话上的，你听听。"

我打开录音机的磁带舱，将德博拉扔给我的磁带装进去，然后按了一下播放键。磁带先是发出尖厉的响声，然后一个陌生的声音说："嗯，摩根警官，对吗？我叫丹·伯德特，凯尔·丘特斯基说我应该与你联系。我刚下飞机，到饭店

---

① 美国佛罗里达州南端佛罗里达群岛最西端的岛屿。

后就给你打电话，我们先见个面。我的饭店是……"然后便是窸窸窣窣的响声，他显然将手机从嘴边移开了，因为他说话的声音小了一点儿。"什么？哦，太好了。好了，谢谢。"他的声音又大了起来，"我刚刚见到你的司机，谢谢你派人来接我。好了，我到饭店后与你联系。"

德博拉从桌子对面伸过手来，关掉了录音机："我没有派人去那该死的机场，马修斯局长也他妈的没有。你派人去那该死的机场了吗，德克斯特？"

"我的车没有油了。"我说。

"他妈的！"她说。

"好了，"我说，"至少我们已经知道接替凯尔的人有多优秀了。"

德博拉重重地坐到我办公桌旁的折叠椅上。"他妈的，"她说，"凯尔……"她咬住嘴唇，没有把话说完。

"你有没有向马修斯局长汇报这件事？"我问她，她摇摇头，"听着，他必须给他们打电话，让他们再派人过来。"

"是啊，真是太妙了。他们再派人过来，恐怕这次连行李提取处都到不了。妈的，德克斯特。"

"德博拉，我们必须向他们汇报，"我说，"我顺便问一句，他们是谁？凯尔有没有告诉过你他究竟为谁效力？"

她叹了口气："没有。他曾经开过玩笑，说自己为OGA①工作，可他一直没有说为什么那是个玩笑。"

"听着，不管那些人是谁，都应该让他们知道，"我说着从录音机里取出磁带，放到她面前的桌上，"他们总会有办法的。"

德博拉坐在那里没有挪窝。"为什么我觉得他们已经采取了行动？那人是叫伯德特吧？"她说。然后，她拿起磁带，走出了我的办公室。

我正慢慢喝着咖啡，借助一大块巧克力饼干消化午饭，突然有电话打进来，报告说迈阿密海滨地区发生了一起杀人案。我和未婚天使安杰尔立刻驱车出发。现场位于一条准备重修的破旧运河边，有人在一座建了一半的房子里发现了一具尸体。由于房主和承包商打起了官司，房子建了一半后停了下来。两个少年逃学

---

① Other Government Agency的英文缩写。有时是为了委婉地表示隶属于政府或军方的特殊机构，例如CIA。此种用法在电影和美剧中可以看见。

后偷偷钻了进去，结果发现了尸体。尸体放在厚塑料布上，下面是一块胶合板，架在两个锯木架上。有人拿起电锯，干净利落地锯下了受害者的头、双腿和双臂。现场整体就是这样，受害者的躯干在中间，其他几个部分被锯下后分别往外摆放了几英寸。

黑夜行者发出了笑声，并且在我耳旁嘀咕了几句，我认定那纯粹是嫉妒。我开始工作，现场供我分析的血迹图案相当多，而且仍然很新鲜。如果不是碰巧听到第一个赶到现场的警官和另一名警探之间的对话，我可能会花上一天的时间快乐而高效地查找并分析这些血迹。

"钱包就放在尸体旁，"斯奈德警官说，"弗吉尼亚州驾照，姓名是丹尼尔·切斯特·伯德特。"

这倒是说明了很多事，对不对？我又看了一眼那具尸体。虽然头和四肢被切割下来的速度很快，而且很残忍，尸体却摆放得非常整齐，让我觉得似曾相识，黑夜行者也深有同感，开心地笑了一声。躯干和身体各个部分之间的距离非常精确，仿佛被测量过一样，所有这一切被摆放得几乎像一堂解剖课。大腿骨脱离了髋骨。

"让发现尸体的两个孩子到警车上去。"斯奈德对警探说。我回头看了他们一眼，琢磨着如何将我掌握的情况告诉他们。当然，或许我错了，可——

"狗娘养的。"我听到有人嘀咕了一声，回头正好看到安杰尔蹲在尸体的另一边，又用镊子夹起了一张纸片。我走到他身后，越过他的肩膀望去。

又是那细长的字迹，有人写了"POGUE"并且在上面画了一道横线。"Pogue是什么意思？"安杰尔问，"是他的名字？"

"是坐在办公桌后调兵遣将的人。"我说。

他望着我："你怎么知道这些事？"

"我看过很多电影。"我说。

安杰尔低头看着那张纸片："我觉得笔迹相同。"

"与那次的相同？"

"与从没有发生过的那起案子相同，"他说，"我知道，因为我当时也在场。"

我直起身，深吸一口气，为自己猜测正确感到高兴。"这起案子也从来没有发生过。"我说，然后向斯奈德警官走去，他正在和那位警探聊天。

警探名叫库尔特，一张脸上窄下宽。他一面慢悠悠地喝着一大塑料瓶激浪①，一面望着后院旁流过的运河。"你觉得这种地方要多少钱？"他问斯奈德，"旁边有这么一条运河，离海边不到一英里，估计要一百万？还不止？"

"对不起，警探，"我说，"我认为我们这儿遇到了情况。"我一直想对人说这句话，可库尔特似乎不为所动。

"遇到了情况，你是在看《犯罪现场调查》②还是怎么着？"

"伯德特是联邦调查局的人，"我说，"你得立刻给马修斯局长打电话，向他汇报。"

"我得？"库尔特说。

"这涉及我们不能过问的情况，"我说，"他们从华盛顿过来，让马修斯局长不要插手。"

库尔特猛地喝了一大口："马修斯局长买账了吗？"

"绝对买账。"我说。

库尔特扭头看着伯德特的尸体。"是联邦调查局的人。"他盯着被切割下来的脑袋和四肢，又喝了一大口，然后摇摇头，"那些家伙总是一遇到压力就四分五裂。"他将目光重新转向窗外，掏出了手机。

就在未婚天使安杰尔将自己的工具箱放回到车上时，德博拉赶到了现场，比马修斯局长早到了三分钟。我并没有批评马修斯局长的意思，公平地说，德博拉没有往身上喷雅男士香水，所以节省了一点儿时间；而马修斯不仅喷了点儿雅男士香水，重新打好领带也花了点儿时间。马修斯的后面跟着一辆车，是那辆我已经像对自己的车一样熟悉的褐紫色福特金牛，方向盘后坐着多克斯警官。"太好了，太好了，全都到齐了。"我开心地说。斯奈德用异样的眼神看着我，仿佛我刚刚建议大家脱光衣服跳舞一样，但库尔特只是将食指塞进汽水瓶，用手指勾着它，一路晃荡着去迎接局长。

德博拉一直在外面查看现场，并且指示斯奈德的搭档将隔离带再往后挪一点儿。等她最后走过来和我交谈时，我已经有了一个惊人的结论。"德博拉，"看到她向我走来，我赶紧说，"这次并没有骑士来救美。"

---

① Mountain Dew，美国的一种碳酸饮料。

② 一部美国刑侦剧。

"别胡说八道，你这自作聪明的家伙。"她说。

"只剩下我们这几个人，人手不够。"

她将额前的一缕头发捋到脑后，长长地舒了口气："我怎么说来着？"

"可你没有走下一步棋，老妹。既然我们人手不够，我们就需要帮手，需要一个知根知底的人……"

"别说了，德克斯特！我们正将这样的人送到那家伙的门口！"

"这意味着目前唯一剩下的候选人只有多克斯警官。"我说。

她张着嘴死死地盯着我看了片刻，然后转过头去看着多克斯。多克斯此刻正站在伯德特的尸体旁，和马修斯局长说着什么。

"多克斯警官，"我又说了一遍，"以前的多克斯中士，在特种部队，在萨尔瓦多执行特殊任务。"

她转过头来望着我，然后又转过头去看着多克斯。

"德博拉，"我说，"如果我们想找到凯尔，我们就需要对这一切有更多的了解。我们需要知道凯尔名单上那些人的名字，需要知道那是支什么样的小分队，需要知道为什么会发生现在这一切。我只能想到多克斯一个人对此有所了解。"

"多克斯会杀了你。"她说。

"谁都没有理想的工作环境，"我说，竭力挤出快乐的笑容，"我觉得他也像凯尔一样，急于了结这件事。"

"可能没有凯尔那么急切，"德博拉说，"也没有我这么急切。"

"那好，"我说，"这是你的最佳机会。"

德博拉不知为什么仍然有些拿不定主意："马修斯局长不会愿意为此失去多克斯。我们必须先跟他说清楚。"

马修斯与多克斯正在交谈，我指了指他们所站的地方："小心点儿。"

德博拉咬了一会儿嘴唇，终于说："靠，这有可能成功。"

"我实在想不出还有别的计策能成功。"我说。

她深吸一口气，仿佛有谁咔嚓一下按了开关一样，然后咬紧牙关向马修斯和多克斯走去。我跟在她身后，尽量使自己与光秃秃的墙壁融为一体，免得多克斯扑向我，把我的心脏掏出来。

"局长，"德博拉说，"我们在这件事情上需要主动出击。"

虽然"主动出击"是马修斯总爱挂在嘴边的一个词儿，此刻他却睁大了眼睛看着她，就像她是沙拉中的一只蟑螂："我们现在需要的是让华盛顿的那些人派一个能干的人过来收拾残局。"

德博拉指着伯德特的尸体说："他们派了他。"

马修斯低头看了伯德特一眼，若有所思地噘着嘴问："你有什么好办法？"

"我们已经有了几条线索。"她朝我的方向点了点头，我真希望她没有这么说，因为马修斯立刻将目光转向了我，而更糟糕的是多克斯也一样。如果说他那饿狼般的表情暗示着什么的话，那就是他显然丝毫没有改变对我的态度。

"你怎么会插手这个案子？"马修斯问我。

"他在提供法医支持。"德博拉说，我毕恭毕敬地点点头。

"妈的。"多克斯说。

"这牵涉到一个时间问题，"德博拉说，"我们需要赶在类似事件再次发生之前找到这家伙。我们不能永远捂住这件事。"

"我认为'媒体爆料'一词可能比较恰当。"我总是喜欢在关键时刻帮人一把。马修斯瞪了我一眼。

"我熟悉凯尔……丘特斯基的整个计划，"德博拉继续说下去，"但我无法继续，因为我不知道任何背景情况。"她朝多克斯的方向一努嘴，"多克斯警官知道。"

多克斯吃了一惊，这种表情他显然练习得不够，但他还没来得及开口，德博拉又接着说："我认为我们三个人联手的话，可以赶在联邦调查局新派的人到达这里并且接手之前抓住那家伙。"

"浑蛋，"多克斯又说了一遍，"想让我跟他联手？"他其实根本用不着点明他所指的是我，可他还是将一根肌肉发达、关节突出的食指伸到了我眼前。

"对。"德博拉说。马修斯局长咬着嘴唇，有些拿不定主意，而多克斯又说了一声"浑蛋"。

"你说过你知道一些这个案子的情况。"马修斯说。多克斯极不情愿地将怒视的目光从我身上移开，转到了局长身上。

"嗯哼。"多克斯说。

"是你……当兵时候的事。"马修斯说。他倒是没有被多克斯那逼性的怒火吓到，但或许这就是指挥别人的习惯。

"嗯哼。"多克斯又哼了一声。

马修斯皱着眉，俨然一副大人物做出重大决策的神情，我们则竭力克制着，免得身上起鸡皮疙瘩。

"摩根。"马修斯局长终于开口说道。他看着德博拉，没有说话。一辆车身上印有"现场新闻"字样的面包车驶到了小屋前，有人开始下车。"他妈的。"马修斯说。他看了一眼伯德特的尸体，然后将目光转向多克斯："警官，你能行吗？"

"这可能会引起华盛顿那些人的不快，"多克斯说，"我也不大喜欢这里的做法。"

"我已经对华盛顿那些人是否高兴失去了兴趣，"马修斯说，"我们有自己的问题。这事你能处理吗？"

多克斯看着我，我竭力摆出一副认真敬业的表情，但他只是摇摇头："我能。"

马修斯拍了拍他的肩膀。"好人。"他说，然后匆匆赶去应付媒体。

多克斯仍然死死地盯着我，我也毫不示弱地看着他。"想想看，这样一来跟踪我要容易多了。"我说。

他说："等这一切结束后，我们两个人来较量一下。"

"但要等到这一切结束后。"我说。他终于点了一下头。

"那你等着吧。"他说。

多克斯带着我们来到了第八街的一家咖啡馆，街对面是一家汽车经销店。他领着我们走到角落里的一张小桌旁坐了下来，正对着大门。"我们可以在这儿谈谈。"他说，那副神情简直像某部间谍大片，害得我直后悔自己没有戴副墨镜来，或许丘特斯基那副墨镜会由快递公司送来，只是希望送来的时候没有顺便带上架着墨镜的鼻子。

我们还没来得及说正事，就从厨房里走出来一个人，握住了多克斯的手。"艾伯特，"他说，"Cómo estas？"①多克斯回答时用的西班牙语相当好——坦率地说，比我的强，但我觉得我的发音比他好。"路易斯，"他说，"Mas o menos。"②他们闲聊了一会儿，路易斯随后给我们端来了几小杯甜得发腻的古巴

---

① 意思为："近况如何？"

② 意思为："马马虎虎啦。"

咖啡，外加一碟小馅儿饼。他冲多克斯点了点头，然后进了后面的厨房。

德博拉看着这段小插曲，越来越不耐烦，路易斯终于走出去后，她立刻开口说道："我们需要萨尔瓦多那些人的名字。"

多克斯只是看着她，喝了一小口咖啡。"那名单可长了。"他说。

德博拉皱起了眉头："你知道我在说什么。他妈的，多克斯，他抓住了凯尔。"

多克斯咧嘴一笑："是啊，凯尔老了，想当年他绝对不会被人抓住。"

"你们在那里究竟干了些什么？"我问他。我知道这问得有些跑题，但我还是忍不住想看看他如何回答这个问题。

多克斯的脸上仍然挂着笑容，如果你能将那称作笑容的话。他看着我说："你认为呢？"就在我快要听到他的回答时，他身上突然传出了低沉的狂野笑声，我那黑暗的后座深处立刻不甘示弱地传出了应答声，这是一个猎杀者在月夜呼唤着另一个猎杀者。说实在的，他在萨尔瓦多还会干什么呢？正如多克斯了解我一样，我也知道他是什么样的人——一个冷血杀手。即使我没有听到过丘特斯基所说的那番话，我也很容易猜到多克斯在萨尔瓦多那种涂炭生灵的狂欢节上会干什么。

"别再这样大眼瞪小眼的，"德博拉说，"我需要那些人的名字。"

多克斯拿起一块小馅儿饼，身子往后一仰。"你们还是先把情况给我说说吧。"他说。他咬了一口馅儿饼，德博拉的一根手指在桌上轻轻敲了敲。

"好吧，"她说，"我们对那家伙的相貌已经有了一个大概印象，还有他的车，一辆白色面包车。"

多克斯摇摇头："这并不重要，我们知道这是谁干的。"

"我们还鉴别出了第一位受害者的身份，"我说，"他叫曼纽尔·博尔赫斯。"

"是啊，是啊，"多克斯说，"是老曼尼，真应该让我开枪毙了他。"

"是你朋友？"我问，但多克斯没有理睬我。

"你们还掌握了什么情况？"他问。

"凯尔有份名单，"德博拉说，"都是同一个部队的。他说其中一人会成为下一个目标，但他没有告诉我那些人的名字。"

"他是不会告诉你的。"多克斯说。

"所以我们需要你告诉我们。"她说。

多克斯似乎在琢磨如何回答："如果我也像凯尔那样飞黄腾达的话，我会在那些人当中选一个，拿他去赌一把。"德博拉噘起嘴，点点头。"问题是我并不像凯尔那样飞黄腾达，我只是个来自乡村的普通警察。"

"要不要送你一把班卓琴①？"我问，但不知为什么，他没有笑。

"我只知道老部队有一个人住在迈阿密，"他飞快地瞪了我一眼后说，"奥斯卡·阿科斯塔，我两年前在群众超市看到过他，我们可以找到他。我还能想起另外两个人的名字，你们可以查一查，看看他们是否在这里。"他摊开双手，"我所知道的就这些。也许我还可以给弗吉尼亚的几个老朋友打个电话，但我无法确定那样会不会打草惊蛇。"他哼了一声，"反正他们需要两天的时间才会确定我在说什么，以及他们该如何行事。"

"那我们怎么办？"德博拉问，"我们拿这个家伙去赌一把？就是你看到的那个人？还是我们先和他谈谈？"

多克斯摇摇头。"他记得我。我可以和他谈谈。如果你们监视他，他就会知道，有可能从此销声匿迹。"他看了一下表，"三点一刻。再过两小时奥斯卡就会到家。你们等我电话。"然后，他送给我一个灿烂的"我在监视你"的笑容，说："你干吗不去你那漂亮的未婚妻家里等着？"说完，他起身走了出去，留下我们埋单。

德博拉目不转睛地看着我："未婚妻？"

"还没有定下来呢。"我说。

"你订婚了？"

"我正准备告诉你。"我说。

"什么时候告诉我？等到你结婚三周年纪念日？"

"等到我理清头绪之后，"我说，"我仍然不相信这是真的。"

她哼了一声。"我也不相信。"她站起身，"好了，我带你回办公室，然后你可以在你的未婚妻家里等消息。"我在桌上放了点儿钱，温顺地跟在她身后。

我和德博拉出电梯时，文斯·增冈正好从过道经过："嘿，小伙子，还好吗？"

---

① 美国早期乡村音乐中的代表乐器。

"他订婚了。"我还没来得及开口，德博拉就已经把话说了出去。文斯看着她，脸上的表情仿佛她说我怀孕了一样。

"他什么？"他问。

"订婚了，准备结婚了。"她说。

"订婚了？德克斯特？"他的脸似乎在竭力寻找合适的表情，而这对他来说不是件容易的事，因为他似乎总是在装出各种表情。他最终选定了一种表情，看似惊喜。"恭喜恭喜！"他说，然后笨拙地拥抱了我一下。

"谢谢。"我说，仍然为这件事感到万分困惑，想着自己是否真的要假戏真做。

"好了，"他搓着双手，"我们不能轻易放过这种事。明天晚上在我家怎么样？"

"干什么？"我问。

他挤出最虚假的笑容。"一种日本古代仪式，可以追溯到德川幕府时代。我们喝他个一醉方休，然后看毛片。"他说，然后转过身斜睨着德博拉，"我们让你妹妹从蛋糕里跳出来。"

"让你这浑小子跳出来怎么样？"德博拉说。

"真是太好了，文斯，可是我不想……"我竭力避免任何将我订婚之事变为既成事实的活动，而且竭力阻止他们的唇枪舌剑，免得我头昏脑涨，但文斯打断了我的话。

"不，不，你一定要来。事关荣誉，不得逃脱。明天晚上，八点。"他说，离开时看着德博拉又加了一句，"你只剩下二十四个小时来练习怎样扭动流苏①了。"

"扭你自己的流苏去吧。"她说。

"哈哈！"他发出一串让人毛骨悚然的假笑，然后消失在过道尽头。

"小疯子。"德博拉嘀咕了一声，转身朝另一个方向走去，"下班后守着你的未婚妻，多克斯那里一有消息我就通知你。"

这天剩下的活儿不太多，我将几份报告整理归档，从供货商那里订了一盒鲁米诺试剂②，通知对方已经收到了电子邮箱中的六七份备忘录。我带着一种真正的成就感走到车旁，驱车穿行在高峰期让我备感亲切的马路大屠杀中。我在家门

---

① 在脱衣舞的低俗表演中，扭动身体让胸前的流苏飞舞起来的动作。

② 一种人工合成的有机化合物，又名发光氨，常用于法医鉴定等行业。

口停了一下，进去换身衣服。屋里没有德博拉的身影，但床铺没有整理，所以我知道她已经来过。我将自己的东西塞进一只提包，开车去丽塔家。

当我赶到丽塔家时，天已经全黑了。其实我并不是真的想去那里，只是不知道除此之外自己还该干些什么。德博拉说她需要我的时候希望能在丽塔家找到我，而且她现在住在我家。于是，我将车停在了丽塔家的车道上，然后下了车。纯粹是本能反应，我瞥了一眼街对面多克斯警官停车的地方。那里当然空着。他正忙着与他在部队的老伙计奥斯卡聊天呢。我突然意识到自己自由了，远离了这么久以来让我无法变成真正的我的那双充满敌意的狗眼。

我可以偷偷溜出去，度过几小时快乐的时光——当然得带上手机，我可不想因此而忘了大事。为什么不充分利用多克斯不在的这个月夜，悄悄溜进黑暗的微风中？那双红靴子就像春潮一样吸引着我。雷克尔住的地方离这儿只有几英里路程，我只需十分钟就能赶到那里。我可以悄悄溜进去，找到我所需的证据，然后——

丽塔家的大门猛地开了，阿斯特在向外张望。"是他！"她回头冲着屋里大声喊道，"他来了！"

是的，我来了这里，没有去那里。我摇摇晃晃地坐到沙发上，没有迈着轻松的脚步进入到黑暗中。戴着"沙发上的废物德克斯特"这个令人讨厌的面具，没有了黑暗行者那亮闪闪的银光。

"进来吧。"丽塔说，满腔的热情向我迎面扑来，恨得我直咬牙，内心深处的人群发出失望的吼声，然后慢慢走出体育场，赛事已经结束，我们还能做什么呢？当然什么也干不了，只能顺从地跟丽塔、阿斯特以及话语不多的科迪组成的欢天喜地的队伍之后。我竭力忍着不让自己哭出声来，可说实在的，这是不是有点儿挑战极限的味道？我们是不是将德克斯特善良的本性利用得过头了一点儿？

晚餐的气氛很活跃，却让我如坐针毡，似乎要向我证明我已经入股开始了由猪排构成的幸福生活。尽管我的心思全不在这上面，我还是竭力逢场作戏。我将猪排切成小块，心中想象着自己是在切割别的东西，想着南太平洋那些食人生番把人称作"长条猪排"。

晚餐后，我和丽塔慢慢喝着咖啡，两个孩子吃着小份的酸奶冰激凌。虽然咖啡本该让人兴奋，它却未能帮我想出一个办法来摆脱这一切——哪怕是想个法子溜出去几小时，更不用说逃避这种偷偷溜到我身后卡住我脖子的终身幸福。我感到自己正慢慢失去锋芒，融进用作身份掩护的伪装中，直到这幸福的橡胶面具最终与我真实的特性合二为一，我真的变成自己用于伪装的这个身份，带孩子们去看橄榄球赛，喝了太多的啤酒后买花，比较不同品牌的洗涤剂，算计着如何节省开支，而不是剥去那些恶人身上多余的皮囊。一想到这些，我感到万分沮丧，如果不是恰好有人按门铃，我一定会变得非常生气。

"肯定是德博拉。"我说。我相信自己掩饰得很好，没有让希望被营救的心情完全流露出来。我站起身，走到门口，猛地把门拉开。门外站着一个笑容可掬的胖女人，留着一头金色长发。

"哦，"她说，"你一定是——嗯，丽塔在家吗？"

我估计我就是那个"嗯"，虽然我在这之前从来没有意识到过。我叫丽塔快过来，她笑着来到了门口："凯西，见到你真高兴，孩子们都好吧？"她接着向我解释："凯西就住在隔壁。"

"啊哈。"我说。我认识附近大多数孩子，却不认识他们的父母。不过，眼前这位显然是隔壁那两个男孩的母亲，那两个男孩一个十一岁，有些邋遢，他哥哥则总显得心不在焉。既然这意味着她大概没有带着汽车炸弹或一瓶炭疽病毒，我冲她一笑，回到了餐桌旁，重新加入到科迪和阿斯特的队伍中。

"贾森去乐队夏令营了，"她说，"尼克在家里打发时光，想早点儿进入发育期，然后开始留胡子。"

"哦，天哪。"丽塔说。

"尼克真讨厌，"阿斯特小声说，"他那天要我把裤子脱了，让他看看。"科迪把酸奶冰激凌搅拌成了一个冻布丁。

"听我说，丽塔，我很抱歉在你们吃晚饭时打搅你们。"凯西说。

"我们刚吃完，你要不要来点儿咖啡？"

"哦，不了，我已经减少到了每天只喝一杯咖啡，"她说，"是医生要求的。我是来问一下我们家的狗……我只是想问一下你们有没有看见拉斯克尔，它已经失踪两天了，尼克很担心。"

"我没有看到。我去问一下两个孩子。"丽塔说。可当她回来问两个孩子时，科迪只是望着我，一声不吭地站起来，走了出去。阿斯特也站了起来。

"我们没有看到它，"阿斯特说，"它上星期撞翻垃圾桶后我们就再没有看到它。"她跟着科迪走了出去，吃了一半的甜品留在了桌上。

丽塔看着他们走出去，惊讶得合不拢嘴，然后转身对那位邻居说："对不起，凯西，我估计大家都没有看到它，不过我们会留意的，好吗？我相信会找到它的，让尼克别着急。"她又和凯西聊了一会儿，我则看着酸奶冰激凌，琢磨着刚才看到的那一幕。

大门关上后，丽塔走了回来，但是她那杯咖啡已经凉了："凯西人不错，只是她的孩子比较难管。她离婚了，前夫在伊斯拉莫拉达买了房子，好像是个律师。不过他很少来这里，所以凯西得一个人把孩子拉扯大，我有时觉得她心太软。她是一家足病医院的护士，就在大学那边。"

"她穿多大的鞋？"我问。

"我是不是废话太多了？"丽塔咬了一下嘴唇，"对不起，我只是有些担心。肯定是……"她摇了摇头，看着我，"德克斯特，你是不是——"

我一直没有弄清楚她想说什么，因为我的手机响了。"对不起。"我说，我走到门口的桌子旁，我的手机就放在那里。

"多克斯刚刚来过电话，"德博拉开门见山地说，"他找的那个家伙正要开溜。多克斯正在跟踪他，想看看他去哪儿，而且需要我们支援。"

"快，华生[①]，好戏开场了。"我说，但德博拉没有心情玩文字游戏。

"我五分钟后来接你。"她说。

---

① 英国作家柯南·道尔笔下福尔摩斯的助手。

Chapter
追踪奥斯卡 *17*

我匆匆向丽塔做了解释，然后就到门外等着。德博拉果然言而有信，五分半钟后，我们沿着迪克西高速公路向北驶去。

"他们在迈阿密海滩，"她告诉我，"多克斯说他给那个叫奥斯卡的家伙打了电话，将发生的事情告诉了他。奥斯卡说他考虑一下，多克斯说可以，以后再给他打电话。但多克斯就在街上监视着那家伙，十分钟后那家伙出了门，带着一只小提箱上了车。"

"他为什么现在就要逃跑？"

"要是你知道丹科已经将你锁定为目标，你不逃跑吗？"

"不会。"我说，心中兴奋地想着万一真的遭遇他我该干什么，"我会给他设下一个圈套，等他上钩。"然后……我在心中盘算着，但是没有说给德博拉听。

"奥斯卡不是你。"她说。

"没有多少人像我。"我说，"他要去哪儿？"

她皱着眉，摇摇头："现在只是在兜圈子，多克斯在跟踪他。"

"他会将我们引向哪儿？"我问。

德博拉摇摇头，绕过一辆旧的敞篷凯迪拉克，车上几个少年正在狂呼乱叫。"无所谓。"她说，使劲儿一踩油门，汽车驶上了通往帕尔梅托高速公路的匝道，"奥斯卡仍然是我们的最佳机会。如果他想离开迈阿密，我们就逮捕他，但在那之前我们需要跟踪他，看看会发生什么事。"

"很好，真是个好点子。但究竟会发生什么事呢？"

"我不知道，德克斯特！"她冲我嚷道，"我们只知道这家伙迟早会成为目标，行了吧？现在他自己也知道了，所以他或许只是想看看如果他逃跑的话是否会有人跟踪他。妈的。"她绕过一辆平板卡车，上面装满了一笼笼的活鸡。那卡车的速度大概在每小时三十五英里，没有尾灯，车顶上还坐着三个人，一手捂着破旧的帽子，一手抓着鸡笼。德博拉从他们身旁驶过时按了一下警笛，但似乎没有任何作用，车顶上那几个人连眼睛都没有眨一下。

她摆正方向盘后重新开始加速："反正多克斯要我们在迈阿密这边给他提供支援，免得奥斯卡胡思乱想。我们与比斯坎湾保持平行。"

这当然有道理，只要奥斯卡还在迈阿密海滩，他无论从哪个方向都别想逃脱。只要他试图冲出大堤，或者向北赶到可乐华公园的另一边后从那里出来，我们就可以在那里抓住他。除非他事先已经准备好了直升机，否则我们会将他逼入死角。德博拉开着车一路向北飙行，居然没有撞死一个人。

我们在机场向东拐进836号公路，这里的车慢慢多了起来，德博拉集中精神，在车流中穿进穿出。我们安全通过了与95号州际公路相交的立交桥，下了高速公路，来到了比斯坎大道上。德博拉放慢车速，驶进了街上的车流中。我深吸一口气，小心地将它呼出。

无线对讲机响了一下，里面传出了多克斯的声音："摩根，你的方位。"

德博拉拿起话筒说："比斯坎大道，麦克阿瑟长堤。"

短暂的停顿后，多克斯说："他停在了威尼斯长堤的吊桥旁，你们开始跟踪。"

"明白。"德博拉说。

我忍不住插嘴道："你说'明白'的时候，我感到真像那么回事。"

"什么意思？"她问。

"没什么，真的。"

她瞥了我一眼，是警察那种非常严肃的眼神，但她的脸仍然很年轻，这一刻的感觉就像我们回到了孩提时候，坐在哈里的巡逻车上，玩着警察抓强盗的游戏——只是这次我也成了好人。这真是一种让人心情无法平静的感觉。

"这不是游戏，德克斯特，"她说，她肯定也想起了往事，"凯尔的生命危在旦夕。"她的脸上又恢复了严肃的表情，"我知道你可能觉得难以理解，可我很在乎这个人。他让我感到那么……妈的，你都快要结婚了，却还不明白。"来到东北15街的红绿灯处后，她将车向右一拐。左边是隐约可见的奥博尼购物中心，前面是威尼斯长堤。

"我对感情不是太敏感，德博拉，"我说，"你说的我要结婚的事，我也根本不知道，但我不喜欢看到你不高兴。"

德博拉将车停在小码头对面的老先驱报大楼旁，正对着威尼斯长堤。她久久没有说话，然后舒了口气，说："对不起。"

这完全出乎我的意料，因为我正准备说类似的话，为的是让这场富有人情味的谈话继续下去。"为什么？"我问。

"我知道你与众不同，德克斯特。我真的在努力习惯这一点，而且……可你仍然是我哥哥。"

"是收养来的。"我说。

"你这是胡说八道，你很清楚。你是我哥哥。我知道你在这儿完全是为了我。"

"说实在的，我是希望能有机会冲着无线对讲机说一声'明白'。"

她扑哧一笑："好吧，你就继续做个讨厌鬼吧，但我还是要谢谢你。"

"别客气。"

她拿起无线对讲机："多克斯，他在干什么？"

多克斯沉默了片刻后回答道："好像是在打电话。"

德博拉眉头紧锁，看着我："既然他想逃跑，他还会给谁打电话呢？"

我耸了耸肩："他可能在想办法逃出国，要么——"

我没有说下去。这个想法太蠢了，想都不该想，应该自动被排除在我的大脑之外，但不知怎么的它在我中枢神经系统的灰白质上跳来跳去，挥舞着小红旗。

"什么？"德博拉问。

我摇摇头："不可能，太蠢了，只是我脑海里一个疯狂的想法。"

"好吧，有多疯狂？"

"万一……我说了，这想法太蠢。"

"这样吞吞吐吐的才蠢，"她厉声说道，"究竟什么想法？"

"万一奥斯卡是在给那位了不起的大夫打电话，想给自己买一条生路呢？"我说。我没有说错，这听上去的确很蠢。

德博拉哼了一声："用什么给自己买生路？"

"多克斯说他拎着一只提箱，所以他可能有钱，有无记名债券，有收藏的珍贵邮票，我不知道。但他可能有什么东西对我们这位外科医生朋友来说更宝贵。"

"比方说——"

"他可能知道老部队那些人都躲在什么地方。"

"妈的，"她说，"为了自己一人的生命而出卖所有人？"她咬着嘴唇，仔细想了想，然后摇了摇头，"这太不着边际了。"

"不着边际比起愚蠢来已经是一大进步了。"我说。

"奥斯卡或许知道如何联系上那位大夫。"

"幽灵总会有办法找到别的幽灵，再说还有名单、资料库、各种事件之间的联系，你知道的。你没有看过《谍影重重》①吗？"

"看过，可我们怎么知道奥斯卡也看过呢？"她说。

"我只是说有这种可能性。"

"哦。"她说，望着车窗外思考了片刻，做了个鬼脸，摇摇头，"凯尔说过，过段时间你就会忘记自己属于哪支部队，就像棒球中可以自由转会的球员一样，所以你和对手也要搞好关系。妈的，这太愚蠢了。"

"如此说来，不管丹科属于哪一方，奥斯卡总有办法联系上他。"

"那又怎么样？反正我们做不到。"她说。

我们俩都没有再说话。我估计德博拉是在想凯尔，想知道我们是否能及时救下他。我竭力想象着自己以同样的方式去关心丽塔，却发现脑子里一片空白。

我望着海湾对面，望着长堤另一头那些房屋发出的暗淡灯光。收费站附近有几栋公寓大楼，再过去便是零零星星的几座房子，大小差不多。如果我中了彩票，我或许可以请房产经纪人带我看一处房子，这个房子必须带一个小地下室，大小刚好将一位喜欢杀人的摄影师舒舒服服地塞在里面。我刚想到这儿，后座上就传来了一声轻轻的叹息。当然，除了冲着水面上的月亮表示敬意外，我确实无能为力。被月亮映照的同一片水面上传来了叮叮当当的钟声，表明吊桥即将被

---

① 由美国著名作家罗伯特·勒德姆的畅销小说《伯恩的身份》改编的系列电影。

拉起。

无线对讲机响了，里面传出了多克斯的声音："他行动了，准备上吊桥。盯着他。白色丰田，四轮驱动。"

"我看到他了，"德博拉冲着对讲机说，"不会让他溜了的。"

白色SUV赶在吊桥被拉起来之前沿着长堤驶了过来，进了15街。德博拉让他先行一步，然后发动汽车，跟了上去。他在比斯坎大街向右拐，我们随即也向右拐。"他沿比斯坎大街向北行驶。"她冲着无线对讲机说。

"明白，"多克斯说，"我这就过来。"

街上的车不多，奥斯卡的SUV以正常速度行驶，时速高于限速仅仅五英里，这在迈阿密被视作观光速度，慢得让那些从他身旁经过的开车人理直气壮地按起了喇叭，但奥斯卡似乎并不在意。他遇到红灯就会停车，而且始终行驶在正确的车道上，那副不慌不忙的样子仿佛他并不想去什么特别的地方，只是饭后出来开车兜兜风。

当我们来到79街长堤上时，德博拉拿起了无线对讲机："我们在79街，他并不着急，正向北行驶。"

"明白。"多克斯说，德博拉瞥了我一眼。

"我什么也没有说。"我说。

"你心里在想着呢。"她说。

我们向北行驶，遇到红灯停了两次。德博拉非常小心，总是与奥斯卡相隔几辆车。这在迈阿密可不是一般的技术，这里大多数汽车都恨不得绕过去、穿过去或者钻过去。反方向车道上，一辆消防车鸣啦鸣啦地呼啸而过，在十字路口将喇叭按得震天响。至于它对其他开车人产生的效果嘛，恐怕还不如一只咩咩喊叫的羊羔。大家对警笛声充耳不闻，死死守着自己好不容易争来的那点儿空间。开消防车的也是迈阿密人，所以他只是在车流中穿进穿出，不停地按着喇叭，让警笛也不停地响着——这就是交通二重奏。

我们来到了123街，这是回迈阿密海滩的最后一条路，再过去就是826号公路在北迈阿密海滩与123街相交的地方，但奥斯卡仍然在向北行驶。当我们经过那里时，德博拉与多克斯通了一次话。

"他究竟要去哪儿？"德博拉放下无线对讲机时嘀咕了一句。

"也许他只是想兜兜风，"我说，"今晚夜色如此美丽。"

"嗯哼，你是不是还想写一首十四行诗？"

又向前行驶几个街区后，奥斯卡突然加速冲进了左边的车道，越过迎面而来的车来了个左转弯，引得两个方向同时爆发出一片愤怒的喇叭声。

"他行动了，"德博拉通知多克斯，"在135街转弯向西。"

"我就在你们后面，"多克斯说，"在布劳德长堤上。"

"135街上有什么？"德博拉大声问我。

"奥帕洛卡机场，"我说，"前面几英里就是。"

"浑蛋，"她一把抓起对讲机，"多克斯，奥帕洛卡机场就在这条道上。"

"马上就到。"他说，我可以听到无线对讲机里传出了他的警笛声。

奥帕洛卡机场一直备受贩毒分子以及那些行动诡秘的人的青睐。奥斯卡很容易就能安排一架小型飞机在那里等他，随时准备将他带出国，去加勒比海、中美洲或南美任何地方——当然也可以再从那些地方转机去世界任何地方。不管怎么说，在目前这种情况下，逃出国不啻一种合理行动，而从奥帕洛卡机场出发也完全合乎逻辑。

奥斯卡稍稍加快了车速。135街不如比斯坎大道宽，但这里的车流也小一些。我们驶上一座小桥，桥下是一条小河，奥斯卡下桥时突然加速，在一条S形弯道上猛地穿过了车流。

"他妈的，肯定有什么东西惊动他了，"德博拉说，"他肯定发现了我们。"她也加速跟了上去，但仍然与奥斯卡的车相隔两三辆车，尽管现在再假装我们不是在跟踪他已经毫无意义。

确实有什么惊动了他，因为奥斯卡已经将车开到了疯狂的地步，就差撞到其他车辆上或者人行道上了。对于这种公然的挑战，德博拉自然当仁不让。她紧紧盯着他，不停地绕过那些仍在试图从与奥斯卡的遭遇中恢复过来的车辆。他在前面突然挤进最左边的车道，迫使一辆旧别克在原地转了个圈，撞到路缘上，穿过铁丝网，一头扎进了一座淡蓝色屋子的前院。

难道是奥斯卡发现了我们这辆没有警车标志的小车？如果真是这样就好了，那我倒成了重要人物了，可我不相信事情会是这样。他在这之前都一直表现得非常冷静、有节制。如果他想甩掉我们，那他更有可能采取一些非常突然、非常微妙的举动，比方说在吊桥拉起的那一刻冲过去。那么，他为什么突然惊慌起来了呢？纯粹是无事可做，我向前探了探身，看了一眼反光镜，镜子里此刻有一个东西。

一辆破烂不堪的白色面包车。

它在跟踪我们，跟踪奥斯卡，和我们保持相同的速度，在车流中穿进穿出。

"真不笨啊！"我说。我提高嗓门儿，盖过轮胎刺耳的尖叫声以及其他车辆的喇叭声。

"德博拉，"我说，"我真不想让你分心，你能不能抽空看一眼后视镜？"

"你他妈的什么意思？"她吼道，但还是朝后视镜瞥了一眼。万分幸运的是我们刚好在一段直道上，因为她差一点儿忘记了开车。"哦，妈的。"她低声说。

"深有同感。"我说。

正前方是95号州际公路立交桥，奥斯卡从桥下穿过时在最后一刻猛地向右一拐，越过三条车道，驶进了与高速公路平行的一条小街。德博拉骂了一声，转动方向盘立刻跟了上去。"通知多克斯！"她说，我顺从地拿起了无线对讲机。

"多克斯警官，"我说，"我们还有一个伴儿。"

无线对讲机里传出了嗞嗞声。"你他妈的什么意思？"多克斯说，仿佛他听到了德博拉刚才的吼声，钦佩到了非要重复一遍的地步。

"我们刚在第六大街向右拐，后面跟了一辆白色面包车，"多克斯没有作声，于是我又说了一遍，"那辆面包车是白色的。"我这次终于心满意足地听到多克斯哼了一声："他妈的！"

"我们深有同感。"我说。

"让面包车过去，然后跟着它。"他说。

"浑蛋。"德博拉咬牙切齿地说，下一句话更加难听。我也很想说句类似的话，因为就在刚才通话结束时，奥斯卡驶上了通向95号州际公路的匝道，但在最后一刻猛地冲下护坡，进了第六大街。他的四轮驱动车落到路面上时跳了一下，像喝醉了酒一样摇摇晃晃地向右冲了一点儿，然后一加速，摆正了车头。德博拉猛地一踩刹车，我们的车转了半圈，白色面包车超到前面，冲下护坡，缩短了与奥斯卡之间的距离。仅仅用了半秒钟，德博拉就拨正方向盘，跟着他们驶进了第六大街。

这条街很窄，右边是一排房子，左边是黄色的水泥护堤，头上是95号州际公路。三辆车向前行驶了几个街区，速度越来越快。一对老年夫妇握着手，站在人行道上，看着我们这怪异的车队疾驰而过。或许只是我的想象，但奥斯卡的车和那辆面包车驶过时，那对老年夫妇像在风中飘舞。

我们稍稍逼近了一点儿，白色面包车也缩短了与四轮驱动车之间的距离。但奥斯卡加快了车速，冲过了一个红灯，我们不得不绕过一辆皮卡车。这辆皮卡车为了躲避奥斯卡的车和面包车，笨拙地在街面上转了三百六十度后，一头撞上了一个消火栓。但德博拉只是咬紧牙关，迅速绕过皮卡车，穿过十字路口，全然不顾周围震耳欲聋的喇叭声，不顾被撞烂的消火栓喷出来的水柱，在下一个街区重新缩短了与奥斯卡的距离。

我看到奥斯卡前方几个街区处有个十字路口，那里亮着红灯。即使隔着这么远，我还是可以看到车流在十字路口川流不息。当然，谁也不会长命百岁，但只要有任何办法，我都不会选择以这种方式来结束自己的生命。我突然觉得和丽塔一起看电视是那么美好。我试图想出一个礼貌而又非常可信的方法劝说德博拉停车，闻一闻玫瑰的芬芳，可就在我最需要它的时候，我那超强的大脑似乎关闭了，我还没有来得及将它重新启动起来，奥斯卡就驶近了红绿灯。

奥斯卡这星期很可能去过教堂，因为他风驰电掣地穿过十字路口时，绿灯变成了红灯。白色面包车紧随其后，猛踩刹车，想避开一辆试图赶在绿灯变成红灯前冲过去的横行的蓝色小车。然后便轮到我们了，此时直道上已经完全变成了绿灯。我们绕过面包车，差一点儿就要穿过去了，可这儿毕竟是迈阿密，一辆运送水泥的卡车不顾红灯，跟在蓝色小车之后横着冲了出来，就在我们前面。德博拉将刹车踩到底，避开了卡车，我使劲儿咽着口水。我们重重地撞上了路缘，左边两个车轮在人行道上行驶了片刻后我们才重新回到车道上。"太棒了。"德博拉重新加速时我说。如果那辆白色面包车没有利用我们放慢车速的片刻时机向我们撞来的话，她很可能会抽空感谢我对她的赞誉之词。我们的车尾滑向左边，但德博拉使劲儿拨正了车子。

面包车再次撞向我们，力量更大，而且就撞在我这边的车门后。我本能地躲了一下，车门哐的一声打开了。我们的车突然改变方向，德博拉踩了刹车——可能不是最佳策略，因为面包车同时开始加速，这次干脆猛地撞向车门，车门掉了下来，在地上跳了跳，结结实实地撞到了面包车的后车轮上，然后像个变形的车轮一样带着一串火花飞了出去。

我看到面包车稍稍摇晃了一下，听到轮胎爆了后发出的响声。接着，面包车像一堵白墙一样再次向我们撞来。我们的车猛地跃起，飞向左边，冲上路缘，撞穿了将侧路与通向95号州际公路的匝道隔开的铁丝网。我们不停地在路面上旋转，仿佛车轮是用黄油做的。德博拉龇牙咧嘴地使劲儿转动着方向盘，就在我们的两个前轮撞到下行匝道另一边的路缘上时，一辆红色的大型SUV猛地撞上了我们的后挡泥板。我们被撞到了高速公路十字路口的一片绿化带上，周围是一个大水池。我只看到修剪整齐的绿草仿佛在与夜晚的天空交换位置，然后汽车猛地跳了一下，副驾驶座的气囊炸开，撞到了我的脸上，那感觉就像与迈克·泰森①进行一场枕头大战。我还没有完全回过神来，汽车就在空中翻了个身，车顶朝下，重重地摔进了池塘中，水立刻涌了进来。

　　我被安全带困在了座位上，头朝下倒挂在那里，眼冒金星，眼睁睁地看着水不断地涌进来，在我脑袋周围打旋。我这时才意识到，不会水下呼吸是我的一大缺陷。

　　在水将德博拉的脑袋淹没之前，我看了她一眼，那样子让人感到信心大减。她也被安全带困着，一动不动地倒挂在座位上，闭着眼，张着嘴，与她平常的样子正好相反，可能不是个好兆头。这时，水淹没了我的双眼，我什么也看不见。

　　我还一直聊以自慰地认为自己遇到突如其来的紧急情况时反应出众，因此我可以肯定目前这种突然毫无反应的现象是转了几圈后又被气囊猛拍了一下的结果。总之，我似乎头朝下在水中倒挂了很久，而且我耻于承认，我倒挂在那里的大多数时候都在为自己英年早逝自怨自艾。亲爱的故人德克斯特，那么有潜质，还有那么多恶棍在等待着他去解剖，自己却在正当年时一命呜呼。唉，黑夜行者，我对他了如指掌。这可怜的孩子终于要成家了。多么令人痛心啊。我可以看到丽塔穿着白色婚纱在祭坛前哭泣，身边两个孩子也痛哭流涕。可爱的小阿斯特头发蓬松地披在脑后，淡绿色的伴娘裙上沾满了泪珠。话语不多的科迪穿着小小的燕尾服，眼睛死死地盯着教堂背后，回忆着我们钓鱼时的经历，琢磨着什么时候能再有机会将刀子扎进鱼的身体，慢慢转动刀子，开心地看着鲜红的血泪汩地顺着刀刃流出来，然后——

　　慢着，德克斯特，这想法是从哪儿来的？我意识到科迪——

　　我们临终时脑海里的想法是不是有些古怪？我们的汽车现在底朝天地淹没在

---

① 美国拳王。

水中，除了轻微的晃动外已经没有了任何动静，里面灌满了黏糊糊的脏水，就算有人在我鼻子底下开枪，我恐怕也看不到火花。然而我能非常清晰地看到科迪，甚至比我上次和他待在同一个屋里时还要清晰，他那清晰可辨的矮小身躯后矗立着一个铁塔似的身影。这个黑影没有任何面部特征，却似乎在放声大笑。

这可能吗？我又想起了他开心地将刀子扎进鱼身体里时的情形，想起了他听到邻居家的狗失踪后那怪异的反应——我小时候拿邻居家的一条狗做试验后被问及时的反应就是那样。我又想到他也和我一样，有过非常痛苦的经历，他的生父在毒品的迷幻作用下对他和他姐姐下手，用椅子砸他们。

那是完全不堪回首的记忆。虽然看似荒唐，可是——

所有环节一个不少，完全合情合理。

我有了一个儿子。而且完全像我。

然而他没有一个富有智慧的养父引导他在肉片和肉丁的世界里迈出第一步，没有洞察一切的哈里去教他成为他应该成为的人，将他从一个没有明确目标、偶尔会有杀戮动机的孩子转变成一个披着斗篷的复仇者；没有人小心翼翼且耐心地引导他绕过一个个陷阱，使他变成未来一把寒光闪闪的刀子——如果德克斯特此时此刻死了，那就永远不会有人来引导科迪。

当我意识到科迪真正的天性时，宛若回声一样，我听到内心深处有个声音在说："解开安全带，德克斯特。"我用突然变粗的笨拙的手指摸索到了安全带的卡扣，想把卡扣松开，那种感觉就像将烫衣板穿过针眼一样艰难，但我还是用手指又戳又按，终于感到有什么东西松了。当然，这也意味着我的脑袋撞到了车顶。可是脑袋被撞了一下后，我眼前的蜘蛛网又少了一些。我转过身，摸到车门被撞飞的开口处，拼命钻了出去，穿过池塘底部几英寸混浊的泥水。

我转过身，头朝上，双脚使劲儿一蹬。虽然双腿软弱无力，但还是将我带到了水面上，因为水只有三英尺深。凭借着这一蹬，我摇摇晃晃地站了起来。我站在水中，吐了几口水，大口大口地呼吸着美妙的空气——这常常被人忽略的美妙的空气。我们似乎总是在失去某样东西时才会真正意识到它是多么重要。想想看，这个世界上那么多可怜的人缺少空气时是多么可怕，比方说——

德博拉？

我深吸一口气，重新钻进浑水中，在德博拉那辆底朝天的车里摸索着，终于来到了德博拉所在的驾驶座旁。突然有什么东西向我迎面袭来，狠狠地抓住了我的头发——我希望是德博拉，因为如果水中还有别的东西在动弹的话，那一定会有更加锋利的牙齿。我将手举到头顶，想掰开她的手指。真是太难了，我既要屏住呼吸，又要盲目地四处摸索，同时还要防着被人心血来潮地拔去头发。可德博拉死不松手，这多少是个好兆头，因为这表明她还活着，但又让我担心究竟是我的肺还是我的头皮会先挺不住。这绝对不行。我将双手伸到头顶，终于掰开了她的手指，保住了我那可怜而娇嫩的头发。然后，我顺着她的胳膊摸到她的肩膀，再顺着她的身体找到安全带，最后顺着安全带摸到卡扣，按了一下。

卡扣卡死了。我是说，我们早已知道又是那种日子，是不是？不顺的事一件接着一件，到最后你对一件小事能否顺利完成都不抱任何希望。似乎还嫌麻烦不够多似的，我的耳旁咕嘟响了一声，我意识到德博拉已经挺不住了，正准备试着呼吸一些水来碰碰运气。或许她在呼吸水方面的能力比我强，但我还是不相信。

我潜到水下，用膝盖死死顶着车顶，肩膀抵着德博拉的腹部，以减轻她对安全带的压力。我尽量拉松安全带，然后拖着她挣脱了出来，向车门方向游去。她的身子软绵绵的，也许我的勇敢行为还是迟了一步。我从车门挤了出去，身后拖着她。我的保龄球衫在车门口挂到了什么东西，扯破了，但我还是挣脱了出去，再次摇摇晃晃地站直身子，呼吸着夜晚的空气。

我抱着德博拉，发现她死沉死沉的，一股混浊的水正从她的嘴角流下来。我将她扛在肩上，踩着淤泥向草地走去。一路上，我每走一步，淤泥就会重新聚集起来，刚走了三步，我就失去了一只鞋子。不过，鞋子丢了可以再买一双，这毕竟要比失去妹妹后再让她死而复生容易得多。于是我坚持往前走，来到草地上后，将德博拉平放在坚实的地面上。

不远处响起了警笛声，而且几乎立刻得到了另一个警笛的响应。真是幸福啊，援兵马上就要到了，他们或许还带了毛巾。与此同时，我却吃不准他们是否能及时赶到，是否能救德博拉一命，于是我在她身旁蹲下来，让她脸朝下趴在我的膝盖上，迫使她尽量多吐出一些水来。然后，我让她重新仰面朝天地躺在地上，用手指从她嘴里抠出来一些泥浆，开始对她进行口对口的人工呼吸。

我的这番努力所换来的最初回报是她又吐出一大口浑水。这虽然进一步加大了我的难度，但我毫不气馁，不一会儿，德博拉不由自主地打了个寒战，又吐出了几口水——不幸的是，大多吐在我身上。她猛咳了几声，深吸一口气，那呼吸声像锈迹斑斑的大门铰链打开时发出的嘎吱声，然后说："妈的……"

　　我生平第一次真心实意地为她这强硬的口头禅感到高兴。"欢迎你死而复生。"我说。德博拉无力地翻过身，想靠双手和膝盖支撑自己站起来，可她又一头栽倒在了地上，痛苦地大口喘着气。

　　"啊，上帝。哦，浑蛋，什么地方断了！"她呻吟道，然后侧过脸又呕吐起来，并且还弓起了身子。每当呕吐暂时停息时，她就会不停地大口喘气。我看着她，对自己这番表现感到满意。成了潜水鸭的德克斯特终于没有让这一天完全以失败结束。"能呕吐是不是太棒了？"我问她，"我是说，你得想想其他可能出现的结果。"当然，这可怜的姑娘眼下实在是无力对我反唇相讥，但我还是看到她非常坚强地低声说了一句："去你的。"

　　"什么地方疼？"我问她。

　　"他妈的，"她说，一副有气无力的样子，"我的左胳膊动不了，整个胳膊……"她没有把话说完，而是试着动了一下那只胳膊，结果不但没有成功，反而在自己的脸上写满了痛苦。她倒吸了一口凉气，却又诱发了一阵轻咳。然后，她干脆仰面躺在那里，大口大口地喘气。

　　我在她身旁跪下来，轻轻检查她的上臂。"这儿？"我问她。她摇摇头。我把手往上移了移，越过肩关节，来到锁骨处，我已经不必问她是不是这地方了。她猛吸了一口气，使劲儿眨着眼睛，尽管脸上沾着泥浆，我还是可以看到她的脸色苍白了许多。"锁骨断了。"我说。

　　"不可能。"她说话的声音虽然微弱，却仍然刺耳，"我必须找到凯尔。"

　　"不行，"我说，"你必须去看急诊。就凭你现在这副连路都走不稳的样子，你只会落到与他并排躺在一起的下场，全身被捆绑起来，那可对谁都没有好处。"

　　"我必须。"她说。

　　"德博拉，我刚刚把你从一辆沉到水中的车里拉出来，结果还扯破了一件价格不菲的保龄球衫。你是想让我非常完美的英雄救美成果付诸东流吗？"

　　她再次咳了起来，痉挛性的急促呼吸又扯动了锁骨，疼得她哼了一声。我看得出来，她还想和我争辩，但她已经开始意识到自己疼痛难熬。由于我们话不投机，多克斯的到来让人多少松了口气，而且与他一前一后到来的还有两个急救人员。

　　这位好警官死死地盯着我，仿佛是我将汽车扔进了池塘中，然后将它掀了个底朝天。"跟丢了啊。"他说，真是不公平。

　　"是啊，我们翻了车后在水下自然很难再跟踪他。"我说，"下次你来试试，也让我们站在这儿说说风凉话。"

多克斯瞪了我一眼，哼了一声，然后跪在德博拉身旁问她："你受伤了？"

"锁骨断了。"她说。最初的惊愕正在迅速消退，她紧紧咬着嘴唇，急速地喘着气，希望这样能减轻一点儿痛苦，我则希望那两位急救人员有更见效的办法来帮她一把。

多克斯没有吭声，只是抬起头来死死地盯着我。德博拉伸出那只没有受伤的胳膊，抓住了他的手臂。"多克斯。"她说，他将目光重新转回到她身上。"找到他。"她说。他只是看着她紧咬牙关，气喘吁吁地忍着新一轮的痛楚。

"快过来。"其中一位急救人员说。这是一个精瘦结实的小伙子，留着刺猬般的发型，他的搭档年纪稍大，身体较胖。他们两个人已经推着担架车穿过了德博拉的汽车在铁丝网上撞出的口子。多克斯想起身让他们将车推到德博拉的身旁，但她仍然拽着他的手臂，而且力气大得惊人。

"找到他。"她又说了一遍。多克斯只是点了点头，但这对她而言已经足够了。德博拉松开他的手臂，他站起身，给急救人员腾出地方。他们迅速冲过来，匆匆检查了一下德博拉，将她抬到担架车上，推着她向等在一旁的急救车走去。我目送她渐渐远去，心中突然想知道白色面包车里我们那位朋友怎么样了。他的一个轮胎爆了，还能向前开多远？他很可能会换一辆车，肯定不会先停车再打电话让修车店的人过来帮他换轮胎。因此，我们很可能会在附近什么地方发现那辆被遗弃的面包车，还会发现有一辆汽车失踪。

纯粹是一时冲动，而且对我来说完全是大度的表现——想想他对我的态度，我准备走过去，把我的想法告诉多克斯。但我朝他的方向刚刚迈出一步半，就听到吵吵闹闹的声音在向我们这边逼近，我赶紧回头去看。

街道中央有一个大块头中年男子正向我们跑来，全身上下只穿了一条拳击短裤，肥胖的肚子垂在短裤腰带外，随着他的奔跑拼命地摇晃着。这个人显然没有受过太多跑步训练，而他还一边奔跑一边挥舞着胳膊高声喊叫："嘿！嘿！嘿！"结果奔跑变成了更大的苦差事。等他横穿过从95号州际公路下来的匝道，来到我们面前时，他早已上气不接下气，一句连贯的话也说不出来，但我已经知道他想说什么了。

"De bang。"他气喘吁吁地说。我意识到他喘不上气来的状态与他的古巴口音混杂在了一起，他是想说"面包车"。

"一辆白色的面包车？一只轮胎爆了？你的车被抢了。"我说，多克斯看着我。

可他只是一个劲儿摇头。"白色面包车，是的。我听到里面好像有狗在叫，以为它受伤了，"他说，停下来深吸一口气，好把自己看到的那可怕的一幕正确地传达出来，"然后——"

但他是在白费口舌，我和多克斯早已沿着街道快步朝他来的方向跑去。

Chapter
设下圈套 *18*—

　　多克斯警官显然忘记了自己应该跟踪我，因为他向面包车跑去时领先我足足有二十码。他当然占了便宜，两只脚都穿着鞋子，不过他的速度确实很快。那辆面包车驶上了人行道，停在一座淡橙色的房屋前，周围是一堵珊瑚石高墙。车的前保险杠撞倒了一根石柱，车的后身偏向一边，正好对着街道，所以我们一眼就能看到嫩黄色的"选择生活"车牌。

　　等我追上多克斯时，他已经打开了车后门，我听到车内传出了猫一样的咪咪声。这次真的不太像狗叫，或许是我已经习惯了。这个声音比上次尖，也不像上次那样连贯，但仍然听得出是那种活死人发出的声音。

　　那玩意儿被绑在一张没有靠背的车椅上，椅子被转了个方向，与车身保持平行。那双已经被割去眼皮的眼睛疯狂地在眼眶里转动着，时上时下，时左时右；那张被割去了嘴唇、拔光了牙齿的嘴巴像个圆圆的字母O；它像个婴儿一样扭动着身子，可没有了双臂和双腿，它其实无法做出任何大的动作。

　　多克斯面无表情地蹲在它旁边，低头看着那张脸上剩下的一些特征。"弗兰克。"他说。那玩意儿将目光转向了他，尖叫声中止了片刻，然后更加尖厉地喊叫起来，而且带着一种新的痛苦，似乎在乞求什么。

　　"你认出来了？"我问。

多克斯点点头："弗兰克·奥布里。"

"你怎么知道？"我问。因为说实在的，一个人如果处于这种状态，他以前的任何特征都很难被辨别出来。在我眼里，他唯一的特征就是额头上的皱纹。

多克斯仍然盯着那玩意儿，他哼了一声，点头示意那玩意儿的脖子："文身，是弗兰克。"他又哼了一声，探过身，扯下了粘在座位上的一张小纸片。我看了一眼，又是我已经见过的丹科大夫那细长的字迹，字条上写着"荣誉"。

"把急救人员叫过来。"多克斯说。

我匆匆赶了过去，他们正要关上急救车的后车门。"里面还有地方再装一个人吗？"我问，"他不会占用太多空间，但他需要大量镇静剂。"

"什么情况？"留着刺猬发型的家伙问。

对于干他这一行的人来说，这是很正常的问题，可我能想到的唯一答案似乎对他们有些不敬，于是我随口说道："我觉得你们恐怕也需要大量镇静剂。"

他们看着我，并没有意识到情况的严重性，而是觉得我在和他们开玩笑。他们相互对视了一眼，耸了耸肩。"好吧，伙计。"年纪大一点儿的那位说，"我们把他塞进去。"留着刺猬发型的那一位摇摇头，转身重新打开急救车的后车门，将担架车拉了出来。

趁他们推着担架车向丹科大夫的面包车走去的当口儿，我爬进急救车，看看德博拉情况如何。她紧闭着眼睛，脸色苍白，但呼吸似乎平稳了很多。她睁开一只眼，抬头望着我："车没有动。"

"丹科大夫撞了车。"

她猛地睁大了双眼，挣扎着想坐起来："你们抓住他了？"

"没有，只是找到了车上的乘客。看样子他正准备交货，因为一切工作都已完成。"

我刚才觉得她的脸色有些苍白，现在她的脸上更是没有了一点儿血色。"是凯尔？"她说。

"不是，"我告诉她，"多克斯说那家伙叫弗兰克。"

"你确定吗？"

"当然确定，他脖子上有文身，绝对不是凯尔。"

德博拉闭上眼睛，像泄了气的皮球一样重新躺回到病床上："谢天谢地。"

"我希望你不介意让弗兰克搭你这辆车。"我说。

她摇摇头。"我不介意。"突然，她重新睁开眼睛，"德克斯特，别惹多克斯。帮他找到凯尔，好吗？求你了。"

肯定是注射进她体内的那些药物起了作用，因为我几乎从来没有听她这样哀求过任何人。"好吧，德博拉，我一定全力以赴。"她再次闭上了眼睛。

"谢谢。"她说。

我回到了丹科大夫的面包车旁，刚好看到年纪稍大一点儿的那位急救人员呕吐完了之后直起腰，而他的搭档坐在路边上，不顾车内的弗兰克发出的叫声，一个劲儿地嘟囔着什么。"好了，迈克尔，"年长的那位说，"好了，伙计。"

迈克尔似乎根本不想挪窝，只是坐在那里前后摇晃着身子，嘴里不停地念叨着："哦，上帝。哦，耶稣。哦，上帝。"我觉得他大概不需要我的鼓励，便走到面包车驾驶座一侧的车门旁。车门开着，我向里面瞥了一眼。

丹科大夫肯定是仓促而逃，因为他落下了一台看似价格不菲的无线电监听器，就是紧急情况出现时警方和狗仔队用来监听无线通信的那种设备。知道丹科大夫是靠这玩意儿在跟踪我们，而不是靠什么魔力，我感到非常宽慰。

除了无线电监听器外，面包车里空空如也，没有能透露蛛丝马迹的火柴盒，没有上面写着地址的小纸片，也没有背面写着某个拉丁文密码的纸片。没有任何东西可以给我们提供任何线索。当然，车上肯定有指纹，可我们既然已经知道了是谁在开车，采集指纹已经意义不大。

我拿起监听器，走到面包车后。多克斯站在敞开的后车门旁，年纪稍大一点儿的急救员终于劝说他的搭档站了起来。我把监听器交给多克斯："在前排座位上，他一直在监听。"

多克斯看了一眼，将它放在面包车的后车门内。看到他似乎没有聊天的兴致，我便问他："你觉得我们下一步应该怎么办？"

他看着我，没有作声，我充满期待地看着他。我估计如果不是那两位急救人员出面的话，我们可能会一直站在那里，直到鸽子在我们头上筑巢。"好了，伙计们。"年纪较大的那位说，我们站到一旁，让他们靠近弗兰克。那精瘦结实的急救员现在似乎恢复了正常，仿佛他来这里只是为了给一个扭伤了踝骨的男孩上夹板一样。不过，他的搭档仍然显得很不开心，即使隔着六英尺远，我也能听到他喘气的声音。

我站在多克斯身旁，看着他们将弗兰克抬到担架车上，然后将他推走。当我回头看多克斯时，他正凝视着我，又向我露出了那令人讨厌的笑容。"只剩下你和我了，"他说，"而我对你一无所知。"他靠着伤痕累累的白色面包车，交叉着双臂。我听到两位急救人员砰的一声关上了急救车的车门，接着警报器响了起来。"只剩下你和我，"多克斯说，"没有了裁判。"

"这又是你那淳朴的乡村智慧吗？"我说。我站在这里，牺牲了左脚上的鞋子，牺牲了一件价格不菲的保龄球衫，更不用说我的业余爱好、德博拉的锁骨和一辆全新的公务车，而他站在这里，衬衫上连个褶子都没有，却在发表充满敌意的晦涩的高论。这个人实在让人受不了。

"我不信任你。"他说。

我觉得这是个好迹象，多克斯警官在表达他的怀疑与情感时也让我看到了他的内心。尽管如此，我还是觉得应该让他将注意力集中到案情上来。"那无关紧要，重要的是我们时间紧迫。"我说，"弗兰克已经处理完，而且已经交付，丹科大夫现在要对凯尔动手了。"

他将脑袋歪到一边，慢慢摇了摇头。"凯尔无关紧要，"他说，"凯尔知道自己会落得什么样的下场。重要的是抓住这位大夫。"

"可凯尔对我妹妹很重要，"我说，"这也是我在这儿的唯一原因。"

多克斯点了点头。"很不错，"他说，"差一点儿让我相信你。"

我突然灵机一动。"多克斯警官，"我说，"德博拉是我唯一的亲人，你没有权利怀疑我对亲人的忠诚。尤其是……"我像兔八哥①一样竭力克制自己，免得啃咬指甲，"你到目前为止一直无所事事。"

不管多克斯警官是冷血杀手还是什么，有一点很明显：他能感觉到情感。也许这就是我和他之间的巨大差别，也是他竭力保住自己正直可敬的名声、与应该成为他盟友的人作对的原因。总之，我可以看到一股怒火涌上了他的脸庞，他内心深处某个黑暗的地方传出了一声几乎可以听到的咆哮。"无所事事，"他说，"说得不错。"

"无所事事，"我坚定地说，"我和德博拉把跑腿的事、冒险的事全干完了，你又不是不知道。"

在那一刻，他下巴上的肌肉鼓了起来，仿佛要从他的脸上跳出来，把我掐

---

① 美国华纳兄弟公司于1930年开始发行的第一部著名系列动画片中的角色。

死。他内心深处那无声的咆哮变成了怒吼，引起了我那黑夜行者的反应；黑夜行者立刻坐起身，毫不示弱地做出了回应。我们就这样站在那里，两个巨大的黑影在我们面前不停地扭动着，无形地对峙着。

如果不是一辆警车选择在这个时候停在我们身旁打断了我们，街头很可能会出现血肉横飞的惨景。一位年轻警察跳下车，多克斯本能地掏出警徽向他亮了一下，两眼仍然死死地盯着我。他用另一只手做了个驱赶的手势，那位警察知趣地退了回去，将头伸进车里，与他的搭档说了几句。

"好吧，"多克斯对我说，"你有什么点子？"

这当然不是最佳办法。如果换了兔八哥，他准会让多克斯自己想到这一点，可这已经很不错了。我说："我的确有个想法，只是有点儿风险。"

"嗯哼，"他说，"不出我所料。"

"如果你觉得风险太大，那你另外想办法吧，"我说，"但我觉得这是我们唯一的办法。"

我可以看到他在心中盘算着。他知道我是在引诱他，但我的话确实有几分可信，激发了他心中的自尊也好，怒火也罢，反正他不在乎。

"说出来听听。"他说。

"奥斯卡逃脱了。"我说。

"看样子是的。"

"这样一来，我们可以肯定只有一个人仍然会引起丹科大夫的兴趣，"我说，然后指着他的胸口，"你。"

他倒是没有畏缩，不过他额头上有什么东西抽搐了一下，在那一刻甚至忘记了呼吸。他缓缓地点点头，深吸了一口气："你这狗娘养的。"

"我是，"我说，"但我没有说错。"

多克斯拿起那台无线电监听器，将它挪到一旁，然后坐在面包车敞开的后车门上："好吧，接着说下去。"

"首先，我可以打赌他一定会再买一台监听器。"我说，点头示意他身旁的那个东西。

"嗯哼。"

"所以如果我们知道他在监听，就可以让他听到我们想让他听到的内容，也就是说，"我挤出最迷人的笑容，"你是谁，在什么地方。"

"那我是谁？"他似乎并没有被我的笑容所迷惑。

"你就是设下圈套让他落到古巴人手中的那个人。"我说。

他盯着我看了一会儿，然后摇摇头："你是想把我的鸡巴送到案板上，对吧？"

"完全正确，"我说，"你不会是害怕了吧？"

"他已经抓住了凯尔，我害怕什么？"

"有一点不同，你会知道他要来抓你，"我说，"而凯尔当时并不知道。再说，凯尔在这方面不是比不上你吗？"

这话说得太露骨，简直有些恬不知耻，他却上钩了。"那当然，"他说，"你他妈的真是个马屁精。"

"我不是什么马屁精，"我说，"我说的都是大实话。"

多克斯看着身旁的监听器，然后抬起头来望着远处的高速公路。一滴汗珠从他的额头滚落下来，掉进他的眼睛里，街灯映照在上面，反射出橙色的亮光。

"好吧，"他说，重新将目光转回到我身上，"就这么定了。"

多克斯警官开车送我回警察局。坐在他身旁对我来说是一种怪异而不安的经历，我们几乎无话可说。我用眼角的余光看着他的侧影。他脑子里在想什么？我知道他是什么样的人，然而他是如何不露声色地做到这一点的？对于我来说，竭力克制自己不去玩一场游戏简直会把我逼疯，但多克斯显然没有过这种感觉。或许他在萨尔瓦多时就已经彻底抛弃了这种感觉。如果有政府这把保护伞，干那种事是否会不一样？要么就是在不用担心被抓获的情况下干那种事要容易得多？

我不可能知道，也不可能问他。仿佛要加深我对这一点的理解，他在红灯处停了车，转过头来看着我。我假装没有看到，眼睛隔着风挡玻璃死死地盯着正前方。绿灯亮起时，他重新转过头去。

我们将车直接开进了公务车停车场，多克斯让我坐到另一辆福特金牛车的驾驶座上。"给我十五分钟，"他说，点头示意无线对讲机，"然后呼我。"他没有再说一句话，回到自己的车上，将车开走了。

现在只剩下我一个人了，我回想着之前这几个小时里接二连三发生的意外。德博拉进了医院，我与多克斯联手，还有我差一点儿送命前对科迪天性的发现。对于提及邻居家宠物时他的反常举动或许有其他解释，而且他急不可待地将刀扎进鱼身体里的行为也完全可以解释为儿童正常的虐待心理。可说来也怪，我发现自己居然希望这一切都是真的。我希望他长大后能够像我——基本上像我，因为我想好好培养他，让他那双小脚踏上哈里给我铺筑的道路。

难道这就是人类的繁殖欲望？一种毫无意义的强烈欲望，复制一个独一无二的我，尽管这个我其实是个恶魔，根本不配生活在人类当中。这当然能解释我每天为什么会碰到那么多令人不快的蠢货。但是，我与他们不同，我完全清楚这世界如果没有我会好得多——我在这个问题上更在乎我自己的感情，而不是这世界会如何看待这个问题。可我现在急于复制出更多的我，就像德拉库拉①在黑暗中制造出一个新吸血鬼站在他身旁一样。我知道这样做不对，但那多么有意思啊！

我真是个十足的傻瓜！难道在丽塔家沙发上消磨的时光真的将我曾经威力无比的智慧变成了一堆不断颤抖的多愁善感的玉米糊？我怎么会有这些荒唐的想法？我为什么不想一个办法逃避这场婚姻？难怪我无法摆脱多克斯令人厌烦的监视——我已经耗尽了每一个脑细胞，现在到了山穷水尽的地步。

我看了一眼手表，已经在这种荒唐的胡思乱想上浪费了十四分钟。差不多是时候了，我拿起无线对讲机，开始呼叫多克斯。

"多克斯警官，你的位置？"

短暂的停顿，然后无线对讲机发出咔嚓一声："呃，我现在不便透露。"

"请再说一遍。"

"我在跟踪一个目标，担心让他知道我的位置。"

"什么样的目标？"

又是短暂的停顿，仿佛多克斯在指望我干所有的活儿，而他自己还没有想好该说什么。"是我当兵时的一个家伙。他在萨尔瓦多被俘，可能认为是我的过错。"停顿。"这家伙很危险。"

"你需要支援吗？"

"目前还不需要，我正试图避开他。"

"完毕。"我说，为自己终于能说"完毕"而感到有些兴奋。

我们又重复了几次，确保丹科大夫能听到，而我每次都有机会说"完毕"。当这种通话终于在凌晨一点结束时，我感到既兴奋又一种成就感。或许明天我

---

① 19世纪英国作家布拉姆·斯托克所著小说《德拉库拉》中的吸血鬼之王。

可以试着说"请重复",甚至说"明白"。终于有所期待了。

我看到有辆警车正要朝南驶去,便说服开车的警察将我捎到了丽塔家。我蹑手蹑脚地走到我的车旁,上车将它开回了家。

回到我小小的蜗居后,我看到屋里乱成了一团。我想起来了,德博拉本来应该在这里过夜的,结果却进了医院。我明天再去看她。这一天过得令人难忘,但也让人精疲力竭。我一头倒在床上,立刻进入了梦乡。

第二天一早,我刚在警察局停车场停好车,多克斯的车就停在了我的车旁。他下了车,拎着一只尼龙运动包。他把包放在我的车的发动机罩上。"你把换洗衣服带来了?"我彬彬有礼地说。我轻松的好心情再次在他身上起了作用。

"如果这计策成功的话,不是他抓住我,就是我抓住他,"他说着拉开了运动包的拉链,"如果我抓住他,一切就此结束。如果他抓住我……"他从包里拿出来一个GPS接收器,放到发动机罩上,"如果他抓住我,你就是我的后盾。"他冲我一笑,露出了几颗亮闪闪的牙齿,"想想那会让我感到多么高兴。"他又拿出来一部手机,放到GPS接收器旁,"这是我的保险。"

我望着汽车发动机罩上的这两样小东西。它们在我眼里并没有什么可怕之处,或许我可以扔掉其中的一样,再将另一样砸向某个人的脑袋。"没有火箭筒?"我问。

"用不着,只需要这些。"他边说边将手再次伸进运动包里。"还有这个。"他说,举起一个小速记本,将它翻到第一页,那上面似乎有一串数字和字母,螺旋装订线中插了一支廉价的圆珠笔。

"笔胜于剑。"我说。

"至少这支笔是的,"他说,"第一行是个电话号码,第二行是个进入密码。"

"进入到什么里面?"

"你不必知道,"他说,"你只需拨这个号码,然后输入密码,再把我的手机号码报给对方。他们会把我手机上的GPS定位告诉你,你就来救我。"

"听上去很简单。"我说,不知道是否真的这么简单。

"对你来说是的。"他说。

"接电话的人是谁?"

多克斯摇摇头。"有人欠我人情。"他说着又从包里掏出来一个手持警用无线对讲机，"下面这部分比较容易。"他把无线对讲机递给我，然后回到了自己的车上。

我们显然已经为丹科大夫设下了诱饵，第二步就是在恰当的时候将他引诱到某个特殊的地方，而文斯·增冈的派对便是天赐良机。在接下来的几个小时里，我们开着各自的车满城乱转，将同一条信息来回重复了几遍，每次稍加变化，免得引起怀疑。我们还动用了两个巡逻车分队，多克斯说这些人应该不会把事情搞砸。我觉得这话可以算作他低调的机智，但那几位警察似乎并没有意识到他是在开玩笑。虽然他们没有真的吓得发抖，但他们确实兴师动众地一再向多克斯警官保证，他们不会把事情搞砸。与一个能激发起如此忠心的人共事真是太美妙了。

我们这几个人在剩下的时间里不停地向空中发送无线电波，不停地聊着庆贺我订婚的派对，不停地告诉大家怎么去文斯家，不停地提醒大家别迟到。成败在此一举。午饭刚过，我将车停在一家温迪屋①前，坐在车里，用手持无线对讲机最后一次呼叫多克斯警官，对话内容经过精心设计。

"多克斯警官，我是德克斯特，听到了吗？"

"我是多克斯。"他稍微停顿后说道。

"希望你今晚来参加我的订婚派对，这对我意义重大。"

"我哪儿也不能去，"他说，"这家伙太危险。"

"就过来喝一杯，喝完就开路。"我不依不饶。

"你看到他是如何对待曼尼的，而曼尼还只是个小兵卒子。是我把这家伙交给了坏人。如果他抓住我，他会怎样对待我？"

"我就要结婚了，老兄。"我说，这样称呼他"老兄"有一种神奇漫画②的味道，而这正是我喜欢的，"那种事不会每天都发生，再说周围有那么多警察，他不会轻举妄动的。"

多克斯为增加戏剧效果停顿了很久，我知道他是在严格按照我们写好的剧本表演，一定要数到七。无线对讲机终于响了："好吧，我九点左右过来。"

---

① 美国一家连锁快餐店。
② 美国著名的漫画公司。

"多谢，老兄。"我说，为自己能再次说出"老兄"而兴奋不已，而且似乎要将我的幸福感推到极致，我又补充了一句，"这对我意义非凡。完毕。"

"完毕。"

我希望无论我们那位特殊的听众在这座城市的什么地方，我们通过无线对讲机上演的这出小戏能够对他起作用。在他进行手术前的消毒工作时，他会不会停下来侧耳倾听？当他的无线电监听器里传出多克斯警官那圆润动听的声音时，或许他会暂时放下手中的骨锯，擦一擦双手，将地址写在一张纸片上。然后他会快乐地继续——对凯尔·丘特斯基动手？带着那种手头有活儿要干而且活儿干完后还有社交活动的人特有的内心平静。

为了确保万无一失，我们那几辆警车上的朋友又连着将这信息重复了几遍，没有把事情搞砸。多克斯警官本人今晚九点左右会亲自光临。

至于我，班上那点儿活儿只用了几小时就干完了，然后我驱车去杰克逊医院，看望我那折了一只翅膀的心爱的小鸟。

德博拉坐在病床上，上半身打着石膏。她的病房在六楼，正好可以看到窗外高速公路的美丽景色。我不知道医生是不是给她用了止痛药，但我走进病房时，她的脸上没有一丝笑容。"他妈的，德克斯特，"这算是和我打招呼，"叫他们赶紧让我出院，起码把我的衣服还给我，我自己出去。"

"我很高兴看到你好多了，亲爱的妹妹，"我说，"你很快就能站起来了。"

"只要他们把衣服给我，我立刻就能站起来，"她说，"外面的情况究竟怎么样了？你都在干些什么？"

"我和多克斯已经设下了一个圈套，多克斯充当诱饵，"我说，"丹科大夫只要一咬钩，我们今晚就可以抓住他，在我的……嗯，文斯的派对上。"我突然意识到我必须与订婚这个说法保持一定距离，虽然这个托词显得有些愚蠢，却能让我感觉好一点儿，但显然没有给德博拉带来一丝安慰。

"你的订婚派对。"她说，然后咆哮起来，"浑蛋，你让多克斯为你充当诱饵。"我承认她这么说算是给了我面子，但我确实不愿意看到她有这种看法。心情不好的人伤口也会好得慢一些。

"不，德博拉，说正经的，"我换上最善解人意的声音，"我们这样做是为了抓住那位丹科大夫。"

她久久地怒视着我，然后突然吸了一下鼻子，使劲儿忍着不让眼泪流出来。

这大大出乎我的意料。"我必须信任你,可我不喜欢这种做法。我现在满脑子想的都是他会怎样对付凯尔。"

"这个计划会成功的,我们一定会把凯尔救出来。"她毕竟是我妹妹,所以后半句我就没有说——至少是他的大部分。

"上帝啊,我真不愿意被困在这里,"她说,"你们需要我的支援。"

"我们对付得了,"我说,"有十多个警察会来参加派对,个个带着枪,都不是好惹的。我也会去的。"我感到有点儿恼怒,她居然这样低估我。

可她仍然不依不饶:"是啊,如果多克斯抓住了丹科,我们就能救回凯尔;如果丹科抓住了多克斯,你就能得到解脱。真是狡猾,德克斯特,你怎么都不吃亏。"

"这我倒是从来没有想过,"我骗她说,"我只想除暴安良,再说多克斯在这种事情上经验丰富,而且他认识丹科。"

"他妈的,德克斯特,这简直要我的命。万一……"她说不下去了,只是咬着嘴唇,"这办法一定得成功,凯尔落在他手中太久了。"

"肯定会成功的,德博拉。"我说,但我和她对此都缺乏信心。

医生们坚决要让德博拉住院观察二十四小时。与妹妹动情地作别后,我快步跑进了落日的余晖中,再从那里奔回家,冲了个澡,准备换身衣服。穿什么衣服呢?仔细考虑一番后,我决定还是沿袭我一贯的穿着品味,挑了一件暗黄绿色的夏威夷衬衫,上面印着红色电吉他和粉红色赛车图案。简单而又雅致。一条卡其布裤子,一双跑步鞋。一切收拾停当,我准备动身去参加派对。

可是离派对开始还有一个小时,我的思绪又不由自主地回到了科迪身上。我对他的判断正确吗?如果真是那样,他该如何应付从他身上苏醒过来的行者?他需要我去引导他,而且我发现自己急不可待地愿意给他提供这种引导。

我出了门,驱车向南,而不是直接朝北去文斯家。十五分钟后,我敲响了丽塔家的门,然后回头朝马路对面看了一眼,那里原来停着多克斯警官那辆褐紫色的福特金牛,如今空空荡荡。他今晚肯定会待在家里,为即将到来的冲突做准备,擦亮子弹。虽然他知道自己完全有权这样做,可他真的会开枪杀死丹科大夫吗?他上次开枪杀死生灵是什么时候?他怀念那种感觉吗?那种欲望是不是像飓风一样向他袭来,卷走了他所有的理智和克制?

门开了，丽塔笑容满面地向我扑来，紧紧地拥抱我，亲吻我。"嘿，帅哥，"她说，"快进来。"

我象征性地拥抱了她一下，然后立刻挣脱开来："我只待一会儿。"

她的笑容更加灿烂了。"我知道，"她说，"文斯来过电话，把一切都告诉我了。他说一切都安排好了，还向我保证一定把你看紧，不让你干出格的事。进来吧。"她说着抓住我的胳膊，将我拉进了屋，她关上门后突然一本正经地转过脸来看着我，"听我说，德克斯特，我要告诉你一点。我不是那种爱吃醋的人，而且我相信你。你就去好好乐一乐吧。"

"我会的，谢谢你。"我说。虽然我怀疑自己是否真的会乐一乐。我想知道文斯究竟对她说了些什么，居然让她觉得这次的派对会变成充满诱惑和罪恶的危险泥坑。不过以我对文斯的了解，这完全有可能。文斯这个人比较复杂，在社交场合的表现常常令人难以预料，就像他与我妹妹上次为男女之间那点儿事含沙射影、唇枪舌剑一样。

"你在派对前还能来这儿，真令我感动。"丽塔将我带到了沙发前，我最近在那上面消磨了太多的时光，"孩子们在问为什么他们不能去。"

"我去跟他们说。"我说。我急于想见到科迪，并且想看看自己的猜测是否正确。

丽塔笑了，仿佛为我愿意向科迪和阿斯特解释而高兴："他们在后院，我去叫他们。"

"不，你待在这儿，"我说，"我去找他们。"

科迪和阿斯特在后院，还有尼克，也就是隔壁那个要阿斯特脱光衣服给他看的小浑蛋。当我推开后院门时，他们全都抬起头来望着我，尼克赶紧翻过围墙，躲进了自家的后院。阿斯特跑过来拥抱我，科迪跟在她身后，脸上毫无表情。"你好。"他说，声音不大。

"年轻的公民们，向你们问候，向你们致意。"我说，"我们要不要换上罗马人的官袍？恺撒在召集我们去参议院。"

阿斯特歪起小脑袋望着我，仿佛刚刚看我生吃了一只耗子。科迪只是低声说了一句："什么？"

"德克斯特，"阿斯特说，"我们为什么不能和你一起去参加派对？"

"首先，"我说，"你们明天要上学。其次，恐怕这是个成年人参加的派对。"

"是不是会有姑娘不穿衣服？"她问。

"你都把我当成什么人了？"我严厉呵斥道，"你们真的以为没有光屁股姑娘的派对我就不会参加吗？"

"耶。"她说。科迪只是小声哼了一下："哈。"

"更重要的是，这次的派对还要傻乎乎地跳舞，还要穿上丑兮兮的衣服，而这些都是你们不该看的，不然你们以后再也不会尊重大人了。"

"尊重什么？"科迪说，我握住他的手。

"说得好，"我对他说，"现在回屋去。"

阿斯特终于咯咯笑了起来："可我们还是想去参加派对。"

"恐怕不行，"我说，"不过我给你们带了个宝贝，免得你们瞎跑。"我递给她一卷尼可威化饼干，这是我们之间的秘密货币。她过一会儿会悄悄地与科迪平分。"好了，孩子们。"我说，他们抬起头，充满期待地望着我。可我在那一刻浑身颤抖，既想知道答案，又不知道怎么开口问他们。我当然不能直接说："我说，科迪，我想知道你是不是喜欢杀死小东西。"虽然那正是我想知道的，可我显然不能对孩子说这种话——尤其是科迪，因为他通常是个闷葫芦。

不过他姐姐阿斯特似乎常常代他说话。整个童年阶段一直与恶魔般的父亲生活在一起，这种压力给姐弟俩带来了一种共生性的关系，甚至到了他喝汽水她都会打嗝的地步。无论科迪的心中在想什么，阿斯特都能将它表达出来。

"我能问你们一件很严肃的事吗？"我说。他们对视了一眼，没有作声，但他们眼神里所表达的情感胜过千言万语。他们朝我点点头，那样子就像他们的脑袋被一起安在了一根桌式足球杆上一样。

"邻居家的狗。"我说。

"我告诉过你了。"科迪说。

"它老是把垃圾桶撞翻，"阿斯特说，"还在我们家的院子里拉屎。尼克还让它咬我们。"

"于是科迪就把它处理了？"我问。

"他是男孩，"阿斯特说，"他喜欢干那种事。我只是在一旁看着。你会告诉妈妈吗？"

听到了吗？他喜欢干那种事。我看着他们俩，他们也看着我，一副无所谓的神情，仿佛在说比起草莓冰激凌来，他们更喜欢香草冰激凌。"我不会告诉你们的妈妈，"我说，"但你们也不能告诉任何人，永远不对任何人说。就我们三个人知道，明白了吗？"

"好的，"阿斯特瞥了她弟弟一眼，"可是为什么，德克斯特？"

"大多数人不会理解的，"我说，"就连你们的母亲也不会。"

"你能理解。"科迪那嘶哑的声音近乎耳语。

"是的，"我说，"而且我可以帮助你们。"我深吸一口气，感到有个回声隆隆地穿过我身上的每块骨骼。这个回声跨越岁月的长河，从多年前的哈里传到如今的我身上，再回响在佛罗里达的夜幕下。当年的哈里曾站在同样的夜幕下对我说同样的话。"我们得为你摆正方向。"我说。科迪点点头，那双大眼睛一眨不眨地望着我。

"好吧。"他说。

文斯·增冈在迈阿密北区有座小房子，位于连着东北125街的一条死胡同的尽头。房子被漆成了淡黄色，上面画着淡紫色的装饰花纹，让我不禁对自己交友的品位产生怀疑。前院种着几棵灌木，修剪得整整齐齐，正门旁还有一块空地，上面种着仙人掌。他布置了一排太阳能灯泡，照亮了通向正门的石子路。

我以前来过这里一次，大约是一年多前。文斯那次也不知出于什么原因，居然想搞一个化装派对。我带上了丽塔。丽塔化装成了小飞侠，我当然扮成了佐罗；黑夜行者则带着刀严阵以待。文斯给我们开了门，他穿了件缎子面料的紧身长袍，头上顶着一个水果篮。

"是J.埃德加·胡佛①？"我问他。

"差一点儿猜着。是卡门·米兰达②。"他说着将我们带到饮料喷泉盆③前，里面装着的水果潘趣酒④简直要人命。我喝了一小口，立刻认定还是喝汽水为妙，当然，那是在我变成大口喝着啤酒、血气方刚的男子汉之前。音乐一刻也没

---

① 曾任美国联邦调查局局长，建立指纹档案，对美国公务人员进行"忠诚"调查，招致进步舆论抨击。

② 出生于葡萄牙、生长在巴西的好莱坞早期影星。

③ 用于装饮料的宝塔形多层盆，通电后饮料从最高层缓缓流下，形成喷泉状。

④ 一种用果汁、酒、牛奶等调和的饮料。

有停过，播放的是那种单调枯燥的高技术音乐[①]，而且音量大得足以导致大家主动要求接受自残式的脑外科手术。整个派对震耳欲聋，热闹非凡。

据我所知，文斯打那之后再也没有搞过聚会，至少没有搞过如此规模的派对。可上次派对的记忆久久挥之不去，文斯只是提前二十四小时通知了大家，轻而易举就召集到了一群迫不及待地要让我出丑的家伙。文斯言而有信，他在家里到处摆放了电视机，就连屋后的露台也不放过，而且每一台都在播放录像机传出来的各种毛片。当然，我又看到了那只水果潘趣酒喷泉盆。

由于大家对前一次派对结束后的种种谣传仍然记忆犹新，所以这里今天可谓人满为患，大多是男人，个个喧闹嘈杂。他们一杯接一杯地喝潘趣酒，就好像他们听说第一个成功受到永久脑损伤的人会有大奖似的。有几位我还认识。未婚天使安杰尔·巴蒂斯塔下班后来了，还有卡米拉·菲格以及法医实验室其他几个家伙。我还认识其中几个警察，包括没有将多克斯警官的事搞砸的那四位。其他人似乎是随意从南海滩上拉来的，之所以入选是因为他们有一种特殊才能，每当换音乐或者电视上出现特别不堪入目的画面时，他们就能发出尖声怪叫——"喔！"

没过多久，派对就变了样，让我们后来在很长一段时间内都感到后悔。到九点一刻时，屋里只剩下我一个人还能在没有人搀扶的情况下站着。大多数警察蹲守在喷泉盆处，我只看到数不清的胳膊肘快速弯曲着，将酒送进嘴里。安杰尔躺在餐桌下，脸上挂着笑容，呼呼大睡。有人扒掉了他的裤子，还有人剃掉了他脑袋中央的一束头发。

看到这种情况，我觉得这真是天赐良机，可以神不知鬼不觉地溜出去，看看多克斯警官是否已经来了，但我的如意算盘打错了。我朝大门方向刚刚走了两步，一个沉重的庞然大物从背后扑到了我身上。我飞快转过身来，恰好看到卡米拉·菲格正准备从背后抱住我。"你好。"她的脸上带着灿烂却多少有些暧昧的笑容。

"你好。"我竭力装出开心的样子说，"要我给你倒杯酒吗？"

她朝我皱着眉头。"我不要酒，只想问候你一声。"她的眉头皱得更紧了，"天哪，你真可爱，我一直想告诉你这一点。"

这可怜的家伙肯定喝醉了，可爱？我？一个丽塔已经将我和女人的交往推到

---

① 一种节奏快、声音沉重而无明显旋律的电子伴舞音乐。

了极限。如果我没有记错的话，我和卡米拉的语言交流最多不超过三个词儿。她以前可是从来没有提到过她觉得我可爱，相反，她似乎一直在躲着我，宁可面红耳赤地将目光转向别处也不愿意简单地对我说声"早上好"。而她现在简直可以说是在强奸我，这说得过去吗？

　　反正我没有时间浪费在解读人类行为上。"非常感谢。"我说，试图在挣脱她的同时又不至于伤着我们俩。她双手死死地抱着我的脖子，我想将它们掰开，可她简直像藤壶一样粘在我身上。"卡米拉，我觉得你需要出去透透气。"我说，希望她能明白我的暗示，自觉地松手离开。没想到她居然与我贴得更紧，不停地向我抛媚眼，吓得我赶紧后退。

　　"我就在这儿透透气。"她说，然后噘着嘴，做出一个亲吻的表情，将我向后推。我撞到了一张椅子上，差一点儿摔倒。

　　"啊……你想不想坐下？"我满怀希望地问。

　　"不，"她说，硬要拉着我贴近她的脸，而且那力道至少是她实际体重的两倍，"我想和你来真格的。"

　　"呃……嗯。"我结结巴巴地说，完全被这厚颜无耻、荒唐至极的举动惊呆了——难道人类所有的女性都疯了吗？男人们也好不到哪里去。我周围的派对简直像是希耶罗尼默斯·博斯①安排的，卡米拉准备将我拖到喷泉盆后面，那里肯定会有一群长着鸟喙的家伙，等着帮她强奸我一把。我突然想到我现在有了逃避这场闹剧的最佳借口。"你们知道吗？我就要结婚了。"虽然我极不情愿承认，但偶尔用这个借口应应急至少对我是公平的。

　　"浑蛋，"卡米拉说，"浑蛋帅哥。"她松开了我的脖子，突然往后一倒。我赶紧抓住她，免得她摔到地上。

　　"就算是吧，"我说，"不管怎么样，我觉得你需要坐下来休息几分钟。"我想把她扶到椅子上，可那种感觉就像将蜂蜜浇到刀刃上，她瘫倒在了地上。

　　"浑蛋帅哥。"她说着闭上了眼睛。

　　得知自己在同事当中有个好口碑总是件让人高兴的事，但这场浪漫小插曲已经占用了我好几分钟，我迫切需要走到大门外去看看多克斯警官是否已经赶到。

---

① 荷兰画家，作品主要为复杂而独具风格的圣像画，代表作有《天堂的乐园》《圣安东尼受诱惑》等。

于是，我丢下卡米拉，让她在甜美的梦境中做着爱情的美梦，自己则重新向正门走去。

我再次半途遭到拦截，这次是有人恶狠狠地抓住了我的胳膊。文斯紧紧抓着我的二头肌，将我从门口拉回到了超现实主义的世界。"嘿！"他高声喊道，"嘿，派对的主角，你要去哪儿？"

"我好像把车钥匙落在车里了。"我说，想挣脱他那力大无穷的双手，他却反而将我的胳膊抓得更紧。

"不，不，不。"他拉着我向喷泉盆走去，"这派对是为你开的，你哪儿也不准去。"

"这派对办得棒极了，文斯。"我说，"可我真的需要……"

"喝酒。"他说着将一只杯子伸进喷泉盆，舀了一杯酒后硬推到我面前，结果把酒洒到了我的衬衣上。"这才是你需要的，万岁爷！"他将自己的杯子举到空中，一口将它喝干。幸运的是，这杯酒呛得他咳个不停，弯下了腰，拼命要呼吸新鲜空气。我趁机准备开溜。

我朝门口刚走了一半，文斯突然出现在了门口。"嘿！"他冲我嚷道，"你不能走，脱衣舞女马上就到！"

"我马上就回来，"我大声说道，"再给我倒杯喝的！"

"是，万岁爷！"他的脸上又露出那种假笑，然后他兴高采烈地走了回去，我则转身去寻找多克斯。

由于这么长时间以来，无论我在什么地方，他总是将车停在街对面，因此我应该一眼就能看到他，可是我没有。当我终于看到那辆熟悉的褐紫色福特金牛时，我意识到他干了件多么聪明的事。他将车停在了街道的另一头，旁边一棵大树正好遮住路灯。这样做既可以隐蔽自己，又可以给丹科大夫增加信心，让他觉得可以靠近而不会被发现。

我向那辆车走去，汽车的窗户玻璃摇了下来。"他还没有到。"多克斯说。

"你应该进来喝一杯。"我说。

"我不喝酒。"

"你显然也很少参加聚会，不然的话就不会坐在街道对面的车上，对主人表示不敬了。"

多克斯警官没有作声，但窗户玻璃摇了上去，然后车门一开，他跳了下来。

"万一他现在来了，你准备怎么办？"他问我。

"放心吧，光凭我的魅力就能救下你，"我说，"趁着现在里面还有人保持清醒，进来坐会儿。"

我们一起向街对面走去。刚走了一半，街角突然出现一辆车，沿着街道向我们驶来。我本想跑过去，一头钻进街旁那排夹竹桃中，但自己镇定自若的表现还是让我感到骄傲，我只是瞥了一眼向我们驶来的那辆车。那辆车慢慢驶近，来到我们身旁时，我们已经安全穿过了街道。

多克斯转身朝那辆车看了一眼，我也看了一眼。五个少年阴沉着脸看着我们，其中一个转过头对其他几个说了句什么，逗得他们一起放声大笑。然后汽车从我们身旁驶了过去。

"我们最好还是进屋，"我说，"那帮家伙不是善良之辈。"

多克斯没有作声，而是目送那辆车消失在街道尽头，然后才继续向文斯家的正门走去。我跟在他身后，快走两步，赶在他前面为他打开门。

我出门才几分钟，人员损耗数字就已经直线上升。喷泉盆旁的两名警察平躺在地上，来自南海滩的一个家伙正对着一只特百惠①大盆呕吐不已，而那盆子几分钟前还装着果冻沙拉。音乐声比刚才更大，我听到文斯在厨房里大声喊着"万岁爷"，跟着便是一片粗嘎的起哄声。"不可救药。"我对多克斯说。他低声说了句什么，似乎是"一群浑蛋"，然后摇摇头，进了屋。

多克斯不喝酒，也不跳舞。他找了个安静的角落，站在那里，像一个降价处理的持镰收割者②的狰狞塑像看着大学联谊会派对。我不知道自己是否应该帮他融入这种热闹的气氛，或许我可以让卡米拉·菲格过去引诱他。

这位好警官站在角落里，望着四周。我注视着他，想知道他在想什么。这真是个妙不可言的对比：多克斯默默地独自站在角落里，周围的人个个都疯狂地发泄着。如果我有感情的话，我可能会从内心深处对他产生极大的同情。他似乎完全不为这一切所动，就连两个南海滩来的家伙赤身裸体地从他身旁跑过，他也毫无反应。他的目光落在离他最近的电视机上，那上面正在播放一些非常有创意的"动物表演"节目。多克斯看着电视机，既没有任何兴趣，也没有任何感情表

---

① Tupperware，美国优质家居品牌。
② 即死神。

露；他只是看着，然后将目光转移到躺在地上的那些警察身上。安杰尔躺在餐桌下，文斯领着一支康茄舞蹈队①从厨房走了进来。多克斯的目光越过人群落到了我的身上，脸上仍然毫无表情。他走过来站到我面前。

"我们要待多久？"他问。

我竭力向他挤出一丝笑容。"这是有点儿过头了，对吧？所有这一切快乐，肯定让你觉得不安。"

"让我觉得恶心，"他说，"我在外面等着。"

"这是个好主意吗？"我问。

他冲着文斯的康茄舞蹈队一歪脑袋："你觉得这是个好主意吗？"他的话当然有道理，康茄舞蹈队已经倒在地上，变成了一堆抽搐着的欢乐疯子。可如果单单从致命痛苦和恐惧的角度来说，倒在地上的康茄舞蹈队根本无法与丹科大夫相提并论。不过，如果这世上真的还有人的尊严的话，我估计肯定有人会顾及它。可是看看眼下周围这情景，"尊严"二字显然是谈不上了。

前门突然开了，我和多克斯立刻转过身面对着它，所有本能反应全都被调动了起来。幸亏我们为遭遇危险做好了充分准备，否则我们很可能遭到两个手拿噪音盒②的半裸女人的伏击。"你们好！"她们大声喊道，随之招来倒在地上的康茄舞蹈队粗嘎的尖叫声"喔——"。文斯从那堆人体下爬出来，挣扎着站了起来。"嘿！"他喊道，"嘿，大家听着！脱衣舞女来了！万岁！"又是一声"喔——"，而且声音更响，一直躺在地上的一位警察摇摇晃晃地站了起来，目不转睛地盯着她们，嘴巴做了个口型："脱衣舞女……"

多克斯朝四周扫视了一圈，然后看着我："我就在外面。"说着，他转身向门口走去。

"多克斯。"我觉得待在外面确实不是个好主意，可我刚一迈步，就再次遭到了无情的偷袭。

"抓到你了！"文斯大声喊着，张开双臂死死抱住了我。

"文斯，放开我。"我说。

"没门儿！"他咯咯地欢笑着，"嘿，大家听着！快帮我把这面红耳赤的新

---

① 康茄舞是一种起源于非洲的拉丁美洲舞蹈。
② 音量很大的便携式收音机或盒式磁带录音机。

郎拉回来！"躺在地上的那些康茄舞蹈队员和喷泉盆旁最后一位没有倒下的警察立刻向我拥来，我突然置身在了群魔乱舞的中央，被他们簇拥着向卡米拉·菲格刚才坐着的椅子走去。卡米拉已经不省人事，滚到了地上。我想竭力挣脱，可根本没有用。他们人多势众，肚子里灌满了文斯特制的果汁。我只能眼睁睁地看着多克斯警官回头怒视了一眼，穿过前门，走进夜色之中。

他们将我按在椅子上，紧紧地围成一圈，站在我周围，我显然哪儿也去不成。我希望多克斯能像他自诩的那样出色，因为显然短时间内他别想有援军。

音乐声停了，我听到一个熟悉的声音，让我不寒而栗，就连我手臂上的汗毛都一根根地竖了起来。那是塑胶带被撕开的响声，也是那刀刃音乐会开始前我最珍爱的前奏曲。有人抓住我的胳膊，文斯将撕下来的三条长长的塑胶带绑在我身上，将我捆在了椅子上。虽说绑得不是太紧，还不足以困住我，却显然能限制我的行动，刚好让那帮人得以把我按在椅子上。

"好了！"文斯大声喊道。其中一位脱衣舞女打开噪音盒，开始表演。第一位脱衣舞女是个黑人姑娘，板着脸，开始在我面前边扭动身躯边将多余的衣物一件件地脱下。她脱得差不多时，骑在我的一条大腿上，一面扭动屁股一面舔我的耳朵。然后，她使劲儿将我的头按到她的乳房之间，弓下腰，一个后空翻退了出去。另一位脱衣舞女长得像亚洲人，留着一头金发。她走上前来，重复了整个过程。当她骑在我的大腿上扭动屁股时，第一位脱衣舞女也走上前来，骑坐在我的另一条腿上，两个人一左一右，然后突然俯身向前，开始相互亲吻，乳房擦着我的脸。

这时，亲爱的文斯给她们端来了两大杯他那要命的果汁潘趣酒，她们一饮而尽，仍然有节奏地扭动着屁股。其中一人嘀咕了一句："哇，真是好酒。"两个女人现在开始疯狂地扭动身躯，周围的人群像狂犬病患者在月圆时那样号叫起来。四个硕大而且硬得有些不自然的乳房模糊了我的视线——一边两个，从他们号叫的声音来看，似乎除了我之外每个人都兴奋到了极点。

两个脱衣舞女骑在我的大腿上，随着音乐声扭动着，汗珠滴落在我那件美丽的人造丝衬衣上，也滴落在她们自己身上，而派对仍然在我们周围疯狂地继续着。我就这样在炼狱中接受着磨难的洗礼，唯一让我喘口气的时候是文斯又给她们端来了两大杯潘趣酒。就这样，也不知过了多久，两个扭动的身躯终于从我的大腿上站了起来，开始绕着周围的人群跳舞。她们抚摩着一张张脸，喝着每个人杯子里的酒，偶尔伸手在某个人的裤裆那儿抓一把。我趁着大家注意力分散，挣脱双手，扯掉了身上的塑胶带。我这时才注意到，谁也不再关心笑容可掬的德克斯特，谁也不再关心我这位准新郎。稍微瞥上一眼我就明白了其中的原委：屋里每个人都目瞪口呆地看着那两位脱衣舞女翩翩起舞，她们现在已经一丝不挂，汗珠和倒在她们身上的饮料在灯光下闪闪发光。文斯站在那里，眼睛几乎要从眼眶里跳出来，完全一副卡通人物形象，不过他显然很尽兴。其余仍然清醒的人也个个屏住呼吸出神地看着，身子还随着音乐左右摇摆。即使我一路吹着喇叭走出去，也不会有人注意我。

我站起身，悄悄走到人群外，溜出了正门。我以为多克斯警官会在文斯家附近等我，可到处都没有他的身影。我走到街对面，朝他的车里看了一眼，里面空无一人。我朝街道两头望去，街上空空荡荡，根本没有他的身影。

多克斯不见了。

人类的许多方面是我永远无法理解的，当然不只是智力方面。我是说我缺乏同情他人的能力，也没有感觉情感的能力。对我而言，这似乎并不是什么大的损失，却使我完全无法理解普通人的许多方面。

不过，有一种几乎人人皆有的体验我能强烈地感受到，那就是诱惑。当我望着文斯·增冈家门外空空荡荡的街道，并且意识到丹科大夫已经抓走了多克斯时，我感到诱惑正以令人眼花缭乱、几乎让人窒息的浪涛向我袭来。我自由了。最简单的做法是一走了之，让多克斯与那位大夫享受他们的重逢，第二天上午再汇报，假装我喝多了——这毕竟是我的订婚派对！我不清楚那位好警官究竟出了什么事。有谁会反驳我呢？至少屋里那些参加派对的人谁也无法肯定我没有一直在和他们一起看表演。

多克斯会彻底消失，永远变成模糊不清的被砍下的胳膊和大腿，外加分不清正反面的脑袋，永远不会再来照亮我那黑暗的门道。德克斯特自由了，我自由了，我唯一要做的就是什么都不干。这谁都能做到。

可为什么不一走了之呢？为什么不悠闲地去椰树林区散散步呢？那里有一位儿童摄影师，一直在等待我的关注。这么简单，这么安全——的确，为什么不呢？天上的月亮快要圆了，月轮边缘上小小的缺口带来一种随意、惬意的气氛，这种夜晚去体验我的黑暗快乐真是再合适不过。内心那些低语声急不可待地点头同意，一起发出咝咝声来怂恿我。

该有的都有了。时间、目标、快要满盈的月亮，甚至还有不在犯罪现场的证据，内心的压力聚积了太久，我完全可以闭上眼睛，让这一切自然发生，我只需将这段幸福的航程设定在自动驾驶上，然后信步走过。这之后便是美妙的解脱，油光发亮的肌肉松弛了下来，这么久以来第一次痛痛快快地睡个完整的觉。我会告诉德博拉——

啊，德博拉。还得想着德博拉，不是吗？

难道要我告诉德博拉，在她男朋友的最后几根手指头变成一堆垃圾的同时，我利用摆脱多克斯后难得的机会，带着欲望和刀子冲进了黑暗之中？即使我内心深处那些啦啦队队长齐声呐喊，说这没有关系，我也觉得她一定不会赞同的。那会变成我和妹妹亲缘关系寿终正寝的起因。她不会轻易原谅我的，而我虽然无法感受到真爱，却还是希望德博拉与我保持相对友好的关系。

就这样，我只能再次耐心地等待，再次让痛苦的良知占据上风。郁郁寡欢、忠于职守的德克斯特。会有那一天的，我这样安慰我的另一半。我掏出了手机。

我拨打了多克斯给我的那个号码。过了一会儿，手机响了一下，随后便毫无动静，只有隐隐约约的咝咝声。我输入了那串长长的密码，听到咔嚓一声，接着是一个毫无感情的女人的声音"号码"，我报出了多克斯的手机号码，对方停顿了片刻，然后念出了一组坐标值。我匆匆将这些记录下来。对方停顿了一下，接着补充一句："正西方向，时速六十五英里。"通话结束。

确定方位一直不是我的专长，不过我的船上装了一个小型GPS，确定哪儿有鱼时非常管用。于是我将这些坐标值输了进去，既没有撞了脑袋，也没有引起爆炸。多克斯给我的GPS比我自己的那台高级，显示屏上有张地图。那些坐标值在这张地图上反映出来的是75号州际公路，通往鳄鱼巷，也就是通往佛罗里达西海岸的通道。

我有些吃惊。迈阿密和那不勒斯之间大多是大沼泽地，除了一小片一小片半干的土地外，四周都是泥淖，到处都是蛇、鳄鱼和印第安人的赌场，根本不像那种可以让人在无人打扰的情况下悠闲地尽情享受开膛破肚的快乐的地方。但GPS不会说谎，电话里那个声音也同样不会说谎。如果这些坐标值不对，那也是多克斯的错，反正他失踪了。我别无选择。我上了车，朝75号州际公路的方向驶去。

只用了几分钟，我就上了高速公路，然后向北驶上了75号州际公路。当你驾车沿着75号州际公路行驶时，两旁的建筑物会渐渐变得稀少，但就在鳄鱼巷收费站前，你会突然看到一望无际的购物中心和住宅，算是迈阿密市最后的疯狂。我在收费站前停下车，再次拨打了那个号码。还是那个没有情绪的女人的声音，又给了我一组坐标值，然后就断了线。我认定丹科大夫和多克斯已经不再移动。

从地图上看，他们现在应该在我前方约四十英里处，已经舒舒服服地安顿在了一片毫无标志的荒地中央，四周都是水。我对丹科大夫一无所知，但我认为多克斯浮在水面上的功夫不高。也许GPS真的骗了我，但我还是得想个办法，于是我将车驶回到高速公路上，付了通行费，继续向前行驶。

与GPS上显示的地点平行的地方有条小道，从高速公路向右延伸开去。小道在黑暗中几乎难以被人发现，尤其是我现在的时速已经达到了七十英里。不过，当我看到它嗖的一声掠过时，我赶紧刹车，将车停在路肩上，然后倒回去看个究竟。这是一条单车道土路，不知通向何方，我只看到它上了一座摇摇欲坠的小桥，然后笔直地伸向大沼泽地的黑暗中。我借着路过车辆前灯打出的灯光，只能看到五十码外，而那里什么都没有。土路上有两道深深的车辙，车辙中间长着一片齐膝深的杂草。路的两侧是低矮的树丛，树枝低垂在道路上方。

我原打算下车去看看是否能找到一些线索，但随即意识到自己真是傻到家了。我毫无头绪，而这还不是最重要的。真正令人沮丧的是，要么就是这地方，要么我今晚只能空手而归，而多克斯警官更会度日如年。

为了确保万无一失——至少不让我有丝毫负罪感，我再次拨通了多克斯给我的绝密电话号码。对方报出同一组坐标值后就挂了。不管他们究竟在什么地方，反正他们还待在原地，就在这条漆黑的小土路前方。

我显然别无选择。责任心在召唤我，德克斯特必须响应。我使劲儿一打方向盘，顺着这条土路向前行驶。

按照GPS的显示，我得行驶五英里半才会抵达，天知道等待我的是什么。我将前灯打低，慢慢行驶，仔细观察路上的动静。这样一来，我便有了大量时间来思考，而这对我而言并非总是件好事。我思考着道路尽头可能会是什么，我到那里以后应该怎么办。"赶紧来救我"，多克斯当时是这么说的。这听上去很简单，直到你赤手空拳地在黑夜里驱车进入埃弗格莱兹，手中最具威胁力的武器不过是个速记本。丹科大夫显然不费吹灰之力就抓走了前面几位，尽管他们个个膀大腰圆，带着武器。既然力大无穷的多克斯那么快就倒下了，可怜的、手无寸铁的、温顺腼腆的德克斯特又怎么能指望对付得了他呢？

如果落到他的手中，我该怎么办？显然我不是那种只会尖叫的土豆的最佳人选。我都无法肯定我是否会发疯，因为我的大多数上司很可能会说我一直疯疯癫癫的。我会不会突然崩溃，失去理智，进入那永远哀号的领地？或者，因为我就是我，所以我一直清醒地知道自己身上发生的一切？我，珍贵的我，被绑在桌子上，对他肢解我的手法发表高见？答案肯定能向我解释清楚我是个什么样的人，但我确定我并不真正想知道答案。光是这个念头就几乎让我感觉到真正的情感，而且不是人们会感激涕零的那种情感。

夜色渐浓，却不是件好事。德克斯特在城市里长大，习惯了那些留下黑影的明亮灯光。沿着这条道路越往前走，前方就变得越黑；前方越黑，整件事就越像一次无望的自杀之旅。目前这种情况所需要的显然不是一个偶尔出去杀个人的法医实验室里的家伙，而是一支海军陆战队。我都把自己当成什么人了？是勇敢的德克斯特爵士策马救美吗？我能做什么？在这一点上，除了祈祷外，任何人又能做什么？

按照GPS的显示，我离多克斯警官——至少是他的手机——不到四分之一英里。我的眼前突然出现了一道大门，属于那种奶牛场不让奶牛到处乱跑所用的铝制宽大门，但这不是奶牛场，大门上挂着块牌子，上面写着："布莱洛克鳄鱼场，私自闯入者将落入鳄鱼口中。"

这倒是养鳄鱼的理想之地，却不是我想待的地方。虽说有些不好意思，我还是得承认，我虽然一辈子都生活在迈阿密，却对鳄鱼场知之甚少。这些动物是被关起来圈养还是在水汪汪的牧场上自由爬行？这个问题在这一刻显得非常重要。鳄鱼在黑暗中看得见吗？它们通常处于什么样的饥饿状态？这些问题问得好，而且与我休戚相关。

我关掉车的前灯，把车熄了火然后下车。在这种突如其来的寂静中，我可以听到引擎发出的轰隆声、蚊子的嗡嗡声，以及远处一个细声细气的喇叭传出的音乐声，听上去像是古巴音乐，可能就是蒂托·蓬蒂。

大夫就在里面。

我走近大门，里面的道路仍然笔直地通向前方，越过一座旧木头桥后进了一片小树林。我看到树枝间有灯光透出来，但没有看到有鳄鱼在晒月亮。

好了，德克斯特，我们到了。你今晚想要干什么？大门的另一边有一个专门喜欢进行活体解剖的疯子，有一群群贪婪的鳄鱼，还有一个我该营救的人，尽管这个人巴不得干掉我。无所不能的德克斯特穿着深色运动短裤，就站在这角落里。

我翻过大门，向灯光处走去。

夜晚那些熟悉的声音慢慢地重新响起。我估计这些起码应该是充满野性的原始森林里的正常声音。我听到了那些昆虫朋友发出的咔嗒声、嗡嗡声和嘶嘶声，听到了哀怨的尖叫声——我非常希望那只是一只猫头鹰，而且是只小猫头鹰。我右边的灌木丛里有什么东西咯咯响了一下，随即又变成死一般的寂静。对我来说，幸运的是我非但没有像普通人那样紧张害怕，反而进入了黑夜行者的状态。声音变小了，周围的动静也慢了下来，我所有的感官似乎变得活跃了一点儿。夜色中的点滴细节变得清晰起来，在警觉的表面之下我听到了慢慢发出的无声的冷笑。就让黑夜行者来驾驭这一切吧。他会知道该做什么，他会动手的。

为什么不呢？在这条车道的尽头，在桥的那一端，丹科大夫正在等着我们。我一直想见见他，现在终于可以见到了。对于这样一个家伙，我无论怎么处置他，哈里都不会有意见的。就连多克斯恐怕也得承认丹科大夫是罪有应得，甚至还会因此感谢我。这让我有一种轻飘飘的感觉，因为我得到了大家的准许，更有甚者，它还多了一份诗意。多克斯将我的魔仆困在瓶子里太久，如果为了救他而让我的魔仆从瓶子里出来，那就实在是太妙了。我会救多克斯的，当然会的。然后……

先别急。

我开始向木桥对面走去，可刚走到一半，一块木板便嘎吱响了一声，我吓呆了。夜晚的声音并没有发生变化，我听到蒂托·蓬蒂在我前方嚷了一声"啊——咿"，然后重新回到旋律中。我继续向前走。

过了桥后，道路突然宽敞起来，变成了一个停车场。左边是一道铁丝网，正前方有一座小平房，窗户上透着亮光。房子很破旧，需要重新粉刷，或许丹科大夫并不十分在意外观。右边有条小河，河边有一间已经快要坍塌的鸡舍，用作鸡舍屋顶的一块块棕榈叶像破衣烂衫一样荡在空中。一个年久失修的码头伸到小河中，那里拴了一艘空气推进艇①。

---

① 一种在沼泽地区或洪泛区使用的快艇，靠在空气中转动的螺旋桨推进。

我悄悄潜进一排树木投下的阴影中，感到猎杀者沉着冷静，已经掌控了我的所有感官。我小心翼翼地贴着停车场左边的铁丝网前进。有什么东西冲着我哼了一声，然后跳进了水里，但它在铁丝网外面，所以我没有搭理它，而是继续向前走。现在开车的是黑夜行者，他是不会为这种事停车的。

铁丝网在与屋子成直角的地方到了尽头，前面还有最后一片空地，不到五十英尺，旁边是最后一排树木。我走到最后一棵树旁，想仔细看看这座房子，可正当我停下脚步将手放在树干上时，我头顶的树枝上有什么东西扑扇起了翅膀，一声可怕的报警的尖叫划破了夜空。我吓得往后一跳，那玩意儿穿过树叶落到了地上。

那玩意儿站在我的对面，仍然像一把音量被无限放大的疯狂小号一样鸣叫着。这是一只大鸟，比火鸡还要大，从它对着我哀鸣的神情看，它显然在冲着我发火。它向前迈了一步，一条巨大的尾巴拖在地上，我意识到这是一只孔雀。只要是动物就不喜欢我，而这只鸟更是对我有着深仇大恨。我估计它不明白我比它更大，比它更危险。它正一门心思想着要么将我吃了，要么将我赶走。我急于想让这可怕的鸣叫声停下来，所以我只好照顾一下它的面子，体面地后退了几步，沿着铁丝网匆匆回到木桥旁的阴影中。等我平安地躲进黑暗之中后，我回头向那座小屋望去。

音乐声已经停了，灯也关了。

我一动不动地在阴暗处站了片刻。什么动静也没有，但那只孔雀已经停止了鸣叫，冲着我的方向刻薄地哼了一声后飞回到了树上。接着，夜晚的那些声音重新一一响起，昆虫发出的嗡嗡声，鳄鱼喷鼻、溅起水花的响声，但是再也没有了蒂托·蓬蒂的歌声。我知道丹科大夫正像我一样在监视、在聆听，知道我俩都在等待对方先采取行动，只是我比他更有耐心。他不知道黑暗中等待着他的是什么，他能想到的不是特警就是特种部队，而我知道他只有一个人。我知道他在什么地方，他却无法确定屋顶上是否有人，自己是否已经被包围。因此他必然先采取行动，而他只有两种选择，要么攻击，要么——

屋子另一边突然响起了引擎发动的轰鸣声，就在我不由自主地感到一阵紧张时，那艘空气推进艇离开了码头。引擎的轰鸣声越来越响，小艇顺着小河飞驰而去，不到一分钟就拐弯消失在了黑夜中，随之而去的自然是丹科大夫。

Chapter

丘特斯基归来 *19*

　　我在那儿站了足足有几分钟，眼睛时刻不离那座小屋，部分原因是我比较谨慎。我并没有亲眼看到是谁开走了空气推进艇，因此那位大夫先生有可能仍然躲藏在屋里，等着看接下来会发生什么事。

　　几分钟后，看到周围没有任何动静，我便知道我得进屋去瞧一瞧。于是，我避开那只恶鸟栖息的那棵树，兜了一个大圈，慢慢接近小屋。

　　屋里漆黑一片，却不时有声音传出。正当我站在面对停车场的那扇破烂的纱门前时，我听到里面传出了一种轻微的拍打声，然后便是有节奏的呻吟声，偶尔还夹杂着几声抽泣。如果有人躲在里面，准备偷袭来人，给他致命一击的话，他是不会发出这种响声的。的确，这是被绑后试图挣脱的人发出的响声。难道丹科大夫逃离时忙中出错，没有带走多克斯警官？

　　我的整个大脑再次充满了令我狂喜不已的诱惑。我的死敌多克斯警官被绑在里面，用彩纸包起来后作为礼物送给了我，而且是在这种完美的环境中。我所需要的各种工具应有尽有，方圆几英里内连个人影都没有。等我完工后，我只需说："对不起，我赶到那里时迟了一步。瞧瞧该死的丹科大夫对可怜的老警官多克斯都干了些什么。"想到这里，我如痴如醉，这种醉意让我兴奋得晃动了一下身子。这当然只是个一闪而过的念头，我绝对不会干那种事，我会吗？我真的会吗？德克斯特，喂，亲爱的孩子，你为什么直流口水？

当然不会。天哪，我可是南佛罗里达精神沙漠中的一盏道德明灯。大多数时候是的。我拉开纱门，走了进去。

为了谨慎起见，我一进屋就紧贴着墙，伸手去摸电灯开关。我找到开关，啪的一声将它打开。

和丹科大夫的第一个罪恶之窝一样，这里的家具也少得可怜，最醒目的又是屋子中央的一张大桌子。对面的墙壁上挂着一面镜子，右边的过道没有门，直接通向看起来像厨房的小间，左右有一扇门，但门都关着，大概是卧室或卫生间。我的正对面还有一扇纱门，通向屋外，估计丹科大夫就是从那里逃走的。

桌子的另一头有个东西，浑身罩着一件淡橙色工装服，正发疯似的拍打着。即使隔着一段距离，我还是看出那东西像个人。"在这儿，哦，求你了，帮帮我，帮帮我。"他说。我走过去，在他身旁跪下来。

他的胳膊和大腿当然被塑胶带绑着，而塑胶带是每一个经验丰富、眼光独特的恶魔的首选。我边割断塑胶带边仔细打量他，他的啜泣声充斥着我的耳朵，但我一句也没有听进去。"啊，感谢上帝，啊，求求你，啊，快给我松开。兄弟，快点儿，快，看在上帝的分儿上。啊，耶稣，你怎么现在才来，上帝啊，谢谢你，我知道你会来的。"他不停地念叨着。他的头被剃得光光的，连眉毛也被剃去了，但他那轮廓分明的下巴以及脸上横七竖八的伤疤绝对不会错。他是凯尔·丘特斯基。

至少是他的大部分。

塑胶带割断后，丘特斯基挣扎着坐了起来，我一眼就看出他失去了左前臂和右小腿，分别是在胳膊肘和膝盖处锯断的。残肢上裹着洁白的纱布，没有一点儿血迹。又是漂亮活儿，只是丘特斯基恐怕不会对丹科大夫如此悉心照料他的胳膊和大腿感激涕零。我也不清楚丘特斯基的脑子里缺了多少东西，不过从他一刻不停地、眼泪汪汪地哀号的情况来看，我相信他目前肯定驾驶不了客机。

"哦。上帝，伙计。"他说，"哦，耶稣。啊，谢天谢地，你终于来了。"他将头靠在我的肩膀上，抽泣起来。多亏我最近有了一些这方面的经验，知道自己该怎么做。我轻轻拍了拍他的后背，说："好了，好了。"这比我当初安慰德博拉时还要别扭，因为他那残缺的左胳膊不停地重重拍打着我，增加了我假装同情的难度。

不过，丘特斯基的这阵哭泣只持续了几分钟，等他终于抬起头、挣扎着坐直身子时，我那件漂亮的夏威夷衬衫已经湿了一大片。他使劲儿吸了一下鼻子，可对我的衬衫而言为时已晚。"德博拉在哪儿？"他问。

"她锁骨断了，"我告诉他，"还躺在医院里。"

"哦，"他又吸了一下鼻子，那湿漉漉的长长的响声似乎引起了他体内某个地方的共鸣，他迅速看了看身后，挣扎着想站起来，"我们最好离开这里，他可能会回来。"

我一直没有去想丹科大夫可能会回来这个问题，但他的话有道理。猎杀者惯用的一个伎俩就是先开溜，兜个圈子后再回来，看看是什么人在嗅闻他的足迹。如果丹科大夫这会儿回来，就会发现两个相当容易对付的目标。"好吧，"我对丘特斯基说，"我先在四周查看一下。"

他伸出一只手，当然是他的右手，一把抓住我的胳膊。"求你了，"他说，"别让我一个人待着。"

"我马上就回来。"我说，想竭力挣脱，但他的手抓得更紧了。想到他在经受了这一切苦难后力气还这么大，你不得不感到惊讶。

"求你了，"他又说了一遍，"至少把你的枪留给我。"

"我没有枪。"我说。他睁大了眼睛。

"啊，上帝，你究竟在想什么？天哪，我们必须离开这里。"他惊恐万状，那样子像是随时又会哭泣起来。

"好吧，"我说，"我先扶你用一只脚站起来。"我希望他没有听出我话里的小错误。丘特斯基没有作声，只是将胳膊伸给我。我扶着他站了起来，他靠着桌子。"我去别的房间看一眼。"我说。他眼泪汪汪地望着我，眼神中带着乞求，但他没有作声，我迅速在这间小屋里查看起来。

丘特斯基所待的地方是小屋的主屋，里面除了丹科大夫的工具外，什么都没有。他有几件非常漂亮的切割工具，我从伦理道德的角度仔细考虑了一番后，拿走了其中最漂亮的一把，它那锋利的刀刃足以切割开最结实的肌肉。我还看到了几排药瓶，除了几瓶巴比妥类药物①外，其他药瓶上的名字在我眼里非常陌生。我没有发现任何线索，没有找到被揉成一团、上面写有电话号码的火柴盒，也没有找到干洗店的收条。什么都没有。

厨房简直是第一起案子中厨房的翻版，里面有一个破旧的小冰箱、一个电热锅、一张牌桌，旁边有把折叠椅，仅此而已。灶台上有半盒炸面包圈，一只大蟑螂正在大口啃食。

我回到主屋后看到丘特斯基仍然靠着桌子站在那儿。"快点儿，"他说，"看在上帝的分儿上，我们走吧。"

"还有一个房间。"我说。我走过去，打开厨房面对的房门。不出我所料，那里面果然是卧室，房间一角有张行军床，床上有一堆衣服，还有一部手机。那衬衫很眼熟，我当然想到了它的主人是谁。我掏出手机，拨通了多克斯警官的号码，那堆衣服上面的手机立刻响了起来。

"好了。"我说。我挂断电话，回去接丘特斯基。

他还待在原地，不过那样子好像他能跑的话早就逃之夭夭了。"快，看在上帝的分儿上，快点儿。"他说，"耶稣，我简直能感觉到他的呼吸正一口口地喷在我的脖子上。"我扭头看看后门，然后又看看厨房。我回来扶他时，他转过头来，目光落在了墙上挂着的镜子上。

他久久地盯着自己在镜子中的形象，然后身子一软，仿佛全身的骨头突然被人抽走了一样。"耶稣啊，"他再次抽泣起来，"哦，耶稣啊。"

"好了，"我说，"我们走吧。"

丘特斯基打了个寒战，摇摇头："我动不了，只能躺在那儿，听着他对弗兰克动手的整个过程。他好像很开心——'你猜出来没有？没有？那好，一只胳膊。'然后便是锯子锯东西的响声……"

"丘特斯基。"我说。

"接着，他把我绑在那上面，问我：'七个字母，你猜是什么词儿？'然后……"

听听别人的技术当然很有意思，可丘特斯基似乎正要失去仅剩的那点儿自制力，我可不愿意再让他一把鼻涕一把泪地弄脏我衬衫的另一边。于是我走过去，

---

① 一类作用于中枢神经系统的镇静剂。

抓住他剩下的那只胳膊，对他说："好了，丘特斯基，我们走吧。"

他望着我，仿佛不知道自己身处何地，睁大了眼睛，转过头去望着那面镜子。"啊，耶稣，"他说，深吸一口气，像听到号角声做出反应一样站了起来，"还不算太糟，我还活着。"

"对，你还活着，"我说，"只要能离开这儿，我们俩都能活着。"

"对。"他说，他果断地将头从镜子那面转回来，用剩下的那只胳膊搂住我的肩膀，"我们走。"

丘特斯基显然没有太多单脚行走的经验，但他呼哧呼哧地费劲儿走着，每跳着走一步身体就重重地靠在我身上。即使少了几个零件，他块头仍然很大，因而对我来说这不是件轻松活儿。快上桥时，他停了下来，望着铁丝网外。"他把我的腿扔到那里，"他说，"喂了鳄鱼，还一定让我看着。他举着我的腿让我看到，然后扔了进去，水面立刻沸腾起来，就像……"我可以听到他的声音里有越来越强烈的歇斯底里的味道，他自己也听到了，于是不再往下说，而是颤抖着深吸一口气，粗声粗气地说："好了，我们离开这鬼地方。"

我们一路走到了大门口，没有再误入记忆的歧途。丘特斯基靠着一根架设铁丝网的柱子，我则去开门。然后我扶着他上了副驾驶座，我自己坐到方向盘后，发动了汽车。车的大灯打开后，丘特斯基身子往后一仰，靠着椅子后背，闭上了眼睛。"谢谢你，兄弟。"他说，"我欠你一个大人情。谢谢你。"

"别客气。"我说。我掉转车头，向鳄鱼巷驶去。我以为丘特斯基睡着了，但汽车在狭窄的土路上行驶了一半路程，他又和我聊了起来。

"我真高兴你妹妹没有来，"他说，"免得让她看到我这副模样。这简直……听我说，我真的得先振作起来才能……"他突然停了下来，足足有半分钟没有吭声。我们默默地沿着高低不平的土路前进，这种寂静正是我求之不得的。我想知道多克斯在哪儿，在干什么。更确切地说，应该是别人在对他干什么。我还想知道雷克尔在哪儿，还需要多久我才能将他带到别处去，带到某个安静的地方，好让我不受干扰地思考、动手。我还想知道布莱洛克鳄鱼场的租金是多少。

"也许我还是不再打扰她为好。"丘特斯基突然说道，我愣了一下才意识到他还在说德博拉，"瞧我现在这副样子，她肯定不愿意再和我交往。我不需要怜悯。"

"这你尽管放心，"我说，"德博拉从来就不知道什么是怜悯。"

"你告诉她，就说我很好，回华盛顿了。"他说，"这样或许更好。"

"对你来说可能是更好，"我说，"但她会杀了我。"

"你不明白。"他说。

"不，是你不明白。她让我把你救回去，而且主意已定，我不敢不听她的话，否则我会吃不了兜着走。"

他沉默了片刻，我听到他重重地叹了口气："我只是不知道自己是否还能面对她。"

"那我把你送回鳄鱼场去。"我乐呵呵地说。

他没有再说话，我将车驶进鳄鱼巷，在第一个转弯处倒了车，向着天边露出橘黄色灯光的方向驶去。那里就是迈阿密。

汽车行驶一段时间后，我们终于见到了第一处文明的迹象。过了收费站仅仅几英里，我们就见到了一个住宅区，右边还有一个购物中心。丘特斯基坐直了身子，眼睛一眨不眨地盯着外面的灯光和建筑。"我要用一下电话。"他说。

"你可以用我的手机，只要你替我付漫游费就行了。"我说。

"我要用座机，"他说，"投币公用电话。"

"你没有紧跟时代潮流啊。"我说，"投币公用电话可不大好找，早就没有人用它了。"

"从这个出口出去。"他说。虽说这样做无法让我在历尽千辛万苦后更早地美美睡上一觉，我还是将车驶下了高速公路。往前走了不到一英里，我们就找到了一家小超市，大门旁的墙上还安着一部投币公用电话。我扶着丘特斯基，他用一条腿跳跃着来到电话机旁，靠着旁边的隔音板，拿起了听筒。他瞥了我一眼，说："你去那边等着。"对于一个没有人搀扶连路都走不了的人而言，这种口吻似乎有点儿专横，但我还是走回到汽车旁，坐在发动机罩上，任由丘特斯基在电话上聊着。

一辆老式别克车吱吱呀呀地停在了我的车旁，一群身材矮小、皮肤黝黑、衣衫褴褛的男子下了车，向小超市走去。他们目瞪口呆地盯着丘特斯基，不过他们出于礼貌什么也没有说。他们进了超市，玻璃门嗖的一声在他们身后关上，我感到一阵睡意向我袭来。这一天过于漫长，我筋疲力尽，脖子上的肌肉发硬，而我居然什么都没有杀死。我感到非常不对劲儿，想回家上床睡觉。

　　我在琢磨丹科大夫将多克斯带到哪儿去了。当我想到这位大夫确实已经将多克斯带到了某个地方，而且很快将对他进行永久性的手术时，我意识到这是我很久以来得到的第一个好消息，我感到一股暖流传遍了全身。我自由了。多克斯去了。一次一小块，他就这样从我的生活中离去，将我彻底从被迫束缚在丽塔家的沙发上这种困境中解放了。我获得了新生。

　　"嘿，兄弟。"丘特斯基喊道。他那断了一截的左臂朝我挥动了一下，我站起身，向他走去。"好了，"他说，"我们走吧。"

　　"当然可以，"我说，"去哪儿？"

　　他望着远处，我可以看到他下巴一侧的肌肉绷紧了。小超市停车场上的安全灯照亮了他身上的工装服，也从他那光秃秃的脑袋上反射出去。剃掉眉毛后，一个人的脸居然会那么不同，这真让人吃惊。他那副模样很怪异，很像那种低成本科幻片中的化装，因此当丘特斯基咬紧牙关凝视着天边时，就算他本应显得坚强果断，他的样子还是像他在等着来自冷血魔王明①给他下达令人毛骨悚然的命令。但他只是说："送我回宾馆，兄弟。我还有工作要做。"

　　"要不要去医院？"我问，心想他肯定不会砍断一棵紫杉来做拐杖，一路笃笃笃地走回去。但他摇了摇头。

　　"我没事，"他说，"我会没事的。"

　　我看着那两块裹着白色纱布的地方，皱起了眉头，那里曾经长着他的胳膊和腿。两处伤口毕竟还没有长好，还需要用纱布包扎起来，丘特斯基至少应该感到自己身体很虚弱。

　　他低头看了一眼被截肢的地方，在那一刻他的确身子微微一软，人似乎缩小了一点儿。"我会好的，"他说，然后略微挺直了身子，"我们走吧。"他显得既疲倦又伤心，我实在不忍心再说什么，只好答应了一声："好吧。"

　　他扶着我的肩膀，一条腿跳着回到了汽车的副驾驶座旁。就在我扶他坐上去时，老式别克车的那几位乘客拿着啤酒和炸猪皮走了出来。开车的家伙笑着冲我点点头，我也冲他一笑，关上了车门。"鳄鱼。"我说，冲着丘特斯基一

---

① 美国于1934年开始推出的系列漫画《飞侠哥顿》中的人物，此后一直是根据该漫画改编的影视作品中的主要恶魔。

点头。

"啊，"他回答道，"难怪。"他上了车，我绕过车身，也上了车。

在回宾馆的路上，丘特斯基一直保持着沉默。可是，汽车刚刚拐弯驶上95号州际公路，他就开始剧烈地颤抖。"啊，妈的，"他说，我扭头看着他，"药效过了。"他的牙齿开始发出嗒嗒嗒的响声，他猛地咬紧牙关。他的呼吸变得急促起来，我可以看到他没有了眉毛的脸上开始出现汗珠。

"你是不是重新考虑让我送你去医院？"我问。

"你有没有什么喝的？"他问。我觉得这话题改变得太突然。

"后座上应该有一瓶水。"我说。

"我要酒，"他说，"伏特加或威士忌。"

"我的车上一般没有这种东西。"我说。

"妈的，"他说，"快送我回宾馆。"

我按他的意思将他送到了宾馆。只有丘特斯基自己知道为什么要住在椰树林区的"叛军"宾馆。这曾是椰树林区第一批豪华的高档宾馆之一，自开张以来入住的都是名模、导演、毒枭以及其他名流。虽然还算不错，但随着曾经弥漫着乡间气息的椰树林区逐渐被豪华大楼所充斥，它的声誉多少有些下降。或许丘特斯基在它一度辉煌的时候住过这里，现在纯粹是出于念旧重新选择这里。可如果一个人小手指上居然戴着戒指，你对他的这种念旧之情不由得会产生深深的怀疑。

我们下了95号州际公路，驶进了迪克西高速公路。我向左拐进联合街，一路开到滨海路。"叛军"宾馆就在前方右手边不远处，我将车停在了宾馆前。"我就在这里下车。"丘特斯基说。

我睁大了眼睛看着他，不知道是不是那些药破坏了他的脑子："你不要我扶你进房间？"

"我没事。"他说。这或许是他新的口头禅，可他实在不像是"没事"的样子。看他浑身大汗淋漓的样子，我实在无法想象他怎么上楼回自己的房间。不过我可不是那种在别人不需要帮助的时候硬要逞能的人，于是我说了声"好吧"，然后看着他打开车门下了车。他紧紧抓住车顶，一条腿摇摇晃晃地站了片刻。宾馆的服务员领班终于注意到了他，看到这穿着橙色工装服、脑袋光秃秃的鬼魅，领班皱起了眉头。"嘿，本尼。"丘特斯基喊道，"过来扶我一把，兄弟。"

"是丘特斯基先生？"他有些不敢相信，看到丘特斯基少了胳膊和小腿后，他吃惊得合不拢嘴。"啊，上帝。"他说，拍了三下巴掌，一个服务员立刻跑了出来。

丘特斯基回头看了我一眼。"我没事。"他说。

我最后看了丘特斯基一眼，他被领班扶着站在那里，一个服务员从宾馆正门推着一辆轮椅向他们走来。

我驾车沿着主干道向家驶去。想到今晚发生的一切，我简直不敢相信现在还不到午夜十二点。文斯家的派对似乎是几星期前的事，而他这会儿恐怕连水果潘趣酒喷泉盆的电线都还没有拔掉。我今晚先是经受了脱衣舞女的考验，然后是将丘特斯基从鳄鱼场救出来，该好好地睡上一觉了。我承认，我的脑子里现在只有一个念头，躺到我的床上，将毯子拉过来捂住脑袋。

当然，像我这样的坏人别想有片刻安宁。我刚向左拐进道格拉斯街，手机就响了。很少有人给我打电话，尤其是在这么晚的时候。我瞥了一眼手机，是德博拉打来的。

"你好，老妹。"我说。

"你这浑蛋，你说要给我打电话的！"她说。

"好像太晚了点儿。"我说。

"你真以为我他妈的睡得着？！"她嚷道，声音大得足以给从我身边经过的那些车里的人带来痛苦，"出什么事了？"

"我把丘特斯基弄回来了，"我说，"可丹科大夫溜走了，还带上了多克斯。"

"他在哪儿？"

"我不知道，德博拉，他开着一艘空气推进艇，然后——"

"我问的是凯尔，你这白痴。凯尔在哪儿？他没事吧？"

"我把他送到了宾馆。他……差不多算是没事吧。"我说。

"你这话什么意思？"她冲我嚷了起来，我只好将手机换到另一只耳朵旁。

"德博拉，他会没事的。他只是……左臂缺了一半，右腿缺了一半，没有了头发。"我说。她沉默了几秒钟。

"给我拿些衣服来。"她终于开口说道。

"他现在情绪很不稳定，德博拉。我觉得他不想……"

"衣服，德克斯特。现在！"她挂了电话。

正如我所说，坏人别想有安宁。对这种恩将仇报的事我只能重重地叹口气，严格执行。反正我快到家门口了，而且德博拉有衣服在我那儿。我跑进屋，虽然停留了片刻，万分留恋地看了看我的床，我还是替她拿了几件换洗衣服，然后向医院赶去。

我进去的时候，德博拉正坐在病床边，双脚不耐烦地轻轻拍打着地面。她的一只胳膊打着石膏，石膏模下伸出的那只手紧紧抓着病号服捂在胸口，另一只手握着她的枪和警徽，那副模样俨然是灾祸发生后的复仇女神。

"我的上帝，"她说，"你究竟去哪儿了？快帮我把衣服穿上。"她扔掉病号服，站了起来。我将一件翻领T恤衫套在她身上，笨手笨脚地避开她的石膏模。我刚替她把T恤衫穿好，一个身穿护士服的壮实女人就一阵风似的走了进来。"你在干什么？"她说话时带着浓重的巴哈马口音。

"出院。"德博拉说。

"快上床去，不然我就喊医生了。"护士说。

"你喊吧。"德博拉说，她一只脚跳着，正费劲地把裤子穿上。

"你不能出院，"护士说，"快上床躺下。"

德博拉将警徽举到她面前。"现在是警方紧急行动，"她说，"如果你阻拦我，我有权以妨碍执法的罪名逮捕你。"

护士本来还想说句严厉的话，现在张着嘴，看看警徽，又看看德博拉，然后改变了主意。"我要告诉大夫。"她说。

"随你的便。"德博拉说，"德克斯特，帮我把裤子拉链拉上。"护士反感地看了她一会儿，然后转身顺着过道匆匆而去。

"我说，德博拉，妨碍执法？"

"我们走。"她说着大步走出了病房，我顺从地跟在她身后。

在去"叛军"宾馆的路上，德博拉时而神情紧张时而怒气冲冲。她会咬着下唇，然后冲着我大吼，要我开快点儿。快到宾馆时，她终于安静了下来，望着车窗外："德克斯特，他现在什么样子？糟糕到什么程度？"

"换了个糟糕的发型，所以人显得比较怪异，至于其他方面嘛……他好像正在慢慢适应。他只是不希望你为他感到难过。"她看着我，再次抿着嘴，"他是这么说的，"我说，"他宁愿回华盛顿也不愿意接受你的怜悯。"

"他是不想拖累我，"她说，"我了解他。他是想独自承受。"她重新将目光转向车窗外，"我无法想象那是什么样的场面，像凯尔这样的人孤立无援地躺在那儿……"她慢慢地摇摇头，一滴眼泪顺着她的脸颊滚落下来。

说实在的，我非常清楚那是什么样的场面，因为我自己已经制造过多起那样的场面。我无法理解的是德博拉性格中新近出现的这一面。她在母亲的葬礼上流过泪，在父亲的葬礼上流过泪，但据我所知，打那以后她就再也没有流过一滴泪。可是现在她的泪水简直要将我的车淹没，原因仅仅是对一个有些低能的家伙的迷恋。更为糟糕的是，这还是一个现在失去了能力的低能儿，任何一个稍有理智的人都会继续自己的生活，重新找一个所有零件完好无损的人。可德博拉明知丘特斯基已经终生残废，却似乎对他更加关心备至。难道这就是爱情？德博拉恋爱了？这似乎不大可能。我知道从理论上说她当然会坠入爱河，可……我是说，她毕竟是我妹妹。

这会儿去琢磨这件事毫无意义。我对爱情一无所知，也永远别想对它有一知半解。这种情感的缺乏对我来说并不是什么可怕的事，只是让我很难理解流行音乐而已。

由于不便对此发表任何意见，我只好换个话题。"我要不要给马修斯局长打个电话，告诉他多克斯失踪了？"我问。

德博拉用指尖擦去脸上的泪水，摇了摇头："还是让凯尔决定吧。"

"那当然，可是德博拉，在这种情况下……"

她用拳头使劲儿捶了一下自己的大腿，但这样做不仅毫无意义，还给身体带来了痛感："他妈的，德克斯特，我不会失去他的！"

我常常觉得自己有时只能听到立体声音乐中的一个声道，现在便是这种时刻。我根本不知道她在说什么。坦率地说，我甚至根本不知道自己该想什么。她这句话是什么意思？跟我刚才那句话有什么联系？她为什么反应如此强烈？为什么会有那么多胖女人认为自己穿露脐装很好看？

我猜疑惑写在了我的脸上，因为德博拉松开拳头，深吸了一口气："凯尔需要集中精力，需要继续工作。他需要指挥权，不然他就完了。"

"你怎么知道？"

她摇摇头。"他在他那一行中向来出类拔萃，那才是完整的他，才是真正的他。如果他总是想着丹科对他的伤害……"她咬着嘴唇，又一滴眼泪顺着她的脸颊滚落了下来，"德克斯特，必须让他保持原来的样子，不然我会失去他的。"

"好吧。"我说。

"我不能失去他，德克斯特。"她又说了一遍。

"叛军"宾馆值班的门卫换了一个人，不过他似乎认识德博拉，只是点点头，替我们把门打开。我们默默进了电梯，上到十二楼。

我一辈子都住在椰树林区，从报纸上各种各样的报道中得知丘特斯基的房间是按照英国殖民时期的风格装修的。我从来没有弄明白为什么，宾馆方面显然认定英国殖民时期的风格是表现椰树林区格调最理想的方式，只是我知道英国人从来没有在这里建立过殖民地。不管怎么说，整座宾馆完全是按英国殖民时期的风格装修的。不过，无论是内部装修师还是殖民时期的英国人，我很难相信他们想象得出在德博拉领我进去的顶层套间大床上丘特斯基的那副模样。

他的头发当然不会在短短一个小时里长出来，不过他至少已经脱掉了那件橙色工装服，换上了一件白色的毛巾布睡袍。他躺在床中央，没有眉毛，浑身发抖，大汗淋漓，旁边那瓶伏特加已经空了一半。德博拉都没有朝脚下看一眼就扑到了床边，一屁股坐到他身旁，紧紧抓住他剩下的那只手。劫难后的爱情。

"是德博拉吗？"他那苍老的声音在颤抖。

"我在这儿，"她说，"你睡吧。"

"恐怕我没有原来估计的那么棒了。"他说。

"睡觉。"她说，握着他的手，在他身旁躺了下来。

我离开了他们。

我第二天睡了个懒觉。难道这不是我应得的？虽然我十点钟左右才赶到警察局，但还是比文斯、卡米拉和安杰尔早得多，他们显然都打来过电话，声称自己病入膏肓。一小时四十五分钟后，文斯终于进来了，不仅气色不好，而且显得很苍老。"文斯！"我兴高采烈地喊了他一声，他退缩了一下，闭上眼睛靠着墙，"我要感谢你安排了那么盛大的派对。"

"那你悄悄地谢我一声。"他说话的声音很沙哑。

"谢谢你。"我低声说。

"别客气。"他低声说，然后微微摇晃着去了他的小隔间。

这一天过得异常平静，除了没有新的案子外，法医室里安静得像座坟墓。偶尔有一个穿着淡绿色制服的鬼魅身影经过，这身影的主人也在默默地忍受身体上的难受劲儿。幸运的是，这一天几乎没有什么活儿要干。五点钟时，我已经忙完了所有的案头工作，收拾好了所有的铅笔。丽塔午饭时给我打过电话，要我去她家吃晚饭。我估计她是想核实一下我确实没有遭到什么脱衣舞女的绑架，于是我答应下班后就过去。德博拉没有给我打电话，不过我也不需要。我相信她正待在宾馆的顶楼，和丘特斯基在一起。我只是有些担心，因为丹科大夫知道在哪儿能找到他们，有可能会回来寻找他没有完成的目标。不过话说回来，他手头还有多克斯警官，这应该会让他忙上几天，高兴几天。

为了保险起见，我还是拨通了德博拉的手机。电话响到第四下时她才接。"什么事？"她问。

"你应该记得，丹科大夫第一次轻而易举地就进去了。"我说。

"上次我不在这里。"她说。听她那副怒气冲冲的口气，我真希望她不会朝某个给客房送餐的服务员开枪。

"好吧，"我说，"不过眼睛睁大点儿。"

"别担心。"她说。我隐约听到丘特斯基嘟囔了句什么，随后德博拉说："我得走了，过会儿再给你打电话。"她挂了电话。

我驾车向南去丽塔家，正好赶上傍晚时分的车流高峰。一个面红耳赤的家伙开着一辆皮卡车，猛地冲到了我的前面，还用手指朝我做了一个下流的动作，我不但没有生气，反而开心地哼起了歌。这不仅仅是身处迈阿密这种不要命的交通状况中获得的一种归属感；我感到轻松了许多，一直压在我肩膀上的重负已经化为乌有。我现在去丽塔家，街对面再也不会停着那辆褐紫色的福特金牛。我可以回自己家，完全摆脱了那条如影随形的尾巴。更重要的是，我可以带上黑夜行者出去兜一圈，就我们俩，一起度过一段盼望已久的质量时间①。多克斯警官去了，永远地从我的生活中消失了——而且估计很快还要从他自己的生活中消失。

_____

① 为培养感情、加深关系而与他人相处的时间，尤指与家人共度的时间。

　　我沿着南迪克西高速公路行驶，拐弯来到了丽塔家，高兴得有些轻飘飘的。我自由了——而且也摆脱了那些强加给我的义务，因为丘特斯基和德博拉短期内肯定会形影不离地待在一起，一起慢慢地康复。至于丹科大夫，我确实对他很感兴趣，很想见见他，但我可以肯定丘特斯基位于华盛顿的那个神秘机构一定会再派人来对付他，他们自然不希望再看到我时刻不离左右，到处出谋划策。摆脱了这份义务，又摆脱了多克斯，我重新回到了A计划上，可以无忧无虑地协助雷克尔早点儿退休了。

　　我真是太高兴了，丽塔开门的时候我居然亲吻了她，也不管有没有人注视我们。晚饭后，丽塔忙着洗碗，我又走进后院，与孩子们玩起了踢罐子的游戏，只是这一次因为阿斯特和科迪而多了一层特殊的意义，我们共同保守的小秘密给我们增添了一份感情。看着阿斯特和科迪悄悄跟踪其他孩子，我真是感到高兴，这是我亲自调教的小猎杀者。

　　不过，跟踪与偷袭的游戏玩了半小时后，我们显然碰到了更诡秘的猎手，而且我们在数量上绝对处于下风——蚊子，几十亿只这种令人厌恶的小吸血鬼，个个饥肠辘辘。结果，科迪、阿斯特和我失血过多，软弱无力，蹒跚着回到了屋里，围坐在餐桌旁，开始玩"绞架"猜字游戏。

　　"我先出题，"阿斯特说，"反正刚好轮到我。"

　　"是轮到我。"科迪皱着眉头说。

　　"嗯，反正我已经想好了一个词儿，"她对他说，"五个字母。"

　　"有字母C。"科迪说。

　　"没有。先画上脑袋！哈！"她得意地喊叫着，画了一个小小的圆脑袋。

　　"你应该先问有没有元音字母。"我对科迪说。

　　"什么？"他低声问。

　　"A，E，I，O，U，有时候还有Y，"阿斯特告诉他，"大家都知道。"

　　"里面有字母E吗？"我问她，她的得意劲儿立刻减退了一些。

　　"有。"阿斯特气鼓鼓地说，然后在中间的空白线上写了个字母E。

　　"哈。"科迪很得意。

　　我们玩了近一个小时，然后就到了他们上床睡觉的时间。我这奇妙的一晚就这样早早地结束了，我又一次和丽塔坐到了沙发上，只是这次没有了那双窥视的眼睛。我轻而易举地摆脱了丽塔的纠缠，回家奔向我的小床。我找了个善解人意的借口，说昨晚在文斯家的派对上玩得太累，明天还有一整天的活儿。我就这样离开了丽塔家，独自一人待在黑夜中，只有我的回声、我的身影，还有我自己。离月圆之夜还有两天，我一定要让它彻底补偿我这么久的等待。这个月圆之夜再也不会浪费在美乐淡啤酒上，而要与雷克尔摄影公司共同度过。

当然，我必须先找到证据，而不知怎么的我相信自己一定能找到。毕竟有一整天的时间来搜集证据，当黑夜行者与我一起合作时，一切似乎都会得心应手。

我的心中装满了这种黑夜的愉悦之事给我带来的快乐。我驾车回到了我那舒适的小屋，上了床，睡着了。这一觉是天经地义的，睡得很死，而且没有梦来打搅。

这种兴奋过头的情绪一直持续到了第二天上午。我在上班途中停车买炸面包圈时，一时冲动，居然买了整整十二个，其中几个还是裹了巧克力糖霜奶油馅儿的。这一真正奢侈的举动当然没有逃过终于恢复过来的文斯的那双眼睛。"哦，天哪。"他扬起眉头说，"表现真不错，真是了不起的猎手。"

"森林之神向我们露出了笑脸，"我说，"要奶油馅儿的还是树莓果冻的？"

"当然要奶油馅儿的。"他说。

这一天过得很快，只去了一趟凶杀现场。这是一起用园艺工具肢解受害者的平常案子，一点儿专业性都没有。那白痴先是用电动修枝剪，结果给我增加了大量额外的工作，最后他用整枝剪结果了他的妻子。现场一片狼藉，警方在机场抓住他，真是罪有应得。干得漂亮的肢解活儿首先必须干净利落，地上绝对不应该出现一摊摊的鲜血，墙壁上也不应该出现结成块的人肉。一点儿品位都没有。

现场的活儿忙完后，刚好来得及赶回我在法医实验室的小隔间，将我的记录放在办公桌上。不着急，我可以星期一再将这些打印成文，写出报告。凶手与被害人都跑不了。

于是，我出门走到停车场，上了我的车，随心所欲地巡视我的领地。再也不会有人跟踪我，让我喝啤酒，或者强迫我干我不想干的事。再也不会有人将多余的亮光照进德克斯特的阴影中。我可以重新变成我，变成放荡不羁的德克斯特。这一点比丽塔所有的那些啤酒和同情更令我陶醉。我已经很久没有这种感觉了，我向自己保证再也不将这视作理所当然的事。

道格拉斯街和格兰德街相交处有一辆车着了火，一小群异常兴奋的人聚集在那里围观。救援车一辆辆驶来，造成了交通拥堵，我慢慢穿过车流，向家驶去，心情像那些围观者一样好。

回到家后，我要了一份外卖的比萨饼，然后开始仔细研究雷克尔。去哪儿找证据？什么样的证据具有说服力？当然可以从那双红红色的牛仔靴着手。我几乎可以肯定他就是那个人。患有恋童癖的杀手总是想方设法将自己的事业与寻欢作乐结合在一起，儿童摄影师便是一个完美的例子。但"几乎可以肯定"并不意味着"完全肯定"。于是，我开始整理自己的思绪，将它变成一个简单划一的文件。整整一个小时，我兴奋地制订着计划，享用着一大块加了鳀鱼的比萨饼。可当那近乎盈圆的月亮透过窗户向我低声嘀咕时，我开始变得焦躁不安。我可以感觉到月光那冰冷的手指抚摩着我，挠着我的脊梁，怂恿我到黑夜中去伸展一下我那沉睡了太久的猎杀者的肌肉。

雷克尔的住处离我家不远，于是我换上最好的深色潜行服出了门，驱车上了主干道，穿过椰树林区后进入了虎尾街，来到了雷克尔那不大的屋子前。雷克尔家与周围邻居家没有区别，都是那种混凝土砖砌小屋，离街道不远不近，刚好让屋前有一条短车道。他的车停在那里，是辆红色小起亚，这顿时让我希望大增。红色，与那双靴子的颜色正好相同，这是他喜欢的颜色，表明我的判断没有错。

我开车从他家旁边经过了两次，第二次经过时看到他车内的顶灯亮着，他上车时我正好瞥见他的脸。那张脸并不引人注目，瘦得几乎没有下巴，长长的刘海和一副大眼镜让人很难看到他的全貌。我无法看到他脚上穿了什么鞋子，但从我对他身体其他部分的判断来看，他很可能穿着牛仔靴，好让自己显得高一点儿。他上车关上了车门，我继续向前开，从他身旁经过后绕着街区又转了回来。

等我重新回来时，他的车已经没有了踪影。我将车停在几个街区外的一条小街上，然后步行回去，一路上慢慢进入到我在黑夜扮演的角色中。有家邻居已经熄灯，我便从院子里穿了过去。雷克尔家后面有个小客房，黑夜行者在我内心的深处低声嘀咕道："摄影室。"对于一位摄影师来说，这的确是个布置完美的地方，而摄影室也是寻找罪证照片的理想场所。黑夜行者在这些事情上很少出错，于是我撬开门锁，走了进去。

所有窗户都从屋内用木板钉死了，但借着敞开的房门透进来的微弱光线，我可以看到暗室设备的轮廓。黑夜行者没有错。我关上门，啪的一声打开开关，屋里立刻洒满了昏暗的红光，刚好能让我看清。屋里有一个小洗手池，旁边放着暗室里常见的一个个盘子和一瓶瓶化学药水，左边有一个非常不错的电脑工作站，上面连着数码设备。远处靠墙放着一个文件柜，上面有四个抽屉，我决定从这里着手。

我在相片和底片中翻了十分钟后没有找到任何罪证，几十张裸体照上的主角都是在一张白色毛皮小地毯上摆出各种姿势的婴儿，就连那些通常认为帕特·罗伯逊①过于开放的人都会觉得这些照片"很可爱"。我在文件柜中没有发现暗格，也没有发现任何藏照片的明显的地方。

时间紧迫，我可不能冒险。雷克尔可能只是去商店买一盒牛奶，随时会回来，然后一时心血来潮，想翻一翻自己那些文件，欣赏一下他用胶卷捕捉到的几十个可爱的小淘气。我走到电脑旁。

显示器旁有一个装CD的高架子，我将CD一张张抽出来查看。前面几张都是程序盘，其他CD上则写着"格林菲尔德"或"洛佩斯"的字样，然后……我找到了。

这是一个闪亮的粉红色珠宝盒，盒子正面工工整整地写着"NAMBLA，2004年9月"。

"NAMBLA"有可能是一个不常见的讲西班牙语的美国人的名字，但它也是"North American Man/Boy Love Association"的缩写。这个"北美男人/男孩爱情协会"是一个态度暧昧但坚定支持恋童癖的组织，它让有恋童癖的人相信自己所做的一切完全正常，并以此帮助他们保持一个正面的自我形象。

我拿起这张CD，关了灯，重新溜回到黑暗中。

我回到家后仅仅用了几分钟就发现这张光盘其实是个推销工具，估计是带到某个NAMBLA聚会上，有选择地分发给几个特殊的吃人妖魔。光盘里的照片经过特殊处理，只有指甲盖那么大，很像维多利亚时期那些老色鬼常常翻阅的图片卡。每张照片都特意经过模糊处理，让你看不清细节，只能发挥想象力。

啊，有了。其中几张就是我在麦格雷戈的游艇上发现的照片，只是经过了专业裁剪和编辑。于是，虽然我并没有发现那双红色牛仔靴，我已经找到了足够

---

① 美国电视福音传道者。

的证据，能够满足哈里的准则。雷克尔已经成了最重要的人。我的心头回荡着歌声，嘴角挂着微笑。我慢慢走到床边，快活地想着我和雷克尔明天晚上要做的一切。

第二天是星期六。我早晨稍微睡了个懒觉，然后在附近跑了一会儿步。我冲了个澡，美美地享用了早餐，然后动身去买一些必需品——一卷新的塑胶带、一把锋利的片鱼刀——都是必不可少的物件。由于黑夜行者伸着懒腰刚刚醒来，我在一家牛排屋前停了车，准备享用已经过了点的午餐。我要了一份一磅重的纽约牛排，当然要的是熟透的，不能有一点儿血丝。吃完饭后，我再次驾车经过雷克尔家，想看看那地方白天是什么光景。雷克尔正在给草坪刈草。我放慢车速，随意看了他一眼。哎呀，他穿着双旧球鞋，没有穿那双红靴子。他光着膀子，除了骨瘦如柴外，还显得皮肤苍白，软弱无力。没关系，我很快就会在他身上添加一点儿色彩。

这一天收获颇丰，令我心满意足，是实实在在的行动前的一天。正当我安安静静地坐在家里，心旷神怡之时，电话响了。

"下午好。"我冲着电话说道。

"你能来这儿一下吗？"德博拉说，"我们还有一些收尾工作要做。"

"什么样的工作？"

"别犯傻，"她说，"快点儿过来。"然后她就挂了电话。这让我大为恼火。首先，我对什么狗屁扫尾工作一无所知；其次，我从来不知道自己居然还是个傻瓜。你说我是恶魔，那没有错，我当然是个恶魔，但总的来说是个非常讨人喜欢、很有教养的恶魔。最为恶劣的是她居然那样挂了电话，居然认定我听到她的命令后一定会浑身发抖，一定会对她唯命是从。瞧她那脸皮厚的！不管她是不是我妹妹，不管她是不是会对我动粗，我从来不会被任何人吓得发抖。

但我还是听从了她的命令。"叛军"宾馆离我家不远，但我在路上比平常多花了点儿时间，因为现在是星期六下午，椰树林区的每条街都人满为患，到处都是漫无目的的行人。我的车在人群中慢慢爬行，我生平第一次恨不得一脚将油门踩到底，冲向这些四处游荡的家伙。德博拉已经彻底破坏了我的好心情。

我的这种心情并没有因为见到她而有所改观。我在"叛军"宾馆顶层敲响房门时，她开了门，脸上一副正在处理突发事件的表情，那模样很像一条脾气不好的大鱼。"进来。"她说。

"是，主人。"我说。

丘特斯基坐在沙发上，仍然没有英国殖民者的派头——可能是因为没有了眉毛的缘故，但起码看上去已经有了继续活下去的念头。这么看来，德博拉的康复计划进展顺利。他旁边的墙上靠着一根丁字形金属拐杖，而他正慢条斯理地喝着咖啡，旁边的茶几上还摆着一盘丹麦酥皮饼。"嘿，兄弟。"他大声喊道，那只没有了前臂的胳膊挥动了一下，"拿把椅子过来。"

我端过来一把英国殖民时期风格的椅子，坐了下来，顺手往嘴里塞了两块丹麦酥皮饼。丘特斯基看着我，那架势像是不让我吃，可说实在的，吃他们几块酥皮饼算得了什么呢？我毕竟冒着落入鳄鱼口中的危险、在遭到孔雀的攻击后将他救了出来，现在又牺牲了属于自己的星期六来干天知道是什么的可怕的活儿。我当然有权享用酥皮饼。

"好吧，"丘特斯基说，"我们得想一想亨克尔躲在哪里，而且要快。"

"谁？"我问，"你是指丹科大夫？"

"这是他的真名，是的，亨克尔。"他说，"马丁·亨克尔。"

"我们非得找到他吗？"我问。一种不祥之感开始笼罩我的心头。我是说，他们为什么要看着我说"我们"呢？

丘特斯基哼了一声，仿佛他认为我是在说笑话，而他听懂了我的笑话一样。"没错，"他说，"你想他会在什么地方，兄弟？"

"说实在的，我根本没有去想这件事。"我说。

"德克斯特。"德博拉的声音里带了一点儿警告的味道。

丘特斯基皱起了眉头，可没有了眉毛后，那表情非常怪异。"你这话什么意思？"他说。

"我是说，我不明白这件事跟我还有什么关系，不明白为什么我或者我们非要找到他。他已经得到了想要的东西，难道他就不会完事后回家去？"

"他是在说笑话吗？"丘特斯基问德博拉。如果他有眉毛的话，一定已经扬了起来。

"他不喜欢多克斯。"德博拉说。

"好吧，可是听着，多克斯是我们这边的。"丘特斯基对我说。

"不是我这边的。"我说。

丘特斯基摇摇头。"好吧，那是你的问题，"他说，"但我们仍然必须找到这家伙。这件事牵涉到的政治因素太多，如果我们不将他绳之以法的话，就会引起轩然大波。"

"好吧，"我说，"可这跟我有什么关系？"这对我来说是个合情合理的问题，可如果你看到他的反应，准会认为我打算去炸一所小学。

"我的上帝啊，"他说，装出一副钦佩不已的样子摇摇头，"你可真是太了不起了，兄弟。"

"德克斯特，"德博拉说，"你看着我们。"我看着他们，看着仍然打着石膏的德博拉，看着缺了一条前臂和一条小腿的丘特斯基。说心里话，他们那样子一点儿都不可怕。"我们需要你的帮助。"她说。

"可德博拉，真的……"

"求你了，德克斯特。"

"得了，德博拉。"我说，"你们需要的是一位动作片中的英雄，一位能踹开房门、冲进去用枪一顿猛扫的英雄。我只是法医室一个平庸的怪物。"

她从房间那头走过来，站在我面前，离我只有几英寸远。"我对你知根知底，德克斯特。"她柔声说，"还记得吗？我知道你能行。"她将手放在我的肩膀上，说话的声音压得更低，几乎像耳语，"凯尔需要这样做，德克斯特。他需要抓住丹科，不然他永远不会再觉得自己像个男人。这对我很重要。求你了，德克斯特。好吗？"

连重型大炮都用上了，你还能怎么着？你只能调动起所有的善意，优雅地举起白旗。

"好吧，德博拉。"我说。

自由竟然如此脆弱，如此稍纵即逝，是不是？

Chapter
死神的猜字游戏 *20*

　　无论多么不情愿，既然已经答应要帮他们，可怜而又忠心耿耿的德克斯特立刻开始动用他那威力无穷的大脑中所有的智慧来对付这个难题。但令人沮丧的是，我的大脑似乎处于脱机状态，不论我多么卖力地输入线索，查询结果栏里都空空如也。

　　丘特斯基看着我，布满汗珠、微微有些油光发亮的脸上浮现出一丝笑容，他说："兄弟，我们一起来分析一下好吗？"

　　丘特斯基在缺胳膊少腿之后似乎打开了一个心结，不再像以前那样说话吞吞吐吐，而是比以前更坦率、更友好，似乎非常想把他掌握的情况告诉我。这是四肢健全、戴着一副昂贵墨镜时的丘特斯基无法想象的。我从他那里得到了萨尔瓦多行动队的成员名单。

　　他坐在那里，膝盖上摇摇晃晃地放了本标准拍纸簿，用仅剩的右手手腕压着，同时潦潦草草地写名字。"曼尼·博尔赫斯你已经知道了。"他说。

　　"那是第一个被害人。"我说。

　　"嗯哼。"丘特斯基头也不抬地应了一声，他写下名字后又在上面画了道横线，"然后是弗兰克·奥布里？"他皱着眉头，写下这个名字并且将它划掉时，他的舌尖居然从嘴角伸了出来，"他没有抓住奥斯卡·阿科斯塔，天知道奥斯卡眼下在哪儿。"他还是写下了名字，然后在旁边打了个问号，"温德尔·英格拉哈姆住在北海滨大道，在迈阿密海滩那边。"他写这个名字的时候，拍纸簿滑落到了地上，他伸手去抓但没有抓住。他盯着地上的拍纸簿看了一会儿，然后弯腰将它捡了起来。一颗汗珠从他那光秃秃的脑袋上滚下来，滴落在了地上。"该死的药，"他说，"弄得我有些头昏眼花。"

"温德尔·英格拉哈姆。"我说。

"对，对。"他写完这个名字后没有停顿，而是继续说下去，"安迪·莱尔住在北面的戴维区，现在以卖车为生。"他突然来了精神，继续写下去，成功地写完了最后一个名字，"另外两个人死了，还有一个没有退伍，整个行动队就这些人。"

"这些人当中难道就没有谁知道丹科在迈阿密吗？"

他摇摇头，又一颗汗珠滚了下来，差一点儿滴到我身上："在这件事情上我们严格封锁消息，只有需要知晓的人才知道。"

"难道他们不必知道有人想把他们变成只会尖叫的枕头？"

"他们不必知道。"他说，那副紧咬牙关的架势仿佛又准备说几句硬话。或许他想要我住嘴，但他瞥了我一眼，改变了主意。

"我们能不能至少核查一下，看看有谁失踪了？"我问，没有抱什么希望。

我话还没有说完，丘特斯基就摇起头来，两滴汗珠一左一右地流了下来："不行，绝对不行。这些家伙个个都警觉得很，一有风吹草动，他们立刻就会知道。我可不能再让他们像奥斯卡那样逃跑了。"

"那我们怎样才能找到丹科大夫？"

"这得由你来想办法了。"他说。

"垃圾山旁那座屋子怎么样？"我满怀希望地问道，"就是你带着写字板去查看的那个屋子。"

"德博拉派了辆巡逻车过去查看。已经有人搬了进去。"他说，"我们把所有希望都寄托在你身上了，兄弟。你会想出办法来的。"

我还没来得及想出什么有意义的话来反驳他，德博拉就走了过来。不过说实在的，丘特斯基对待从前战友的这种冷漠态度让我万分惊讶。难道让他的那些老朋友做好准备或者至少让他们随机应变不是件好事吗？

管它呢，至少我有了一份名单，可以从这上面着手，只是除了这份名单外我一无所有。我压根儿不知道如何将这个着手点变成某种真正有用的信息，而凯尔的创造力显然不如他刚才与我分享信息那么出色。指望德博拉也不大现实，她此刻正一心一意地忙着拍松凯尔的枕头，擦干他那滚烫的眉头，逼他吃药。我一直以为她永远不会有这种家庭主妇式的表现，可眼前就是。

有一点很明显，待在宾馆这个顶层房间里是无法开展任何实际工作的，我唯一能想到的是回家向我的电脑求救，看看是否能有所发现。

我的家还是上次的样子，让我备感亲切。床收拾得干干净净，这是因为德博拉已经不住在这儿的缘故。我很快就启动了电脑，开始搜索。我首先查了房地产数据库，但最近没有出现符合前几所房屋模式的新交易，可是丹科大夫总得有个去处吧。我们已经将他赶出了他精心安排的藏身之处，但我可以肯定他会迫不及待地开始对多克斯或者丘特斯基那份名单中任何引起他注意的人动手。

他按什么顺序对受害者动手？按照他们的职务高低？按照他们惹怒他的程度？还是完全随意行动？如果我知道这一点，那我至少就有了找到他的可能性。他总得有地方可去，而他那些"手术"显然无法在宾馆房间里进行。那么他会去什么地方？

一个很小的念头如同涓涓细流，开始滴落到德克斯特大脑里的地板上。丹科显然必须去某个地方对多克斯下手，而时间又不容许他再安排一个安全之家。不管他去了什么地方，他肯定还在迈阿密，离他那些受害者很近。他不会随便找一个地方，因为那样变数太大，风险太高。一座看似无人居住的空屋可能会突然出现一大群有意买房的人，而如果他强占某个已经有人居住的屋子，那么他永远无法知道什么时候会有不速之客突然造访。因此，为什么不干脆利用他下一个受害者的家呢？他相信到目前为止知道名单的只有丘特斯基，而丘特斯基短期内动弹不了，不会去追踪他。只要搬进名单上下一个人的家中，他就能顺顺当当地一箭双雕，既可以结果多克斯，又可以悠闲地对快乐的房主动手。

这当然合情合理，比从那份名单着手要更明确。可就算我猜对了，那么名单上下一个目标会是谁？

外面传来了隆隆的雷声。我又看了一眼那份名单，然后叹了口气。我为什么非要待在家里？就连与科迪和阿斯特玩"绞架"猜字游戏也比这种令人头疼的枯燥活儿有意思得多。我得不断提醒科迪先猜元音字母，然后单词的其他部分就会自动出现。在他掌握了这一点之后，我可以教他一些更有意思的东西。真是奇怪，我居然会盼望着教一个孩子，可我的确有些迫不及待。遗憾的是他已经料理了邻居家的狗，不然那将成为让他学习各种技能、学会自我保护的一个绝妙开始。那个小淘气要学的东西太多。哈里原来的那些课程都将传授给下一代。

想到要一路扶持科迪，我意识到我要付出的代价就是接受与丽塔订婚的事实。我真的能经受这一切吗？彻底抛弃无忧无虑的单身生活，过上幸福的家庭生活？说来也怪，我还真认为自己一定能做到。为了孩子你当然应该做出一点儿牺牲，而一旦有了丽塔这个永久的掩护，我就会变得更加低调。

或许我可以完成这一壮举。我们到时候看吧。当然，这只是在拖延时间，既无法让我更早地与雷克尔共度那个夜晚，也无法让我更快地找到丹科。我收拢杂乱的思绪，重新看着那份名单：博尔赫斯和奥布里已经处理完毕，还剩下阿科斯塔、英格拉哈姆和莱尔，而且这三个人仍然不知道自己与丹科大夫有约。两个完了，还有三个，这还不包括多克斯。多克斯这会儿一定正在感受刀刃的锋利程度，背景中有蒂托·蓬蒂在演奏舞曲，大夫手握明晃晃的手术刀俯身看着他，然后带他体验肢解之舞。和我一起跳舞吧，多克斯。正如蒂托·蓬蒂所唱的那样，"和我一起跳舞吧，朋友"。当然，如果没有了双腿，跳舞就会困难一些，但至少可以尝试一下。

与此同时，我转着圈翩然起舞，仿佛那位慈悲的大夫已经卸掉了我的一条腿。

好吧，我们假设丹科大夫在他受害者的家中，而且这个受害者还不是多克斯。那我得出的结论是什么？如果科学探究无法实施，剩下的就只有碰运气猜测了。这太简单了，亲爱的德克斯特。伊尼米尼迈尼莫[①]——

我的手指落在了英格拉哈姆的名字上。这么说，这很肯定，对吗？我就是挪威的奥拉夫国王[②]。

我站起身，走到窗前，几乎滚圆的月亮从树后悄悄爬了上来。我向外凝视得越久就越感受到那熟悉的邪恶月亮压在我身上的重量。它刚刚在天边露出一角，正喋喋不休地轻声嘀咕着，对着我的脊梁骨喷出一团团热气、一团团冷气，怂恿

---

① 类似于中国的儿童游戏"泥锅泥碗你滚蛋"。

② 此处应该指奥拉夫二世，挪威主保圣人。

我去行动，直到我拿起车钥匙向门口走去。干吗不去看个究竟呢？最多只需一个小时，而且我还不必向德博拉和丘特斯基解释我的思路。

我意识到这个念头之所以吸引我，部分原因是这样做又快又简单，如果有收获的话，我的回报便是明天晚上可以自由自在地与雷克尔相约——更重要的是，我越来越渴望先来一点儿开胃小吃。为什么不先拿丹科大夫热热身呢？如果我以其人之道还治其人之身，有谁会说我不应该呢？如果为了抓住丹科就必须救下多克斯，那好吧，谁也没有说过生活完美无缺。

于是我上了车，沿着迪克西高速公路向北行驶，然后进入95号州际公路，向前一直开到79街海堤，再从那里直接驶到迈阿密海滩的诺曼地区，英格拉哈姆就住在那里。天已经全黑了下来，我沿着街道慢慢向前开，经过了英格拉哈姆的家。他家的车道上停着一辆深绿色的面包车，很像丹科几天前撞毁的那辆白色面包车。面包车停在一辆很新的梅赛德斯车旁，与这豪华小区显得格格不入。黑夜行者开始低声鼓励我，但我继续向前，绕过路上的弯道，经过英格拉哈姆的家，在一个空车位上停下车，然后将车泊在街角。

从周围的环境来看，那辆绿色面包车显然不属于这里。我掏出手机，拨通了德博拉的电话。

“我可能已经有所发现了。”她接通电话后，我对她说。

“怎么用这么长时间？”她说。

“我觉得丹科大夫就在英格拉哈姆家，在迈阿密海滩这边。”我说。

德博拉愣了一下，我几乎可以看到她皱起了眉头：“你为什么这样认为？”

向她解释这只是个猜测显然不是个好主意，于是我简单地说：“一时跟你解释不清，老妹，但我认为我没有错。”

“你认为，”她说，“可你并不肯定。”

“再过几分钟我就能肯定了，”我说，“我的车就停在他家旁的街角，他家门前停了一辆面包车，与周围的环境有些格格不入。”

“待着别动，”她说，“我一会儿给你回话。”她挂了电话，丢下我继续监视英格拉哈姆的家。我所在的位置角度太别扭，要想将屋里的情况看清楚，我伸长的脖子上肯定会长出一个大肿块。于是我掉转车头，正对着街角，英格拉哈姆的家就在那里。

我可以感觉到月光那冰冷的手指在不停地挠着我、戳着我、戏弄着我，怂恿我去干一件奇妙的蠢事。从我上次听到它的声音已经过了太久，因此它的声音比以往响亮了一倍，倾泻在我的头上，顺着我的脊梁骨而下。说实在的，在德博拉打来电话之前，先将这一切彻底弄清楚能有什么坏处呢？我当然不会干傻事，只是下车在街上走走，从那屋子旁经过，只是在月光下沿着一条宁静的街道悠闲地散散步。如果碰巧有机会和那位大夫玩几个小游戏——

我下车的时候注意到我的呼吸有点儿急促，这让我感到有些不安。真不害臊，德克斯特。我深吸一口气，稳定一下情绪，沿着街道向前走。我只是一个漫不经心的恶魔，在晚上出来散散步，碰巧经过一家进行活体解剖的临时诊所。你好，邻居，这样美好的夜晚非常适合切断一条腿，是不是？

我走到房前，听到屋里传出了隐隐约约的响声，我内心的那些耳语开始骚动起来。那是节奏丰富的萨克斯管乐声，听上去很像蒂托·蓬蒂的音乐。我根本无须让那些越来越聒噪的耳语声告诉我找对了地方，这里正是丹科大夫新建的诊所。

他在这儿，正在忙碌着。

我现在该怎么办？明智的做法当然是退回到车上，等待德博拉的电话。可难道今晚真的需要智慧吗？月亮正低垂在天边，深情地讥笑着，并在我的静脉里奔涌，驱使我向前。

于是，我经过那屋子时悄悄躲进了邻居家投下的阴影中，小心翼翼地穿过后院，直到我能看到英格拉哈姆家的后墙。后窗上露出非常明亮的光线，我躲在树影中，蹑手蹑脚地进了院子，离那里越来越近。踮着脚再走了几步后，我几乎可以看到窗户里面的动静。我往前凑了凑，正好待在灯光投下的光线之外。

我站在那里，终于可以看到窗户里面的情景了。我稍微抬起一点儿头，看到了屋里的天花板，那里有丹科大夫似乎特别喜欢使用的镜子，里面正好照出半张桌子——

上面还剩下半个多克斯警官。

他被牢牢地绑在那里，一动不动，就连他刚刚剃光的脑袋也被死死地绑在桌子上。我无法看到太多的细节，但根据我所看到的情形，他的双手已经在手腕处被切除掉了。先切除手？非常有意思，与他在丘特斯基身上所用的手法截然不同。丹科大夫是如何决定什么方法适用什么病人的？

我发现这个人和他所做的事越来越让我着迷，这里有一种怪僻的幽默感，而且虽然这样做有些傻，我还是想对此再多了解一点儿，于是我又向前迈了半步。

音乐声停了一下，我也停下了脚步。当曼波舞曲的节奏再次变得越来越快时，我听到身后传来了清脆的咳嗽声，随即感到有什么东西击中了我的肩膀，像针扎似的又痛又难受。我转过头，看到一个人正望着我。这个人个子不高，戴着一副镜片很厚的大眼镜，手中握着一样东西，看起来像彩弹枪①。就在我为那把枪对着我而感到愤怒时，有人抽走了我大腿上的每根骨头，我瘫倒在月光下洒满露珠的绿草上，接踵而来的便是一片漆黑，还有一个接一个的梦境。

我正快乐地将一个恶贯满盈的家伙切成碎片。我已经用塑胶带将他牢牢捆绑在了一张桌子上，可不知怎么搞的，我手中的刀竟然是橡胶做的，不停地从左滑到右。我伸手抓起一把大骨锯，锯进了桌上那鳄鱼的体内，可我不但没有快感，反而感到疼痛难熬，原来我是在切自己的胳膊。我的手腕在发烫，烫得弓了起来，可我的切割动作怎么也停不下来。这时，我无意之中划破了一根动脉，令人恶心的红彤彤的东西立刻喷了一地，红色的水雾模糊了我的双眼，我摔了下去，永远掉进了我心中那朦朦胧胧、空空荡荡的黑暗中。各种可怕的怪物扭曲着、哀嚎着，拉着我，直到我摔到地面上那恶心的血泊中。我的旁边有两个空洞无神的月亮，正低头怒视着我，并且在命令我：睁开双眼，你已经醒了——

我终于看清了，那两个空洞的月亮原来是一副厚厚的眼镜片，镶嵌在一副黑色的大眼镜框里，戴在一个身材矮小、瘦而结实的男人的脸上。只见他留着小胡子，手中握着一个针管，正俯身看着我。

是丹科大夫？

我并没有大声说出来，但他仍然点点头说："不错，他们是这样叫我的。你是谁？"他的口音有点儿不自然，仿佛说每个单词之前都得想半天。他说话时带有一点儿古巴口音，但西班牙语显然又不是他的母语。不知为什么，他说话的声音我很不喜欢，仿佛那里面散发着一种特殊的驱虫剂的气味，是驱除德克斯特的驱虫剂，但我那蜥蜴脑袋深处有一只年迈的恐龙抬起了头，冲着他吼了一声，算是回应。我并没有像最初所想的那样畏缩。我试着摇摇头，却发现不知为什么脑

---

① 一种军事游戏中使用的气枪，参加各队用这种气枪发射可溶于水的染料弹丸，被射中者被视为"死亡"，退出游戏。

袋动不了。

"先别动，"他说，"没有用的。不过别担心，你将目睹我对你朋友所做的一切，而且很快就会轮到你了。你将在镜子中看到自己。"他冲我眨了一下眼睛，说话的声音里多了一丝心血来潮的味道，"镜子真是奇妙的东西。如果有人站在屋外看着镜子里的情景，屋里的人也能通过镜子看到他，这你知不知道？"

他说话的腔调就像小学老师在向他喜爱的学生解释一个笑话，但这个学生太笨，没有听懂。我感到自己真是笨到家了。被月亮怂恿后我失去了耐心，再加上好奇，我完全放松了警惕，而他恰好看到我在窥视屋里的情景。看他那副得意扬扬的神情，我气不打一处来，觉得自己哪怕再虚弱也要说点儿什么。

"我当然知道，"我说，"你知道这房子还有一个正门吗？而且这次可没有什么孔雀在担任警戒。"

他又眨了眨眼："我应该为此担心吗？"

"怎么说呢，你永远不知道会有什么人不请自来。"

丹科大夫的左嘴角微微向上翘了翘。"我说，"他说，"如果来人都像手术台上你那位朋友的话，我看我应该没事，你觉得呢？"我承认他的话有道理。既然主力队员都表现平平，替补队员又有什么好怕的？不知道他给我用了什么药，我仍然觉得有些头晕，否则我相信我一定会反唇相讥；实际情况却是由于化学药物的作用，我的眼前仍然是一片白雾。

"你该不是要我相信援兵马上就到吧？"他说。

这也正是我想知道的，但这样说显然不是明智之举。"你爱信不信。"我说，希望这种模棱两可的回答能让他暂时住手，同时也暗骂我平常反应敏捷的智力今天怎么会变得如此迟钝。

"那好吧，"他说，"我相信你是一个人来的，而且我对你来这儿的动机很好奇。"

"我想学学你的技术。"我说。

"啊，好，"他说，"我很高兴教你。先是手①，"他又冲我微微一笑，"然后是脚。"他停顿了片刻，大概想看看我是否会被他这滑稽的双关语逗笑。我感到非常抱歉，让他失望了。如果我能活着逃过这一劫，我或许会觉得这双关

---

① 原文此处为双关语，另一个意思是"第一手"。

语更有意思。

丹科轻轻拍了拍我的胳膊，向我凑近了一点儿："我们得先知道你叫什么，否则就不好玩儿了。"

我想象着自己被绑在那张桌子上，他叫着我的名字和我说话——那一幕令人不寒而栗。

"告诉我你叫什么好吗？"他说。

"侏儒怪①。"我说。

他久久地凝视着我，睁大了厚厚的眼镜片后面的那双眼睛。他伸手从我的屁股口袋里掏出了我的钱包，打开后找到了我的驾照。"啊，原来你就是德克斯特。恭喜你订婚。"他将钱包放在我身旁，轻轻拍了拍我的脸颊，"多看看，多学学，这一切很快就会应用在你的身上。"

"你真是太客气了。"我说。

丹科冲我一皱眉。"你实在是应该感到更害怕，"他说，"怎么没有呢？"他噘起嘴，"有意思。我下次得加大剂量。"说完，他站起身走了。

我躺在一个阴暗的角落里，旁边放着一个小水桶和一把扫帚。我注视着他在厨房里忙碌的身影。他给自己倒了一杯咖啡，往里面加了一大把糖，然后回到屋子中央，低头凝视着桌面，若有所思地喝了一小口咖啡。

"纳吗，"桌上那曾经是多克斯警官的玩意儿哀求道，"纳哈纳。纳吗。"他的舌头已经被割去——丹科大夫显然相信多克斯就是出卖他的那个人。

"对，我知道。"丹科大夫说，"可你还一个都没有猜出来呢。"他说这番话的时候几乎是面带笑容，只是他脸上的表情表明这笑容纯粹是若有所思的体现，然而这足以让多克斯猛地哀号起来，试图挣脱身上的桎梏。多克斯的挣扎没有任何成效，似乎也没有引起丹科大夫的关心，他慢慢地啜着咖啡走开，五音不全地跟着蒂托·蓬蒂的音乐哼唱着。多克斯不停地挣扎，我看到他失去的不只是右脚，还有双手和舌头。丘特斯基说丹科大夫立刻切除掉了他的整个小腿。这位大夫显然要让多克斯多受一点儿苦。轮到我的时候，他如何决定什么时候切除哪一部分？

雾霭正一点点地从我的大脑中散去，我想知道自己昏迷了多久，但这个问题

_____

① 德国民间故事中的侏儒状妖怪。

肯定不是我该与大夫探讨的。

他提到过剂量。当我苏醒过来时，他正握着一支注射器，而且对我没有感到那么恐惧有些惊讶。对了！给病人注射某种精神类药物，增加他们的绝望与恐惧感，这真是个绝妙的主意。我真希望自己也掌握这一手。

"艾伯特，"大夫一边咕嘟咕嘟地喝着咖啡，一边叫着多克斯的名字，声音快乐又惬意，"你猜是什么？"

"纳哈纳！纳！"

"恐怕不对，"大夫说，"如果你有舌头的话，或许你说对了。"他说着低头看着桌子边缘，在一张小纸片上做了个小记号，像是划掉了什么东西。"反正这个词儿很长，"他说，"有九个字母。有得必有失啊，对不对？"他放下铅笔，拿起一把锯子，不顾多克斯弓起背拼命挣扎，锯掉了多克斯的左脚，切口就在脚踝上面一点儿。他的动作干净利落。他将锯下的脚放在多克斯的脑袋旁，同时伸手从摆放整齐的各种工具中拿起一个看起来很像大烙铁的东西。他用这烙铁处理新的创口，将所有出血的地方一一烙死，创口处发出一阵嗞嗞声，冒出一团潮湿的蒸汽。"好了。"他说。肉被烧焦的气味弥漫在整个屋子里，多克斯哼了一声，声音不大，然后便不再有任何动静。他大概会昏迷一会儿，这对他而言不啻一件幸运的事。

我高兴地发现自己正越来越清醒。大夫那枪里射出的化学物渐渐从我的大脑渗透了出去，一道昏暗的亮光开始一点点地出现。

啊，记忆，多么美好的东西啊！即使到了最艰难的关头，我们仍然还有记忆给我们鼓劲儿。就说我吧，我无助地躺在那里，只能眼睁睁地目睹多克斯警官经历那令人发指的一切，知道这一切很快将落到自己身上。可即便如此，我仍然有着自己的记忆。

我回想起了丘特斯基获救时所说的话："他把我绑起来后说：'七个，你猜是什么？'"我当时认为丘特斯基那样说很奇怪，不知道是不是药物的副作用让他产生了幻觉。可我刚才明明听到大夫对多克斯说了相同的话："你猜是什么？"然后是"九个字母"。他随后在贴在桌上的一张纸上做了个记号。

我们已经发现的每个受害者的身旁都有一张纸，上面都只写了一个单词，其中的字母是一次次划掉的。"荣誉""忠诚"，当然是反话，丹科是在提醒自己从前的战友，让他们体会将他交给古巴人时他们所牺牲的美德。而可怜的伯德特，也就是我们在迈阿密海滨那座空房里发现的那位来自华盛顿的人，他根本不值得丹科大夫在他身上浪费心机。只有五个字母，P–O–G–U–E。然后他的双臂、双腿和头就被飞快地切除，脱离了他的躯干。P–O–G–U–E。胳膊、大腿、大腿、胳膊、脑袋。

难道这是真的？我知道我的黑夜行者有幽默感，但他的幽默感比丹科大夫的所作所为更晦涩一些，这位大夫的所作所为纯粹是一种戏谑，古怪离奇，甚至有些愚蠢。

很像"选择生活"的车牌，很像我所观察到的大夫行为中的其他一切。

虽然看似完全不可能，可——

丹科大夫边忙着切割的活儿边玩着一个小游戏。或许在古巴派恩斯岛监狱服刑的那些年里，他也在别人身上玩过这个游戏，或许这逐渐演变成了他在进行畸形的复仇过程中再恰当不过的调剂。因为他现在毋庸置疑正玩着这场游戏——在丘特斯基身上，在多克斯身上，在其他人身上。这非常荒唐，却也是唯一合情合理的解释。

丹科大夫在玩"绞架"猜字游戏。

"我说，"他说着在我的身旁蹲下来，"你觉得你朋友表现如何？"

"我觉得你把他难倒了。"我说。

他脑袋一歪，死死地盯着我，伸出干巴巴的小舌头舔了舔嘴唇，眼睛睁得大大的，一眨不眨地隔着厚眼镜片看着我。"太棒了，"他又轻轻拍了拍我的胳膊，"我估计你是不相信这一切会发生在你身上，或许一个'十'会让你改变主意。"

"里面有字母E吗？"我问。他身子微微往后一仰，仿佛我的袜子发出了某种臭味，飘到了他的鼻子前。

"嗯，"他说，眼睛仍然一眨不眨地看着我，嘴角抽动了一下，像是在微笑，"不错，里面有两个字母E，可你抢答了，因此……"他耸了耸肩，动作不大。

"你就算我猜错了吧，把这算在多克斯警官身上。"我建议道，时刻愿意给人出点子。

他点点头。"我看出来了，你不喜欢他，"他微微皱起了眉头，"尽管如此，你真的应该感到更害怕一些。"

　　"害怕什么？"我问。这当然是虚张声势，可一个人能有多少机会取笑一个货真价实的恶棍呢？这一枪正中靶心，丹科久久地凝视着我，过了一会儿才微微摇摇头。

　　"我说，德克斯特，"他说，"我看得出来，我们得为我们俩把这活儿好好安排一下。"他冲着我露出一丝几乎难以察觉的笑容。"当然还有其他事。"他补充了一句。就在他说话时，他的身后浮现出了一个乐呵呵的黑影，吼叫着，开心地向我的黑夜行者发出挑战，而黑夜行者也不甘示弱，向前探过身，吼叫着回应了一声。我们就这样对视着，他终于眨了一下眼，就那么一下，然后站了起来。他走回到桌子旁，多克斯正安详地沉睡在上面。我倒在那舒适的小屋角，琢磨着了不起的小德克斯特能想出什么样的妙招来成功逃脱。

　　当然，我知道德博拉和丘特斯基已经在路上，可这让我更加担心。丘特斯基一定会挂着拐杖冲进来，剩下的那只手挥舞着手枪，希望以此来恢复他那受到伤害的男人的自尊。即使他愿意让德博拉给他殿后，她的身上也打着厚厚的石膏，行动非常不便。这样的营救队伍很难让人放心。不，我相信我这小小的厨房一角一定会变得非常拥挤。等到我们三个人全都被捆绑起来，全都被注射了药物，我们就别再指望还有人来救我们了。

　　说实在的，尽管我嘴上不服输，丹科大夫那让人昏昏欲睡的彩弹枪仍然让我感到多少有些眩晕，也不知道里面究竟含有什么。

　　蒂托·蓬蒂唱起了一首新歌，比刚才那首柔和一点儿，我也比刚才想开了一些。我们早晚都得离开这世界。即便如此，我所列出的十种最喜欢的死法中并不包括目前这一种。在我所列的清单中，排第一的是一觉睡着后就再也没有醒来，此后的其他方法越来越让人厌恶。

　　我死了之后会看到什么？反正我无法强迫自己去相信灵魂、天堂和地狱，或者那种貌似神圣的骗人鬼话。说到底，如果人类有灵魂的话，难道我不应该也有一个？但我可以向大家保证，我没有灵魂。做德克斯特就已经够难的了，如果再做有灵魂、有良知、担心死后会下地狱的德克斯特，那根本不可能。

　　可是一想到奇妙、独特的我永远地一去不复返，我就感到唏嘘不已。真是太令人伤心了。当然不会有任何人为我伤心落泪，尤其是如果德博拉和我同时离开这世界的话。我自私地希望我能走在德博拉之前。一了百了。这场字谜游戏进行得太久了，该结束了。或许正是结束的好时候。

蒂托又唱起了一首新歌，非常浪漫，歌词中居然有"我爱你"。现在既然想到了爱情，丽塔这傻瓜很可能会为我落泪。还有身心受到过伤害的科迪和阿斯特，他们肯定也会想念我的。不知怎么的，我最近似乎特别多愁善感。这种事怎么会一再发生在我身上？

我听到丹科在手术器械盘中哗啦哗啦地翻找着什么，便转过头去张望。虽然头转动起来仍然很艰难，却比刚才容易了一点儿，我终于看清了他。他的手中有一个大注射器。他走近多克斯警官，举起注射器，仿佛希望有人看到他，羡慕他。"该醒了，艾伯特。"他乐呵呵地说着，将针扎进了多克斯的胳膊。起初什么反应也没有，然后就见到多克斯抽动了一下，醒了过来，随即发出一连串让人欣慰的呻吟声和哀号声。丹科大夫站在那里看着他，再次高高举起注射器，欣赏着这一时刻。

屋子的前面传来了某种重重的响声，丹科迅速转过身，一把抓起他的彩弹枪，而就在这时，没有头发的凯尔·丘特斯基那魁梧的身躯站在了屋门口。正如我所担心的那样，他拄着拐杖，一手握枪，可就连我也能看出那只手布满了汗珠，摇晃个不停。"狗娘养的。"他说。丹科大夫用彩弹枪对着他开了一枪，两枪。丘特斯基张开嘴呆呆地盯着他，慢慢瘫倒在地上，丹科也放下了自己的武器。

可丘特斯基的身后站着我那亲爱的妹妹德博拉，刚才一直被丘特斯基那高大的身躯遮挡着。德博拉这位我所见过的最美丽的姑娘右手稳稳地握着一把格劳克手枪。她没有停下来流汗，也没有骂丹科，而是紧咬牙关，对着丹科的胸膛飞快地连开了两枪。这两枪将丹科打得飞了起来，身子向后一仰，倒在了正发疯般尖叫着的多克斯身上。

在那一刻，一切都变得非常安静，只有蒂托·蓬蒂仍然不停地唱着。然后，丹科从桌上滑了下来，德博拉蹲在丘特斯基身旁，摸了一下他的脉搏。她扶着他躺下来，让他稍微舒服一点儿。她亲吻了一下他的额头，然后转身望着我。"德克斯特，"她说，"你没事吧？"

"我没事，老妹。"我说，感到有些轻飘飘的，"你能不能把那该死的音乐关了？"

她走到那个破旧的噪音盒前，一把将电源线从墙上扯了下来。四周突然变得异常安静，她低头看着多克斯警官，竭力不让脸上露出太多表情。"我们这就救你出去，多克斯，"她说，"会没事的。"多克斯不停地嘟囔着，她将手放在他的肩膀上，突然扭头向我走来，眼泪正顺着她的脸颊往下流。"天哪，"她给我松绑时低声说道，"多克斯废了。"

当她最后扯掉绑着我手腕的塑胶带时，我仍然很难为多克斯感到难受，因为我终于自由了，彻底自由了，摆脱了捆绑着我的塑胶带，摆脱了丹科大夫，摆脱了替人帮忙的义务，而且看样子我还终于摆脱了多克斯警官。

我挣扎着站起身，可这一点儿也不容易。趁着德博拉掏出无线对讲机召集迈阿密海滩警察局我们那些朋友时，我伸展着已经痉挛的四肢，活动着我那倒霉的胳膊和大腿。我走到手术台旁。手术台不大，可我的好奇心还是占了上风。我伸手撕下了贴在桌子边上的那张纸。

上面是丹科大夫那熟悉的细长的字迹——"TREACHERY"（背叛），其中五个字母已经被划掉了。

我看着多克斯，他睁大了眼睛望着我，眼神中流露出他永远无法再说出来的对我的仇恨。

就这样，大家都看到了，有时候的确有美满的结局。

佛罗里达南部，静谧的亚热带清晨，太阳慢慢爬上水面——亲眼看见这一切真是件非常美好的事。更为美好的是硕大的黄色圆月低垂在对面的地平线上，慢慢淡化成银白色，然后从浩瀚无垠的大海上徐徐落到波涛下，将天空让位给太阳。最为美好的是在远离陆地的地方观看这一切。我站在一条二十六英尺长的游艇的甲板上，活动了一下脖子和胳膊上最后几块疲劳过度的肌肉，疲倦但心满意足。我整整忙了一夜，终于完成了等待已久的活儿，现在可以松口气了。

我自己的小船这会儿正拖在这条游艇的后面，但要不了多久，我就会跨上自己的小船，抛开拖缆，驾驶它朝月亮落下的方向驶去，然后带着几分倦意回家，开始一个即将步入婚姻殿堂的男人的崭新生活。这条借来的二十六英尺长的"鱼鹰"号游艇将慢慢朝着相反的方向、朝着比米尼群岛的方向行驶，然后进入到墨西哥湾流中，也就是轻松穿行在迈阿密附近海洋中的那条深不见底的蓝色大河。"鱼鹰"号将永远到不了比米尼群岛，甚至根本无法越过墨西哥湾流。不用等到我躺在小床上闭上我那双快乐的眼睛，"鱼鹰"号的发动机就会熄火，被水淹没，然后整艘游艇就会慢慢注满水，随着波涛缓缓摇晃，最后沉入水下，进入到墨西哥湾流那水晶般清澈的深渊中。

或许在水面下某个深不可测的地方，它最终会找到归宿，环绕在它四周的是海底的岩石、巨大的鱼儿和沉没的船只。想到附近某个地方有一个收拾得整整齐齐的包裹在湾流中轻轻摇晃，任由螃蟹慢慢将它啃噬得只剩下一堆白骨，那种感觉真是异常奇妙。我先用绳子和锁链将雷克尔的各个部分包好，然后在他身上加上四个铁锚，最后在这干净整洁、毫无血迹的包裹底下牢牢系上两只丑陋的红靴子。这一切迅速沉到水底后没有了踪影，只剩下我口袋里载玻片上一小滴正在快速干燥的鲜血。这块载玻片会放在我书架上的盒子里，恰好就在装有麦格雷戈鲜血的那块载玻片之后。雷克尔将成为螃蟹的美餐，而生活将终于能够在逢场作戏和快速出击这种快乐节奏中继续。

再过几年我就会带上科迪，让他看看刀光之夜所展现的所有奇妙的事。他现在还太小，但他会从小开始，学会制订计划，然后慢慢提高。这些都是哈里教给我的，我现在要将这些教给科迪。将来某一天，或许他会步我的后尘，变成一个新的黑暗复仇者，继承哈里那套计划，用它来对付新一代恶魔。正如我所说，生活将继续下去。

我叹了口气，又是高兴又是满足，准备开始这一切。如此美好。月亮现在已经消失得无影无踪，炽热的太阳开始驱散早晨的凉爽。该回家了。

我跨进自己的小船，发动引擎，扔掉拖缆，然后掉转船头，跟随着月亮，回家进入那甜蜜的梦乡。